大唐赤夜歌

卷四・長生劫

鹿青 著

目次

第貳拾章、夢魂斷

壹

屋外傳來鴟梟的啼叫。

相傳鴟梟這種惡鳥，夜半哀鳴，是在數人的眉毛，一旦數完了，人就會死去。

妙因聽見那聲音，連忙用口水將眉毛沾濕了，好教妖怪數不清。

他和妙峰等幾名沙彌躲在普陀殿的藏經閣內，至今已超過十二個時辰了。

他們不敢點燈。經閣裡又暗又悶，飄散著檀木、灰燼和墨汁的味道。

妙因的喉嚨乾澀極了。他曉得距離這裡不遠處有口井，往返只須一刻鐘的時間。他恨不得衝過去，提起水桶直接往頭上倒。

但如今的他早已不是從前那個剛踏入寺的小孩子了，更不能想上哪就上哪。

前天半夜，眾沙彌們在炕上睡得正香，外頭突然響起急促的鼓點和法螺的聲音，震耳欲聾。

妙因鑽出被子，發現整間屋子的人都醒了，六歲的小師弟妙演正坐在地上嚎啕大哭。

「師兄，怕是走水了！」妙峰緊張道。「咱們快逃吧！」

妙因覺得腦袋暈暈乎乎的。爬起來衝到窗邊，只見主殿的方向燈火通明，到處都是黑糊糊的影子。再回眸一掃，發現身後的七名師弟全都睜大眼睛望著自己，不由得心間打突。

「大家別慌，穿好鞋，都跟我來。」

天色未明，草地上沾滿了露水。妙因領著孩子們匆匆出了寮房，穿過藥圃。行到半路，妙安因自己的寶貝蟾蜍跑丟了而吵鬧不休，任妙峰如何勸解都沒有用，妙因只好用一記耳光讓他閉了嘴。

當幾人趕到平時做晚課的經堂時，國清寺眾僧都已各就崗位了。

鎮守普陀殿的常素法師將妙因等人趕到藏經閣中，並囑咐他們無論如何都不能擅自出來。

一幫沙彌聽說有妖怪來了，都嚇得發抖，唯有妙嗔纏著妙因不停問：「能讓我見一見妖怪嗎？」

「再等等吧。」妙因揉揉對方的小腦瓜，心不在焉道。

窗外的天空像墨硯被翻了個透。到了四更，年紀小的沙彌們支持不住，紛紛睡去。妙因獨自坐在石階頂端，手握木棍，望著腳尖怔怔出神。

師父和師叔伯他們全在外頭禦敵，甚至連妙海、妙弘也加入了戰局，憑什麼我就不行？他半賭氣地想。

自從兩年前在磐音谷底死裡逃生後，他腦中便一直縈繞著許多問題。雖說憑他目前的智慧尚不能參透，但他想自己動手找出答案，而非繼續仰賴他人翼護。

另外，自去年起，妙因也開始和師兄們一起學習武藝和降妖法術。此時，他害怕自己一不小心睡著，便低頭默誦起師父傳授的口訣，直到妙峰一句話打斷了他的思緒。

「那是什麼聲音？」

妙因抬頭，卻見對方盯著西面的書櫃，臉色發白，凝神不動。

妙峰膽子小，凡遇到點事便一驚一乍的，妙因早就習慣了。本想開口叫他安靜，可話到唇邊卻突然消失了。

——他也聽見了！

櫃子另一端傳來一陣怪響，像磨刀霍霍，又像爪子劃過木頭的聲音，教人頭皮發麻。

妙因立刻從地上彈起。「別出聲，趕緊從那裡離開！」他告訴妙峰，自己卻抄起木棍，向前走去。

藏經閣的後方擺著一架兩人高的轉輪藏*。妙因屏住氣，貼著牆壁小心翼翼地靠近，心想：「待會兒妖怪出現，就請他吃我一棍！」

噪音越來越響了。然而，就在他疾轉而出，掄起棍子準備揮落時，一團毛茸茸的東西

* 寺廟中的一種立體轉動式書架，轉動時就像是在誦讀一本巨大的經卷，也被視為一種法器。

突然朝他面門撲來，還伴隨著汪嗚的哀鳴。

妙因吃了一驚：「大黃！怎麼是你？」

大黃是國清寺的護院犬，體型碩大，性情溫馴。妙因一邊摩挲著牠蓬鬆的毛，一邊為自己剛才的行為暗自好笑。不過隨即想起，大黃平時僅僅是在廟埕走動，絕不可能進到藏經閣內。

正在納悶間，身後飄來一道女聲，嚇得他心臟差點破胸而出。

「小光頭，快跟我走！」

妙因一回頭，卻看見梅梅站在柱子後。

「嚇死我了！小點聲，我師弟他們還在後面呢……」

「別管那些人了。」梅梅打斷道，表情異常嚴肅。而妙因這時才注意到她潔白的裙擺上綴著點點嫣紅，宛如怒放的紅梅。

他心下一驚，抓住對方的手：「妳受傷了？是我師父他們下的手嗎？」

不過梅梅卻將手抽開，斜目冷笑：「那幫禿驢哪有這麼大的本事？眼下他們已是泥菩薩過江，自身難保了。不過，咱們若繼續待在這破地方，只怕下場也好不到哪去。」

「不要緊的。」妙因道。「這座經閣周圍有很厲害的法術保護，就算真的有妖魔，他們也進不來……」

可話說到一半突然噎住了，腦中浮現不祥的念頭——梅梅是如何進到屋裡來的？難不成，外頭的法陣真的破了？

還來不及多想，屋外突然響起一陣金刃劈風之聲。梅梅眼神瞇起，警告道：「在上面！」

話音未落，藏經閣西南角的屋樑忽然裂開，瓦屑紛紛落下，刺骨的冷風撲了進來。

妙因抬頭望去，只見幾道黑影在月光下周旋。當中一名和尚出招剛勁，虎虎生風。對面的赤眼妖魔卻仗著詭異的身法，在棍影中穿來插去，激烈的快鬥令他不禁屏住了息。

同時，身後傳來急匆匆的腳步聲，正是妙峰到了。妙因催趕他：「帶上師弟們先走！」他卻瞪圓了眼，反問：「師兄，那你呢？」

「我得幫忙啊！」

「那我也留下來！」

妙因沒想到，向來畏畏縮縮的妙峰在這種緊要關頭居然會自告奮勇，不禁有些動容。然而，兩人四目相接，來不及多說，下一刻，殿門便「咣」地飛開。

惠覺、惠燈兩名和尚站在那裡，雙手金剛杵上下翻飛，猶如一對金剛護法。他們的對手是操控著青色火舌的火魅。群妖看見妙因和妙峰，就像老鷹看見兔子，紛紛改朝二人的方向圍追堵截。妙因連忙祭出念珠，誦起降魔咒，將火魅給逼退。

可那些火苗落到地上，立時熊熊燃燒起來。

混亂中，惠燈向後縱躍，在妙因身前立定。他左手翻起，強勁的掌風將妖怪震出丈許。接著又點起雙足，如陀螺般滴溜溜地轉身，急攻敵人下路。

這招「九轉蓮華」不但名稱取得漂亮，身法也是漂亮至極。霎時間，四面皆是掌影，將妖怪團團包裹。

妙因不禁喝了聲采。

然而，就在他忙著高興時，斜刺裡突然竄出一道暗影，朝惠燈背後撲落。

惠燈身雖避過，耳朵卻被對方緊咬不放。他奮勇抵抗，三招間便將妖怪的胳膊斬落，可脖子也被擰下一大塊肉來，登時血濺三尺。

「噗」的一聲，妙因被血濺噴了滿臉，眼底盡是錯愕。

他想衝上去搶回師叔的屍身，可兩條腿偏偏動彈不得。若非梅梅即時亮出短劍，殺退前後，他早就成了妖怪們的點心了。

「師兄，咱們快逃吧！」

妙峰見妙因一副魂飛天外的模樣，連忙將他搖醒，二人狂奔出了側殿。

此時的藏經閣已化為一片火海。房樑垮落，濃煙瀰漫，樓中的珍畫古籍全都付之一炬，倖存的沙彌們飽受驚嚇，紛紛大哭不止。

妙因腦海中全是惠燈臨死前的神貌，揮之不去，隔了片刻才想起自己師兄的身分，強打起精神，安慰眾人道：「方丈大師常言：『不斷不常，不來不去，不生不滅。』經書是死的，可人是活的。只要咱們盡力守住自己身體這座廟堂，就會有希望，也不枉老和尚平日的教誨。」

孩子們聽了這番話，才逐漸安靜下來。

妙因趁機清點人數，卻發覺少了妙演、妙澤、妙光三人。但此刻，四下火光沖天，屍橫遍地，根本無從尋起。無奈之下，只得強忍悲傷，領著剩下的人繼續向西行去。

一路上，妙因看見地上有不少半透明的小蟲在爬行。他們聚集在屍體周圍，吸吮著死者身上的血液。他從沒看過這種生物，忍不住問妙峰那是什麼妖。但妙峰卻皺起眉，反問：「師兄，你說什麼呢？」

「就是屍體上的那些怪蟲啊。」

妙峰盯著妙因手指的方向，一臉茫然，就連蟲子從腳邊爬過都恍若未見。其他的小沙彌也相繼投來困惑的目光。

妙因這才發覺不對勁。「莫非……你們都瞧不見？」想到這，他心底一毛，當下不敢多看，帶著師弟們快步離開。

西側的大雄寶殿燃燈如晝。十多名僧侶正在鐘鼓樓前和妖怪激戰，其中更有惠苦、惠難、常素、常念等人。妙因見到惠苦，大聲喊道：「師父！」

一字眉的惠苦禪師氣凝如山，臉色赤紅，全身上下蒸出一層白色的霧氣，顯然是將積累數十年的內功全都用上了。

他和其他幾名和尚搶步上前，擺成棍陣，將沙彌們護在中央。但妖怪的數目實在太多，再加上夜晚視線不佳，一群人很快被逼入殿內。

妙因這輩子從沒碰過如此慘烈的場面。他把心一橫，舉起木棍，揚聲大喝，朝右首的妖怪衝了過去。

所謂盛名之下無虛士。國清寺乃六大門之一，武學博大精深。可惜妙因資歷尚淺，迄今只學會了基礎的「羅漢棍」和「梅花樁拳」。

他長棍左黏右打，撂翻兩名小妖，接著捉住棍腰，迴頭掃去。本打算將整套棍法從頭到尾使一遍，但走到第八招「鐘鼓齊鳴」時，一個收勢不及，「嘭」的一聲，連人帶棍撞在了柱上。

才剛爬起站穩，殿外卻飄來一陣裊裊青煙，粉塵瀰漫，極是嗆鼻。四周一下變得烏煙瘴氣，眾僧紛紛朝後散開，陣法頓時大亂。

妙因眼角餘光瞥見妙嗔被一名綠色頭髮的妖怪單手拎起，立刻衝上前去，揮棍劈中敵人的後腦。可殊不知，對方有金鋼鐵骨皮，這一棍下去，不但毫髮無傷，還把棍子給打折了。眼看虎口鮮血直流，妙因索性丟開棍子，趁敵人回首之際，拾起案上的一卷法華經，對準其右眼猛地砸去。那妖怪吃痛，朝妙因天靈蓋擊落，妙因滾背躲開。同時，妙嗔已經鑽到了神桌底下。

情急間，妙因甩起胸前的念珠，口宣佛號。下一刻，赤色念珠周圍竄出巨大的火炎，當場將那綠髮妖怪燒成了灰。

這是妙因頭一次成功除妖。然而，此刻的他內心彷彿被掏了一個大洞，就連痛和恐懼都感覺不到。

環目四顧，映入眼簾的皆是鮮血和倒地的身影。大殿的鼎爐破裂，地板被拖出三道深深的長溝，就連佛陀金身也難逃一劫。

經過一番奮不顧身的苦戰，妙因才從後殿闖將出去。但到此時，身邊的同伴除了妙峰外，全都不知去向。

兩名少年一路沒命地跑，穿過寒山亭，來到南邊的雨花殿。妙峰跑得上氣不接下氣，過程中還頻頻回頭看。

「小師弟……妙安，還有妙嗔……他們人呢？」

這問題的答案，妙因根本不敢去想。他搖了搖頭，咬牙道：「這裡待不得了。前面不遠就是五丈坡，咱們先去那兒避一避再說。」

月光將妙峰驚恐的臉色映得格外蒼白。他一雙顫抖的手掌鮮血淋漓，僧袍也被燒去了一大片，渾身找不到一處乾淨的地方。但他還是勉強穩住了神，點頭答應。

妙因心下甚慰，正想出言誇讚對方，後方的竹林裡卻突然「咻」的竄出一支鐵箭，朝妙峰飛去，直接貫穿了少年單薄的脊柱，將他的肋骨頂出胸外。

貳

「——妙峰！」

妙因瞳孔劇震，撲在對方身上。

妙峰本就所剩無幾的血色已褪得一滴不剩。只見他緩緩跪倒，嘴角溢出紅絲，雙眸含光，猶如覆蓋了一層安靜的白雪。

「師兄……這次，我和你一起……沒有逃……」

大團大團的氤氳湧上來。妙因瞬間淚流滿面。

下一刻，他大喊「不要！」抱住對方嚎哭起來。

妙峰是他從小到大唯一的朋友，平時老愛跟在他後面，「師兄」、「師兄」的亂叫。然而，這個小跟屁蟲就算再惱人，再靠不住，都是他最珍視的弟弟啊！

妙峰闔上眼的剎那，妙因原本喪失的痛覺又回來了。整夜積累的憤懣和委屈全都順著淚水奔淌而出。他不再嘗試逃跑，而是埋頭痛哭，直到一道熟悉的聲音將他喚過神來。

「善哉，善哉！」

「師父……」

惠苦禪師不知何時來到了妙因身前，手舞禪杖，將飛來的鐵箭紛紛擊落。

「妙因，放下他！」

「師父，到底怎麼回事？為何會變成這樣？」

惠苦本就顯老，經過這番風波，又彷彿一夜間蒼老了十歲。他白花花的長眉擰成了一道結，整個人宛如一株搖曳風中的苦竹。

「昨夜，賊人闖入七寶塔行兇。方丈和守塔的師兄們沒能攔住，已經不幸殉道了。」他告訴妙因。

妙因驚得答不出話。

國清寺後方的塔林是整座寺院戒備最森嚴的地方。小時候，他和妙峰好奇裡頭藏著什麼寶貝，曾經溜進去探險。結果被抓到後，不但罰跪了三天的經，還被師父吊在樹上，用柳枝抽成了兩粒陀螺。妙峰當時的哭聲簡直得用響徹雲霄來形容。

後來長大了些，妙因才知道，原來塔裡的全是國清寺歷代高僧的屍骨，其中最高的一座七層寶塔，更是供奉著果玄大師和歷代住持的舍利。為了不讓妖魔找到，才會如此小心戒護。

然而眼下，什麼都太遲了……

妙因望著身後熊熊燃燒的殿宇，腦中再次浮現前天傍晚所見的那兩名神祕客。那個豺狼眼神的青年，彷彿就站在高高竄起的火舌中間，衝著他笑。

難道……真如對方所說，這一切全都是他招來的報應嗎？

想到這，妙因差點就要吐了，但下一刻，卻被惠苦從地上粗魯地拽起。

「你馬上去八桂峰。」他喝令。「住在那兒的夢隱大師是你的太師父，也是方丈指派的下任住持，如今，只有他能將七寶塔重新封印！」

話音方歇，對面的竹林裡無聲走出一對青年男女。

「後事交代得差不多了吧？」手持長弓的刀疤男活動手腕，唇邊揚起不懷好意的冷笑。「恭喜了，大和尚。你這些年唸的經就快派上用場了。交出小和尚，我馬上送你到西天。」

惠苦聞言，大笑三聲：「笑話！貧僧既已看破紅塵，又豈會將你這種邪道小丑放在眼裡？」

「你可知這少年是何來頭？」男人指著妙因。

妙因一愣，卻聽師父道：「世間諸多法相，皆是虛妄。妙因，記住我說的話，快去！」

「師父，徒兒不走！」妙因梗著脖子叫道，卻換來對方一聲痛罵：「孽障！這種時候還冥頑不靈！難道你要眼睜睜看著本寺百年基業毀於一旦嗎？」

妙因這輩子最怕的就是師父了。此刻，他的雙腿似乎又有力氣了。他跳起來，轉身拔腿就跑。

可奔到一半，還是忍不住回頭張望。

「休想逃！」

只見那女郎手裡提著一盞青燈，揮動間，燈中竄出兩股綠煙，朝他背心襲來。

惠苦雙手猝分，橫抱身前，口中誦念佛號，將毒煙給擋了下來。

妙因明白，師父抱著必死之心和敵人奮戰到底，就是為了替自己爭取一線生機。他心中既悲且愧，腳下跑得更快了。

來到戒壇，只見石階旁橫七豎八地躺著幾名和尚，雖然尚有呼吸，但眼神渙散，手指不斷扒拉著地，表情扭曲駭人。

妙因曉得，他們都是由於被妖怪奪去了元神才陷入癲狂。當中有名十六、七歲的少年，妙因看見他的臉，不由得失聲呼道：「妙海師兄！」

妙海見他靠近，一邊向後爬，一邊尖叫：「別過來！」

在妙因的印象中，妙海一向都是囂張跋扈的。他和妙弘還總愛聯手欺負妙峰。可如今，妙海身上卻再也找不到平日裡那種氣勢了。他眼底只剩下漫無邊際的黑暗……

妙因剛蹲下身便發現對方的褲襠溼了一大片，散發出陣陣惡臭，心中不由得一凜。

「無論如何，一定得找到夢隱大師才行！」他暗自發誓，旋即縮回手，從倒地的僧人腳邊撿起一根鐵棍，朝著八桂峰的方向繼續奔去。

依照國清寺僧眾的排行，「夢」字輩底下是「常」字輩，再來才輪到「惠」字輩和「妙」字輩。自從夢悟大師與世長辭後，夢隱就成了寺中唯一僅存的夢字輩高僧。然而，這位老人家儘管他位分尊榮，卻長年閉關，從來不在寺中露面。因此，即使妙因在寺中待了這麼些年，卻連對方的面都沒見過。

他展開輕功，穿越竹林，涉過小溪，終於抵達了夢隱大師所居的木樨堂。眼看四下無人，林子裡卻不時傳來鴟梟的叫聲，妙因心裡更加不踏實了，連忙上前叩門。

「老和尚！老和尚！您在嗎？開門呀！」

拍打了半天，嗓子都喊啞了，屋內卻無半點動靜。

妙因心急如焚，正打算提氣越過牆頭，卻忽然聽見身後傳來一聲低咳。

「小孩子，你找我？」

驀然回首，只見一名蓄著長鬍，仙風道骨的老者站在幾步開外，手裡拄著一根木杖，正含笑注視著自己。

看見救星從天而降，妙因雙膝發軟，「噗通」一聲跪倒在地。

「妙因叩見太師父！」

「阿彌陀佛，你與老衲同為出家人，無須拘禮。」夢隱將妙因扶起，溫言道。「出了何事，且慢慢說來。」

妙因這才擦去眼淚，將寺裡的情形詳說了一遍。從舍利寶塔遭襲，方丈殉身，到妖怪攻山，僧眾遇難，惠苦師父命自己來此接太師父回寺，全都一一交代了。

夢隱聽完，不斷宣誦佛號，神色顯得十分哀戚。

「萬般得失，皆系因果輪迴。今日此劫，也是上天注定。小子莫悲，先進屋暫歇，一切從長計議。」

「等等……！」妙因心臟收緊，忍不住打岔。「我們難道不去救人嗎？」

「救人自然要緊。」夢隱回答。「但光憑你我二人，恐怕不成。老衲準備修書一封，向司天台求援，你隨我來取。」

聽到這，妙因心中剛剛昇起的希望火苗瞬間又滅了下去，眼眶忍不住再次泛淚。但他知道對方所言在理，於是便乖乖閉上了嘴。

然而，就在夢隱轉身往屋內走時，他盯著對方的背影，突然愣住了。

原來……他發現對方的背心上竟停著七、八隻透明的小蟲，正不斷蠕來蠕去。

妙因撞見這一幕，內心如遭雷殛。

「怎麼了？」夢隱回頭看他，目光中充滿了關切。

妙因和對方視線相遇，登時語塞。

「冷靜下來！」他強忍恐懼，拼命告訴自己。「想想該怎麼做！」

「我想起來了……除此之外，還有一事……師父託我轉告您，寺中有一金缽，存放著歷代住持加持過的法力，絕不可落入妖魔之手。」

情急之下，妙因編不出什麼更好的託詞，只能胡亂瞎說一通，測試對方的反應。

果然，夢隱一聽之下，眼底閃過一抹不易察覺的異色。

「此物現在何處，你可知曉？」

「當時情況危急，弟子沒聽清楚。還請容弟子仔細想想……」

「那好吧。」

短短幾句對答間，妙因的後背已沁出了冷汗。因為眾所周知，國清寺內根本就沒有這麼一個法器。若眼前這名老人真的是夢隱，方才就絕不會說出那樣的話。

但他表面仍裝做若無其事，跟著對方走進了木樨堂。因為他心知，若真打起來，對方恐怕一隻指頭就能將自己戳死。事情發展到這地步，唯一能依靠的，就只有「出其不意」四字了。

兩人穿過鋪著鵝卵石的小院，就在即將抵達中央的草廬時，腳邊突然傳來嘩啦一聲。

原來是妙因胸前的念珠斷了。

「夢隱」看見一顆赤色的珠子朝自己背後彈來，臉色變了變，下意識側身閃避。

而就在他腳步一轉的剎那，妙因已將棍頭撥起，朝對方腰眼點去。他自知不是敵手，因此，這招「落花流水」不過是虛晃而過。待敵人出手奪棍，他再趁勢點足縱起，踢翻左首的花架，消失在草廬後。

此番變起倉卒，「夢隱」沒想到這少年不但沒被騙，還假裝上當，反將了自己一軍，不禁勃然大怒。

兩人一追一逃，出了木樨堂，越過奇石遍布的山脊，直來到懸崖邊。

此處地勢極險，再往前走，就是橫亙於雙峰之間的石梁飛瀑了。氣勢萬鈞的水流從頭頂飛瀉而下，捲起的白浪宛如雪崩。

妙因瞧著這幅景象，腳步一頓。回過身，只見「夢隱」就站在半丈之外。

對方如今已不再是那副慈眉善目的模樣。只見他皺摺滿布的臉皮從中龜裂開來，露出額邊兩道彎曲的牛角，手裡提著一對跨虎籃，表情猙獰地瞪著自己。

「小猢猻，認命吧！你這副漂亮皮囊，髒了未免可惜，以後就歸俺所有了！」

妙因緊盯著眼前飛架的石樑，心臟直往下墜。

敵人究竟在此埋伏了多久？真正的夢隱大師是去了別處，還是早已遇害？自己下一步該怎麼做？……他通通不曉得。

徬徨間，身後再度傳來妖怪蠱惑的聲音。

「你們不總說回頭是岸？難不成，你想和其他臭和尚一樣，被俺吞下肚子，永世不得超生嗎？」

一陣冷風拂過，妙因不由得瑟瑟顫抖。他回想起過去這半日裡，身邊的人們逐一捨己而去。不僅妙峰不在了，就連師父和梅梅也都下落不明。不過一晃眼的時間，自己已是孑然一身。這樣的命，徒留何用？然而，臨別之際，師父已將維繫國清香火的重責大任託付給了自己，若就這樣輕易地死去，魂魄還不得下阿鼻地獄？

生死之間，該如何取捨，向來是人活在世上最艱難的課題，可妙因不過稍加轉念，心中已有決斷。

他深吸口氣，踏上懸樑。

這道石樑的寬度勉強可容一人通過，但瀑布卻大大提高了行走的難度。只要足底一滑，立時就會掉下萬丈深谷，被激流給捲走。

妙因一邊前進，一邊將真氣沉於下盤，抵抗著潑來的水花。剛開始，他的雙腿就好像兩團棉花似的。可隨著水聲漸大，他心底竟萌生出一股回光返照的勇氣，一步一步走得越來越穩當。

到後來，他耳裡聽到的全是瀑布的轟鳴，整個人進入一種奇妙的禪定狀態。有一瞬間，翻騰的煙霧將他的身影緊緊裹挾，就彷彿凌虛御風一般。

然而，就在快抵達盡頭時，後頸卻忽然潑來一股熱氣。

妙因的身子劇烈地晃了兩下，五臟六腑全絞在了一起。

慌亂間，他試圖站起來繼續走，可越是用力，背心的血就流得越快……

——千萬不能停下！他告訴自己。

憑藉著這份執念，他手腳並用，又向前爬了幾尺，直到耗盡全身力氣，這才腦袋一仰，暈了過去。

參

妙因張開眼，發現自己漂浮在半空。

他的身軀宛如鳥兒般輕盈，並且越升越高，直到跟白雲一樣高。朝下瞰去，天台山的雋秀山巒，蒼幽谷壑全都盡收眼底。

這種美妙的感覺實在難以用言辭表達。

然而，正當他醉心於翱翔的自由時，景色忽然一轉，國清寺的重角飛簷出現在他眼前。只見大殿的金階前站滿了身披袈裟的僧眾。他們高舉著火把，對他怒目而視，有的甚至從地上撿起石頭砸他。

「妖孽！納命來！」

「——不，你們弄錯了！我不是妖怪！」

恐懼如潮水般霸占了妙因的內心。他在人群中瞥見惠苦，大呼：「師父，救我！」但惠苦卻闔上雙眼，對他的話置若罔聞。

妙因喊得嗓子都啞了，卻沒有半個人願意聽他解釋。他的胸口彷彿遭到重擊，幾乎透不過氣來。

死去的夢悟大師佇立在眾人身後，用悲傷的眼神凝視著他。

「我觀是南閻浮提眾生，舉心動念無不是罪。汝修三昧，本出塵勞，淫心不除，塵不可出。縱有多智禪定現前，若不斷淫，必落魔道……」

老和尚留下這段話，轉身飄然而去。妙因不解其意，想追上去問，卻被迎面而來的飛石砸了個正著。

他慘叫一聲，從空中墜落。

在那之後，他的一縷孤魂又在虛無中飄蕩了很長一段時間，直到聽見一陣熟悉的哭聲。將他喚醒的正是梅梅。她整個人伏在妙因背上，哭得背脊一抽一抽的，那壓抑的聲音一寸寸地割著人心。聽到後來，妙因覺得自己也要肝腸寸斷了，忍不住出言安慰：「別擔心……我去不了西方極樂的。不過這樣也好……待我入了輪迴，下輩子再去找妳……」

「臭光頭！再敢胡說，我現在就一劍刺死你，然後再一劍刺死我自己！」

妙因聽得都糊塗了，心想：「難不成……我還沒死？」

而就在此時，二人對面的窄門忽然打開了。妙因一醒來便看見刺眼的陽光直直射來，不禁感到天旋地轉。他眨了眨眼，發現眼前是間狹小的斗室，門口佇立著一道人影，正冷冷地俯瞰他們。

「時辰到了，隨我來！」

梅梅對這種呼來喝去的態度極為不滿。她緊緊抱住妙因，詞鋒凜冽：「咱們哪也不去。」

誰想見，叫他自個兒滾來！」

「現在的我，真是哪兒也去不了……」妙因心想。他嘴裡滿是苦味，四肢沒有半絲力氣，雖然活著，但也和死人相去不遠了。

門口的和尚是個二十多歲的生面孔。他聽了梅梅的話，不禁大為惱怒。

「妖孽，這兒還輪不到妳多嘴！妳和這叛徒勾搭成奸，謀害老方丈，辱我佛門淨土，真乃禽獸不如！」

「看不慣就動手啊！」梅梅氣勢洶洶，「像你這樣的孬種，就算來一百個，本姑娘也沒在怕的！我就在這等著！」

年輕和尚臉上紅白交替，嚷了兩句狠話，可最後還是轉身甩上了門。直到此刻，妙因方醒悟，原來兩人是被關在寺廟後院的禁閉室內。

他胸中百感交集。驚喜的是，國清寺並未被大火併吞，僧眾中尚有人活了下來。感慨的是，自己明明已經做好了赴死的準備，卻不料，去鬼門關轉了一趟回來，竟又淪為了同門口中的「叛徒」。這峰迴路轉的遭遇，著實令人哭笑不得。

「妳是怎麼找到我的？」他問梅梅。

「你當時掛在崖邊一株大樹上，是一位叫妙弘的和尚將你撈下來的。」

「妙弘師兄？」

妙因一向不喜歡妙弘的為人。兩人雖師出同門，卻老是衝突不斷。當初，他和妙峰闖入磐音谷的結界，就是因為受到了妙弘和妙海二人的挑唆。他萬萬沒想到，對方竟會出手相救自己。

「我想帶你離開此處，豈知，這群笨和尚居然胡亂嚷嚷，說是咱們放的火……」梅梅撅起嘴，仍是平時那副嬌憨的少女情態。但妙因知道，事情的經過絕非如她說的那般輕鬆。自己昏迷的這段時間裡，對方肯定受了各種刁難，吃了許多苦頭。

一想到這，他就心疼不已。

從前，他總是害怕兩人間的事情會被發現。可真到了東窗事發的這天，他反而不怕了。反正無論最終結果如何，他心中都毫無怨悔。

梅梅見對方目不轉睛地盯著自己，難得露出一絲羞赧。

「討厭，我臉上沾了東西嗎？」

妙因親了她額頭一下，說了句：「妳好美。」

梅梅頓時破涕為笑。兩人就這樣盡情地沉溺在彼此的目光中，彷彿這間小小的牢房就是桃花源，外頭的一切均與他們無關，就算此刻天塌下來也毫不在乎。

半個時辰後，牢門再次打開。這次進來的共有五人，他們將妙因抬上擔架，還用施了咒術的繩索緊緊捆住梅梅的雙手。

妙因正要發怒，梅梅卻湊到他耳畔，低聲道：「別急，有人來接我們啦。」

一夜的大火將國清寺燒得滿目瘡痍。放眼望去皆是斷壁殘垣，無數塔院殿宇付之一炬，唯有一座雨花殿未遭波及。妙因和梅梅就是被押往這裡。

跨越了生死關頭，兩人之間的感情又更加牢固了。即使知道即將面臨刀山火海，只要站在一起，倒也不覺得恐懼。

到了雨花殿，只見一名方面大耳的老和尚站在殿前，正是老方丈的師兄——常力法師。他的左右侍立著四名中年和尚，分別是惠覺、惠難、惠多、惠聞。

這幾位都是有頭有臉的高僧，更是從小看著妙因長大的耆老。其中，有的教過他讀書，有的讚過他聰明，還有幾個逢年過節會給他點心吃。雖談不上感情深厚，但也算是相熟。然而此刻，妙因卻沒從他們的眼神中看到半分往日的親切，唯有憎惡及驚恐。

眾僧的對面則站著一對年輕人。女的一襲黑色勁裝，臉頰蒼白，身材纖秀，乍看之下，和尋常小家碧玉沒什麼分別。可在場的武術高手，光是見她往那一站，就紛紛端出如臨大敵的架勢來。她隔壁的青年氣質溫平，若是肯將頭髮乖乖梳齊，倒是有點書生範兒。他背上掛著一把空蕩蕩的劍鞘，在這滿室血腥間，顯得格格不入。

雙方對峙，妙因和梅梅不約而同將目光投向鈴，但率先開口的卻是葉超。

「諸位前輩，眼下強敵剛退，再動干戈怕是不智。尤其是寶塔封印之前，此地實在不宜久留，不如先下山暫避，待傷養好再圖良策。」

有道是：「不看僧面看佛面」。葉超雖不是號人物，但好歹有個天道弟子的身分擺在那，眾僧也不好得罪太過。

國清寺一向最重尊卑次序。沒了方丈，以常力為首的六名玄階弟子就成了寺中位分最高的和尚。

只見常力雙手合十，說道：「阿彌陀佛！二位施主今日助我等擊退外侮，險中求存，貧僧不勝感激。但敝寺常住僧本有百來人，如今卻淪於妖魔之口，只剩區區三十，就連掌門師兄都慘遭屠戮。這數十條人命可不能平白無故地沒了。無論幕後是何人搞詭，貧僧都會將這筆帳與他當面清算，否則，如何向上下交代？」

此話說得客氣，言下之意卻是：別以為你們可以這麼輕易地脫身！

鈴聽了，登時氣不打一處來。但比起這老僧的話，她更恨被人玩弄於股掌間的感覺。

昨日，一行人趕到國清寺時，多數的妖怪都已經被打跑，他們只來得及幫忙收拾殘局。而她也是到這時才明白，蘇氏父子破壞舍利塔，不只是為了重創國清，也是為了擺脫追蹤。

現下，整座天台山處處瀰漫著血腥和妖氣，即使瀧兒的鼻子再靈，也無法掌握敵人的去向。幾人費盡心思查出的線索，全斷在了這裡。而眼前這幫老傢伙，更不會輕易放他們離開。

這樣的發展，正是蘇穆河想要的結果。

她雙臂抱胸，面色不善地打量常力，問：「你想留人？」

「貧僧不敢。」對方答道。「但敝寺乃百年古剎，向來立身江湖，降妖除奸，以俠義稱，沒想到傳至這一輩，居然出了欺師滅祖之徒！如此滔天大罪，豈有不究之理？貧僧今日就要清理門戶，還望施主莫要橫插一手！」

「欺師滅祖」四字就好像一塊巨石，「蓬」地砸在妙因的腦門上，將他砸得昏天暗地，險些再次暈厥。好不容易順過氣，為自己分辯了一句：「妙因縱然德性有缺，犯了清規，但老方丈之死真的與我無關。事發當晚，我奉命去八桂峰找夢隱大師。師父他老人家能替我作證！」

「惠苦師弟如今生死未卜，你喊也沒用。」惠難冷笑。「況且，你二人既為師徒，你有罪，他也難逃干係！」

「弟子願在佛前立誓，從未做出任何損害師門之事……」

「——你沒有，那麼她呢？」惠難指著梅梅，厲聲質問。「你和這女妖糾纏不清，居然還敢妄稱國清子弟？若要明志，現在就將她殺了！」

妙因畢竟還只是個少年，有著少年特有的薄嫩面皮。被這麼一問，頓時血氣翻騰，渾身顫抖。

葉超見對方散發出隨時要抹脖子的壯烈感，好意提醒道：「別衝動啊。被潑髒水，忍一忍就過去了。但若真幹出什麼傻事，不僅髒東西洗不掉，還會留下一堆爛攤子，白白的落人口實。」

妙因經他這麼提點，頓時一個激靈，心想：「不錯」。遂咬住牙根，把衝上來的熱血又吞了回去。

鈴沒有葉超那種能言善道的天分。她只是看不下去那群老和尚聯手欺負妙因罷了。

「前輩，凡事都得講求證據。我就看不懂了，你們到底是在追查真相，還是在誅心？」

常力臉色緊繃，冷冷道：「看在今日的份上，國清寺和赤燕崖的恩怨可暫且按下不表，但只要貧僧還在，就絕不會讓叛徒妖女多苟活一天！殺人償命，外人不得干涉，此乃江湖規矩，無論你們說什麼都改變不了！」

「我就是要包庇他們。」鈴上前一步，語氣斬釘截鐵。「你待如何？」

「……妳！」

鈴無視於對方噬人的目光，續道：「你們修身養性數十年，難道就只修出了『殺人償命』四個字？是把智慧都修到狗身上去了吧！不問前言後語，就急著揮下屠刀，如此愚蠢行徑，跟市井暴徒有何分別？至於感情，本就是兩廂情願，與外人無干。你們的佛菩薩若連一點小錯都沒辦法容忍，那要宮廟何用？還不如一把火燒了痛快！」

對面的惠多和尚聽到這，突然變臉，「呼」的一掌劈來。

隨著「嘭」的一聲，殺氣突出。惠多身軀一震，回過神時，已被瀧兒用爪挾住了喉。在場眾僧，竟沒半個人看見這少年究竟是從哪冒出來的，紛紛大驚。

但鈴無非就是想氣氣對方，並不打算真的動手。她朝瀧兒微微搖首，瀧兒遂放開了惠多。

「去吧！」他冷哼道，抬腳往對方臀上踢去。

惠多踉蹌了兩步，雖未跌倒，卻已是狼狽萬狀。

國清寺身為六大門之一，在武林中向來地位尊崇，何曾受過這種屈辱？轉眼間，周圍的和尚們紛紛亮出棍棒，將鈴、葉超、瀧兒、梅梅、妙因一群人團團圍住。

眼看局勢即將一發不可收拾，葉超湊到鈴耳畔，低低「嘖」了一聲。

「妳何時也變得如此大逆不道了啊？」

鈴聽對方的口氣，非但不緊張，還帶著幾分引以為豪的笑意，回了句：「跟你學的。」

然而，與此同時，她心裡也正琢磨著脫身之計。

「既然今日注定要翻臉，不如乾脆點，把所有舊帳一次算清。」她心想，旋即冷笑一聲，揚聲道：「各位高僧行事，果然秉公無私，令人佩服！但凡有人敢對團體提出挑戰或質疑，無論是兄弟還是同門，你們都會毫不猶豫地將其毀滅，是吧？就像當年對待夢悟大師一樣！」

「夢悟」這名字向來是國清寺的忌諱。她一下將此事攤開在陽光下，四周的國清弟子，不分老少，紛紛倒抽一口涼氣。

常力彷彿被人摑了一掌，老臉都氣歪了。

「阿彌陀佛！」他指著鈴的鼻子，顫聲道。「夢悟師叔並非死於貧僧等人之手。女施主，妳如此顛倒是非，就不怕造口業嗎？」

鈴不敢相信，到此地步，對方居然還好意思提「口業」二字。正欲反唇相譏，後方卻忽然插進來一道與眾不同的嗓音。

「等等！他說的是實話！」

肆

明晃晃的七月天，浮香繞曲岸，圓影覆華池。

夏空磊獨自坐在庭中納涼，身旁還擺著一壺他最愛的雀舌茶，清風徐來，搔動手中的琴譜，大有歲月靜好之感。

自從春秋神莊重新開張，身為莊主的他便一直忙於接見外客，像這樣的閒暇時光如今是越來越少了。若非有女兒陪伴，日子還真叫一個悶。可今日不同。雨雪一大早便讓若水傳話，說中午要親自下廚做幾樣特色點心，再過來跟父親一同品茶用膳。一想到這，夏空磊就不禁揚起嘴角。

須臾，有家僕來到庭中，呈上書信一封，他也沒放在心上，直到拆開來，看見上頭的字跡，這才目芒一縮，全神貫注地閱讀起來。

原來，這封信雖沒有加蓋六大門的印章，卻是出自塗山掌門武正驊親筆。

信的內容只有短短兩句話：「夏兄台鑒，惠信已悉。舊物零落，唯尋得藍夫人昔年家書，於此奉呈，請兄達覽。」

原來，半月前，鈴曾寫過一封鴿信給身在塗山的武正驊。然而，那隻攜著字條的「疾風號」飛出莊後卻音訊全無，從此再也沒有回來。以防萬一，夏空磊後來又親自修書一封，命人快馬送至塗山，這才得到了對方的回覆。

而鈴當初寫信給武正驊，就是想打聽更多關於藍敏的事。

夏空磊抽出信下的黃紙，首先映入眼簾的是一首詩：「燕草如碧絲，秦桑低綠枝。當君懷歸日，是妾斷腸時。春風不相識，何事入羅帷。*」字體娟秀婉麗，充滿閨閣氣息。

信上所書日期，正好是司天台之變發生的前一個月。內容說的盡是些家常瑣事，乍看之下，就像是封尋常的家書。可不知為何，信最後並沒有送到韓君夜手中，而是被藍敏自己悄悄收了起來。

夏空磊讀了兩遍，陷入沉思。而當他再細看第三遍時，卻被當中的幾個字給吸引住，深深蹙起眉來。

「琭玉。」

隨著這聲低喚，可愛的紅衣少女立刻出現在跟前。

「莊主有何吩咐？」

「取我的『紅花令』來。」

---

* 李白《春思》，是描寫女子思念丈夫的詩。

「喏。」

又過一會兒，夏雨雪端著兩盤點心來到院子裡，見父親背對著自己坐在廊下，本想給他一個驚喜，可走近卻發現，對方手裡握著一道繪著紅花的腰牌，表情半是僵硬，半是震驚，和平時的模樣判若兩人。

她心頭一悸，脫口問：「阿爺，您怎麼了？」

夏空磊確實沒留意到女兒已經來到身後了。下一刻，只見他將紅花令和藍敏的手書緊緊捏在手心，目光遙望著遠處某個看不見的點，喃喃道：「原來當年……竟是這麼回事。」

國清寺這廂，鈴的話被打斷，心頭暗吃了一驚。可當她回首望去時，卻沒有看見人。這個瞬間，整座雨花殿徹底安靜了下來。有人面露困惑，有人凝神屏息，有人緊握刀柄，直到某位僧人脫口喊了聲：「太師叔，您可總算回來了！」這才打破了沉寂。

妙因聽見這幾個字，心臟一跳，忙從擔架上滾爬起來。

「——是夢隱大師嗎？」

「住嘴，你這叛徒！」隔壁的和尚怒道。「別汙了老和尚的名號！」

但妙因對這番話置若罔聞。他目也不瞬地緊盯著門口的人叢。只見半晌，人叢從中分開，迎面走來的，正是他苦苦尋覓而不得的那人。

「老衲再避不出面，這座山還像座寺嗎？」夢隱反問。

他抬起頭，看見妙因、鈴、葉超、瀧兒全都呆若木雞地盯著自己，狡黠地笑了笑。

「幸好，這群小輩骨子裡還有點血性，沒將老頭子撂在半途。這個江湖，也算是後繼有人了。」

但話還沒完，瀧兒便忍不住出言打斷。

「等等……你到底是誰啊？」

這莽撞的行徑將一幫老和尚氣得吹鬍子瞪眼。惠難更是直接指著他鼻子大罵：「不得對神僧無禮！」

但別說瀧兒，就連鈴和葉超也是一臉難以置信。因為此刻，站在他們面前的，正是從昨天起便一直纏著他們的那名癲痢頭小孩兒！

昨夜，一行人趕到國清寺時，裡面正打得熱火朝天。鈴怕這孩子亂跑，就將他留在了寺外，交給大鵬照管。卻不想，對方不知用什麼法子甩開了大鵬，還換了個身分，就這樣突然地出現在眾人眼前，當真教人跌破眼鏡。

只不過，比起他的外表，鈴更在意他適才拋出的話。

「莫非……你識得夢悟大師？」

夢隱怎麼看都只是個不到十歲的小孩，但根據他的法號，以及眾人對他的態度推測，他在寺中地位肯定不同凡響。同時，他不再扮演市井頑童後，整個人的氣質也發生了微妙的轉變。

只見他眸中閃過一輪精光，徐徐道：「當年，夢悟師弟的事情，雖然遺憾，但也並非如妳想像的那樣。」

「師叔！」常力頰邊肌肉扯緊，眼神中透出震驚。「此事關係到國清之本，朝廷清譽，老方丈總不讓人談起，傳出去更是不好。您真的要和……和這些人說？」

其餘眾僧裡，年紀大的跟著附和，年紀輕的則難免露出一絲好奇。

夢隱一眼掃過，不慍不火道：「方丈有言在先，待他圓寂之日，寺中大小事宜全交由老衲做主。況且，既是真相，自然禁得起考驗。有時，越想堵住悠悠之口，反而越會惹來無端猜忌。」

被他這麼一說，常力頓時語塞。

葉超道：「正是此理。為了避免流言產生誤會，其中隱情，還望前輩能夠直言相告。」稱呼一名稚齡小童為「前輩」，令他感覺相當不習慣，甚至有些滑稽。但現場氣氛凝重，他也不得不整肅神色。

只見夢隱臉色一黯，眼底流露出複雜的情緒。

這樣的表情出現在普通人臉上尚顯滄桑，何況是個嫩弱的孩子？

「十八年前，司天台之變震動武林。等消息傳來，許多事早已無可挽回……但夢悟向來與塗山掌門韓君夜交好，他性子直，曾多次上書司天台，要求徹查此案，但朝廷那邊非但置之不理，還威脅要把國清寺也列入從犯的名單。」

他看向身邊的這些年輕人，說道：「我知道，你們心裡一定覺得我們這幫老頭子膽小怕事，為虎作倀。但你們從未經歷過那個年代，自然無法體會當時那種風聲鶴唳，人人自危的恐怖。若夢悟緊咬此事不放，整個國清寺都會被捲入亂局深淵當中……」

「所以說到底，人還是你們害死的。」鈴冷冷插言。

夢隱聽她這麼說，倒沒動怒，只是沉沉嘆了口氣。

「他有他的原則，我們也有我們的不得已。他堅持要上司天台為友人討公道，我們只能將他軟禁起來。這是夢慈方丈下的命令，當時我就在場。沒人比我知道得更清楚了。」

妙因聽得一愣一愣的，忍不住問：「那後來呢？」

「後來……」夢隱的聲音忽然低了下去。「夢悟師弟和我們有同門之誼，方丈也不願為難他。我們本想等風頭過去就將他放出來，就當是什麼也沒發生，可誰知……他居然會在靈禽峰上閉禪絕食。等我們發現時，已經晚了……斷氣前，他用鮮血在袈裟上留下了十八個『錯』字。想必，是對國清感到失望透頂吧……」

原來，這才是過去十多年來，國清寺想竭力隱瞞的真相。鈴感到胃中一陣翻滾，彷彿吞下了一帖苦藥。最終，還是惠難打破了沉默。

「方丈的做法並沒有錯！」他恨恨道。「要怪，也只能怪那人自己想不開！」

事到如今，他連夢悟的名字都不肯提起，臉色鐵青，一副義憤填膺的模樣。「覆巢之下焉有完卵？當年，若非方丈慧劍斬禍根，國清寺一早便被拖了下去。如今，這江湖上豈還有我輩立足之地？」

「話雖如此，但他畢竟是受了我們的逼迫。」夢隱幽幽道。「都說善惡之報，如影隨形……事發一年，夢慈方丈辭世，而我卻因身中奇毒，經脈俱斷，身體變成了這副模樣……」他望著自己的雙手苦笑。「從那時起，國清寺就屢遭厄運，再也沒有過太平日子，如今更遭惡火焚燒，或許，這才是肇因……」

至此，他的故事講完了，鈴深埋心中的疑問也終於獲得了解答。

她望著遠方的山頭發愣，彷彿看見了靈禽峰上的草廬，看見了那件泛黃的袈裟，上頭印滿了殷紅的血跡，思道：「若此時師父還在，不知她會做何感想？」直到葉超捏了捏鈴的肩膀，才將她喚過神來。

而這時，夢隱已經命人放開了梅梅和妙因。梅梅立刻湊了上來，撒嬌地叫了聲：「少主！」

夢隱和妙因四目相對，雖然誰也沒說話，但彼此的眼中都藏著說不清，道不明的情緒。

隔了良久，夢隱才又開口。

「隨我來。」他說。

夢隱不等眾僧反應過來，便帶著妙因、梅梅、鈴、葉超、瀧兒逕自離開了雨花殿，丟下目瞪口呆的常力等人。

夕照將曾經的雕樑畫棟照得嫣紅。梅梅攙著妙因緩步而行，穿過一道道殘破的宮門，最後來到寺院後方的塔林。

這裡是妖怪們率先侵襲的目標，自然逃不過一番摧殘。原來巍峨的七層寶塔，如今也成了亂石廢墟。

望著此景，妙因頭一次體悟到了「無常」二字壓在心頭的分量。

夢隱領著一行人走進塔底。眼見腳下的石板裂開一道長隙，瀧兒將石板用力推開，露出一段向下蜿蜒的石階。

「看，這有間密室。」

密室位於地下，空氣潮濕陰涼。幾人步下台階後，夢隱點燃了牆上的燭芯，問：「知道這是哪嗎？」

葉超目光掠過牆上的古樸字跡，低聲道：「好像是間墓穴。」

妙因凜住了。此刻，彷彿有人在他的心湖中央投入了一枚卵石，激起圈圈漣漪。

「難道是……果玄大師？」

話剛出口，他忽然注意到眼前的空氣中有某樣東西在閃閃發光。那輕盈流亮的身軀宛如吉光片羽，在他的指尖稍一停駐，下一刻，又振動薄翼，悄然飛離。

「這是屍舞蝶。」夢隱告訴他。「這種妖怪喜歡黑暗安靜的地方，幼蟲以腐屍為食，雖然棲息在天台山，卻很少被人們發現。因為在破繭而出前，唯有天生元神純淨，靈力高強的人才看得見他們。」

妙因望著那些美麗的蝴蝶在墓室中翩飛，眼光一眨，頓時恍然。

但他心中仍有疑惑。

「太師父，您帶我們來這，究竟是……」

夢隱微微一笑：「妙因，惠苦曾多次和我提起你。他說，你是他教過的孩子當中最聰明的一個。」

「弟子惶恐……弟子無德無才，不值得師父如此誇讚。」

「你真的不曉得，我為何帶你來這？」

妙因陷入了深思。他想起當初在磐音谷，自己陰錯陽差地穿過了果玄大師生前布下的結界，見到了被封印的姑獲鳥。後來，在與殷常笑的戰鬥中，又是果玄和尚留下來的咒語救了他。從那時起，他就感覺兩人之間似乎存在著某種微妙的聯繫，既像是遙遠恍惚的前世記憶，又像是冥冥之中自有牽引。

「是為了七寶塔重新封印一事嗎？」

「不錯。」夢隱說著，伸手拂去棺槨上的灰塵。「上頭所刻的這些經文，你都看得懂嗎？」

妙因搖頭。夢隱吩咐：「不要緊，照唸就行了。」

於是，在眾人的注目下，妙因開始誦經。唸到後來，他覺得那些嘰哩呱啦的怪文居然越來越順口，甚至，他不必用眼睛看，就能自然而然地背出口了。

待到唸完的那刻，他才驚覺自己渾身都出了一層大汗。

他疲弱地扶住梅梅的肩膀，對方則遷怒地甩了夢隱一眼：「臭頭小子，夠了沒？你到底在玩什麼把戲？」

夢隱也不以為忤，只說道：「阿彌陀佛，託諸位的福，封印已經完成了。」

「什麼？這樣就修好了？」就連鈴都有些不可思議。梅梅和瀧兒身為妖怪，更沒有任何不適的感覺。

「從前，那是老方丈留下的封印。如今，這是你的封印。兩者的本質自然有所不同。」夢隱向妙因解釋。

妙因心肝一顫，覺得整個世界都變了。驀然回首，所有往事，所有的酸甜苦辣，都變得緲若前塵。但實際上，才經過了兩天的時間啊！

「我當真不是在作夢？」他恍惚道。

「當然不是。」夢隱告訴他。「從今日起，你便是國清寺的住持和尚了。」

這句話如晴天霹靂落下，將所有人都給砸呆了，妙因更是嚇得當場跪下。從進入墓室起，他心中就纏繞著一股不祥的預感，直到此刻，終於恍然大悟——太師父這分明是要讓他繼承方丈的衣缽！

可由他擔任住持，不可笑嗎？就算他真的是前代高僧的轉世，那又如何？如今，他還真想不出，全天下還有誰比自己更不適合坐這個位置了。

「太師父！」他顫抖囁嚅。「您別為難弟子……方丈之位，自然該由您來出任。」

「老衲的日子所剩不多了。」夢隱不耐煩地咳嗽。「年輕人做事就該乾脆些，別磨磨唧唧的。」

「可弟子犯了戒，按寺裡的規矩，是要被逐出師門的……」

「不錯。」夢隱道。「但人並非一生下來就什麼都懂。很多事情，未來幾十年可以慢慢修。最重要的是，要有一顆乾淨、從善的心。懂嗎？」

妙因聽著聽著，眼圈便紅了。他想起從前師父時常掛在嘴邊的一段話：「若不識眾生，萬劫覓佛難逢。欲求見佛，但識眾生。若識眾生，即是佛性。」

下一刻，夢隱當著眾人的面，從懷裡取出一串紫色念珠，掛到妙因脖子上。

國清弟子的佛珠不僅是地位品級的象徵，還蘊藏著多年修行所累積的法力，向來是師徒相授，薪火相傳。由此可知，夢隱將自己的念珠交予妙因的舉動，可謂是意義重大。

鈴心間微凜，忍不住附到梅梅耳邊嘀咕：「怎麼辦？要搶人嗎？」

但梅梅只是嫣然一笑。她凝睇著妙因的眼神清澈如雪，和平時毫無二致。

「怕什麼？他既要做國清住持，我便是國清住持的女人。無論發生何事，這一切都不會變的。」

第貳拾壹章、赤燕崖

壹

國清寺的消息很快傳遍了江湖。

但比起大火肆虐，寶剎遭毀，外頭議論更多的卻是妙因這個新任住持的身分。幾家嘲笑，幾家瞠目，都說夢隱和尚老糊塗了，竟將百年家業託付到一名乳臭未乾的少年手裡。而國清寺內部也同樣出現了許多反對聲浪。「常」字輩的僧人群情憤慨，雖然礙於門規，不敢在夢隱面前表現得太張揚，但背地裡還是給妙因使了不少絆子，甚至還揚言要集體出走，脫離門派。

從小到大從未掌過事的妙因被他們搞得焦頭爛額，從早到晚都窩在方丈院裡，一時間憔悴了不少。除了救治傷患、重修各個主殿與七寶塔，還要與其他五大門派聯絡，掃蕩那些逃逸的惡妖。若非有夢隱的指導和梅梅的鼓勵，恐怕他連三天都撐不過去。鈴在一旁看著都覺得心疼。

在她離開國清寺前，兩人又相約去了趟靈禽峰。

此時，夏日未艾，榴花欲燃，和兩年前的光景相比，彷彿換了一個人間。

鈴撥弄茅屋門口綴掛的風鈴，笑道：「梅梅做的吧。」

妙因笑笑的沒說話，顯得有些難為情。自從穿上國清住持的袈裟後，他整個人就和以往不太一樣了，少了些頑皮跳脫，多了份沉靜自持。

可在鈴看來，這也是人之常情。畢竟，一夕之間失去了重要的師友，又得背負起振興門派的重任，對於一個十五歲的少年來說，這份擔子確實有些過沉了，尤其是像妙因這樣溫柔敏感的孩子。

只見妙因走到墳前，輕輕撫摸那生苔的石板，喃喃道：「妳說，他會不會原諒我們呢？」

這話勾起了鈴的回憶。她想起長孫岳毅曾說過——三十多年前，杜鵑花開得最猖狂的那個夏天，他和韓君夜、夏空磊在夢悟和尚的見證下，於靈禽峰義結金蘭，約定一輩子同甘共苦，永不相負。

這一剎那，夢悟大師溫厚的笑容彷彿從記憶最深處躍出來，浮現眼前。她將手放在少年肩上，說道：「放心。沒有人會怪你，所以你也該學著接納自己。」

說實話，她自己也不是一個能夠輕易原諒，放下過去的人。兩年前，她甚至還曾在夢悟的墓前揚言要把整個中原武林攪個天翻地覆呢。

然而，當聽夢隱親口說出當年真相後，她卻發現，這一切的恩怨，遠遠沒有自己想像得那麼簡單。正如夏空磊所說：「仇恨就像囚籠，當你坐困其中時，就會看不清身外的世界。」經過了這麼多的事，現在的她也終於逐漸明白。

這世間確實罕有公平，可種什麼因，就必會結成什麼果。因此，無論國清寺的那幫老頑固是否對自己的行徑感到後悔，這輩子都休想擺脫這份罪孽。逝者已去，而日子還得繼續——這是世間最簡單，同時卻也是最沉重的道理。

墳前的香燒到一半，後方驀地傳來一道不冷不熱的聲音。

「小光頭，你怎麼還是這麼愛哭啊？」

妙因轉頭，見樹蔭下站著一名耳朵尖尖的少年。

即使過了這些年，彼此都長大了，瀧兒卻還總是「小光頭」、「愛哭鬼」的喊他，妙因也早已習慣了。可他沒料到，下一刻，對方居然走上前拍了拍他的肩。那力道大得像是要將他整個人拍進土裡似的，但妙因仍有種受寵若驚的感覺。

他抹去臉上的淚痕，問：「你們真的不再多留幾天嗎？」

「倘若我們再不走，你那幾位師伯恐怕又要為難你了吧。」鈴苦笑。

雖說眼下有夢隱替他撐腰，但若想盡快樹立威望，獲得同門的認可，妙因還得振作起來，拿出大刀闊斧的氣魄才行。而若一切順利，在他的帶領下，未來的國清寺也會變成一個很不一樣的地方吧，她心想。

「你替我照顧好梅梅就是了。」

妙因聽鈴這麼說，耳廓又羞紅了，鄭重地點了點頭。

天寶十三載八月，風中處處飄散著桂香。

鈴和葉超、瀧兒、雲琅離開天台山，在江南盤桓了十多天，卻仍沒有打聽到任何關於蘇氏父子的消息。

一轉眼，秋光如許。這日，幾人行至南昌滕王閣附近，前頭忽然迎面馳來兩名騎士。男的玉樹臨風，女的明眸善睞，胯下都是百裡挑一的大宛寶馬，光是從路上經過，便吸引了大批民眾的注意。

然而，當路人紛紛投以豔羨的目光時，鈴和葉超卻反倒露出見了鬼一樣的表情，很有默契地轉身，準備溜之大吉。

只可惜，兩腿比不過四蹄，才沒跨出幾步，後方便傳來熟悉的呼喊：「超兒！是你嗎？」

隨著「籲」的一聲，葉超怵在原地，背脊僵直，緩緩地轉頭賠笑。

「二師兄？你們、你們……怎麼會在這？」

顧劭峰仍和從前一樣，身披襴袍，背掛長劍，只是整個人黑了不少，也瘦了不少，眉宇間再找不到當年英姿勃勃的風采了。楊千紫跟在丈夫身邊，也顯得風塵僕僕。她見到葉超，又驚又喜，立即上前拉起對方的手。

「小超兒，沒想到真的是你！可想死我啦！」

可就在此時，她注意到了鈴的存在。

「這位是……」她眸光一動，話還沒說完便被打斷了。

只見隔壁的顧劭峰右手忽起，一道寒光發出，迅雷不及掩耳地朝鈴胸口刺到。這一劍又快又狠，幾乎讓鈴無處可避。可與此同時，葉超也動了。

鈴還是頭一次見他拔劍拔得這麼快。銀光迅閃，只聽得「鏘」的一聲，雙方短兵相接，顧劭峰的寶劍砍在堅若金石的水無劍鞘上，竟沒占到絲毫上風。

「葉超！」顧劭峰叱喝，面如寒鐵。「你知道自己在幹嘛嗎？」

「師兄，聽我解釋！」

「沒什麼好解釋的！」

這下變起倉卒，鈴也沒有料到，只能趕緊拽住隔壁的瀧兒，以防他跟著加入戰局。楊千紫則攔住了顧劭峰，勸道：「劭峰，別這樣……有話好好說啊！」

然而，顧劭峰卻絲毫沒有理會妻子的話。他的目光越過葉超肩膀，狠狠落在鈴臉上。

「對這種叛徒何話好說？此女是赤梟之徒，在塗山時還曾想置我於死地！難道你都忘了？」

鈴聽到這，心中不禁冷嗤。她可沒忘。不過話說回來，當初到底是誰想置誰於死地啊？上回見到顧劭峰，正是在天轅台下的密道裡。對方殺她不成，反被妖氣暴走的瀧兒狠狠揍了一頓。如此慘痛的經驗，想必留下了不小的心理創傷，也難怪對方會如此惱怒。

然而，平時看上去總是漫不經心的葉超這回卻難得地動了真火。只見他眼中紅光突閃，一面扛住顧劭峰的劍，一面望向楊千紫。

「師姊，旁人也就算了。難道妳也信不過我？」

目光相觸，楊千紫眼底升起朦朧的霧氣。「啪嗒」一聲，淚水落在了葉超腳邊的地上。

「超兒，你聽我說……其實……我們這次下山，不只是為了國清寺的事，更是為了找你啊。」

「找我？」葉超胸口驀地一突。

「兩個月前，陸師弟他們在常州發現了邱師叔的遺體。如今已運回了茅山，這下你滿意了吧？」顧劭峰說到這，呼吸艱澀，英俊的面龐微微扭曲。對面的葉超則徹底怔住了。

「你說什麼?師父他……」

眼見二人終於收起刀兵，楊千紫趁機插了進來，緊緊捉住葉超的手臂。

「回來吧，超兒，別再離開了。」她乞求道。「邱師叔不在了，可你還有我們啊，天道門才是你的家啊！」

面對這下轉折，鈴一時有些不知所措。

她很想說些話來安慰葉超，但顧劭峰在場，根本就沒有她插嘴的餘地，而瀧兒就更不必說了。忐忑間，她只覺得葉超攥著她的左手越來越用力，掐得她掌心的肉都麻木了。

「發生了這種事，你居然還顧著一個人在外頭廝混，我真的對你太失望了。」顧劭峰帶著無可救藥的冷漠表情俯視葉超。

葉超感到如遭雷殛，好不容易穩住神，咬牙問：「我不信！師父他……是怎麼死的？」

「這話，你該問她才是！」顧劭峰道，再次將矛頭指向了鈴。「邱師叔長年隱居茅山，從未與人結怨，敢問天底下，還有誰會這般喪心病狂，對他下此毒手？咱們這一路上碰到的妖魔，全都是赤燕崖預設下的埋伏，你別到現在還執迷不悟！」

話音甫落，又是一記寒光渡越。可這次，卻被楊千紫出劍截下了。

「夠了！」她橫擋在三人中間。「你們也不想想，若邱師叔還在，他老人家那麼厚道的一個人，看見你倆兄弟相殘，該有多傷心？」說著，眼神望向丈夫，右手則輕輕放在自己的小腹上。

「劭峰，這次就放過他們吧。就當是為了我，為了未出世的孩子積福。」

此話出，沉默降臨。葉超的目光跳了一下，遲疑道：「師姊，妳……」

楊千紫回過頭，朝他投去一個憂傷的微笑。

「超兒，你已經長大，是獨當一面的男子漢了，自然不用我們操心。但師叔從小那麼疼你，於情於理，你都該來見他最後一面。」

葉超眼圈一熱，道：「那當然！」

「好，那等你處理完事情，就趕緊回來吧。」楊千紫抹乾眼淚，強打精神笑道。「我們大家都等著你呢。」

說完，夫妻倆再次翻身上鞍。顧劭峰又回頭甩了鈴一眼，這才雙腿一夾，催馬離去。轉眼間，兩人的背影便消失在大路盡頭。

他們一走，葉超立刻閉上了眼睛，良久才重新睜開，眉毛打結，懨懨地說了句：「我得回去。」

鈴從未見過對方露出這般表情，心中一痛，有些不知所措。自兩人相遇起，她就經常聽葉超提起邱道甄。她曉得，他倆名義上是師徒，實際上卻情同父子。

「你剛才就該跟他們走的！」她皺眉。

「可是……」

「你在猶豫什麼？」鈴不等葉超反應，上前一步打斷。「我認識的葉超可是最有主意的。去做自己該做的事，不必顧慮其他人，更不必顧慮我，懂嗎？」

聽到這話，葉超心頭一直繃著的弦突然就鬆了。下一瞬，眼中滾動的淚水再也無法控制，「唰」地落了下來。

滕王閣的對面有間岳家酒樓，橫於江渚之上。兩天後，葉超啟程回天道門，一行人便是在這為他餞行。

雲琅雖然平時話少，但最清楚自家少主的心思。菜剛吃完，他便強行拖著瀧兒離開現場，留下鈴和葉超兩人獨自對面滿江秋色。

荻花千頃，風光迷人，鈴吩咐跑堂的夥計把菜撤了，換上兩壺桑落酒來。

葉超見她興致勃勃的樣子，不禁攏起眉頭：「喝不了就別喝了，逞什麼能啊？」

但鈴很堅持，今日就是要破例一回。她掙開對方的手，替兩人的酒杯滿上，說道：「我聽說南方的人家有個習俗，會在女兒滿月時在後院的桂花樹下埋一罈酒，約定將來，等孩子長大，出嫁的那天，再把酒掘出來，宴請鄉人。」

「是有這麼個說法沒錯……」

「那我們也來定個約吧。還記不記得當初在昌門時，你曾問我，未來想過什麼樣的生活？」鈴望著檻外浩浩蕩蕩的江水，目光流轉，淺淺勾唇。

「這個自然。」葉超被她的話吸引，聲音不覺帶了一絲暗啞。

此刻的鈴長髮不扎不束，隨風飄拂，眉宇間除了英氣外，還有屬於少女的熾熱和不羈，是葉超從沒見過的模樣，令他感到彷彿置身夢裡。

少頃，她舉起酒盞，一飲而盡。

「從前，我確實沒想過這個問題，可現在不一樣了……若將來哪天，我替師父洗清了冤屈，赤燕崖也回歸平靜，或許，我就能找到答案了。到時候，一定第一個告訴你。」

葉超聞言，腦海裡無數思緒翻湧。可心念一轉，再多的話都止在了唇齒之間，最後只是低下頭，輕輕笑開。

……真的會有這麼一天嗎？

自從爆發了舍利子遭盜的事件後，國清寺毀於大火，無數妖魔鬼怪肆虐江南，六大門和赤燕崖之間的衝突更是越演越烈。要想化解雙方之間的仇怨，談何容易？尤其現在，只要一想到這件事，他腦中便會浮現邱道甄那張胖呵呵的笑臉。

活了二十年，卻直到今天才發現，原來人在最痛苦的時候，是連一滴淚都流不出來的……

哭不成，只好笑了。

於是他也學著對方的模樣，舉杯一仰而盡。那酒入口綿甜，還自帶一股桂花的清香，可尾韻辛辣，將他嗆得淚眼模糊。

對面的鈴盯著他的動作，手一顫，杯裡的酒漿全灑出來了。

故事裡那些叱吒風雲的大俠都是千杯不倒，可她不過幾杯黃湯下肚，就已經頭疼腦暈，臉色發燙，酒量甚至不如一介地痞流氓。

「書呆子，你可真傻啊。」

隨著酒意上頭，她蒼白的雙頰染上了一層奇異的嫣紅，眼神也逐漸飄忽。江上秋風吹拂，揚起片片荻花，她忽然勾住葉超的衣領，毫不客氣地將他扯過來，接著身子前傾，直接吻上了他的薄唇。

那百轉千迴的香韻，不僅是埋藏在歲月裡的深情，更是對未來的憧憬與祝願。有太多的話，無法一一傳達，卻都寄託於這綿長的溫柔之中。而此時的葉超也總算明白對方平時為何滴酒不沾了。

一路折騰到傍晚，兩人都有些迷茫了。眼看分離在即，也只能對著夕陽話別，並說好來年中秋，待葉超服喪期滿，就回滕王閣碰面。

葉超見鈴斜椅憑欄，眼色迷茫，不斷衝著自己傻笑，深怕她隔天清醒後就全都忘了，還特地寫了張字條塞進對方懷裡，再三叮囑：「一定要等我回來啊。」

鈴不斷點頭，點得脖子都痠了，好不容易熬到對方縱馬離去，這才捧著早已翻江倒海的胃，衝到路旁的溝渠邊。

然而，就在她低頭吐得天昏地暗之際，忽然感覺有人將自己披落的長髮給向後撩了起來。

「我說妳啊……什麼時候變得這麼沒出息了？」

瀧兒的聲音帶著幾分埋怨和無奈，卻出乎意料地冷靜。

抬起眸，只見他就站在身後。

鈴有些愣怔。她萬萬沒想到，自己居然也有淪落到要靠對方照顧的一天。她試圖站起，可噁心的感覺卻陰魂不散，忙又把頭轉了回去，直到將五臟廟裡能吐的東西一股腦吐個精光後，才虛脫地滑坐在地。

「吃掉。」瀧兒遞來一粒白色的藥丸，語氣不容質疑。

吃了藥，又坐下調勻了內息，過了一頓飯的時間，鈴才感覺呼吸漸漸恢復正常。

再睜眼時，星星都已經露臉了。

只見瀧兒靠在一旁的樹上，嘴裡叼著一根長草，盯著遠處某戶人家的燈火，雙眼如兩口黑幽幽的井，深邃而無法捉摸。

這一刻，鈴忽然發覺，經過這些年的磨礪，對方身上的那股匪氣已經沒那麼重了，若不開口說話，居然還顯得有些成熟。相比之下，自己這個當師父的方才表現還真是丟臉……

她抽了抽鼻子，低低道了聲抱歉。

深秋露涼，四野無聲，如此寧靜的夜晚，沉重的空氣卻將人壓得窒息，彷彿就連時間都停止了流動。

「喂，等等。」瀧兒走過來，搖了搖鈴的肩膀。「先別睡，我們今晚找間客棧吧。」

然而，話才剛說完，便見少女縮了縮肩，將頭深埋在雙膝之間。

瀧兒從沒見過對方這副喪氣模樣，頓時急了：「喂，惡婆娘，妳振作點啊！不然……我去把葉超叫回來，把他綁起來，不讓他走，這樣總行了吧？」

「不行！」

「那妳說，我到底該怎麼做？」

「這樣子……就很好了。」

結果，為了這句「很好」，師徒倆坐在江邊一語不發地吹了整夜的冷風，好不容易睡著，次日起，又不約而同地著了風寒。

貳

暴雨如注，天地間一片模糊泥濘，驛站裡擠滿了人。旅客們圍著火盆，或倚或坐，喝著驅寒的白酒，聽著外頭風聲哭號。

位居正央的是個長鬍老頭，外號李嘴兒。此刻，他手裡搖著一柄破折扇，正搖頭晃腦地說著書。

「古有青梅煮酒話英雄，可無奈乎，道高一尺，魔高一丈。老朽今夜不談忠烈俠士，卻來講講這幾年橫行江湖的妖魔匪類，諸君以為如何？」

這種秋風起，苦雨銷魂的天氣，最適合聽怪力亂神了。隨著他扇子「嘩拉」一甩，眾人都好奇地豎起耳。

李嘴兒目光掃過屋子，白鬍一捋道：「傳說這魔頭啊，乘著夤夜而來，吸口氣，便能抽乾人的元神，再吐口氣，整座村莊便會化為灰燼，可謂法力無邊，無惡不作……」

「敢問老丈說的可是那惡名昭彰的赤燕崖魔頭——赤梟？」

「嘿嘿，這你就不知道了……老朽今日要講的，並非大魔頭赤梟，而是赤梟的徒弟！」

話音剛落，案頭的燭芯突然爆了一下。

「我怎沒聽說赤梟還有徒弟？不會是道聽塗說吧！」

「你一向懶得走動，又怎會知曉江湖上的事？」

「這種石頭裡蹦娃的傳聞，鬼才信哩！」

李嘴兒聽見觀眾的反應，也不生氣，只是將手裡的破扇當作驚堂木一般，往案上一叩，故弄玄虛地笑道：「諸位莫著急，是真是假，不妨聽老朽娓娓道來……話說，赤梟的這位高徒確實不是號簡單的人物。才剛在江湖露臉，就快把他師父的名頭給蓋過去囉！一年多前的武林群雄會，他與青穹派的向敬沖大俠、國清寺的常素神僧決戰於塗山絕頂，鬥了七天七夜，打得那叫一個天地變色，日月無光！」

這段描述雖然精彩，卻難免有誇大之嫌，聽眾紛紛嘖舌。

可就在此時，角落忽然霍地站起一人，大聲道：「俺兄弟在塗山派做雜役，群雄會時他正好人就在現場，能夠作證！」

大夥兒見他濃眉如刀，言之鑿鑿，又是一陣七嘴八舌。

「據說此人年紀甚輕，卻精通飛天遁地之術，還懂得勾魂攝魄。」李嘴兒說著，矯情地咳了兩聲。「嘿，就算他此刻出現在你我面前，那也不足為奇呵……」

那煞有介事的語氣，配上外頭的陣陣滾雷，教人聽得毛骨悚然。

一名濃髯鼓眼的漢子忍不住感嘆：「這世道，當真是越來越不太平了……赤燕崖的妖兵在黔州做亂，司天台又剿匪不利，像咱們這種平頭百姓，無田可墾，繳不出賦稅，只能逃戶……」

可他隔壁的同伴卻不以為然：「管他赤燕崖還是黑燕崖！只要敢來惹事，咱們就擼袖子跟他拼了！」

「說得好！反正腦袋掉了碗大的疤，二十年後又是一條好漢！」

此言痛快，大夥兒聽了紛紛喝采。

李嘴兒又接過話茬，繼續他那聲情並茂的表演。來到故事的最高潮，席間眾人大多已呈半酣。

嘈雜間，飛騎奔至，又有新的一撥客人在驛站的前院落馬。

進來的是一隊黑衣人，為首者三十多歲，披風裝束，挺拔如茅，雖用斗篷遮住了面貌，卻掩不住滿身的銳氣。一行人腳不停歇，直奔驛丞所在的值房。

鈴和瀧兒此刻正坐在大堂的角落，聽見動靜，同時回頭。

原來，師徒倆和葉超分手後，便改路朝北。途中雖沒有發現蘇氏父子的蹤跡，卻碰見了不少六大門的除妖師，正在和妖魔苦戰周旋。

那些發狂的妖怪大多是先前國清寺遭難時，從寺裡流竄出來的。他們搶食舍利後，四處興風作浪，釀成了不少死傷，也難怪路上旅客各個心中惶惶。

瀧兒目光緊跟著那隊黑衣男子，想站起，卻被鈴一手按了回去。

「等等。留意著點就是了，別去招惹。」

自從那日在岳家酒樓大醉一場後，她身上的黃泉脈印便有了復發的跡象，因此，除非到萬不得已的地步，眼下的她實在不想與人動手。

除此之外，她總覺得方才那黑衣人的背影看著有點眼熟，心裡不由得升起一股不祥的預感……

入夜，雨腳依舊無情地鞭打著歇山頂的屋簷，草木在風中苦吟，宛如女鬼夜哭。幸好驛站寬敞，人員也好說話，收下錢後，便替鈴和瀧兒安排了北樓一間靠外側的客房。

只是，從前行走在外，他們總以姐弟相稱，如今卻得改扮兄妹了。

鈴累極了，翻來覆去卻怎麼也睡不著。窩在土炕上，盯著泥灰的牆板，耳畔不禁又響起那名說書老頭的聲音。

什麼勾魂攝魄、法力無邊！若當時葉超在場，聽到這橋段，還指不定會笑成什麼樣子呢！

該死！一想到葉超，她好不容易積攢下來的那點睡意又消失得無影無蹤了……

而正當鈴躺在房裡輾轉難眠的同時，驛站外頭的樹林裡，一排鬼影也正蠢蠢欲動。

他們埋伏的地點挑得極好，第一撥人摸下陡坡後，迅速翻過牆頭，朝東邊的角樓掠去。

那裡有整座鹽水驛最豪華的上房，還有兩名值夜的驛卒。

燈籠熄滅的剎那，守在門邊的瀧兒醒了。他探頭出去，正巧看見馬廄裡閃出幾條暗影——瞧那身手樣貌，正是先前入住驛站的那批黑衣人。

本以為他們也是被大雨所困，不得已才到此投宿，卻不想，竟是為了誘敵前來！

不過一晃眼的功夫，兩批人便在院內廝殺起來。瀧兒騰地竄起，暗罵了一聲，鈴也翻身下了炕。師徒倆同時越出窗外，伏於屋脊處觀望。

鹽水驛位於荒郊，範圍不廣，四四方方的庭院中，血水混著雨水聚流成窪，格外怵目驚心。

然而，這場惡鬥卻僅持續了短短一炷香的時間。黑衣人一方雖有準備，人數上卻遠遠遜色，很快便被山坡上襲來的那批牛鬼蛇神殺得潰敗而逃。鈴和瀧兒經過驛站的穀倉，發現一名男子倒臥在門口，白眼倒翻，雙手緊緊扼住自己的咽喉，發出「赫赫」之聲，身上卻無任何刀傷斧痕，唯有嘴角掛著血沫，彷彿中邪一般。

這是……妖術！鈴撞見不禁怔住，直到聽見一聲尖厲的嘶鳴才又抬起頭來。

只見前方不遠的地方，一匹棗紅色的駿馬正以閃電般的速度衝入敵陣。牠昂首抖鬃，左踢右突，朝著周圍的鬼影憤怒地噴氣，那驍勇的姿態好比縱橫沙場的猛將，絕非常人能夠驅使。

下一刻，黑衣人的首領縱身俐落地翻上馬背。神駒遇主，旋即化為飛箭向北猛衝，短短幾下便闖出重圍，一頭扎進了附近的林子裡。鈴望著那宛如一竿勁竹的背影，目光一震，心想：「果然是他！」

鹽水驛東側與官道相接，西邊和南邊則是霧氣濃重的大片雜樹林。棗騮馬一路冒雨疾馳，腳程雖快，背上男子的斗篷卻逐漸被鮮血浸潤，就連陷在泥裡的蹄印都豔得驚人。

他朝山坡上折去，直到前方樹影漸疏，出現一座斷崖，這才勒住馬韁。下一刻，他撥轉馬頭，張弓拉弦，朝背後的黑暗冷喝一聲：「出來！」

話音未歇，鐵鳴鏑「嗖」的疾射而出，化作寒光穿過雨幕，釘入一株松樹的粗幹。尾羽顫動間，一名少女從樹梢輕巧躍下。

「將軍留步！我有話說！」

「是妳？」

胡手雙眉斜斜豎起，目光落在鈴身上，眸底閃過一絲凜光。他今日沒有穿著司天台的官服，身上的肅殺之氣卻有增無減。

「將軍是打算獨自上山，利用這場大雨擺脫追蹤嗎？」鈴不理會對方話中的敵意，問道。「這麼做是沒用的。追蹤的方式有很多，就算血氣被沖散了，只要將一種名為『迷穀』的植物摻在草料裡，畜生吃下後，身上就會發出特殊的氣味，十天半月都不會散去。且這種味道，普通人類是聞不到的。」

胡手聽到這話，握弓的手頓時一緊。

須知，他是個處事極為謹慎的人，自從三天前，發現自己率領的小隊被妖怪盯上後，便故意往深山野林裡去。可誰知，他帶著部下一路翻山越嶺，卻始終無法擺脫盯梢，最後，殘存的兵士們又餓又累，萬不能已才在驛站設下埋伏，企圖來個請君入甕。

若非著了道，他這一路絕不至於折損那麼多弟兄，更不會淪落到孤身一人，窮途末路的局面。

想到這，他眼裡赤光大盛，再次從箭囊中拔出一支鐵鳴鏑，彎弓搭箭，對準面前的少女。

「我奉皇命剿滅妖匪，成敗自負。但想取本座的項上頭顱……哼！那也得先掂掂自己的本事才行！」

他的傷勢不輕，背上的披風幾乎成了一件血衣，可說話仍中氣十足，胯下的那匹棗騮馬更是氣勢高昂，烏黑的眼珠惡狠狠瞅著鈴不放。

這一幕看得對面的鈴頗為無奈。

「我要你的頭顱做什麼？」她反問。「若我想殺你，剛剛就會動手了，何必在這與你多費唇舌？留得青山在，不怕沒柴燒。將軍今夜與其拼個魚死網破，不如信我一回，將那匹棗騮馬交給我，由我替你去引開追兵。」

「若我不信呢？」

「你如今還有選擇嗎？」

胡千直接被這話氣笑了：「憑妳也會有這般好心？」

「不是好心，是答謝。」鈴不鹹不淡道。「去年在揚州時，張迅騎罪行敗露，被將軍鎖拿下獄，您還放我進暗牢裡探望過他呢，您不會忘了吧？」

胡千當然沒忘。但他當時那麼做，也是有他自己的盤算的，並非只是單純出自一番好意。

「哼，本座豈是心慈手軟之人？上回，若不是看在妳助我扳倒張迅騎的份上，早就將妳拿下了！」

「有心也好，無心也罷，添上今日這筆，咱們也算互不相欠了。」

雖說兩人僅有幾面之緣，但鈴看得出，對方行事作風方正，絕非張迅騎、崔潭光那種玩弄權勢，沒有良知的小人。正因如此，她才不忍見他湮沒於亂石草莽間，屍骨無人收拾。

「將軍懷疑我也在情理之中。」她說道。「但您那些失散的兄弟們想必此刻還在四處找您呢。您不會不顧惜他們的性命吧？」

胡手聞言，臉色倏地一沉。看那副表情，鈴還以為對方要揮劍砍她呢。

可又過半晌，男人突然仰頭笑了。雨水打在他煞白的臉上，即使落魄，卻也不失一股豪氣。

「罷了！昔年，曹操敗走華容道，那滋味，我今日也算是嚐到了！」他笑了一陣，又重新打量對方，銳利的眸中光芒萬丈。「可最終，曹操班師，重振旗鼓，蜀漢也因此覆滅。有道是殷鑑不遠。妳難道就不怕我將來恩將仇報，將妳的黨羽一舉誅盡？」

鈴眉頭一蹙：「晚輩沒讀過書，不能陪您談史論策，您還是快走吧。」她催促對方。

而就在兩人對峙的當口，那頭桀驁的棗騮馬也察覺到了事情不對。牠雙耳不住翻動，四蹄焦躁地扒著地，若非胡手緊緊抓住轡頭，時時出手安撫，牠恐怕早就對鈴不客氣了。

最後，胡手看了眼自己手腕上那條蜿蜒的黑色詭線，想到自己身上背負的使命，還是放開了韁繩。

馬兒的嘶鳴頓時由憤怒轉為倉皇與悲傷。強烈的靈性告訴牠——主人已經下定了決心。

「相濡以沫，不如相忘於江湖。」胡手撫摸著紅馬的鬃毛，低聲感慨，也不知是在和誰說話。「狄犽脾氣很壞的，多擔待些。」

語畢，轉身大步踏入雨幕。

這匹名叫狄犽的馬脾氣確實極壞，才跑出小半個時辰便數度發狂，試圖將鈴從背上顛下來。然而，當牠發現無論如何都奈何不了這位主人時，又苦苦哀鳴起來。

鈴聽見那聲音，不禁有些心軟。她改投水路，在溪邊拔了些蕺菜，混著青草把狄犽餵飽了。這種植物能暫時壓制住迷穀的氣味，防止有追兵抄捷徑追上來。緊接著，一人一騎涉過泥潭，又從南面悄悄繞回了鹽水驛。

此時，雨已經停了。朝陽從雲後露臉，將滿地狼藉暴露在天光下。

昨日還生機蓬勃的驛站如今已成死城。滿地橫陳的屍首無人收拾，借宿的旅客們死得死，逃得逃。

鈴摀住鼻子，直到進了內院才聽見響動。瀧兒從一道窄門內閃出來，身後還跟著三名驛卒，看上去都嚇壞了。

「人呢？有追上嗎？」

「已經逃了。」鈴說完，簡單交代了事情的來龍去脈。

其中一個驛卒腿傷不輕，得靠同伴攙扶才能勉強行走。他可憐兮兮地看著瀧兒，問：「大俠，請問我們現在可以走了嗎？」瀧兒不耐煩地瞥去一個「滾」的眼神。三人立刻意會，轉身顛顛地逃了。

等幾人離開，鈴才問：「為何扣住他們？」

「哦……」瀧兒別開目光，口氣有些彆扭，「妳不是讓我留下來盯住現場嗎？那斷腿的傢伙是守門的，事發經過看得最清楚。另外兩個還算仗義，本來可以跑，卻堅持要帶上他一起。我擔心幾個笨蛋會被發現，就將他們塞到了馬廄裡。」

「你沒動手吧？」

瀧兒搖頭：「胡手逃走後，大部分的妖怪都追去了，只剩下一些嘍囉。他們吸乾了那些門徒的元神，還在牆上留下了記號。」他指著身後的粉牆。

鈴看見牆上形似巨大羽翼的鑿痕，一顆心沉沉向下墜去。

果然是赤燕崖的暗號，且那暗號的主人她認得，是四大護法手下的一名妖怪——蒼天狗。

老實說，她平時雖有些固執任性，卻從沒想過有朝一日，自己竟會公然從同伴手中搶人，更別說，對方還是堂堂司天台御使！可她太清楚二叔和薔姨的手段了，今夜若不是自己插手，胡手必定難逃一死。

瀧兒見她神色不對，忙問道：「這符號啥意思，有危險嗎？」

眼下已經沒有時間解釋了。鈴直接拉過狄犽的轡繩，將瀧兒拽上馬背，說道：「咱們先回去，路上再慢慢和你說。」

「回哪？」

「赤燕崖。」

參

西行翻過蜀道，再往前走，穿越句芒山，便是大唐和吐蕃的邊境了。

瀧兒站在萬籟俱寂的山頂，望著天高雲闊，雪色莽莽，不覺被這幅畫面深深吸引住了，就連狄犽從後面靠近也沒察覺，直到馬上的鈴喊了聲：「喂，悶葫蘆，你發什麼呆啊！」才回過神來。

他性子素來偏激，可在如此安靜的景色包圍之下，內心也彷彿受到了洗滌，變得格外平靜。

「這就是妳從小待的地方？」他回頭問。

睽違兩年，再次踏上熟悉的土地，鈴心裡五味雜陳，說不上是喜是愁。

「是啊。」她指著天邊的兩座奇峰，說：「那裡是雙生崖。」接著，又指向一旁起伏的山巒：「那裡是尋木林，還有晚溪、青獲峰、天階池。」

瀧兒聽得都暈了：「那些都是什麼地方？」

鈴懶得和對方一一解釋，於是賣了個關子：「等等你自己去看了便知。」接著輕夾馬肚，向前奔去。

但進入句芒山後，周遭突然飄起了碩大的雪花。凜冽的寒風吹得人五臟六腑都抽疼起來，骨頭格格作響，就連平時總是橫衝直撞的狄犽都慢下了速度，不停地甩尾噴氣。

天地渾然一色，卻見一點黑影在前方的雪地裡移動著，宛如沙漠幻影，又如隨時要被撲滅的火光，行了幾步，就連隔壁的小黑影也跟著撲倒。

「等等再休息，馬上就進結界了！」

「聽話，別管哥了，妳快走……」

「哥！我不會丟下你一個人的！」

稚嫩的聲音陡然尖銳起來，彷彿冰過的刀子，刺得鈴的心臟狠狠一縮。她毫不猶豫地衝了出去，大聲喊道：「桑兒，是妳嗎？」

兩者撞了個正著，女孩起初還有些不可置信，可看清來者後便一頭扎進鈴懷裡。

「姊姊！少主姊姊，妳可回來了！」

「桑兒，發生了何事？妳怎麼出來了？」

「我們出門採藥草，和伯伯們走散了，又遇上了歹人，好不容易才逃回來。可是哥，他走不動了……」

鈴看著腳邊殷紅的雪地，心裡升起一股極不好的預感。

「墨兒！」

匍在地上的青年雙眼半睜半含，聽到自己的名字，嘴唇顫動了兩下。

「此處不安全，快帶我妹妹走……」

「要走一塊走。」隨後趕至的瀧兒二話不說，蹲下去，將墨兒沉重的身子扛起，送上馬背。馬臀一拍，狄犽噴出大團白氣，小跑起來。

鈴抱著桑兒在前方領路，直到進入山峰包圍的谷地，風雪才總算趨緩。

這山谷是條死路，唯有一處岩洞可供庇蔭。一行人走入岩洞，只覺得周圍一片漆黑，伸手不見五指。可當他們來到盡頭時，一道強光卻驀地從頭頂射來，先是幻化出各種圖形，接著凝聚成一團跳躍的青色火焰。

那團火球不斷圍著幾人繞飛，就像是在仔細端詳他們似的。飛到瀧兒面前時，他心頭一緊，正想退後，卻被鈴拽住了衣角。

「放心，沒事的。」她說，隨即從懷裡抽出一張白色的符紙。

火魅看見此物，立刻興奮地撲上來，張開嘴，三兩下便將符給撕吞下肚。

下一刻，火魅的身體一分為二，二分為四……直到整座山洞都充滿了顫動的火苗，如燈籠般照亮了一道通往空中的橋樑。

鈴、瀧兒、雲琅和墨兒兄妹在火魅的引領下走上橋樑，穿越結界，一直來到山谷的另一頭。

出了山洞，映入眼簾的是座峽谷。薄如蟬翼的陽光從岩柱間滲漏進來，溫暖了桑兒凍紅的小手。她揉揉眼，邊哭邊笑道：「哥，咱們回家了！」

馬上的墨兒聽見遠處瀑布傳來的嘩嘩聲，唇角微微牽動了一下，可很快又昏迷過去。鈴朝著岡哨的方向高聲呼喊，很快便有巡邏的隊伍奔上來。其中一名隊員將桑兒抱開，幾名高大的妖怪則合力將墨兒送上擔架。

「去請柳郎中，快！」

眾妖七手八腳地替少年止血，接著將他抬往醫寮的方向。直到這場風波暫息，瀧兒才有機會好好打量眼前的景色。

從入口望去，兩邊皆是開闊的原野，田舍錯落，一片生機，和寸草不生的雪嶺形成強烈對比。台地上矗立著許多圓形的小土樓，形成一座與世隔絕，雞犬相聞的村寨。

剛到村口，前方便響起興奮的呼喊：「小琅！小琅！是少主回來了！」

雲琅「咻」地從鈴身邊飛過，正好撞上幾個赤足奔來的小孩。大夥兒被風逗得咯咯亂笑，有幾個跌倒了，又立刻跳了起來，推搡成一團。

「少主，這哥哥是誰啊？」

「走！咱們去玩騎馬！」

「這可是我先說的！」

小妖怪們盯著瀧兒的眼光，就好像是逮著了某種新奇的玩物，有的摸尾巴，有的拉耳朵，稀罕得不得了。

四下忙活的村民們也紛紛抬頭相迎。一張張純樸而親善的笑臉讓瀧兒產生了一股錯覺，彷彿自己又回到久違的家鄉青丘。

但很快，一名頭繫花巾的少婦推開擋路者，急急奔了上來。桑兒剛見她，就忍不住開始嚎啕大哭：「九姨娘！」

「少主，桑兒！怎麼搞的……這是？」

「九姨，此地不宜多談，先跟我們走吧。」鈴連忙打斷，將對方從孩子們身旁領開。

到了醫寮，只見墨兒臉色慘白地躺在蓆上，一名臉上蒙著布條的瘦弱男子正在為他施術療傷。

身為赤燕崖的醫者，柳浪和鈴一樣，是赤燕崖少數的人類。只見他拿起墨兒的手診脈，並將一根顏色奇特的針楔入對方頭頂，半晌又抽出來，搖頭嘆息：「還請節哀。」

九姨娘聽見這句話，驟然驚醒，瘋也似地朝對方撲過去：「要你何用？還我兒的命來！」

柳浪閃避不及，臉上被抓出一道口子，鮮血滴滴濺在月白色單衣上。

周圍的其他醫寮弟子趕緊上前，七手八腳地將大夫和家屬拉開。柳浪退後兩步，臉色蒼白地喘氣，九姨娘則趴在墨兒的屍體上失聲痛哭，場面頓時混亂。

鈴眉頭打結，悄悄拉過一名醫寮弟子問：「到底怎麼回事？怎麼墨兒和桑兒會出門採藥，還遇上了襲擊？」

對方臉色發愁，說：「少主您有所不知。過去幾個月，司天台逼得越來越緊，咱們的獵場和物資都不夠用了，大夥兒為了生存，沒辦法再和從前一樣關在寨子裡不出去。墨兒已經不是第一個出事的了，眼下還有好些兄弟尚未回來呢。」

哭聲越來越慘烈，九姨娘不理會旁人勸慰，自顧自對著墨兒的屍體喊起來：「早就叫你別去，你偏不聽！好在天狗將軍已經前去追擊了。待他斬殺賊首，替你報卻大仇，你也可安心去了！」

話正說著，一名狸首虎斑，手提長槍的青髮男子越眾而出，正是赤燕崖將領之一的蒼天狗。

「對不住，九娘子。」他低頭羞愧道。「我們雖趕跑了敵人，但那司天台御使胡手十分警覺。我們暗中跟隨，將他逼入孤山，不料，最後還是讓他給跑了……」

瀧兒聽到這裡，表情忽有些不安，忍不住朝鈴閃去一瞥。然而，卻聽對方道：「此事不怪天狗將軍。是我自作主張，將人給放走的。」

良久，大夥兒都沒反應過來她說了什麼，蒼天狗更是瞠目結舌，直到一道聲音傳來，才將眾人從夢中點醒：「讓路，薛鍊師來了。」

赤燕崖中，除了寨主赤梟外，就屬「四大護法」孔雀、狌狌、夔牛、毒蠍地位最尊，就連其他妖怪也得敬畏三分。

而此時，蠍妖薛薔正朝這走來。她一身縞素，手捧紫壺，臂上還纏著一條紅色信子的小蛇，宛如巫山神女下凡。所到之處，群眾如潮水般向兩旁退縮。

她停下腳步，掃了眼面前的混亂，接著將視線轉到鈴身上。

「鈴兒，跟我來，還有你。」她指瀧兒。「你也是。」

晚溪的水從谷間潺潺流過，既不緊也不慢，彷彿會這樣一直流到地老天荒。鈴和瀧兒跟在薛薔後頭，走過拱橋，離開熱鬧的村子，往赤燕崖的高處走去。

一路上，薛薔始終冷著臉，也不多置一詞，和平時溫和大方的態度大相逕庭。到了對岸，一個胖墩墩的身影忽然從柱後閃出來，正是狌狌張詰。

「臭小子，咱們又見面啦！」他說著，捉住瀧兒的額髮，用力揉了兩下。「嘖，想不到……個頭居然竄這麼高了！」

雖說這一別便是兩年，可上回碰面時，瀧兒留下的印象實在太過深刻，也難怪張詰會有如此反應。

「三哥，別瞎鬧了。」薛薔回頭蹙起眉尖。「辦正事呢！」

張詰小眼睛閃了閃：「好，說正經的。胡手那廝是你放走的吧？真是好大的膽子！」

瀧兒眉毛擰起，卻沒還嘴，薄唇緊閉，一副苦行僧的表情。

鈴見狀，急得插身上前：「三師父，那是我的決定，不干他的事！」

「嘿，又想動手？」張詰故意跳開來，指著她鼻子嚷嚷。「鬼丫頭，他是妳徒弟，我還是妳師父呢！天底下有妳這麼護短的嗎？」

鈴無奈，眼神透出一絲乞求。又過半晌，薛薔終於投降地嘆了口氣。

「妳這次闖下的禍太大，兩尊獅爺那裡我們無法交代，只能由妳自己向他們解釋。」她說道。「妳可得想清楚了。」

薛薔口中的獅爺，正是赤燕崖負責維持秩序、執行賞罰的掌事，地位僅次於四大護法。

鈴聞言不禁咬了咬牙。

然而事到如今，她深知逃避也沒有用，只得將目光投向瀑布對面，那座種滿紫藤花的小院——韓君夜的小樓。

既然回來了，有些事就不得不面對了。

至於瀧兒，他對眼前的一切充滿了好奇，也想親自見證。可正準備跟著鈴踏入小樓時，卻被薛薔叫住了。

「等等。」她的表情忽然變得古怪起來。「我還有話對你說。」

肆

瀧兒在薛薔的帶領下穿過田地與竹林，來到一座溶洞。石窟中有水潭，水流沿著層狀的岩壁潺湲而下，形成相互依偎的圓形池子，浮動著淡淡幽光。

瀧兒望著腳下的泥土，突然意識到一件怪事：明明在深山裡，又是冬天，怎麼連一點雪印都沒有？

一旁的薛薔一眼看穿了他的心思。

「很久以前，這一帶本是湖泊。」她解釋。「直到某年，上游的青獲山發生崩塌，巨石堵住河口，這才形成了陸地。但地下溫泉依然活躍，常年四季如春。」說著，指著前方的湯池道：「你下去吧。」

瀧兒還以為自己耳朵出了毛病。

薛薔回頭看見少年呆住的表情，又氣又好笑，問：「莫非你怕了？」

目光相觸，瀧兒心想：「若這女的真動了殺心，方才路上就該動手了，又何必多此一舉帶自己來這？」可就算想通，臉上還是不爭氣地紅了。

「……才沒有呢！」

「天階池的水並非一般泉水，不僅可袪毒治病，暢絡經脈，對內功的修行甚有助益，外頭多少妖怪求之不得呢。」薛薔冷笑。「你小小年紀就一身傷，可見不識好歹。若再不思保養，將來必會落下病根，形成頑疾。運氣再差一點，連小命都保不住，你自個兒掂量掂量吧。」

「……」

經過一番天人交戰，瀧兒最後還是走到洞窟角落，褪去一身髒衣服，踏入冒著白煙的湯池裡。

可岸上的薛薔卻沒有要離開的意思，反而是在池邊的石階坐了下來，一副老神在在的模樣。

她從紫壺裡倒出一條色彩斑斕的蜈蚣，餵給臂上的小蛇，緩緩道：「這片土地與世隔絕，富有異寶，一直庇護著我們的族人遠離中原的戰亂。但說到無禍無災，還是寨主娘娘的功勞。過去十多年，她在風雨飄搖裡為我們撐起一片天地，讓幼有所養，老有所終。她告訴我們，妖不只是為了活著。除了活著，還能做更多的事。若非如此，你所見的這些都不可能存在。」

「可她是人類啊。」瀧兒皺眉表示。

薛薔望向他的眼神柔和而充滿憐憫：「我給你講個故事吧……從前，單張山裡住了隻妖怪，名為『囂』，狀如夸父，四翼、一目、犬尾，音如鵲。某日，六大門興兵來犯，囂被當中一名人類俘獲。但那人並沒有殺死他，反而放他離去。後來，許多年過去，囂成了隴右妖怪的統領，終於在一次因緣際會下再次見到了救命恩人。然而，那時的對方已經身負重傷，瀕臨死亡。原來，她竟是受人追殺，從懸崖上跳下來的……」

騷動的池面如琉璃般反映出微妙的光彩。

瀧兒心頭一震，差點從水裡跳起來——這哪裡是什麼故事？分明就是活生生的往事啊！

「接著呢？」他追問。

薛蕾的嗓音低微卻有穿透力。透過她的話語，瀧兒終於明白了這一切是如何開始的——原來，當年韓君夜在「囂」的幫助下活了下來，而她被帶往的山谷正是赤燕崖。

北風刺骨，雪花紛揚，將遼闊的天地裹上一層厚厚的白布。突如其來的暴雪打亂了行人的腳程，卻無法澆滅繁華的俗世煙火。

山腳客棧裡，人聲喧譁，舊甌添新茶，青爐煮酒香。幞頭夥計熟稔地穿梭在各桌之間，靈敏的身法堪比江湖豪俠。就算忙到腳不沾地，也能抽空與人說笑、逗悶子。

「劉二哥，幾年不見，媳婦兒出落得越發標緻了啊。你們也是要去參加婚宴的嗎？」

面對調侃，腰挎苗刀的男人咧嘴一笑：「是啊，塗山冷清了這麼段時日，如今遇上喜事，總算又熱鬧起來了。」

「據說青穹派送來的賀禮是整車的硨磲瑪瑙，各個大如巴掌呢！究竟是真是假，此去，您可要替我好好鑑定一番啊！」

「不過都是些俗物罷了。想當初，若不是韓君夜出事，塗山派哪裡會稀罕這種東西……」

「哎呀，別說了！」

「都是死了的人了，你怕什麼？」門邊的青年說著，舉起酒碗，輕蔑地笑了。「從前他是高高在上的塗山掌門，大夥兒自當敬他三分。可看看他都幹了什麼好事？若不是有武正驊在，恐怕塗山早讓人一把火燒成灰了。」

「正是此理！姓韓的不在，咱們這些人才有營生可以做。否則從前，他啃肉骨頭，喝肉湯，咱們卻連肉末渣子都沒得吃！」

「武正驊那傢伙看著清高，到底還是識相。也算他走運，竟能娶到靈淵閣掌門夫人的親妹！今後，兩家修好，塗山派這鉢飯算是端穩了。」

「看你羨慕成這樣！難不成，新娘子你見過？」

「這用猜的也知道。武正驊風流倜儻，又遲遲未娶，定是個美人！」

「嘿，公孫家的女兒，嫁誰算誰福氣大，哪還有心思計較美醜？」

賓客們七嘴八舌地品評了一番，又相互敬酒，喝得臉紅耳熱，絲毫沒留意到角落裡一道孤清的影子。

女子纖弱的身形在周圍熱絡的氣氛襯托下，更顯得憔悴委靡，人比黃花瘦。

直到茶碗空了許久，小二才上前賠罪：「娘子等的人還沒到？外頭天這麼冷，我先給您打兩斤酒來。」

話剛出，小二才發覺桌旁擺了兩條木杖。只見面前的女子拄起木拐，奮力將兩條腿撐直，後才巍巍站起。

韓君夜連頂帷帽都沒戴，卻一點都不擔心被人認出。畢竟，在凡夫俗子的心目中，韓君夜是已故的英雄豪傑，誰也不會將他跟一名病骨支離的弱女子聯想在一起。

她走出兩步，忽然身子一歪，險些跌倒。小二想出手相扶，卻聽她怒道：「把手拿開！別碰我！」

當家做主多年，韓君夜的話語中自是帶了股威儀。小二被這麼一叱，嚇得退開兩步。

韓君夜喘了兩口粗氣，又想到臨行之際，矞曾極力勸阻她回塗山，是她自己不聽忠告，一意孤行，這才淪落得如此狼狽的下場。

當初跌落懸崖時，她失去了腹中的孩子和一雙腿，雖從鬼門關前被救了回來，卻對赤燕崖沒有絲毫留戀，只想盡快回家。於是，花了一年半載的時間休養，努力學習用木拐行走，好不容易跨越險山迢水抵達家門口，沒想到，映入眼簾的卻是張燈結綵，賓客熙攘……

這一刻，她的內心突然泛起巨大的悲涼，凍得她連血液都停止了流動。

慘笑間，右手微揚，對面的小二「砰」的一聲倒地。血從他的眼眶裡湧出來，像極了喜慶時張貼的紅紙。

第一次，毫無理由，純粹為了洩恨而出手殺人。韓君夜感到異常平靜。

她袖底藏的青絲是一種纖細如髮卻又堅韌如鋼的暗器，能取人性命於彈指之間。自從雙足殘廢後，她苦練此技，已經到收發自如的地步了。

只見她頭也不抬，握著木杪的手指搖了幾下，絲線便「嗖」的射出。周圍那些沉浸在歡愉中的酒客根本來不及反應，有些被刺穿眼球，有些則被青絲環頸，吊上屋樑，身體扭曲成詭異的形狀。

眾人見她雙腳不動，四周的人卻接連死去，嚇得魂飛魄散，一個個轉身奪門而出。

「——她使妖法！她不是人，是妖怪！」

儘管身居高位，武藝卓絕，但韓君夜自從女扮男裝行走江湖的那天開始，便一直在壓抑、隱藏自己。直到此刻，經歷了由痛苦乃至麻木的過程，才感覺傷口深處迸發出一股如獲新生的快意。

望著眼前這狼奔豕突的一幕，她無法抑止地笑了。

炭爐裡的火依舊啪哧作響，她上前舉起酒壺，一仰脖乾了。

待她搖搖晃晃地步出客棧大門，方圓幾里內的活人都早已逃得不見蹤影，唯有那句「她是妖怪！」迴蕩在雪風中，歷久不散。

瀧兒感到腦袋發暈。水面上漂浮著一層氤氳的白霧，讓他產生置身雲端的錯覺。

「客棧裡的那些人不過是閒來無事嚼舌根罷了，犯不著殺了吧？」

「貪利負義，卸磨殺驢，就休怪自己命如草芥。」薛蕾撇嘴冷笑。「從那日起，世上就不再有韓君夜這號人物了。赤燕崖最初的首領是名叫『嚚』的妖怪，娘娘先是擔綱他的輔佐，後又繼任成為新的寨主。她雖是人類，卻待我們如同親人，就算她不在了，這份恩情也永遠不會消失。」

明明在溫泉裡，瀧兒卻感覺背脊攀上一股寒意。

「妳為何跟我說這些？」

「因為鈴。」薛蕾看著他，目光溫柔得令人沉淪。「我從小看她長大，最清楚她的性子。那孩子心正，卻過於心軟，身為赤燕崖的少主，往後的日子，她會面臨更多更困難的抉擇。你幫不了她，只會成為她的負累，懂嗎？」

「我……」

「她身邊有個不知天高地厚的梅花妖已經夠頭疼了，絕不許再添一個累贅。所以請你離開，今後走得越遠越好，別再靠近她！」

此話戳中了瀧兒長久以來最害怕的心事，他聽在耳裡，不禁怒火中燒。

「開什麼玩笑！我與誰為伍，豈由他人說了算？妳問過鈴的意思沒有？說是為了她好，其實不過是逼她做出妳們想要的選擇罷了！」

話罷，霍地起身，卻迎來一陣頭暈目眩。這種感覺太不正常了，瀧兒馬上驚覺中計。然而，為時已晚。下一刻，他感到雙腳軟綿綿的，一個踉蹌向前栽倒。

薛薔將他接住，將他圈在懷裡，低聲安撫道：「乖啊，別怕。這不過是以防萬一的手段……」

瀧兒看見那張姣好的面容在眼前晃呀晃的，雙唇一張一闔，不禁羞憤交集。但很快，薛薔的臉也模糊了。他墜入鋪天蓋地的黑暗裡。

韓君夜的小樓位於瀑布頂端的懸崖，前有小溪垂柳，後有紫藤花蔭，景色優美，宛如遺世獨立。

鈴掀簾走進去，只見一切都和當初離開時一模一樣。帷帳裡除了一張石床和一副沙盤外，沒有其他擺設。

她彷彿還能看見師父坐在沙盤前，身披廣袖鶴氅，頭髮隨意散著，手裡捧著個暖爐，嘴角噙著笑意，對她招手道：「鈴，過來。」

十八年前的司天台之變，韓君夜遭張迅騎率兵追殺，墜落懸崖，雙腿殘廢，筋骨也受到了極大的損傷。可即使這樣，她舉手投足間卻始終散發出一股從容和自信，無愧於天下第一的名號。就連赤燕崖的父老鄉親都常言道：「外頭的武林再亂，只要有寨主坐鎮，他們的心就踏實，日子也能過得高枕無憂。」

然而，如今，屋子中央卻只剩下空蕩蕩的木輪車，以及擺放著牌位的六角案几。

窗外陽光燦燦，瀑布和青山皆被鎏上金邊，隱約還能聽見村子裡傳來零星的雞鳴犬吠。此刻的鈴卻覺得那些溫暖離她好遠。

她手執燭火，朝著韓君夜的靈位長跪叩拜，說道：「師父，徒兒回來了。」

兩年前，韓君夜因舊傷復發，不幸病逝，可寨中知道這一消息的人卻是少之又少。除了鈴和四大護法之外，就只有大夫柳浪和幾位掌事。剩下的村民都以為寨主只是和平時一樣，在閉關休養罷了。唯有這樣，才能穩住眾妖的心，保住這片土地的安寧。

鈴在小樓裡待了一陣，接著穿過花塢，來到瀑布後方。

此地照不到陽光，濕氣又重，即使在白天，仍有種陰森荒蕪的感覺。

路的盡頭有座老舊祠堂，破敗的匾額上隱約可以辨認出「石仙」二字，朱紅色的門扉半開半掩。推門而入，只見裡頭擺滿了各式各樣的石雕，有風姿綽約的古神，也有青面獠牙的異獸，在一片昏暗中顯得格外猙獰詭異。

然而，就在鈴點燃角落的油燈，回身關上門的剎那，一陣妖風吹過，吹得窗外竹葉瑟瑟亂抖，堂中的氣氛也跟著一變。

眾石雕的雙眼迸出耀眼的青光，不一會兒，竟一一甦醒，化作十多名相貌各異的男女老少，從各自的台座上走下來。

一片死寂的祠堂頓時變成了菜市場。眾石仙圍在一起七嘴八舌，吵得不可開交，連看都沒看鈴一眼。

首先注意到鈴的是角落裡的三足蟾蜍精。然而，她才說了句「少主，妳可算回來了」，便被一身彩羽，花枝招展的玉雞給打斷了。

「如何，小丫頭？山下的世界夠意思吧？市井繁華，應有盡有不說，尤其是那美人啊……骨肉勻稱，鮮嫩多汁，滋味堪稱一絕！妳可嚐了？」

「你和她問這個做什麼？」一臉橫肉的猙怒道。「她是寨主的親傳弟子，本該留在寨裡幫忙主持事務，卻私自跑下山尋歡作樂，成何體統？」

「胡說！」白髮皤皤的媼冷笑起來。「鈴此次下山，在塗山群雄會上一舉震攝六大門派，說起來，可比你這只會出一張嘴的老東西有用多了……」

猙聽她語氣輕蔑，當場氣得吹鬍子瞪眼：「臭老太婆，我有說錯嗎？你瞧她這副模樣，寨主才剛仙去，便肆意妄為，引得六大門派對我赤燕崖展開圍剿。寨主從前就立下了規矩，不得隨意招惹六大門的除妖師，就是為了避免這種情形發生——難道你們都忘了嗎？」

「寨主定下的規矩那麼多，哪能一一記住啊。」綁著羊角辮的虎蛟坐在屋樑上，兩條短腿在空中晃呀晃的，說道：「與其聽你們在這打嘴仗，不如問九陰，他什麼都知道。」

然而，這項提議立刻便被否決了：「那傢伙老是在睡覺，叫都叫不醒，問了也是白問。」

這一頭，猙還想繼續譴責，卻被媪嘲笑他不過是貪生怕死罷了，雙方各有各的擁護者，很快再次吵成一團。

眼看他們爭得面紅耳赤，完全忽略了自己此刻就站在這，鈴忍不住輕咳出聲：「那個……諸位前輩，我是奉命前來的，能否讓我見一見獅爺？」

此話出，混亂的場面這才稍稍安靜下來。

一名長身玉立，穿著水綠胡衫的美男子越眾而出，飄然來到鈴面前，正是琵琶精漱玉。他朝鈴作揖，微微苦笑道：「少主，對不住啊。大夥兒聽到您回來的消息都很興奮。有些話不過是一時激動，還請您切勿放在心上。」

說著，從懷裡取出一段紫色的香交給她。

鈴道了聲謝，隨即朝祠堂的另一頭走去。那裡矗立著一對兩人高的石獅子，也是整座屋裡唯一沒有醒來的石雕。

她走到香案前，低頭致意，將點燃的香插入爐中。倏爾風來，伴隨著低沉的咆哮，兩尊石獅子眼底閃過赤光。下一刻，竟同時開口說話。

「孩子，妳可算回來了。」

「聽清楚了……」

那沙啞的聲音宛如冬季悶雷滾過天際，吹得牆上的燈火顫動不已。鈴不禁心頭一沉。她明白，對方發怒，自己這回恐怕是吃不了兜著走了。

「晚輩恭聆獅爺教誨。」

右首獅爺目光凌厲，緩緩道：「這回，妳除去了張迅騎和崔潭光，卻擅作主張放走了胡丰，算是功過相抵。可妳挑起六大門對赤燕崖的仇恨，令同伴陷入危局，此舉無論是有心還是無意，都絕不可輕饒！」

「看在四位護法大人為妳說情的份上，吾輩暫不降罪於妳，但從現在起，直到司天台徹底退兵為止，妳都不得離開赤燕崖，並且得聽從號令，護寨殺敵，將功補過！」

一聽到要被禁足，鈴頓時有些發急：「可師父她遭人暗算的事，我已經查出了兇手是誰了。只要再給我一點時間，我一定會……」

「那又如何？」左首的石獅打斷她，「戰場上的陰謀和謊言永遠不會消失，唯有勝者才有權利說話。死者的尊嚴再要緊，也不能拿生者的命去換，就算寨主在此，也必不會讓妳魯莽行事！」

「除了赤燕崖的同袍外，還有許多人都為此付出自己的生命了。」鈴說到這，情不自禁地將手緊握成拳。「若真相無法重見天日，他們的犧牲又算什麼？」

「事已至此，再無回頭。踏平六大門，就是對亡者最好的交代！」

「不對！」鈴在心裡吶喊。想當初，面對趙拓、張迅騎等人時，她確實是抱持著玉石俱焚的打算，可那只是她自己啊。若發動戰爭須以整個赤燕崖作為賭注，這樣的代價未免太過昂貴……

她無法想像韓君夜韜光養晦，收留四方妖怪，就是為了與司天台決一死戰——若真這麼做，這些年的努力豈不是全付之一炬了嗎？

而就在她內心激烈掙扎之際，一個名字躍然出現在她的腦海。

「那麼藍敏呢？」她喃喃。「師父為何要把她藏起來？……練妖術又是不是《白陵辭》的武功？我只是想知道實情罷了……」

沒有人回答她。獅爺雖無斥責，但鈴從對方的眼神裡讀出了憤怒與無奈，登時明白，這場對話到此為止了。

兩尊石獅的面龐不帶一絲情緒，異口同聲道：「先去找柳郎中治好妳的傷，待妳身子養好了，吾輩有任務要交給妳。」說到最後話音漸低，眼裡的光芒也隨之熄滅。

而身後，祠堂裡的其餘眾位石仙也默許了這個決定，紛紛變回石頭，走回各自的位置。

等到風一停，整座祠堂又再次歸於沉寂。

伍

柳浪的百草堂位於晚溪中央的沙渚。這裡遠離塵囂，種滿了亭亭玉立的水仙，風吹來時，凌波生暗香，讓人彷彿到了傳說中的玉殿瑤台。

同時，這裡也是整個赤燕崖讓鈴感到最為自在愜意的地方。

當她划船靠岸時，柳浪就和往常一樣，坐在門口的草蓆上，面前鋪著一張竹簟，身旁還擺著兩個竹筐。

他雙目雖盲，雙手卻十分忙碌，將攤在竹簟上頭的植物依次撿起，仔細摸索它們的莖葉，湊到鼻端嗅聞氣味，甚至還送入嘴裡咀嚼一番，頗有神農嚐百草的架勢。

鈴看見對方臉和脖子上的傷痕，不禁大皺眉頭。

「九姨娘這次真的過分了！」

柳浪聞言露出微笑，看上去卻有些疲倦：「母子情深，無可厚非。墨兒的死並非是誰的錯，妳不必感到自責。」

「可我畢竟離開太久了……」

走近一看，鈴發現草堂的屋頂已有多處破損，柳浪蒼白的臉頰似乎比從前更尖了，整個人裹在褪色的青袍裡，好似一根細弱的蘆葦。

另外，柳浪整理藥圃向來十分細心。可放眼望去，卻發現田間被混入了許多大小不一的石頭。對於一個雙目失明的人來說，走在這樣的路上，一個不小心就會絆倒。

定是村裡頭那幫頑童的惡作劇！鈴想到這，怒火噌噌地冒上來。

「柳叔，你性子也太好了！我這次非得好好整治他們一番！」她將那些石塊一一撿出來扔進河裡，宣布道。

但相比她的義憤填膺，柳浪卻顯得相當平靜。

「一點小事，何須計較。何況妳回來，他們自然就不敢了。小孩子不諳世事，也是偶爾聽長輩們談及舊事，這才調皮搗蛋。」

「再不懂事，也不能這樣對您啊。」

「終究，我並不屬於這裡……有些矛盾早已深植於心，不會因為時間流逝就得到消弭。」

鈴聽到柳浪的話，深感不平，憤憤道：「誰說你不屬於這！你在這住了十多年，這裡就是你的家！」

可鈴也知道，打從柳浪一開始搬到這，村裡的居民就相當不待見他。相見時尊稱一聲「柳郎中」，私底下卻嘲笑奚落，避之不及。就算柳浪這些年憑藉高超的醫術治好了許多病患，但村民們卻仍用一種「非我族類，其心必異」的眼光看他。

據說這是由於許多年前，柳浪尚未遷居赤燕崖時，曾因練功不慎走火入魔，闖入附近的山林，殺死了不少妖怪。後來還是韓君夜用兩根青絲射瞎了他的雙眼才喚醒了他的理智。柳浪醒來後深感愧疚，這才答應了韓君夜的請求，以醫者的身分在村子裡住下來，一住便是十幾年。

這段故事在老一輩之間流傳甚廣。然而，鈴沒有目睹事發經過，實在難以想像，一向心地善良又病怏怏的柳浪居然也會動手殺人。

柳浪聽她語氣不快，索性轉開話題，問道：「聽說妳不是獨自回來的。跟妳同行的那個少年呢？」

「走了。」鈴說著，鬱悶地拔了拔腳邊的野草。

起初，薛薔跟她說瀧兒獨自離開的消息時，她並不相信。畢竟，不辭而別實在不像對方會做出的事。直到開啟練妖術，發現瀧兒的氣息消失無蹤，這才確信對方已經離開赤燕崖的結界了。

可他會去哪呢？

鈴坐在窗下愣怔出神，柳浪伸手替她把脈，眉心深鎖，蒼白的臉色陰晴不定。

「我替妳改個方子，妳這陣子要多加休息，切不可與人動武，知道嗎？」

過了這麼多年，他對她說話，仍然是對孩子的口吻。

「石獅爺罰我禁閉思過，我也出不去啊。」鈴無奈。

一旁的雲琅在兩人身邊繞了幾匝，引起一陣嘩啦啦的竹葉雨。奇妙的是，柳浪是除了鈴外，雲琅唯一會與之交流的人類。而柳浪雖然看不見風魅，卻對他的一舉一動甚是敏銳，簡直就像心有靈犀似的。

果不其然，窸窸窣窣一陣「交談」後，柳浪的嘴角淺淺勾起。

「看來，妳這趟下山，確實碰到了不少趣事啊。」他拿起搗藥的木棒在她頭頂輕敲了一下。「不過也實在太不小心了。」

「我也沒想到，事情會變成這樣子。」鈴怏怏道。

沉默片刻，柳浪將手放到她肩上，道：「扶我進去。」

百草堂正好面對著青獲山，景色既幽且靜。竹林裡除了飛來飛去的鶺鴒鳥外，還有清歌的水魅，涼風吹過戶牖，挾帶著水仙淡雅的芬芳，和藥草的味道混合在一起。

窗台上，一隻青色小鳥正在低頭喝著露水。牠身上的羽毛東禿一塊，西禿一塊，生得十分醜陋。雖是滅蒙鳥，卻不會口吐人言，只能發出「嘎嘎」的怪叫，簡直比一般野鳥的叫聲都還難聽。

這樣的寵物，一般人大約不會喜歡吧。然而，或許是同病相憐的緣故，柳浪不僅收養了這隻小鳥，還悉心呵護，幫他取了個名字，叫「阿絮」。阿絮也很喜歡柳浪。由於天生聾啞的關係，牠總是被其他的滅蒙鳥欺負。久而久之，牠便不再跟雙生崖的同伴們待在一起，反而在百草堂住了下來。

鈴伸手輕撫阿絮的羽毛，看著牠開心地吃著盤中的果子，心想：「果然，柳叔還是和從前一樣溫柔。」

當年，鈴被韓君夜帶回赤燕崖後，正是柳浪研製出了能夠壓制她體內妖毒的燕山露雪丸，也是他告誡她，切不可思慮過重，否則黃泉脈印的毒性將逐漸侵入五臟六腑。

喝完藥，鈴敞開衣裳坐在床上，柳浪面前擺著一排銀針，對準她的「大椎」、「崇骨」、「靈臺」以及「魂門」、「曲垣」、「天宗」六處穴道來回施針。

幾個時辰後，鈴體力不支昏睡了過去。等她再度醒來，已是隔天晌午了。她感覺肚子空得咕嚕直叫，當即爬起，朝屋外走去。

柳浪正坐在榕樹底下喝茶。他面前的盤子上鋪著竹葉，竹葉上頭則放了幾顆像米又像糖的青粉丸子。鈴伸手去拿，可剛放進嘴裡，便苦得表情都走樣了。

她勉強嚥了下去，彎腰大咳起來：「怎麼還是藥啊！」

「治身如治國，用藥如用兵。」柳浪笑咪咪道。

就在兩人說話之際，一葉扁舟穿過蘆葦緩緩駛近。一條白色的長影從船頭躍下來，朝鈴深躬至地。

「主人請您往雪廟一敘。」

來者外表像隻細瘦的烏賊，身量頎長，皮膚卻透出一層病態的膏白，就連那副脅肩諂笑的嘴臉都像是用紙漿糊上去的，假得要命。

鈴看見，立刻變了臉色。

「雪老找我何事？」她冷問。

對方比了比身後的小舟，但笑不語。柳浪卻站了起來：「妳快去吧，包不準是幾位護法大人的意思。」

然而，若說百草堂是整個赤燕崖鈴最喜歡的地方，那麼「雪廟」肯定就是她最嫌惡的地方，而它的主人「雪老」，更是她最不願意見到的對象。

雪廟位於山腰，和韓君夜起居的小樓之間只隔了一道拱橋。從此處往下看，可將整座山谷盡收眼底。從村子的方向眺望，卻只能看見激流飛起的大片霧珠，彷彿皚皚白雪未曾化盡。

這便是雪廟名稱的來由。

然而，雖名為「廟」，正殿卻布置得極為冷清，除了幾條垂掛的布幔，就只有一張桌子，一口鐘，兩張蒲團。此處一年到頭都是閒人勿進，只有韓君夜還在世時偶爾會來打坐閉關，而由她親點監管雪廟的長老就是雪老。

鈴剛走到橋頭，對方就從柱子後方轉了出來。

雪老是個身型圓潤，看不出年紀的男子，頭頂的白髮稀疏得快看不見了，臉上卻找不到一絲皺摺，反而和少女一樣飽滿。

他行走無聲，神出鬼沒，一雙貓眼在眼窩深處炯炯發亮。被那目光盯上，就像被蛇纏住似的，渾身不自在。從前，鈴只是疑惑為何師父要把這樣的怪物放在身邊，可如今她卻發現，對方的言行舉止和神態，都教她忍不住想起在長安見過的一個人——太子李亨身邊的閹人，李靜忠。

「您找我？」

雪老手一揮，替鈴領路的白色烏賊便無聲無息倒了下去。等她回過頭時，傀儡已經縮成了一團破碎的紙絮，紛紛揚揚地落在原地。

雪老拿起牆邊的掃帚，恍若無事地將紙片掃進畚箕，笑道：「少主請坐。」

「你找我有何事？」

雪老搓了搓指尖：「是貧僧想給妳看一樣東西。」

雪老見鈴臉色不善，也沒有多作解釋，只是打開了角落裡的八角屏風。屏風上繪著兩隻仙鶴，在一片莽莽雪原間優雅漫步，羽翮華美，栩栩如生。

鈴怔住了——她認得此物。

從前，韓君夜為了加快她修習內功的速度，就曾拿出這個名為「引夢畫屏」的法寶。當她專注地盯著上頭的圖畫看時，就會陷入一種不可思議的入定狀態。光是坐在那兒，就能感受到迎面撲來的雪風，看見那對白鶴撲棱翅膀，昂頸高唳……

雪廟焚香的氣味充滿了整個空間，使鈴感到頭暈目眩。而同時，屏風上的景色也跟著動了起來，就好像幕後有人在表演似的。一望無際的雪原消失了，取而代之的是起伏的碧玉山頭，綠得彷彿能掐出水來。

鈴凝視著中央那座直插雲霄的奇峰，喃喃道：「塗山頂峰。」

此時的她已經完全被「夢境」展現出來的畫面給吸引了，渾然忘了身旁還有雪老這個人。可對方並沒有生氣，只是帶著自負的微笑，靜靜地望著一切。

天轅台後方的水池裡種了大片的白蘋，雖說無人問津，花卻開得格外好。

韓君夜現身時，模樣不過十二、三歲，束髮襴衫的模樣顯得有些生澀，眉宇間全是少年人獨有的自信與朝氣。只見她練劍練到一半，忽然飛身躍下天轅台，朝迎面而來的黃鬚道人走去，口稱：「師父！」

崔玄微看著徒弟落地的身法，讚許地點了點頭。同時，一個頭大大的小女孩從他身後探出半個腦袋。她緊緊抓著男人道袍的一角，臉羞得比三月的桃花還紅。

「這位是藍敏姑娘。從今天起，她就要搬來這和咱們一起生活了。妳可要好好待人家。」

「遵命。」韓君夜微笑著朝女孩招了招手。「敏妹，走，咱們捉蜻蜓去。」

女孩抬起臉，雙眼汪汪地看著「少年」，宛如一隻受了驚的小鹿。接著，她緩緩放開崔玄微的衣擺，伸手握住了對方。

韓君夜掌心一籠一挈，轉身拉著藍敏跑了。兩人的背影在太陽下閃動著熠熠光采，竟令入道多年的崔玄微感到一時刺眼。

可就在此時，眼前的場景悄悄發生了改變。

藍敏再次出現時，已經不是懵懂無知的小女孩了。她穿著女子出嫁時的青色吉服，伏在案前，背脊一抽一抽地哭泣。

「姑姑，我不要！我不要嫁人！」

身後的婦人拿起犀角梳，一邊替她梳頭，一邊款款相勸：「娘子別傷心了。是女子都得過這一關，跨過去了，好日子還在後頭，何苦跟自己置氣呢？」

「可是，我不會開心的！」

「出嫁是為宜室宜家，繁衍子嗣，不是為了高興。」婦人繼續叨叨。「何況，妳夫君的才華品貌，哪樣不是一時之選？這種機會，一般人削尖了腦袋都求不到呢！妳也該知足了！」

盤好青絲，戴好羃離，鏡中少女容顏越發朦朧如夢了。只聽門外傳來明快的朗誦聲，伴隨著熱鬧的管絃，字字叩在人心頭：「鏡湖三百里，菡萏發荷花，五月西施采，人看隘若耶。回舟不待月，歸去越王家……」

藍敏深吸口氣，巍巍起身的同時，長袖勾倒了妝奩。「嘩」的一響，玉鐲伴隨著透明的眼淚，碎在了腳邊。

鈴看得極為入神，直到藍敏在女賓們的簇擁下掀簾而出，畫面才又產生變化。

塵埃落定後，她們仍在塗山，滿池的蘋花依舊爛漫，但人早已不是從前的人了。

只見藍敏獨自坐在繡房後方的涼亭裡，遙望遠處的山門，手裡攥著一張紙。紙張雖新，邊緣卻已被她揉爛。

多少年過去，她的眼角眉梢仍保留著少女般單純的氣質。而就在她延頸企望之際，背後驀地傳來一聲叫喚。

藍敏轉身，看見穿過廊廡朝自己走來的熟悉身影，神色且悲且喜，伸出雙手迎接對方。

兩人仍像小時候那樣，親密地擁抱在一起。韓君夜的外袍上沾著沙子、露水，以及一股長途奔波的味道，長髮隨意散在腦後，有種解甲歸田的慵懶。

「妳可算回來了！我還以為妳丟下我不管了呢……」

「抱歉，路上遇到了些狀況，耽擱了。」韓君夜安慰對方。「我不在的這段時間，不是還有子霄師弟他們陪妳嗎？」

「可是我……」藍敏低下頭去。「我什麼都不能和他們說。」

「怎麼了？」韓君夜望著對方的表情，皺起眉。「可是有人欺負妳？」

藍敏咬住下唇：「門裡有個新來的雜役，名叫莊乙，你可知道？」

塗山派家大業大，雇用的雜工何止百人？韓君夜乍聽見這名字，不禁一愣：「一個僕役怎麼了？」

「他在妳離開後留了封信，讓我轉交給妳。」

韓君夜這下更惑。她接過藍敏手中的信，低眉讀了幾行，忽然臉色大變。

「妳這陣子都做了什麼？見了什麼人？」

「我沒有……！我照妳說的，待在屋裡哪都沒去啊！」藍敏看見對方的表情，驚恐得退後兩步。

「那他怎麼會發現我們倆的關係？」韓君夜長眉斜豎，逼問道。

「我不曉得！或許是武師兄……」

「不干他的事！」

隨著韓君夜這聲叱喝，一股難堪的沉默降臨在兩人之間。少頃，藍敏背過身去，輕聲道：「給他錢，打發他走吧。」

「妳以為他只要這些錢嗎？」韓君夜冷笑。「這種小人，若教他食髓知味，必定後患無窮。事到如今，只有一個辦法。」

藍敏回頭，臉色煞白，看上去隨時要暈倒。

「妳想做什麼？」她顫問。

「少一個家僕，沒人會發現的。」韓君夜目光定在她臉上，語氣波瀾不驚。

「那可是條人命啊！」藍敏拼命搖頭。「行事怎能如此殘忍？」

「殘忍？」韓君夜緩緩看她。「此人不除，妳我後半輩子恐怕都不得安枕。莫非，妳想讓師父的謀劃功虧一簣，留下千古罵名？」

藍敏嘴唇蠕動了半天，卻想不出一句反駁的話。下一刻，她虛弱地閉上眼，兩行清淚流了下來。

「這麼多年，妳果真越來越像妳師父了……妳要殺他，還不如先殺我！」

「妳此話何意？」韓君夜捉住妻子的手，眼中滿是不可置信。然而，藍敏卻越發激動起來。

「求求妳，放我走吧！這齣戲，我真的演不下去了！就當藍敏這人死了，我不會告訴任何人……我可以指天發誓！」

「發誓？」

藍敏不顧韓君夜鐵青的表情，撲倒在對方膝前，苦苦哀求：「我心中一直把妳當作我的親姊姊。這麼多年，我從沒提過任何要求，就算是看在咱們從小一起長大的份上，求妳……」

然而，話還沒說完，韓君夜忽然舉起手刀劈向她的後頸。藍敏毫無防備，嚶嚀一聲，身子向後倒去。

夢境中的韓君夜將失去意識的藍敏拖到水邊，裝進一個兩尺寬的木箱籠裡，接著連人帶箱往湖裡一推。

木箱「咕咚」一聲沉入水底，水面翻起一陣湧浪後，漣漪消散，便再無動靜。

看見這一幕的鈴氣得當場跳起，揪住雪老的衣領，將他拖到面前。

「你給我看這些，到底是何居心？」

面對她怒氣沖沖的質問，對方那虛假的微笑終於有些掛不住了。

「不是……貧僧哪有這個膽啊？自然是那位的意思……」說著，朝韓君夜的小樓閃去一瞥。

「我師父？」

「寨主娘娘曾吩咐貧僧，若哪天少主問起藍敏這個人，就把剛剛的這段畫面放給您看。」

「這……不可能！」

雪老見鈴猶豫，乘機又插嘴進來：「娘娘會這般安排，定有她的用意，您就回去好好琢磨著吧。」

鈴腦中全是韓君夜將藍敏沉湖的畫面，兩耳嗡嗡作響。

「雪老以為，我真的那麼好騙嗎？」

「夢，寐所見之事形也。」雪老悠悠道。「信不信全在於己，又何必執著？」

言罷，雙手輕拍兩下。轉眼間，身後有一高一矮兩個紙傀儡出現，端來茶几、茶壺、茶碗放在二人中間。

「來，先吃口茶吧。」

鈴對這話置若罔聞。她看向窗外怒放的寒梅，冷冷道：「我在嶺南遇見長孫大俠時，他和我說，自己在司天台之變前不久才見過藍夫人。當時的她正在寫家書。」

「興許是他記錯了呢。」雪老說著，古怪一笑。

「塗山絕頂又不是菜市口，一個大活人就這麼沒了，難道沒人會發現？」鈴氣結。「想要神不知鬼不覺地殺死塗山掌門的妻子，根本不可能！」

「不，有一種可能——他們全都是幫兇！」

雪老仍是閒話家常的語氣，一雙貓眼卻直勾勾盯著鈴。

鈴受不了，霍地站起。

「少和我打啞謎。」她告訴對方。「無論你給我看多少夢境，我也絕不會信！」

說著，從面前的茶碗底下抽出一張烏賊形狀的白紙。那紙傀儡在她手裡慌張掙扎了片刻，接著，便被她兩根指頭狠狠夾扁。

「還有，我討厭有奇怪的東西跟著我……這段時間，我哪兒也不會去，就不勞您老費神了！」

從那天起，鈴果然老老實實關在房裡，開始認真休養起來。每日早晚，都有紙傀儡將湯藥和食物送到門口，飯菜魚肉樣樣俱全，與其說是優待，不如說是警告。

某日，薛薔前來探望。鈴從對方那裡得知四叔夔牛在蜀中大敗司天台軍隊的消息，卻沒有太多開心的感覺，反倒有些空虛。

雖說她當初查案的目的除了是替師父平冤，一部分也是為了瓦解以司天台為首的江湖秩序，可她卻從沒想過會演變成如今這般局面。尤其，隨著過去的謎團一一解開，她越發深刻地體會到，這世間有著太多人們無法改變的事實。

她在旅途中遇到的每個人——凌斐青、長孫岳毅、妙因、夏空磊、李宛在，甚至是顧劭峰、駱展名、胡丰，誰又不是秉持著心中的信念而行，努力在夾縫中仰望光明呢？

憑幾個野心之輩，這裡放把火，那裡插一腳，就挑撥得天下大亂，將所有人捲入無止盡的血腥爭鬥，這樣的結果到底遂了誰的願？她不禁越想越糊塗……

或許是她太天真了，又或者，人本就不該活得太清醒。

如今，鈴心中唯有一件事是篤定的，那就是她與葉超的滕王閣之約。所以在那之前，她無論如何都得想辦法離開這，趕回洪州去才行。

然而，赤燕崖的結界是當年韓君夜和四大護法共同布下的，連隻麻雀都飛不出去，更別說人了。

這日，鈴正躺在床上傷腦筋，卻看見門外閃入一道小小的人影。

「桑兒！」她猛然坐起。

桑兒正是幾天前，她和瀧兒剛到赤燕崖時，在雪山救下的年獸兄妹中的妹妹。此時的她手裡提著裝滿水果和青蔬的竹籃，頭髮挽起來的模樣像個小大人，就連語氣也是鄭重其事。

「姨娘說少主病了，須要多吃少動。」

「妳沒瞧見，我這腰躺得都粗了一圈了？」鈴苦笑著用手比了比。「妳姨娘還好嗎？」

雖說是養子而非親子，但墨兒的死對九娘來說絕對是個沉重的打擊。

桑兒點頭，緊咬下唇。

鈴曉得這是對方撒謊時才會有的舉動，頓時心生憐惜。她摸了摸小女孩的頭，又看了眼竹籃裡頭的那些「歪瓜劣棗」，微微苦笑：「不是九姨叫妳來的吧？」

「姨娘不讓我來看妳。」桑兒終於硬著頭皮承認。「她說害死哥的兇手是妳放走的，可我不信……妳那麼做，定是有原因的吧？」

她抬起頭，用難過卻又充滿期待的表情看向鈴。

鈴先是一愣，接著嘆了口氣，盡可能地平靜開口：「很多時候，事難兩全，中間的曲折，誰都想不到……所以，我只能做出選擇，然後相信我所選擇的人。如此而已。」

事到如今講這些，也不知她想說服的是對方，還是自己。

「妳放心，我不會把妳來看我的事告訴任何人。妳想哭就哭，想罵就罵，別把情緒憋在心底。」

鈴本以為對方定會怨恨，甚至詛咒自己。卻不想，桑兒聽了她的話，完全沒有廝鬧，只是靜靜望著她，懂事得不像個小孩。下一刻，她忽然一頭撲進鈴的懷裡，聲音含糊，帶著濃濃哭腔。

「我知道……無論姨娘他們怎麼說，我都知道……那天是妳救了我和哥。所以將來就算哥不在了，我也要和少主一樣……學習如何保護村子，將那些壞人通通趕跑！」

鈴心下一揪，抱住對方的同時，腦中忽生一計。

「桑兒，妳能不能替我辦件事？」

或許是她放走胡手的消息在村子裡傳開了的緣故，在鈴禁足的這段期間，除了薛薔和桑兒外，誰都沒有來探望她。可儘管如此，日子還是一天天地暖和起來了。

某天，鈴望著牆壁上的掛曆，忽然發現，自己回到赤燕崖已有百日了。寒冬早已過去，杏花如煙裊裊盛開。

來到下午，她正閑閑地坐在窗邊彈落花，桑兒又來了。她一邊將籃子裡的物品取出，一邊好奇地問：「妳要我帶這些做什麼？」

鈴揉了揉對方的頭，說道：「這妳就別問了。」可桑兒也不笨，看著對方將東西一一收進行囊，很快反應過來：「妳想走？」

看見鈴沒有回應，桑兒將頭搖得跟波浪鼓一樣，叫道：「那不可能！」

「如何不可能？」鈴反問。

桑兒一輩子只出過一次家門，印象格外深刻。聽鈴這麼一說，腦海中立刻浮現出句芒山的雪嶺峭壁，各式機關和噴火的妖魔出沒其間，一時間根本來不及理清，只道：「那條路會死人的！」

「不，想出去，還有另一條路！」

鈴很篤定。因為她心中所想的其實是一條眾所周知的路，可同時也是條無人敢嘗試的路。

陸

天將拂曉，正是赤燕崖守備最森嚴的時候。除了結界與天險的守護，妖怪的本能和多年的訓練更讓整座寨子的防禦固若金湯。

頭頂的夜空無星無月，密林裡卻蟄伏著一雙雙精光閃動的眼睛。就連飛鳥都不敢隨便靠近，深怕從哪個旮旯裡突然冒出一張血盆大口將自己給拆吃入腹。

負責指揮防務的蒼天狗站在山頂的崗哨，仔細留意著周圍的動靜。可就在他判斷一切如常，準備到別處去巡視時，後背卻忽然一陣發涼。猛地回頭，竟發現身後不知何時竟冒出了一名身型臃腫，頂髮稀疏的男子。

「張爺，您怎麼來了？」

赤燕崖四大護法中，孔雀精孔達飽讀詩書，毒舌而孤僻，人送外號「孔夫子」；夔牛孫昊穩重可靠，常年領兵，人稱「孫將軍」；蠍子精薛蕾主持農桑，給人高貴不可褻瀆的神祕感，被尊為「鍊師」；唯有狌狌張喆平時混跡市井，好吃懶做，滿嘴胡謅，弄得村裡的大夥兒不知如何是好，又怕失了敬意，只好喊對方一聲「張爺」。

此時的張喆光著腳丫，嘴裡叼著一隻剛拔完毛的雞，衝蒼天狗比了個「噤聲」的手勢，一雙黃油油的小眼睛在黑暗中來回逡巡，搞得對方也跟著緊張起來。

「您看見什麼了？」

「那倒沒有。」張詰說著，咬下一半雞屁股，大嚼起來。

「那是有什麼聲音？」

「……也不是。」

見對方一副若有所思的模樣，蒼天狗有些火了。他收起長槍，道：「既然這樣，這裡交給咱們就行了，您還是回去歇著吧！」

「哦，我就是過來瞧瞧。」張詰彷彿沒聽見對方說話。他搓了搓下巴，將視線投向夜空。「今晚是朔日？」

蒼天狗搞不清對方葫蘆裡賣得是什麼藥，心不在焉地應了一聲。

「那就對了。」張詰一拍大腿。「老孔那個泥古不化的傢伙，怕是又要多管閒事囉……」他搖搖頭，將剩下的雞囫圇下肚，接著打了個飽嗝。

而與此同時，寨子的另一頭，鈴終於開始執行她的逃獄計畫。

她拿著柳浪給的迷香，很輕鬆地將巡邏的守衛給撂倒了。可出了村莊，真正的難關還在後頭。

夜晚是眾多妖怪活躍的時刻。從彼岸眺望，晚溪散發出縈縈綠光，當中爬出赤鱬、珠鱉魚、蛟龍等妖怪，店家紛紛在門口打起燈籠，寒水籠煙，別有一番熱鬧光景。

鈴穿過鬼影幢幢的妖市，又划了一段船，來到一處幽谷。這裡的地上鋪滿了大大小小的白骨，兩側矗立著高聳的絕壁，正是滅蒙鳥的棲地——雙生崖。

從前練功時，鈴每天天一亮便會來這裡取滅蒙鳥蛋，對這種妖怪的習性可謂瞭若指掌。如今，正值他們蟄伏下蛋的季節。每年，也只有春夏之交的朔日，滅蒙鳥群才會鑽進懸崖邊的洞穴休眠，稱為「春蟄」。

這也正是鈴將此處稱為「另一條路」的原因——只要沿著兩道斷崖間的空隙爬到山頂，便能出去！

滅蒙鳥不僅是赤燕崖的信使，也是戍衛。幾百隻遮天蔽日的鳥妖，再加上近乎垂直的千仞峭壁，光是用看的，就令人天旋地轉，手足發軟，就連鈴自己也沒有成功攀上崖頂過。

但這次，她別無選擇。

於是穿過白骨堆後，望著峭壁深呼吸兩下，這便開始攀爬。

相比兩年前，她的內功精進了不少，兼之少了滅蒙鳥的干擾，她爬升的速度比想像中快。但來到中段時，也不得不停下來喘口氣。

她拿起綁在腰間的水囊，咕嘟咕嘟灌了幾口，接著再次轉身。可這回，剛飛身上了半尺，腳下的岩塊卻突然塌了。隨著石屑紛紛而落，鈴感覺一股強大的力量將她向後扯拉，身子猛地一滑——

「雲琅！」

然而，風魅卻沒有像平時一樣及時從天而降。若非緊緊抓住一塊突出的岩角，她就真掉下去了。

鈴又驚又怒，忍著尖石摩擦的劇痛，轉頭望去。卻見下方不遠處佇立著一名手持羽扇，相貌儒雅的男子，眼神如冷刀子般，直勾勾朝她望來。

剎那間，一股寒意自鈴腳底驟然升起。

「二叔……」

孔達將雲琅踩在身下，就好像踩著一團棉花似的。鈴見他眼裡閃過一輪精光，曉得那是對方使出的催眠之術，連忙抽回視線。

下瞬，孔達右手揮起，尖銳的鳥鳴刺破雙生崖的靜夜。一隻青羽紅尾的滅蒙鳥從洞內竄出，如流星箭矢般朝鈴俯衝而去。

鈴當機立斷，撲向對面的斷崖。可與此同時，更多的滅蒙鳥已經從休眠中甦醒。牠們在孔達的指揮下展開攻擊，爭先恐後，喙爪齊出，轉眼間便在鈴的手臂和後背上留下多道血淋淋的傷口。

「別以為我不曉得妳打的什麼算盤。」孔達恐嚇道。「現在隨我回去還來得及，丫頭！」

鈴不曉得對方是如何提前得知自己的計劃的，可眼下她已經沒有功夫去琢磨這些了。

眼看兩側都有鳥妖攻來，她一咬牙，出掌往石壁拍去。

隨著她一個筋斗借力翻出，頭頂和耳畔皆有急風掠過。所幸她對這裡的地形熟悉無比，這才堪堪避開了襲來的飛爪，落在一條蟠曲的樹根上。

不能往下看！否則被對方逮住就完了！這個念頭才剛閃過腦海，孔達的聲音便再次響起。

「妳真以為自己這樣能逃掉嗎？」他勾唇而笑，一雙幽深的鳳眸有碎光閃過。「我教妳一個方法吧……殺了我！殺了我，妳就能出去了！如何？有本事就拔刀啊！」

對方磁性的嗓音似乎有種難以抗拒的魔力，鈴整個腦袋都被震得一嗡。

恍惚間，她突然想起很久以前，自己和葉超的某次對話——

「在這江湖上，每個人都得選擇自己的立場，誰也無法置身事外。」

「如果我說，我只想依從自己的本心，走一步算一步呢？」

「那麼摔死也是活該……」

孔達看著半空中動彈不得的少女，冷笑起來。

「終於放棄了嗎？」

他深深明白，以對方固執的性格，光是嘴上教訓是沒用的，非得打下去才會服氣！

然而，當他走近查看時，卻見鈴一個側身，鑽進岩石中間的曲道。滅蒙鳥挖出的巢穴，由於氣溫變化，熱脹冷縮的關係，偶爾也會形成這種足以容人的裂隙。

孔達只當對方是狗急跳牆，嗤笑一聲：「還不出來！當自己是王八嗎？」洞裡的鈴沒有作聲。孔達連喊數聲，她也都沒回應。直到半炷香的時間過去，洞裡忽然傳來一道刺耳的慘呼。外頭的孔達聽見那聲音，臉色一變，立刻追了進去。

然而，才踏出兩步便意識到事有蹊蹺。洞隙裡狹窄陰暗，根本就沒有人！正想回頭，卻感覺一陣勁風自頭頂上方掠過。

只見鈴像箭一般飛快竄出洞隙，同時，抽出一張冥火符朝洞頂射去。

轉眼間，岩石崩塌，地面震動，石塊不斷墜落，幾乎將狹小的洞口給掩住。

孔達被堵在亂石堆後方，進退兩難。且眼前的煙幕才剛散去，便看見恢復自由的雲琅「咻」的趕來將鈴接住，兩者一同飛向對面的山壁，不禁怒吼出聲：「鈴，妳個臭丫頭！」

鈴聽見二叔氣急敗壞的咆哮，雖然有些心虛，卻也著實鬆了口氣。

她知道施展催眠術最重要的就是不能移開視線，因此才想出了這個計策。如今，孔達無法再像先前那樣自由地控制滅蒙鳥，恢復神智的鳥群紛紛返回巢中休眠，通往崖頂的路登時暢通無阻。

她明白，自己的機會來了！

越接近山頂，鳥巢的數量就越少，石壁也變得越來越光滑，幾乎找不到可以落腳的地方，就連雲琅都沒辦法托著人飛上這麼陡的危崖。最後，鈴從行囊裡取出桑兒準備的麻繩和鐵鉤，花了一頓飯的時間，費盡九牛二虎之力才登上崖頂。

夜色已漸漸淡去。她望著天邊稀疏的星子，滿身大汗，恨不得直接原地躺平，可最終還是忍住衝動，繫好行囊，繼續前進。

想擺脫滅蒙鳥的追蹤，還得出了這片山林才行。

如今，霜化雪融，山頂流下的雪水引得周圍溪澗暴漲，腳下的路也越發崎嶇難行。鈴的手臂被荊棘勾破了，衣服也沾滿了淤泥，片刻不歇，終於在太陽初升時趕到了女幾江邊。

只要抵達對岸，便不再是赤燕崖的勢力範圍了。

然而，正思考著該如何渡河，卻忽然感到後方颳起一陣怪風，風中還摻雜著詭異的鈴聲，忽遠忽近，忽緊忽慢，令人背脊發毛。就連一旁的雲琅都將身體蜷縮起來，發出嗚嗚哀鳴。鈴從沒看過對方如此害怕的模樣，心裡不由得「咯噔」一下。

她張開袖子，將雲琅兜進懷裡，同時轉身。卻見岸邊不知何時飄起了濃霧。霧中飄來一股奇怪的味道：有莽草、雄黃、鬼藤花、血莧、墳土，以及某種不知名卻十分熟悉的氣味，彷彿女子身上的淡淡衣香，使鈴一下陷入了恍惚。

但很快她便意識到事情不對。

原來，她此時站的位置正好是山麓，而周圍的五座山頭則分別插著黃幡，形成五行合圍之勢。山嵐聚煞，角旗招魂，顯然是某種刻意布置的陰陽法陣！

下一刻，風中又傳來令人齒酸的摩擦聲。鈴當場愣住，直到霧裡奔出一道青色的飛絲，貼著她面門擦過，才連忙躍起避開。

——是青絲！絕不會錯！

可青絲乃是韓君夜研發的兵刃，天底下除了她之外，再無第二人懂得駕馭啊！

鈴一邊施展「雀流火」閃避攻擊，一邊飛快地轉動心思。而就在此時，她突然想到了山頂那幾幢黃幡上的符號。

七星、鬼車鳥、起魂……難道是「起魂陣」？

此念方生，眼前的迷霧便散開了，彷彿在回應她的疑問。霧裡緩緩走出一道熟悉的人形。頭頂的帷帽被風掀開，露出一張帶著疤痕，鈴這輩子做夢都忘不掉的面孔。

「師父……」

此時的韓君夜還跟從前一樣，坐在木輪車上，一身寬大的紅氅在風中獵獵作響，但雙眼卻像被掏空了似的，木然的臉龐帶著滄桑的痕跡，卻不含一絲情緒。

一轉眼，她雙手猝分，甩起青絲襲向鈴面門。

而這次，鈴沒來得及避開。

對方的內力透過青絲一路傳至空中，再撞進她的胸口。她先是晃了兩晃，接著跪倒在地，爆發出一串昏天黑地的嗆咳。望著衣服上的點點殷紅，眼裡除了疼痛的淚光外，還有些許的不敢置信。

她本以為，過了兩年，歷經了各式各樣的磨難，自己應該有所長進了才對，卻不想，還是如此不堪一擊，就算使出渾身解數，也翻不出眼前這座五指山……

她嘴唇蠕了蠕，「哇」的噴出一口鮮血。再次抬頭，熟悉的輪聲已經來到面前。只見韓君夜端坐在椅上，目不斜視地望著自己。

鈴想開口說話，喉嚨卻被血塊堵住了。

她早聽說過，所謂的「起魂陣」乃是利用死者的頭髮、血液，以及生前的重要物品為媒介，在法陣的範圍內重現死者生前面貌的一種法術。被喚醒的死者雖沒有記憶與情感，卻會按照作法者的指令行動。

韓君夜並非為人所殺，而是病死在了赤燕崖。因此，唯一的解釋是，這道起魂陣是她生前親自布下的，目的是為了加強赤燕崖周邊的防禦。只是沒想到，這回誤闖禁地的卻是自己的寶貝愛徒。

隨著失血漸多，鈴感到一陣恍惚，彷彿又回到了多年前，兩人初遇時的場景。

當時的她不過是個手無縛雞之力的流浪兒；是對方將她帶回赤燕崖，教導她亂世的生存之法，又傳授她練妖術，成為她人生中的第一位師長，也是長夜裡的明燈。

「可既然如此……為何又要瞞我、騙我、讓我看那些虛假的夢境？」鈴抬頭望向眼前的女子，怔怔地想。

她吃力地爬起，想去碰對方的膝蓋。然而，木輪車上的韓君夜看著少女伸來的手，卻毫不猶豫地採取了行動。

由妖怪羽毛所織成的青絲乃是天下間獨一無二的神兵，韌度絕非尋常刀劍所能比。只聽見「鏘」的一聲，彷彿昆山玉碎，雪魄光潔的表面竟被韓君夜的內力撞出了一道凹痕！且刀刃的破面越裂越大，最後居然從中斷成了兩截！

椅上的韓君夜似乎被這一幕震住了，幽深的眸子浮現碎光。她沒有繼續攻擊，而是放下武器，眼睜睜看著少女露出驚詫的表情，向後跌出，連人帶刀消失在滔滔江浪裡。

第貳拾貳章、俠與道

壹

「超兒，這一路玩夠了吧？」

葉超睜開眼，一道熟悉的人影映入眼簾。身形圓潤，頂髮稀疏，面容慈藹，笑起來眼睛像兩彎細細的月牙——不是邱道甄是誰？

「師父？」葉超腦中混亂，乾澀的呼吸擱淺在胸中，渾然不知身在何處，急忙翻身坐起，問：「這是怎麼回事？」

「你小子是睡糊塗了吧，竟連自己親口答應的事都給忘了。」

葉超一怔，忽然意識到自己正坐在柔軟的草地上，面前還擺著一副棋枰。低頭看去，盤面上的棋局錯綜，還暗藏著許多奇詭變化，頓時就將他給難倒了。

「我解不開。」

「別急著認輸啊，棋可不是下給別人看的。」邱道甄悠悠道。「還記得從前，我跟你講過『任公子釣魚』的故事嗎？」

葉超自然記得。那是《莊子》裡頭的一則寓言。故事中的任公子高踞會稽山頂，以五十頭肥牛作餌，投竿東海，旦旦而釣，憑藉著持之以恆的精神，終於捕獲大魚，造福蒼生。

「小時候，你聽了這故事，曾笑說，比起任公子，你寧可當那些每日到溝渠河塘邊釣鯢鮒的人，因為就算被世人評為目光淺陋，但至少每天尚能填飽肚子。不像任公子，花了整整一年才釣到魚，過程中要是沒人救濟，早就餓死了。」

此番對答，葉超著實無印象了，可如今聽來，不禁為從前的自作聰明感到慚愧。

「我已經不是小孩子了，怎麼突然問這個？」他咕噥。

「是啊，花落花開，時間過得可真快。」邱道甄望著杯中旋轉的花瓣，長出了口氣。他的臉上一如既往掛著微笑，可不知為何，葉超望著這一幕，胸中卻充滿了無法抑止的悲傷。

「師父今日好奇怪啊……是有什麼事要交代嗎？」

「你說呢？」邱道甄反問。「出門遊歷的這段時間，你都學到了些什麼？」

「我……」

見徒弟支支吾吾答不上來，邱道甄指向面前的棋盤：「江湖遠大，凡心之所向，皆有路可往，旁人不能左右。可一旦做出了選擇，就得忠於自己的『道』。」

「我的道？」

「是啊，人存於世間，難免有雜念，這也並不是壞事。不求離俗絕塵，但求俯仰無愧。這盤棋，我留給你，自己好好想想吧。」說罷站起。

葉超一驚：「您這是要去哪？」

「還能去哪啊。」邱道甄笑了笑。「此處本是你的地方，為師不過是閒得無聊來坐坐，難道還能永遠待著？」話停在這，拍拍肚皮。「吃飽喝足矣，不必介懷。」

葉超見對方轉身，本還想多說些慰留的話，四下卻突然颳起一陣強風，吹得草木變色。待到大風過去，他環顧四周，發現山依舊是那座山，但茫茫天地間，卻只剩自己孤單一人了。

葉超驚醒過來，聽見霹霹啪啪的聲音，發現外頭不知何時下起了雨。

雨腳彈落在窗前，宛如流星跳丸。

他揉去眼中睡意，起身去關窗。

「秋陰不散霜飛晚，留得枯荷聽雨聲」，大約描述的就是這樣的情景吧……望著窗外淒清的山色，他不禁又想起同樣喜歡讀詩的師姊楊千紫，不曉得她在姑風崗養胎養得如何了。

原來，回到茅山後他才得知，由於傳統觀念認為產婦晦氣，道觀之內不得見女子生產血光，因此早在半月前，楊千紫便獨自離開天道門，搬到了幾十公里外的姑風崗暫居。

一想到師姊即將臨盆，卻被趕到那種荒僻潮濕的地方住，葉超便不禁忿忿不平。且不知是否因為這個緣故，二師兄顧劭峰這陣子也顯得失魂落魄的，不僅臉頰消瘦，眼下更是烏青一片，整個人看上去比葉超還憔悴三分。

雖說上回在南昌，葉超曾因為鈴的事和對方起衝突，可隨著邱道甄的喪禮展開，整個天道門都籠罩在哀傷的氛圍下，兩人也言歸於好，不再提那些了。喪儀過後，葉超多次想找對方好好談談，卻總找不到合適的機會開口。

這日恰好是出殯後的第三天，葉超夢醒後再也睡不著，乾脆披衣出門。外頭的天空還下著微雨。他不管山坡泥濘，信步亂走一通，結果回過神時，已來到了漱喜齋的附近。

看著不遠處空蕩蕩的竹舍，葉超忍不住再次紅了眼眶。在屋外繞了一圈，正欲轉身離去，卻忽然聽見前方的竹林裡傳來一陣窸窸窣窣的聲音，彷彿有人在說話——這個時辰，會是誰呢？

本想開口直問，可話至唇邊，卻突然改變了主意。

隨著腳步漸近，他使出自己拿手的「踏葉無聲」輕功，翻上樹梢藏了起來。

須臾，聲音再次響起。他隔著一層翡葉，雖看不清對方，卻聽得見他們交談的內容。

「……翻遍了整棟屋子都沒找到，會不會師叔一早就將東西移走了？」

「不，絕對還在附近。在這茅山上同住了三十餘載，我還不了解他嗎？」趙拓輕蔑的聲音像冰過的水，刺得葉超心中一個激靈。

他豎起耳朵，聽對方冷笑道：「他這人，誰的想法都不在意，唯獨把他那個沒出息的徒弟當作寶貝，又怎捨得不留給他？」

「但超兒……葉師弟，他什麼也沒說啊！」

「姓邱的狡猾得很，想必早跟他套好招了。你最近的行動要隱密些，絕不能讓那小子看出破綻！」

葉超透過葉間的縫隙瞥見顧劭峰站在那。對面的趙拓眼帶譏嘲，質問他：「你後悔了？」

顧劭峰神情委靡，連忙低頭作揖，惶恐道：「弟子絕無此意！」

然而，人越是努力說服自己，往往就越容易陷入迷惘。

就在他回話的同時，顧劭峰忍不住又想起了一年多前的塗山群雄會……

當時的他施展慎獨劍法，本該震懾各大門派，一舉贏得勝利的。不想，最後卻敗在妖女和她身邊那隻野狐狸的合攻之下，若非武正驊出手相救，早就慘死在密道內了。那絕對是他人生中最黑暗難堪的時刻！光是回想起來就覺得顫慄不已。因為這不僅關係到他個人的尊嚴，更關係到天道門的榮辱——慎獨劍法的實力應是天下無雙才對！

直到後來，聽了師父的解釋，顧劭峰才明白了背後的原因。

原來，慎獨劍法的祕笈分為陰陽兩卷，趙拓傳給他的九招乃是「陽卷」，另外一套「陰卷」則在邱道甄手裡。

「天道門祖制規定，慎獨劍法不可交由同一人保管。因此，這陰陽二卷劍譜歷代都是由掌門人以及另一位弟子分別繼承。」趙拓道。「二十年前，我從楊元嘯手中得到了『陽卷』，看在邱道甄還算安分的份上，才讓他繼續保管『陰卷』。可沒想到，這些年過去，他竟生出了不該有的心思來……哼！落到這般結局，也算是他的報應！」

趙拓開始向顧劭峰數落邱道甄的不是，怒斥他不肯交出典籍，心懷不軌云云。

正所謂匹夫無罪，懷璧其罪。在外人眼中，邱道甄就是個兩耳不聞窗外事的胖道人，可即便如此，趙拓仍將他視為眼中釘，暗地裡多有防範。

而在聽完了這段歷史之後，葉超也終於明白了為何師父這二十年來始終兢兢業業，韜光養晦，甚至從未踏出過茅山半步。

可他既已如此小心，又怎會客死異鄉呢？

納悶間，卻聽顧劭峰顫抖出聲：「在常州時，我並非真想傷他……是他怎麼也不肯說出祕笈的下落，就連我跟他說葉師弟在我們手上，他也無動於衷，甚至還想拔劍殺我！我一時情急才會失手……」

「殺了就殺了，怕什麼？成大事者，必要學會割捨。你若真想繼承天道絕學，發揚門戶，就不該對這種人心存同情！何況，我們不是沒給過他機會，是他偏要自尋死路！」

「……不、不是的！」

「嘿，事到如今，你還想充英雄？」趙拓冷笑。「英雄二字，不過是浮名罷了，唯有勝者才能在青史留下名姓！」

此刻，整座林子都安靜下來，只剩下沙沙的細葉聲。

葉超覺得自己的胸膛憋得快炸開了。他屏住呼吸，直到對面傳來一句顧劭峰沙啞的聲音：「徒兒懂了。徒兒謹遵師父教誨。」

聽到這話，滿腔怒火頓時淹沒了悲傷。這是葉超生平第一次產生殺人的念頭——他想讓對面的兩人也嚐嚐靈魂割裂的滋味，想看見他們痛不欲生的模樣！

然而，就在此時，趙拓忽然從竹林走了出來，正好經過葉超的藏身處。此刻，若非兩人一個在地上，一個在樹梢，當真會撞個正著。但葉超連害怕都忘了。他視線裡只剩下顧劭峰落單的背影——他要替師父報仇，此時不動手，更待何時？

隨著熱血衝上腦門，他不由自主握緊了懷裡的劍鞘。然而，就在準備出手之際，腦中卻突然冒出了另一個聲音：「殺了他，師姊怎麼辦？」

而就在他遲疑的霎那，太陽出山了。

模糊的晨光穿透雲層，照進幽篁裡。葉超震驚地發現，平時總是沉穩剛毅的二師兄，居然哭了……

只見顧劭峰抬頭望向天空，透明的淚水順著眼角一路滑下，爬滿整張臉龐。哭泣的同時，臉上卻毫無表情，眼神裡只剩下茫然與空洞，看得葉超心裡一揪。

經年的風雨將顧劭峰的外表磨得越來越像把利劍，然而，這層外殼底下的人卻令葉超備感陌生。明明是相識多年，一同長大的兄弟啊！到底是哪個環節出了差錯，才使得兩顆心越走越遠，甚至生出了無法跨越的血海深仇？

怔忡間，他又回想起從前大夥兒一起練功習武的那段日子。

二師兄總是特別關心他……若當時的他能夠多回應一點這份關心，兩人之間是否就不會走到如今這個局面了？

葉超從沒感到如此矛盾過。他向來洞察秋毫，條縷清晰，然而現在，卻彷彿陷入了幽暗的深淵，完全不知該如何是好。

直到晨霧幾乎散盡，他才回過神來，並且發現，原來，就在他魂遊天外的這段期間，顧劭峰早已離開竹林，不知所蹤。

發現這點的葉超忍不住笑出聲來。怎麼說呢？這種如獲大赦的感覺，實在太可恥了……

事後，葉超渾渾噩噩地走回漱洗齋，獨自坐在平時和師父對弈的茶間裡，看著滿地凌亂的書籍發呆，感覺整顆心都是空的。

也不知過了多久，外頭忽然傳來一陣敲門聲。

進來的是僕婦吳媽。她看見葉超，忍不住上前緊緊握住他的手，又捧起他的臉仔細端詳。

「你可終於回來了啊。」

「我回來了。」葉超感覺內心的情緒又開始翻湧，連忙把頭低下。「吳媽，到底發生了何事？」

「你師父臨走前，要我把這個交給你。」確認四下無人後，吳媽從懷裡掏出一個絹包，放到葉超手裡。

「這是？」

「快收好，別讓人瞧見了。」吳媽沒有多解釋，吩咐完便急匆匆從後門離開了，留下葉超呆呆地望著手中的絹包。

打開來，只見裡頭包了一根小巧的銅管，是他從前親手設計的小玩意。只要將其放到眼前，移動上頭的琉璃片，便能調整光線，觀察天上的星辰。

葉超望著手中的銅管，腦中突然冒出了一個大膽的想法——師父將此物留給自己，莫非是藏了什麼訊息在裡頭？

此念閃過，他感到一陣興奮，立刻轉身奔回書房，將銅管置於案上，轉開中樞，將每一片琉璃小心翼翼地拆卸下來，仔細檢查，重新組合在一起。然而，忙活了半天，也沒有發現夾層中藏著任何暗號或紙條。

他又來到和邱道甄在夏天觀星的涼亭，試圖在柱子和石桌上尋找線索，卻依舊徒勞無功。幾個時辰就這樣過去了。直到傍晚，他捱不住腹中飢餓，這才返回屋裡。

可他並沒有放棄，而是去後廚拿了兩張籠餅回到書齋，一邊吃，一邊繼續把玩那根窺管。

先前不過是突發奇想罷了，但經過一番思考，他越發確信——師父的所作所為必有道理。

邱道甄早就看出了趙拓的野心，也早就有所防備。因此，除了教導徒弟收斂鋒芒，遠離紛爭外，他還留了更有效的武器給他。就是趙拓最忌憚的東西——慎獨劍法的下卷。

葉超對自己的推測深信不疑。但問題來了：邱道甄到底把劍譜藏在了哪？

肯定是個極隱密的所在，否則早就被趙拓等人挖出來了，但又不至於太匪夷所思……想到這，他再一次將窺管舉到眼前。

隨著滾筒轉動，琉璃片發出「啨嚓」微響，他的視野裡陸續浮現出二十八星宿的圖案。這張星圖設計得並不完美，無論如何旋轉，「角」、「張」二星始終嵌在原處不動。葉超盯著這兩顆星，忽然「啊」的一聲，叫出聲來。

自己可真笨啊！這麼明顯的提示，先前怎會沒有注意到呢？

「角」、「張」二星放在一塊，正好是漢朝末年一名大名鼎鼎的道士的名字。此人創立「太平道」，率領信眾揭竿起義，雖然迅速遭到剿滅，但教徒信奉的《太平經》卻被視為傳達天命的讖書，作為道教的重要典籍一直流傳至今。

《太平經》共有十部，然而此處的書架上卻只放了一部。如此一來，就更像是有人刻意擺在那裡似的。

葉超雙眼噌地亮起，忙將那部太平經從架上抽出，翻開到第二十六章的第一頁，也就是張星所代表的「二十六」，以及角星所代表的「二」所組成的數字。

果然，他很快在那一頁下方的角落裡找到了師父用毛筆寫下的批註：「慎獨劍下」。這四個字非常小，夾在行目間，若不仔細搜尋，根本不會注意到。

看到這裡的葉超預感答案馬上就要揭曉了，不由得心跳加速，就連掌心也沁出汗來。

然而，再往下看，卻發現這行字的後面居然什麼也沒有，甚至翻到下頁，還是一片空白……葉超這才意識到事情不妙——難不成，線索真的就只有這四個字？

不知不覺，天色已暗。晚鴉數啼，一枕新涼。葉超整個人呈大字型躺在書房的地上，拿著那部《太平經》左看右看，顛倒著看，看得眼睛都瘦了，仍然一無所獲。

所謂的「慎獨劍下」，指的肯定就是慎獨劍法的下卷，這點基本毋庸置疑。但至於劍譜究竟藏在了哪裡，還是沒有頭緒。

他忍不住低低嘆了口氣。

「……臭師父，你到底想說什麼啊？」

恍惚間，他彷彿又看見了邱道甄的身影坐在席案的對面，微笑著指點他下棋。

「江湖遠大，凡心之所向，皆有路可往，旁人不能左右。可一旦做出了選擇，就得忠於自己的『道』。」

「武的本意，不在殺戮，而在止戈。真正害人的，不是功夫不到家，而是智慧不足。」

這些話無時無刻在他耳邊縈繞，令他越發深刻地體會到自己的失敗。

說不定，劍譜亡佚還是件好事呢。畢竟，現在的他，根本就不配使用這門武功。

貳

瀧兒醒來時，發現自己周圍全是黑暗。

印象中，自己似乎溺水了，胸口悶得要命，除了泡沫翻湧的聲音外，其餘的記憶均是模糊一片。想換個稍微舒服點的姿勢，卻發現手腳都被緊緊纏住了——這是樹根？

從周圍的景象判斷，他猜測自己是被關在赤燕崖的地底。且每隔一陣子，就會有兩隻小妖進來，拿水和乾糧給他吃。可送飯的時間並不固定，有時是一天一次，有時則隔好幾天才來。到最後，他對時間的概念都模糊了，根本搞不清楚自己到底被關了多久。直到某天，牢門外出現兩道熟悉的身影，這才再次喚醒了他的神智。

「操！還不快放了老子！」

隨著他劇烈掙扎，牢籠外的影子也跟著晃了幾晃。

薛薔淡淡的嗓音流了進來：「沒用的，這裡有結界，誰都不知道你的存在。另外，你吃的食物裡也摻了抑制妖力的藥。就憑現在的你，是絕對逃不出去的。」

瀧兒停止掙扎，盯住門外的薛薔和蒼天狗。

「這就是你們的待客之道？就這麼怕我跑？」

蒼天狗略帶尷尬地嗽了一聲：「得罪了，小兄弟。所有妖怪初次來到赤燕崖都得接受盤查，就算你是少主帶來的也一樣。」

瀧兒想起當初在天階池時，薛蕾先利用故事轉移自己的注意力，再以溫泉的霧氣做掩護，放出毒煙將自己迷暈，不禁怒火上衝，大罵：「不要臉的老虔婆！妳到底想做什麼？」

赤燕崖上下從沒人敢這麼對薛蕾說話，一旁的蒼天狗驚得背都寒了，但薛蕾只是略一顰眉。

「只要你好好配合，我很快就會放你出去。」

「哼，鬼話連篇，當老子三歲嗎？」

「我並非哄騙你，之前我和你說過的話，全都是真的。」薛蕾耐心道。「如今，司天台和六大門正對赤燕崖展開清剿，這場戰爭的結果將會決定這裡所有妖怪的命運，我們自然得要慎重。」

「這和我有什麼關係？」

「鈴似乎對咱們隱瞞了某些事。我們想知道，她這回下山，除了司天台御使胡丰之外，到底還和哪些人類打過交道。」

「我瞧是你們自己心裡有鬼吧！」瀧兒冷笑著打斷對方。「若不是做賊心虛，又何必鬼鬼祟祟，暗中害人？」

他本來還想繼續說下去，可見薛蕾眉宇間閃過一絲異色，卻忽然改變了主意。

看樣子，自己被關的這段期間，肯定發生了大事。

一個想法立刻躍入他的腦中：「是鈴。她跑了，對吧？」瀧兒唇角挑起一絲冷笑：「我早就知道，你們是關不住她的。」

蒼天狗臉色微變：「我們只是想知道，少主會去哪，她今後有何打算，並非想害她。說起她身邊最可疑的傢伙，除了你還能有誰？你若不肯配合，就休想離開這裡！」

然而，瀧兒卻彷彿沒聽見這句威脅。他灼灼的目光始終盯著薛薔，從頭到尾都沒看蒼天狗一眼。

「那……妳要我發誓不再接近鈴，那也是真的？」

雖覺得此時再提這個問題有些幼稚，但他還是忍不住問了。

一絲慘淡的光線從門外滲入，照亮了空氣中飄浮的塵埃，也照亮了薛薔月白色的裙擺。薄紗和底下的肌膚幾乎融為一體，宛如地底深處綻放的白蓮。

她低低笑了起來：「瞧不出，你還挺執著啊。」

她的語氣很溫柔，就像是個慈祥的長輩。但瀧兒這回卻沒再上當。他發覺面前這女子多面善變，一下子關懷備至，一下子又冷到令人心寒，根本猜不到她接下來會做出什麼事情。

「我不是說過了？身為赤燕崖的下一任當家，鈴的心思只能放在這裡。她需要的是強大的盟友，而不是你這種意氣用事，什麼都做不到的小毛孩。她已經為你付出了太多的感情，你在她身邊只會拖累她，干擾她的判斷，明白嗎？」

「妳以為把我關起來就能達到目的？」

「難道不是？」薛薔笑。「就算你會練妖術，也離不開這座地牢。換句話說，在鈴眼中，你已經拋下她自己逃走了。如此忘恩負義的徒弟，你認為她還會放在心上嗎？」

「妳根本不懂她。」瀧兒冷冷道。

回想起當初剛遇見鈴的時候，他滿腦子都是仇恨，別的全不在乎。那種被全世界拋棄，對未來毫無希望的感覺，比真實的牢籠來得可怕多了。

因此，那日在溫泉裡，他聽薛薔說起韓君夜在塗山山腳的客棧裡大開殺戒的經過，絲毫不感到意外——那種憤怒，他完全可以理解。

可說起來，他已經有很長一段時間沒有想到青穹四劍以及青丘那場屠殺了。因為現在的他，已經有了別的執念……

「留就留，我才不怕呢。」

「你寧可被囚禁到死，也不願意說？」目光相接，薛薔眼神微微瞇起。

「是啊！」瀧兒冷嗤。「我倒想看看，妳這老虔婆還能整出什麼花樣來。」

蒼天狗聞言，氣得向前一步，卻被薛薔阻止了：「等等！」

瀧兒見二人的反應，放聲大笑起來。

蒼天狗的表情，彷彿恨不得將他大卸八塊。還劍入鞘的同時，口中嘟囔道：「瘋子！薛鍊師，這小子沒救了，還理他做甚？」

但薛薔卻沒有移開視線。她冷冷打量著瀧兒，彷彿想確認他是否在虛張聲勢。

「你和鈴確實挺像的。」她說。「你們太年輕，根本就不了解自己錯在哪裡……路遙方知馬力，走著瞧吧。」

她轉身作勢要離去，走到地牢門口，卻又再次回首，輕聲道：「對了。這黑牢裡住著很多老鼠，時不時撲出來亂咬東西，你注意點，可別睡得太死了……」

隨著柵門「咣噹」一聲關上，瀧兒的世界再次陷入混沌。

黑暗中，他的雙眸宛如兩塊寒玉，一動也不動地盯著前方。

也不知是否是地底悶熱的緣故，隨著汗滴滑落，大團的氤氳湧了上來，點點螢光在他眼前閃現交疊，組成了一幅熟悉的畫面……

雕梁畫棟的酒樓正央，一條飛影涉過刀光，奇蹟般從天而降，落在他身前。摘下面具後的少女臉上掛著似笑非笑的表情，手裡握著一段枯枝，上頭串著整隻烤熟的麻雀，熱呼呼遞到瀧兒面前。

「喂，你叫什麼？總不能一直喊你小狐狸吧。」

目光交會的剎那，瀧兒呆住了，無法將視線拔開。

自從失去家人後，他便將自己的情感連同軟弱一起拋棄了。當時的他就像沉進爛泥的葉子，作夢也想不到，居然有一天，自己竟還能重回陽光底下；那顆傷痕累累的心，居然還能為他人而敞開。

自從遇見了她，許多事都悄悄發生了改變。

前年中秋，在揚州的畫舫上，他第一次嚐到了甜甜鹹鹹的月餅。當時，大夥兒一同乘船遊江，看著又大又圓的月亮緩緩升空，掛在二十四橋的橋頭。月光灑落的那一刻，他終於意識到，原來自己也值得好好活著，好好地被對待。

也正是因為這番體悟，當初聽聞青穹四劍的死訊時，他才會感覺自己遭到了背叛，反應得那般激烈。

後來在莽山，他邂逅了生命中的第一場雪。那不可思議的景象，就好像整座山都融化成糖。他蹲下去搓了顆雪球，才剛站起，就被迎面而來的飛雪砸中鼻樑。那種痛而美好的感覺，令他至今難忘。

另外，他還記得一望無際的太湖，地宮的河燈，秋天的柿餅……

旅行途中，鈴總是抱怨他的頭髮太長太亂。有一次，她特地去鎮上買了把剪子，想替他修理門面，結果他抵死不從，師徒倆為了這點破事吵得面紅耳赤，追來打去折騰了一宿，過程中還不小心削掉了某人的半叢尾巴。

跟驚心動魄的打鬥比起來，這些不過是生活中的芝麻小事罷了，但也正是這種日常的點點滴滴，逐漸改寫一個人的命運。

不知不覺中，瀧兒已不再是那個只知道打架叫囂的頑劣少年了。他慢慢變得安靜，變得明白——原來真正的強大，並非與世界為敵，而是能夠坦然面對自己的內心。

有時候，抬頭望向天空，他甚至會覺得，自己早已將這一千年的幸運都花光了，只為了相遇一個人。而若她的夢想是成為光，那麼他甘願做守護對方的影子，永遠沉在黑暗當中……

由於食物充足的關係，地牢裡的老鼠每隻都生得肥頭肥腦，毛皮油光錚亮，綠色的小眼睛在黑暗中騷動不已。牠們起初還有些畏縮，可一聞到血的味道，立刻就跟炸了窩的螞蟻般傾巢而出，匯聚成灰色的河流，沿著樹根往上竄，去啃噬無法動彈的獵物。

無論人還是妖怪，見到這樣的畫面，都會嚇得頭皮發麻吧。但薛蕾沒想到的是，瀧兒是從血海屍山裡爬出來的，這種程度的恐怖還嚇不倒他。

「儘管來啊！老子也餓得很呢！」說完，他伸動脖子，張口咬住一隻碩大的老鼠。

那隻倒霉的耗子只來得及「吱」的一聲慘叫，便被囫圇下肚了。

雖然味道噁心透頂，但瀧兒的目的確實達到了。剩下的耗子被他瘋狂的行徑給震驚了，紛紛夾著尾巴溜回洞穴——要不然，怎麼會叫膽小如鼠呢？

看著灰潮退去，瀧兒大笑起來。

他的笑聲迴盪在黑暗之中，一路傳到了地牢的入口。佇立在那的黑影聚精會神地盯著他，眸底掠過一絲驚詫。

參

一大清早，岳家酒樓。

朝河的對岸望去，滕王閣的青牆粉瓦在晨光中逐漸清晰，宛如蒼龍現爪，破雲而出。

掌櫃和一名幫工站在角落裡竊竊私語。一個問：「那傢伙到底是誰啊？」另一個答：「都大半個月了，日日都來，來了就不走，拿咱們這兒當客棧啊？咱得想個法子，將他攆出去！」

二人眉間皆含了惱色，目光緊盯著二樓靠窗的雅座。

然而，座中那人卻對悄然逼近的危險渾然不覺。

只見席間杯盤狼藉，滿地都是空酒罈，濃濁酒氣伴隨著低微的鼾聲散向四周。

一對年輕男女經過樓道口時，遠遠瞥見葉超趴在案几上，妻子忍不住掩嘴皺鼻，拉住丈夫的袖子道：「別過去，瞧他那副腌臢樣……」

這話傳入掌櫃的耳裡，臉色更加難看。

葉超剛來的頭幾天，他瞧在天道門的面子上，招待對方頗為殷勤，連酒錢也不敢多收，殊不知請神容易送神難。如今回想起來，當真悔得腸子都青了。

眼看正午已過，葉超依舊未醒，掌櫃忍無可忍，索性怒從心上起，惡向膽邊生，從後廚招來幾名壯漢，隨自己上樓去。

葉超剛剛夢醒便被潑了一臉的涼茶，差點從椅子上跌下來。

「你們幹什麼？」他拍案而起，怒道。

「你這白吃白喝的小賊，膽敢冒充六大門的弟子，還有臉問？」掌櫃指著葉超鼻樑大罵。「不給你點顏色瞧，你還以為小店是廟啊？專供你這尊大佛。馬上滾出這片地，否則我報官了！」

酒意還未消退，葉超連話都說不清楚。但他不想惹事，只好乖乖支肘起身，打算結帳走人。然而，左手才碰到懷裡的錢袋，立刻便發覺不妙。

沒錢了……

對面幾人見他臉色發窘，表情越發乖戾，甚至還擼起了袖管。

但就在此時，眼尖的掌櫃發現了葉超腰間的水無劍。

「哼，那把劍也是偷來的吧？既然如此，那就交出來，正好拿來抵酒錢……」

葉超聞言，眉心忍不住抽了幾抽——開什麼玩笑！這把水無劍可是師父邱道甄留給他的寶貝，他看得比自己的性命還重，怎麼可能交給一群無賴漢？

手剛握住劍柄，第一個人已經衝了上來。他忙側身躲開，「嘩」一聲，將酒罈朝對方踢去。

接著，他趁亂掠過樓道，翻過扶欄。然而，宿醉未清，才跑沒多遠，整個人突然一個重心不穩，從屋瓦上滾落，還壓垮了底下的茶攤。爬起來時，全身上下無處不痛，連路人都停下腳步，詫異地看著他。

「別跑！」

暴怒的聲音從頭頂傳來，葉超狼狽擠開圍觀的人潮，躲進一旁的暗巷，暗罵自己怎麼會犯下如此愚蠢的錯誤。堂堂天道弟子，行徑如此荒唐，也難怪會被別人誤以為是冒牌貨……

一陣漫無目的亂闖後，他感覺雙腳越來越虛浮，太陽穴一跳一跳地疼，終於忍不住靠著牆閉上了眼睛。

此時此刻，他心中只剩下滿滿的空虛和思念，甚至分不清自己是想笑還是想哭。壓下眼底微潮，思緒紛飛間，恍若又回到了四個月前……

彼時，葉超在天道門發現了師父邱道甄留給他的線索，線索另一端緊繫的不只是慎獨劍譜，還有他的未來，乃至於整個天道門的命運。

自那之後，他想了很多：為何師父生前從來沒有對他提起過慎獨劍法？為何趙拓會不惜殺人滅口也要得到劍譜？其中的內情，顧劭峰又知道多少？他到底是心懷惡意的兇手，還是被人利用的棋子？這些問題不分晝夜地糾纏著他，教他寢食難安。

但盤旋在天道門的夢魘，還不只這些。

喪期的悲傷尚未淡去，姑風崗又傳來了楊千紫難產的消息。

那是個下著雨的陰霾天。顧劭峰一早便跪在趙拓、孟汐、翁芷儀等一干長輩面前，懇求去探視妻子，連頭都磕破了。但無論他如何低聲下氣地哀求，卻還是被眾人以「戴孝不宜」、「男子不可踏入產房」等理由嚴詞拒絕了。

但葉超和他不一樣。他從來都不把那些破規矩放在眼裡。

就在雙方僵持之際，他早已獨自繞過紫陽宮，直奔姑風崗，一路穿堂入室進入後院，直到來到產房門口才被攔下。

面對企圖阻擋他的穩婆、女醫，他一咬牙道：「妳們誰有本事攔住我，儘管試試看啊！」

侍女禾眉緊皺，卻又無可奈何，氣得連連頓足：「這成何體統？」

葉超前腳剛踏進屋子，迎面就有嗆鼻的血腥氣襲來，壓得他幾乎透不過氣。

未幾，穩婆從帷幕裡踉蹌走出，懷裡裹著一團襁褓，隨手遞給身邊的丫鬟，嘴裡不斷叨叨：「哎呦，晦氣！真晦氣！堂堂茅山道門，竟出了這種妖孽……還不快拿出去埋了，免得髒了這屋子！」

葉超聞言，一顆心瞬間涼了半截。搶上前看，只見襁褓中躺著一個初生的嬰孩，頭大身小，四肢纖細，渾身發紫，早已沒了氣息。

緊接著，簾內又傳來楊千紫痛苦的呻吟，虛弱卻又持續不斷，彷彿要將葉超的心給撕成碎片。

掀簾而入，只見帳內的女子躺在鮮血染紅的軟褥上，呼吸急促，滿頭冷汗，彷彿挑著重擔跑了很長的路一樣，頭髮都被汗水浸透了，聽見葉超的聲音，睫毛抖個不停。

「勁峰……去看寶寶……」

「師姊！師姊，是我啊！」

葉超奔到床前，大喊對方的名字。但才剛開口，眼淚便奪眶而出。他想不透，平時那個愛笑愛鬧，隨時都充滿活力的師姊為何會變成眼前這副模樣。

楊千紫聽見哭聲，抬起手輕輕撫過葉超的臉，安慰道：「你也……別太傷心……替我照顧勁峰……不要……責怪他……」

——該死！眼見楊千紫微微抽搐，身下不斷有鮮血湧出，葉超急得手足無措。

「妳別說話了！……快、快來幫忙啊！」

然而，帳內眾人七手八腳地灌藥、掐人中，血水一盆盆地送出去，仍然無法緩解楊千紫的痛苦。葉超嘗試著扶她起身，將真氣輸入她體內，可她的身體就好像哪兒漏著風一樣，不但暖不起來，還一點點地冰涼下去……

「哎呀，少費力氣了。」一旁的穩婆被血氣熏得直皺眉頭。「這種事我見多了……生了個死胎，還流了這麼多血，肯定是活不成了！」

葉超聞言，勃然大怒：「閉嘴，老妖婆！不許咒我師姊！」

對方被他吼得一個哆嗦，索性扔下藥碗，扭頭就走，忿忿道：「嘿，自己沒福氣，還罵人呢！」

其餘眾人見了這般情形，也紛紛離去。到最後，只剩下葉超和一名丫鬟守在榻邊。

此時的楊千紫已是呼吸微弱、神智不清。她連問了幾次丈夫和孩子在何處，接著便筋疲力竭地闔上了眼。

一切發生得太快，葉超簡直不敢相信對方是真的死了，只覺得自己好像在做夢一樣。他望著楊千紫毫無血色的面容，腦筋一片空白，久久無法言語。直到聽見外頭傳來腳步聲，這才撲在床前，放聲大哭起來。

但悲愴之餘，他感到更多的卻是不忿。

師父和師姊明明是世界上最善良、最與世無爭的兩個人，為什麼不能夠好好地活著？為什麼都必須為了趙拓，為了天道門而送命？為什麼！為什麼！

恨到極處，痛苦反而變得麻木了。此刻，葉超流乾了熱淚，眼底只剩下冷意。他握住楊千紫冰涼的手指，咬緊牙關，暗自發誓：「師姊，妳放心。我一定為妳討回公道！」

待趙拓率眾姍姍來遲時，楊千紫早已嚥下了最後一口氣。

紅顏少婦一夕凋零，最是人間傷心事，庭中紫薇寥落。葉超聽到圍在屋外的那些人開始討論買棺下葬的事宜，氣得渾身發顫，掉頭就走。走出院子，便瞧見顧劭峰獨自站在崖邊愣怔出神。

此時的葉超雙手還沾滿了楊千紫的鮮血。他三步併兩步衝上前，揪住顧劭峰的衣領，大聲咆哮起來。

「你為什麼不反抗！都是你害的……若不是師姊執意要嫁你，她也不會死！」光用罵的還不解氣，話說完，索性一拳砸過去。

從顧劭峰的表情看來，他大概做夢也沒想到葉超會打自己。但他並沒有還手，也沒有躲開，只是木然地杵在原地，任憑鮮血淌過嘴角。

抬頭，兩人目光交會，葉超差點以為與他對望的是陌生人，是鬼魂。

短短數月間，顧劭峰削瘦得都快不成人形了，黑洞洞的眸子宛如兩口深井，將某些東西永遠埋葬在裡面。他沒回答，但葉超感覺他的眼神好像在說：「你不了解我的苦衷，我也是沒辦法的啊……」

這更加滋長了他胸中的怒火。

「你到底在想什麼？」他顫抖著質問，目光幾欲噬人。「在你心中，有什麼是比師姊，比你自己更重要的？你說啊！」

顧劭峰被推得踉蹌後退，幾乎跌倒在地，而他的話更是像雲端驟然落下的響雷，在葉超心間轟然炸開。

「我不像你可以了無牽掛，說走就走。我的人生已經結束了。或許，早在很久以前就已經結束了……」

聽見這夢囈般的喃喃，葉超頓時明白了——再說下去，亦是白費唇舌。如今，兩個人身上簡直找不到半點共通點了。他雖同情對方的處境，但這股同情終究還是被憤怒給壓倒了。

在他眼裡，顧劭峰表面有多剛強，內心就有多怯懦，對於強加在自己身上的殘酷命運，他選擇了屈服。不僅犧牲了自己的未來，也讓心愛之人淪為了犧牲品。

葉超不再抱持希望，只是隔著蕭瑟的西風，冷冷望著對方。

他很清楚——自己不會殺他，但也永遠不會原諒他。

於是他轉身走了。

楊千紫的死又一次為葉超帶來了沉重的打擊。事發隔天，他趁眾人在試劍台舉行追悼儀式時，獨自來到了紫陽觀的正殿。

只見牆上掛著一把長十尺，寬三尺，凜光爍爍的巨大寶劍，比神佛還更具威嚴，睥睨著足下眾生。

據說這把慎獨劍乃是天道門創派祖師紀純陽所鑄造，旨在提醒後人：「戒慎乎其所不睹，恐懼乎其所不聞。」無時無刻注意自身的言行，謹守君子表裡如一的道德典範。但葉超僅抬頭瞥了它一眼，便逕自繞到神桌之後。

原來，他終於想通了。那句「慎獨劍下」既是謎面，也是謎底。

他拿起燭台，伸手在地下來回摸索，果然不久便發現了暗格的位置。原來它就藏在趙拓平時帶領眾人打坐的蒲團底下。

所謂燈下黑，最危險的地方也是最安全的地方，就是這個意思吧。

撬開暗格，看見裡頭放著一本薄薄的書，拂去灰塵後，封面堂堂印著「慎獨」二字。

即使裡頭記載的武功自己一輩子都練不成，也絕不能讓此書落入趙拓之手！葉超一面心想，一面將書塞入懷裡。

順走劍譜後，他又去漱喜齋的密室取走了師父的水無劍，還劍歸鞘，將兩者往身後一揹，從此再無回顧，隻身離開了天道門。

轉眼間，春去秋來。他嚐盡了生離死別、兄弟背叛，覺得心上彷彿積了一層灰，滿腔熱血再也不復從前了。

而隨著兩人約定的日期接近，他越來越迫切地想見到鈴。

趕了多天的路，終於在八月初一時經由水路抵達了南昌。

這裡還是和往年一樣熱鬧，船舶交織，胡商雲集。葉超在滕王閣附近找了間客棧暫住，白天進城閒逛，黃昏時則拿著洞簫到江邊的涼亭吹奏。

簫聲幽咽，宛如秋夜裡最溫柔的那剪月光，驚起蘆葦叢中棲息的水鴨，目送牠們撲翅飛入斜陽。

中秋佳夜，街上全是觀月的人潮，處處都聽得見女人和孩子的笑聲，景色既熱鬧又溫馨。葉超獨自一人失神地走在街頭，恍然間抬頭，還以為在來往的人群裡看見了熟悉的身影……可惜追上去一看，才發現是自己認錯了。

被喊住的少女滿臉困惑地回頭看他，身邊的同伴則以扇遮面，竊笑個不停。葉超自知唐突，拱手賠罪，急匆匆轉身離去。

就這樣，日子一天天地流過，他等的人卻遲遲沒有出現。

魚沉雁杳天涯路，始信人間離別苦。

來到九月，他離開客棧，開始日日上岳家酒樓買醉。

他這輩子從未如此頹廢過，喝了吐，吐了喝，有時舉杯對著月亮，甚至覺得自己乾脆學妙因一樣出家當和尚算了。而正是這樣渾渾噩噩的心態，才導致了後來盤纏用盡，被逐出店的鬧劇。

且屋漏偏逢連夜雨，剛剛擺脫掌櫃一行人的追打，才一轉眼，天空就下起了暴雨。路上行人紛紛倉皇走避，就連鳥兒都藏到了屋簷下，只剩葉超這隻落湯雞在街頭狼狽徘徊。

正想找個地方躲雨，轉過街角，便見斜街的巷子裡佇立著一座小樓。裡頭走出兩名穿紅戴綠，打著油紙傘的少女，將門前的紗燈高高掛起。屋中傳出裊裊胡樂，門楣上還掛著「百花洲」的牌匾，一看就知是賣笑人家。

但吸引葉超目光的並非青樓本身，而是門前熙攘的人流。

當中一名青年衣冠楚楚，腰間還掛著一把價值不菲的寶劍，從朦朧的眼神看來，似乎醉得不輕。

雖說只打過幾次照面，但葉超仍一眼就認出，對方正是塗山掌門那個以紈綺著稱的獨子，武冬驥。而武冬驥身旁那個身披胡裘，足蹬羊皮靴的英俊男子，卻是他們前段時間苦尋無果的蘇必勒。

兩人前呼後擁，在一團笑聲中走進樓去。

肆

正所謂踏破鐵鞋無覓處，得來全不費功夫。葉超看見這一幕，頓時酒意全消。他想也沒想便抬腳跟了上去，卻在門口被人攔了下來。

須知，這類高檔青樓都是專門招待王孫公子的，即使有錢，東家也未必瞧得上眼，更別說是葉超這種看上去就一窮二白的傢伙了。

百花洲的人見他衣衫落魄，就當他是路邊的一塊石子，隨意出言輕蔑。這時的葉超已經恢復清醒。他自知吵也沒用，索性轉身就走，一直繞到青樓的西北角才停下。

此處有一株高大的枇杷樹，茂密的樹冠距離後牆不過幾尺遠。葉超飛身躍上樹叉，再輕輕一蹬便翻過了牆頭。

百花洲前後兩進，樓高三層，除了正央的舞廳外，遊廊兩側全是一個個的包間，對第一次來訪的人來說簡直和迷宮沒兩樣。葉超專挑燈火昏暗的地方走動，但找了半天，也沒見到蘇必勒的影子。躊躇之際，忽然聽見後院傳來一陣嘈雜的笑聲。

穿過折廊，出去一看才發現，原來院子盡頭別有洞天，竟是一間賭坊。裡頭布置講究，牌九、馬吊、骰子各式賭具應有盡有，客人們情緒激昂，吆五喝六，還有打扮豔麗的胡姬在一旁擊鼓助興。

最熱鬧的主桌，檔主是一名幞頭男子，嘴裡嚼著薄荷葉，一副氣定神閒的模樣，手裡耍著骰盅，搖畢開盅，圍觀的群眾霎時沸騰起來。

「噫！豹子！又贏了！」

「這下子，那小白臉可輸慘了啊！」

男子朝對面的賭客拱了拱手，笑容可掬：「您請回，下次再來吧。」

但誰知，對方卻不肯罷休，從劍穗拔下一枚印有七星標誌的玉佩，「嘭」地摔在桌上，怒道：「誰說我沒賭籌了？媽的，小爺偏不信邪！今夜若不能一口氣翻本，小爺我便跟你姓！」

看著這頭送上門的肥羊，檔主面上若無其事，心裡卻是竊喜。

「既然如此，那就再陪這位大郎玩最後一局……」

可就在此時，後方卻響起一道聲音：「且慢！」

話音未已，葉超從觀賭的人叢裡鑽了出來，直接走到武冬驥身旁，說：「這局不如讓我來吧。」

「你是誰？」武冬驥喝問。

前年的塗山頂英雄大會上，兩人曾短暫地打過照面。葉超自報姓名，武冬驥眉頭皺了幾皺，過了半晌才想起來，天道門中好像……確實有這麼一個人。

然而，就算如此，他也沒將對方放在眼裡，只道：「臭小子神氣什麼！」

葉超撿起桌上的骰子把玩，笑道：「與其負隅頑抗，不如換個策略。看在武林正道的份上，今日我就幫你一次，咱倆聯手，定能作成彩。」

武冬驥聽他這麼一說，頓時勃然大怒。

「誰要你幫忙啊？敢壞小爺的好事，我剝了你的皮——」

「那我再換個說法吧。」葉超閃過對方的拳頭，笑道。「既然武兄愛賭，那不如在我身上賭一把。贏了都算你，輸了都算我，如何？」

此話出，人群一片譁然。須知，武冬驥過去半個時辰已經輸掉了幾十貫錢，相當於三品朝臣一整年的俸祿。再賭下去，不光傾家蕩產，恐怕還會欠下一屁股債。如此刺激的場面，半個青樓的人都圍過來爭睹。眾人都是一臉的幸災樂禍，對面的檔主更是面露冷笑。

「換誰上都一樣，有膽就跟，沒膽就滾，休在這兒磨磨蹭蹭，浪費大夥兒的時間！」

武冬驥氣得臉色漲紅，一把扯過葉超的胳膊，在他耳邊惡狠狠地警告：「聽好了，倘若這局仍是輸，我就把你眼珠子挖出來當球撾！」

言下之意便是答應合作了。於是葉超也不廢話，微微一笑，拾起骰子。

原來，早在一開始接近賭桌時，他便看出了這場賭局並不單純，如今手裡掂著骰子，更是心如明鏡。檔主所用的骰子並非一般的牛骨骰子，而是經過特別設計的水銀骰子。

這種骰子在普通人那裡沒有用，但到了行家手裡，想要幾點便能擲出幾點。且人群中還有兩名男子，看似遊手好閒的賭客，實際上卻是賭坊安插的「媒子」，也就是暗樁。三人聯手出千，專坑武冬驥這隻肥羊，才能在數盞茶的功夫間連殺他十多把。

然而，即使是再精妙的騙局也必存在漏洞。就好比賭單雙這種遊戲，檔主永遠都是看押單還是押雙哪邊的賭注更大，他們便開哪邊。如此一來，便能殺多賠少。當然，偶爾也會讓暗樁大贏幾把，避免招來其他賭客的懷疑。

葉超深諳其中關竅，因此一上場便始終押在賭注少的一方，每次數目都不大，卻是每押必中。

如此過了幾回合，他露出一副見錢眼開，摩拳擦掌的模樣，笑道：「看來，今晚的手氣果真不錯啊。」接著，便將面前所有的籌碼，連同武冬驥的七星玉佩一股腦兒推入場中。「玩得我手都癢了，就借武兄的光做一回莊吧！」

原來，依照賭坊慣例，賭客只要拿出五千籌碼為底，便能要求做莊。

經過這幾局的觀察，檔主並沒有從葉超的手法中看出什麼端倪，心想，對方就算眼光犀利，頂多也就是個自學成才的賭徒罷了，於是也沒有阻攔，只是嘴上冷笑，將骰子和骰盅推到對方面前。

殊不知，這才是葉超一直在等待的機會。他本就懂得利用水銀骰子的特性出千，如今時機成熟，更是一改先前保守的作風，利用莊家的優勢通殺四方，短短三局的時間便將先前武冬驤輸掉的本金一口氣贏了回來。

慘賠幾局後，檔主這才恍然大悟，自己這是遇上千術高手了。然而，事到如今，也不能承認自家的骰子有問題，只能啞巴吃黃連。

眼看莊家面前的籌碼越堆越多，流水般的錢銀遍灑出去，觀戰的人群轟然叫好，鴇兒卻坐不住了，直接率人殺到，準備將葉超攆出去。但武冬驤卻跳了起來，大喝：「都不許動！誰敢動他，我明日就叫人剷了這鬼地方！」

百花洲這幫人早習慣了趨炎附勢，見對方是個富家貴公子，便也不敢輕舉妄動。

武冬驤踢翻兩名打手，打發了鴇兒，隨即將籌碼換來的飛錢掃入口袋，得意洋洋地將玉佩撿起，掛回腰上。

「好！好你個葉超！今日你我兄弟重聚，值得浮一大白！」邊說，還邊伸手勾住葉超的肩，彷彿兩人是多年的鐵哥兒們。

但葉超可不是來尋歡作樂的。他掙脫武冬驤的臂膀，正色道：「我有話問你。跟你一道來的那位郎君，你可知道他的來歷？你們怎麼認識的？」

「哦，你說他啊？」武冬驤正要回答，卻被一聲招呼給打斷了。

那說話的聲音好熟……葉超登時臉色大變。但他的去路被武冬驤封住了，無處可躲，只能任由對方腳步緩緩逼近。

「郎官清跟金盤露，你喜歡哪個？」

來者形容俊美，古銅膚色，暗紅色的薄唇勾起一抹邪魅的笑意，不是蘇必勒是誰？只見他雙手分別搭在兩名女子腰間，左邊的姿容嬌豔，如牡丹風流，右邊的鵝黃摺裙，眼波含韻，雖非絕色，卻也清若蓮蕊。

然而，武冬驥不過隨意瞥了兩眼：「這樣的女人招之即來，要多少有多少，有什麼可稀罕的？。」

「說得好。」蘇必勒勾唇一笑。「這天底下，越是唾手可得的東西，就越容易令人感到乏味。就如這春花秋露，各領風騷，可惜啊，都遠不及我當年見到的美人……她嫁給了一個既醜陋且無用的男人，說什麼都不肯跟我走，非要和他共赴黃泉。這樣的女人，你說可不可笑？」

武冬驥搖頭：「蘇兄，說實話，我實在不懂，你功夫既高，又不缺錢財，大可橫行江湖，為何要終日流連煙花？」

「人總得有個嗜好啊。」蘇必勒說著，忽將目光瞥向一旁背對著兩人的葉超。「這位兄弟以為呢？」

葉超本打算利用武冬驥這傻小子暗中打探消息，殊不知冤家路窄，還是讓蘇必勒這尊煞神給撞見了。自知躲不掉，只好硬著頭皮轉過來。

但正面相逢，蘇必勒卻沒有特別的反應。

葉超先是一怔，旋即恍然——兩人此前唯一一次見面是在夏家莊。可那晚局勢混亂，現場人數眾多，只怕蘇必勒根本沒記住他的聲音，更別說認得他的眼睛是大是小，鼻子是正是斜了。

想通了這層，隨即表情一整，抱拳長揖：「小弟今日可真是大飽眼福！這位兄台容姿不凡，足令潘安退避，宋玉拜服，不想，連眼光也是一流！」

正所謂千穿萬穿，馬屁不穿。蘇必勒聞言哈哈一笑：「這就對了！若無佳人作陪，就算坐擁金山銀山，又有何趣味呢？」

但武冬驥明顯對這話題不來勁，聽了兩句便忍不住打斷。

「哎，蘇兄，可惜你來遲了，錯過了一齣精彩絕倫的好戲！方才我和葉超兄弟聯手拒敵，將裡頭那群狗東西殺得片甲不留！那才真叫一個痛快！」

「哦？真有此事？」

見蘇必勒挑起眉毛，葉超忙賠笑道：「武兄自有吉星高照，我不過是借福沾光而已。」

武冬驥心花怒放：「都是自家兄弟，就別廢話了，上樓喝酒去！」說完，架住葉超的胳膊，轉身抬腿就走。

葉超的一顆心都提到嗓子眼了。幸好武冬驥對蘇必勒說兩人乃是「舊交」，對方也並未露出懷疑神色，三人就這樣圍在一桌宴飲起來。

百花洲用來招待武冬驥的包間比其餘的房間都來得寬敞，內置熏爐暖帳，桌上還有四色酥餅點心，屋中縈繞著濃郁的胭脂香氣，刺得葉超鼻子發癢。吃完了酒菜，武冬驥仍纏著葉超不放，硬是要他傳授賭博祕訣，葉超萬分無奈，只能拿一些話搪塞他。

蘇必勒坐在角落裡和歌妓嬉笑戲謔，過了許久才抬頭問：「小武，你還沒和我說，你這次下山是為了什麼呢。」

此時的武冬驥已酩酊大醉，聽見蘇必勒的話，忽然「碰」的一聲，將酒杯重重砸在桌上。

「都是那姓陳的畜生！」

「罵誰呢？」

「還能有誰？就是陳子霄那老豬狗！我恨不得他活轉過來……那樣子，我便可再往他身上多砸幾個透明窟窿！」

葉超心頭不禁一震。他記得，塗山群雄大會時，陳子霄也曾在眾人面前露過臉。此人是武正驊的左膀右臂，行事幹練，看著也是一副正人君子的模樣，卻不想，最後竟會命喪師侄之手。

「他做了什麼，惹得武兄如此惱怒？」

提到「那件事」，武冬驥眸中登時紅光大盛。

原來，自塗山群雄大會上，鈴和瀧兒在眾目睽睽之下無緣無故消失後，武正驊的威信便一落千丈，就連門戶裡也出現了不滿的聲音，可說是內憂外患，火燒眉毛。

武冬驥見父親堅持不肯說出真相，弄得如此狼狽，也不禁氣急。然而，每次去找對方理論，換來的卻總是劈頭蓋臉的責罵。

某日，他經過書房，看見對方正對著案上的一幅畫發呆。畫中少女長髮窄肩，眸子靈動，絕不難看，可那副姿態卻喚起了他心中最難堪的回憶。

他可沒忘，當年在山腳茶攤，對方是如何羞辱自己的！若非那樣，他也不會存心報復，將那隻小狐妖擄上山，後續的種種風波也都不會發生了……

看著父親臉上溫柔的神情，武冬驥的怒氣一下升到了頂點。他雖不知那妖女到底是何來頭，但他敢肯定一事——父親就是在包庇她！甚至不惜為了她得罪武林同道，惹得聲名狼籍！

他怕母親不快，一直隱瞞此事。可就在兩個月前的某個雨夜，他從天轅台練劍回來的路上，卻撞見了令他錯愕的一幕。

當時，武冬驥途經神明廳，正好聽見簾子另一邊傳來母親的聲音，一時好奇，便停下腳步諦聽。

「那日是我豬油蒙了心……同樣的事，絕不可能發生第二次！」

公孫夏才剛說完，陳子霄的聲音便跟著響起。今夜的他似乎喝了點酒，聲線比平時來得低沉粗嘎，語氣也更為強硬。只聽他冷哼道：「妳頭腦清醒，潔身自愛，可他呢？難道妳能保證他不會再犯嗎？」

「這是我的家事，你無權過問！」

「嫂子，妳明知他是什麼樣的人……過去二十年，他可曾正眼瞧過妳？他心裡裝的是誰，妳比我更清楚！他需要的，不過是妳公孫家的身分罷了。妳又何苦為了一個負心薄倖的男人委屈了自己，也委屈了冬兒……」

「住口！」公孫夏喝斥。

同時，站在幾尺外的武冬驥也跟著身形一震。他的呼吸一下子變得急促，若非窗外雨聲漸大，早已被房內的兩人察覺了。

簾後燭影晃動，陳子霄又道：「要我說幾遍都行——我對妳是真心的！妳說過的話我都牢牢記在心裡，只要妳一句話，我可以為妳付出一切！」

話音未落，公孫夏作勢要抽身離開，卻被陳子霄從背後緊緊摟住。兩人纏綿的身影映在豔紅色的帷幔上，宛如一對並蒂蓮花，氣得武冬驥差點當場一佛出世，二佛升天。

下一刻，他鼓氣大吼，從簾後閃出。對面的陳子霄才一轉頭，根本來不及反應，便被高舉的燭台狠狠擊中頭顱。

紅燭閃動，血濺佛面。公孫夏猛地轉身，疾呼：「冬兒，你……！」

但武冬驥已經完全失控了。他猶如一頭發狂的野獸，掄起燭台，朝著陳子霄的腦袋不停砸落，直到對方倒在血泊裡一動不動，這才停手。

屋外電閃雷鳴，屋內，母子倆隔著屍體無聲對望。

公孫夏一手扶著神明桌，一手按在胸口，良久才打破沉默：「不行……你必須馬上走！離開塗山，走得越遠越好！此事若被你阿爺知道了，絕不會放過你！」

武冬驥望著慘死的陳子霄，踉蹌退了兩步，手裡的燭台「咣噹」落地。

原來，他平時出門在外，雖經常逞兇鬥狠，卻從未動手殺過人，如今闖下大禍，忍不住慌了。

「阿娘！」他撲在母親跟前，緊緊抓住對方的手問：「我、我該怎麼辦？」

公孫夏好歹是個見過大風大浪的掌門夫人，很快便冷靜下來，將沾滿血的燭台在陳子霄的長袍上抹淨。

「放心，這裡就交給我，我會想辦法拖住你父親的。」說完，伸手緊緊摟住兒子。「冬兒，是阿娘對不起你！現在沒時間解釋了，等到來日，你我母子團聚之時，我定會將一切都告訴你……你快走啊！」

武冬驥被推開後，又回頭望了母親一眼，這才跌跌撞撞地出了神明廳。

當晚，趁著風雨仍大，他偷了匹馬，倉皇逃離了塗山。

一口氣說完了這麼多話，武冬驥的臉色更加紅了。有個妓女靠過來替他斟酒，卻被他一掌扇倒在地。

「賤人，知道我是誰嗎？小心小爺弄死妳！」

眼看那女子就要被武冬驥給活活掐死，蘇必勒卻仍舊斜躺在榻上，一副看好戲的表情，葉超連忙撲過去將武冬驥給拉開。

「——你冷靜點！」

看來這大少爺是真的醉了，掙扎到一半，突然轉身，摟住葉超的肩膀大哭起來。

葉超手足無措，正想說幾句安慰的話，一抬頭，卻看見蘇必勒那雙蓄含精光的眼睛正牢牢盯著自己，驀地打了個激靈。

下一刻，他大聲道：「該死的王八，若來日讓我撞見，必將他剁成十七八段，扔到海裡頭餵鯊魚！」說完，舉起酒杯想和武冬驥相碰。但還沒碰到，身子卻先幌了兩幌，險些跌倒。

武冬驥見他這個樣子，反而哈哈大笑起來。

對面的蘇必勒看著他們這兩個胡言亂語，又哭又笑的瘋子，眼神微瞇，一時拿不定主意。而葉超怕他心中尚存疑慮，一不做二不休，乾脆趴在地上打起鼾來。

眼睛緊閉著，頭腦卻是清醒的，過了片刻，只聽武冬驥聲音軟糊糊地道：「蘇兄，我如今已不是塗山派的弟子，你就大發好心，將我收錄門牆吧……」

「令尊是塗山掌門，江湖上人人欽服，你一個大少爺，何必向我一個默默無籍的浮浪子低頭？」蘇必勒冷笑。

「什麼破少爺……我早就當膩了！那個老匹夫從來就不把我和我娘放在眼裡！將來，等我練成了《白陵辭》裡的神功，定要去找他討回公道！」

「說得好！如此方不失男兒豪氣！」蘇必勒見武冬驥咬牙切齒，更在一旁煽風點火。「眼下中原動盪，正是施展抱負的時刻。還記得咱倆在群雄大會上初次見面時，我對你說的話嗎？」

「你不是說，可以教我武功？」

「這種機會，往後多的是。更重要的是，眼下，朝廷下旨剿滅赤燕崖，天道掌門趙拓號召六大門在洛陽集結，共赴敵營。這次的行動，正是你我的大好機會！」

聽見「六大門」三個字，武冬驥支吾起來。但蘇必勒卻說：「有我罩著，難道還害怕你阿爺找你麻煩不成？」

「我……」

「我可是不輕易授人武藝的，若非看在你天資堪用，也算勤勉的份上，哼……幾年前，我曾碰見一名鳴蛇幫的堂主。他有門不錯的本領，就是能從中原各地搜羅姿色貌美的小娘子，供蘇某消遣……嘿，正因那樣，我才答應將『血鬼棺』的祕術傳授給他。但那老東西眼光狹隘，自作聰明，動手殺了幫內的另一名堂主，最後自己也為人所殺，死不瞑目。你不會想步他的後塵吧？」

「不！總有一日，我會向那老匹夫證明自己的實力……學藝未成前，我絕不會死，你讓我做什麼都成！」

武冬驥口中的「老匹夫」自然指的是武正驊了。他一想到父親這些年對母子倆的冷待，以及陳子霄那衣冠禽獸所幹出的醜事，就不禁眼眶發赤。

葉超闔目躺在地下，聽見武冬驥這番陳詞，胸中塊壘越發沉重。他想到對方和自己一樣，因師門不容，不得不離家出走，四處流浪，不由得生出同病相憐之感。但同時，蘇必勒的話也讓他憂心。

半年前離開天道門時，他並未聽說有什麼圍攻赤燕崖的計畫，想必是近期才出的。至於蘇必勒攢掇武冬驥隨自己同赴洛陽，背後肯定也是另有圖謀……恐怕是想藉此挾制塗山派。無論如何，這一切都須得有人知道才行。

他腦中立刻浮現出鈴的身影，恨不得馬上將消息告訴她，但隨即又想到，對方如今不知身在何處，江湖茫茫，相見遙遙無期，不禁心中一痛。

從前，他總以為人要活得無拘無束才會快樂，直到身邊所愛之人一一捨己而去，這才發現，原來這世上還有比自由更加珍貴的東西。相忘於江湖雖好，可對凡夫俗子而言，最渴望的還是歸宿。

伍

這或許是葉超此生最漫長的一夜。他躺在青樓包間的地上，一邊聽著蘇必勒在隔壁的臥榻上和姑娘們翻雲覆雨，一邊反省著自己迄今為止的人生。

翌日，三名青年在百花洲一直混到晌午，吃了個撐才離開，而當葉超謊稱自己正準備響應掌門的號召，前往洛陽和眾人會合時，武冬驥也力邀他同行。

葉超這麼做有兩個理由：一是為了武冬驥。即便對方是個品行不端的紈絝，可還是不能眼睜睜看他掉入蘇氏父子的彀裡。同時，他也可以藉機盯緊蘇必勒，看看對方到底想搗什麼鬼。

於是，幾人結伴北上，朝洛陽進發。雖說途中蘇必勒並未露出懷疑的樣子，三人也一直嬉嬉笑笑，可暗地裡，葉超卻不敢有絲毫鬆懈。

夜裡，他怕自己睡得太沉，就拿出從天道門偷出來的慎獨劍譜翻讀。裡頭前前後後只記載了九招劍法，但每一招都是化繁為簡，和顧劭峰所練「陽卷」中眼花撩亂的劍式截然不同，反而充滿了一種「無招勝有招」的豁達境界。

本來葉超看書只是想打發時間，沒想過要真練，但看到後面，卻越來越覺得其中描述的內容和自己的信念十分契合，就彷彿當初發明這套劍法的人是一位難得的知音，忍不住想和對方多多切磋。

是日，一行人抵達洛陽郊外，忽然看見前方路上迎面奔來兩個形貌詭異的人——一個矮小的長鬍子老頭，和一個大袖飄飄的蒙面瘦漢。

葉超認出他們正是靈淵閣著名的兩個怪人，長鬚童童百翁和樑上才子廖飛颺。本來，他們還有個齊名的兄弟——靈蛇道人彭光，但彭光在上回的塗山群雄會上和鈴比武，被砍斷了一條胳膊和兩條腿，如今早已是廢人一個了。

廖飛颺打馬上前，說道：「諸位好漢，借問一下！你們可曾見到一個兇巴巴的小娘子從此地路過？個頭高高的，長得特別好看。」

武冬驥和葉超不願被六大門的人認出，不約而同低下了頭，只有蘇必勒答道：「不曾。閣下可是靈淵閣的朋友？」

「是啊，你們也是來參加洛水之盟的嗎？」

葉超聽見「洛水之盟」四字，不禁暗自冷笑：「敢情趙拓這個偽君子，竟替這次圍攻赤燕崖的行動取了一個如此文雅的代稱。」

「正是。」

蘇必勒還想說下去，童百翁卻插嘴道：「咱們忙著抓那小瓜娃子，沒時間和你扯淡，後會有期！」說完，一夾馬臀，轉身揚長而去。

前面不遠便是東都洛陽了。但此刻夕陽西斜，就算快馬加鞭趕路，也來不及在宵禁之前抵達了。

三人討論後，決定在京郊的山神廟過夜，明日清早再進城。

這座廟看上去已荒廢多時，四周皆是斷垣枯草，可沒想到，剛走進廟門，卻聽見裡頭傳來清脆的交談聲，甚至還能看見火光。

「師兄他們應該不會再追來了吧？」

「這麼多天了還不放棄……真服了他們。」

「我在想，不如咱們別跑了，乾脆就和他們直說。都是女人又怎樣，我們在一起也沒有礙著誰啊！」

「妳就不怕萬一妳師父知道以後生氣？還有，其他人會說……」

「指指點點又如何？江湖兒女，總不能一輩子躲躲藏藏，大不了跟他們拼了！」

「……」

葉超認出那兩聲音，分別是靈淵閣的俞芊芊和玄月門的李宛在。沒想到，自從昌門鎮一別後，這對亡命鴛鴦竟也到了這裡。

但念頭一轉，他登時發覺大事不妙，連忙大力咳嗽起來。

裡頭的兩名少女聽見聲音，立刻跳起來，李宛在並喝道：「誰在那裡？」

下一刻，蘇必勒大步跨進院子。俞芊芊和李宛在見到來人，「唰唰」兩聲抽出長劍。此時的李宛在照例仍做男裝打扮，俞芊芊則身披兔毛披風，烏亮的長髮被篝火的光芒染上一層緋紅。蘇必勒見到此幕，臉上頓時浮現貪婪的笑容。

俞芊芊表情嫌惡：「看什麼看！再過來，本姑娘把你眼珠子挖了！」

「妳就是那個兇巴巴的小娘子吧？果然好看得很……」

俞芊芊正待回答，李宛在卻發現了追進來的葉超。

「葉大哥，你也在啊！」

俞芊芊迷惑地蹙起眉，握劍的手微微下滑：「你和他們一起的嗎？這兩個可疑的傢伙是誰？」

「自然都是朋友。許久未見，妳們可好？」

「好個頭！本公子差點被你嚇死！」李宛在整了整衣領，收起了劍，可正想繼續和對方抱怨，卻突然眼前一黑，身體向後撞上了牆壁。

蘇必勒出手如電，葉超根本來不及阻止。只見他身形一幌，已欺到李宛在面前，單手挾住她的下顎，左臉朝她右臉貼去。

「這位小娘子說話好有趣啊，扮相也新鮮……可靠近一聞，哎，還是香！」

李宛在的雙眼瞬間充血。她這輩子從未受過這種屈辱，一時間竟說不出話來。

蘇必勒笑得越發肆無忌憚。他避開俞芊芊甩來的軟劍，反手一抓，直接將李宛在的前襟給扯破，露出底下的中衣。李宛在雖沒受傷，卻感覺胸口一片冰涼，雙耳嗡嗡地響，當真恨不得挖個洞鑽進去。

一旁的俞芊芊連出三劍，分別刺向蘇必勒的玉枕、天泉、環跳三穴，卻被蘇必勒屈膝一一閃過。他抄起李宛在的劍，連劍帶鞘朝俞芊芊腰裡砸來。

靈淵閣的劍法向來以速度而非力量見長，俞芊芊雖將軟劍舞得流光洩幻，可功力尚淺，終究無法與蘇必勒這種一流高手抗衡，五招內便被點中穴道，一頭栽進對方懷裡。

葉超和武冬驥見蘇必勒輕輕鬆鬆便將二人制伏，也不禁駭然。

李宛在衣服被扯爛，狼狽地站不起身。可就在她束手無策之際，一件褪色的外袍忽然從天而降，披在她肩上。

蘇必勒回頭斜覷葉超：「你這是做什麼？」

葉超眉毛都不動一根，笑道：「別急……要知道，這兩個小妮子，一個是靈淵閣余掌門門下，一個是玄月門柳師太的愛徒。像她們這種名門高弟，最是愛惜羽毛，動不動就要尋死。錯過了這個村，就沒那個店，豈不可惜？」

話音未落，俞芊芊已破口大罵起來：「葉超，你個混帳流氓！你會遭報應的！鈴姊姊定是瞎了眼才會看上你！」

葉超不理她，朝蘇必勒笑笑。對方懶懶一哼：「你倒是憐香惜玉。」說完，便將俞芊芊打橫抱起，朝殿內走去。

看見對方背影，葉超這才鬆了口氣。

可剛抬腳向前走，下一刻，紅光乍閃，鮮血伴隨著劇痛湧現。若非他在千鈞一髮之際本能地舉肩格擋，李宛在這劍已插進了他的心窩。且不等他回神，對方便挺劍再度刺來。

平時的李宛在沉迷玩樂，什麼都不放在心上，但此刻的她絕不是鬧著玩的。只見她瞳孔驟縮，一上來便是殺招。葉超心頭一凜，連忙舉起水無劍抵擋。

這段日子，他每晚都抱著慎獨劍譜睡覺，早已將其中內容背得滾瓜爛熟，剎那之間，劍光滾動，竟順勢使出了其中的一招「和光同塵」。

這一劍看似隨便，實則大巧若拙。只聽「噹」的一聲，水無劍出到半路，驀地翻過，將對手的長劍壓得飛了出去，落入一旁的泥塘中。

但李宛在並沒有罷手，左手迅速穿出，點向葉超臍間。

她方才那劍刺得極深，如今，兩人腳邊的地面已被鮮血灑了一圈。葉超按住傷口，向左躍開兩步。「等等！妳聽我說……」

但李宛在哪裡肯聽？她心繫俞芊芊的安危，逼開敵人後便徑直朝殿內奔去。葉超想攔阻，身子卻幌了兩幌，險些摔倒。

他扶住門框，一抬頭便撞見武冬驥呆呆地立在旁邊。自從入了山神廟後，他整個人就跟魔怔似的，一語不發。

但此時的葉超已經沒空去管別人了。下一刻，呲牙咧嘴奔入殿，正好目睹蘇必勒單手封住李宛在的穴道，將她踢倒在地，另一隻手則將俞芊芊壓在廳內的石桌上。

蘇必勒看見葉超半身是血，踉踉蹌蹌地闖進來，忍不住失笑。

「老弟，你這傷……」

葉超佯裝憤怒，指著李宛在鼻子罵：「小娘子好狠！居然敢暗算我！」

蘇必勒嗤的一笑：「這樣吧，我一會兒玩夠了，她隨你處置……」說著就要去解俞芊芊的衣服，卻被葉超阻止了。

「哎，等等！剛剛可是我先提議要來這山神廟的，怎麼你先動起手來了？」

武冬驥也走了進來，但他的注意力完全被俞芊芊給吸引了，彷彿沒有聽到他倆的爭執。

蘇必勒抬起眉毛，眼中含了一絲挑釁：「哦，那麼依你之見，此事該如何解決？」

「若論拳腳，我鐵定輸，但別的可就未必。」

蘇必勒恃才傲物，自然也不屑和一個重傷之人比武，只笑問：「那你說說看，想比什麼？」

「不如來比，誰能猜中這位姑娘懷裡藏了何種貼身物件？」

蘇必勒聽見葉超的提議，哈哈大笑：「真瞧不出，你一副讀書人的範兒，竟想得出如此新鮮的玩法！」

「自古英雄本色，名士風流，又有何奇怪？」

角落裡的李宛在聽二人在那一搭一唱，不禁七竅生煙，俞芊芊更是氣到嘴唇發青。

接著，蘇必勒又一次出手，卻又一次被葉超攔住了。

「公平競爭，可不許作弊啊。」

蘇必勒嗅覺靈敏，早就在俞芊芊身上聞到了清新的梔子花香，於是鬆手笑道：「當然沒問題……這有何難？我猜，她身上必是帶了梔子花的香囊。」

俞芊芊恨不得割了自己的雙耳。她咬住下唇，羞憤的淚水在目眶裡滾來滾去。然而，就在眼淚即將落下之際，背後卻傳來一聲壓抑的咆哮。

「——你倆鬧夠了沒！」

轉身，只見武冬驥不知何時已抽出佩劍，尖端指向蘇必勒。

「這姑娘是靈淵閣弟子，你們這樣做，將來她在江湖上還如何見人？」

「六大門同氣連枝，武公子難道就不想一親芳澤？」蘇必勒調侃道。

雖說武冬驥是一方惡霸，平時吃飽撐著就將父母的錢拿出去亂灑，酗酒鬧事，胡作非為，但這種姦淫婦女的下三濫勾當，他還真沒幹過。尤其當他第一眼看見俞芊芊時，就已經為她深深著迷了。

蘇必勒似乎對武冬驥的反應很感興趣。他右手捏住俞芊芊的下巴，將她的臉扭過來，笑問：「大爺今日就摸遍了她，你待如何？」

武冬驥怒火沖起，一招「雪入天涯」刺出，卻被蘇必勒輕鬆避過。

「為了一個女人斷送自己的大好前程，值得嗎？」

武冬驥的攻擊因著這句話戛然而止。蘇必勒左掌趁虛而入，拍在他脅下破綻。武冬驥向後飛出，「嘭」的一聲撞在石柱上。

但幾乎就在同時，葉超抱起俞芊芊飛身外竄，蘇必勒則發出驚怒的吼聲。原來，就在他出手襲向武冬驥的剎那，葉超藏在衣下的劍鋒竟已刺進了他的大腿。

這記「慢劍」半點聲息也沒有，堪稱神出鬼沒，與其說是劍招，還不如說是設下陷阱，等待對手自行送上門來。若非如此，蘇必勒這種高手又怎會中計？

且這劍瞄準的位置也很要命，蘇必勒雖然立刻出掌反擊，還是被斬斷了兩處穴道間的肌肉，落地後連腰都站不直，不由大驚失色。

葉超這廂則是挨了蘇必勒的飛掌，向後一個趔趄跪在了地上。

轉眼間，三人皆傷。但畢竟還是葉超腦筋動得最快。他忍著痛，一瘸一瘸地朝俞芊芊爬去，伸指在她腰間推拿兩下，解開了被封的穴道。

「別殺我……我是來……幫妳們的……」話說完，他兩眼發黑，昏了過去。

見對方倒在血泊裡，俞芊芊不禁猶豫了。下一步，她沒有選擇攻擊，而是衝到李宛在身邊，替她解開了穴道。

經過了這番生死惡鬥，兩名少女都有種恍恍惚惚，不知身在何處的感覺。

不過，李宛在可比俞芊芊精明多了。經過方才的交鋒，她已然明白葉超先前配合蘇必勒不過是在做戲罷了。趁著蘇必勒滿頭冷汗，坐在地上運功時，她遠遠地用「小蘭息手」拂了對方麻穴，使他徹底動彈不得，這才鬆了口氣。

「幹嘛不殺了他？」俞芊芊氣問。

「這兩個傢伙不知是何來路，還是先弄清楚再做打算。」

李宛在不敢再大意。她適才稀裡糊塗地刺了葉超一劍，如今心下很是過意不去，忙喚過俞芊芊，兩人七手八腳地替葉超止住了血。

過了不知多久，葉超甦醒，發現蘇必勒和武冬驥都不見蹤影，身旁卻多了一隻趴著的巨大白狼，蓬鬆的尾巴來回掃動，金色瞳眸一眨也不眨地盯著自己。

白狼發出低低的嗚聲，用腦袋蹭了蹭他，那溫馴的模樣就像一隻大狗。葉超不禁輕笑開來，伸手去摸對方濕潤的鼻頭，說：「你是俞姑娘的靈獸吧？」

話剛說完，俞芊芊便從外頭奔了進來，看見葉超，露出驚喜的表情。

「你醒啦！」

「妳們沒事吧？」葉超問。「剛才那兩人呢？」

「別擔心，我們將他們綁起來了，正關在後殿呢。」俞芊芊道。

此時的葉超胸口仍劇痛不已，連呼吸都像受刑一樣，但他仍強打起精神和對方說道：「那就好……委屈妳們了，關於我之前說的那些話……」

話音未了，便見俞芊芊杏眼圓睜，把頭搖得和波浪鼓似的：「你用不著道歉，我們都知道了。何況……」她伸手摸了摸白狼的頭，「白嵐似乎很喜歡你呢。靈獸的直覺是最準的。由此看來，你絕不會是壞人。」

正好，此時李宛在也提著水回來了，看見葉超醒轉，臉色一亮。

「謝天謝地！我還以為你沒救了呢！」

葉超被她的發言氣笑了：「妳這先殺後救的功夫，江湖上罕有匹敵，我可不敢砸妳招牌。」

李宛在俏皮地吐了吐舌：「腦子沒壞就好。若真一劍戳死了你，鈴回頭非找我算帳不可，我可打不過她……對了，她怎麼沒和你在一起？」說著朝門口張望，彷彿對方隨時會從外頭走進來。

葉超喉嚨堵住了，久久答不上話。

俞芊芊還想問，可下一刻，葉超卻突然撫胸大咳，噴出一大灘鮮血。對面兩人登時慌了手腳，連忙給他餵水，扶他躺下。

李宛在目光微動，彷彿明白了是怎麼回事，拍拍他的肩道：「來日方長，你別著急啊。」

葉超想到近來所發生的一切，鼻頭有些發酸，只能點頭。

又過了小半個時辰，夕陽完全沉落，連最後一點餘暉也不見了。葉超將真氣順著經脈在體內運轉一周天，感覺胸口壓力稍減，便坐起身，向俞芊芊和李宛在解釋了來到這裡的原因，以及與自己同行的兩名男子是何身分。

「武冬驥就算了，另外那傢伙是個十分危險的人物，絕不能輕縱。」

「那我們該怎麼辦？難不成……」李宛在說著，將手橫在頸前，做了個砍頭的手勢。

葉超沉吟半晌：「總之，先讓我和他講幾句話。」

陸

穿過簷廊，進入後殿，只見蘇必勒和武冬驥分別被五花大綁，牢牢固定在兩條堂柱上。

武冬驥見到葉超，氣得大叫：「葉超！你腦袋被驢踢了啊？竟敢把小爺綁在這，自己關起門來做那禽獸不如的苟且之事！」

俞芊芊聞言，俏臉漲得比桃子還紅，直接賞了對方一拳。

「什麼苟且之事，胡說八道！是本姑娘綁的你，你有種罵我啊！」

武冬驥挨了這拳，瞬間就變啞巴了。

葉超不由苦笑：「武兄，事急從權，得罪了。待麻煩解決後，兄弟再請你去吃酒。」

「你是塗山掌門的公子，卻和這樣的小人勾勾搭搭，狼狽為奸，難道不覺得羞恥嗎？」俞芊芊又指著蘇必勒問。

武冬驥氣勢已蔫，隔壁的蘇必勒卻嗤的一笑。「你們這幫廢物點心，不趁現在逃命，卻在這裡等死，實在有夠笨的！」

俞芊芊和李宛在聞言，臉色均是一變，而俞芊芊身旁的白嵐更是朝蘇必勒狠狠呲牙，喉裡發出低沉的咆哮。

「可惜啊，武功高強的蘇公子每回都不幸栽在一群笨蛋手裡。」葉超在李宛在的攙扶下，走到對方面前坐下。「說說看吧……你這次有何打算？是從實招來呢，還是和上次一樣，拖延時間，等你阿爺來救你？」

蘇必勒咀嚼著葉超的話，眼底驟然閃過一絲紅光：「是……我想起來了！夏家莊的那天，你也在場！你最好現在殺了我，否則……哼哼！」

「你們破壞國清寺舍利塔的封印，也是為了給六大門圍攻赤燕崖尋一個藉口吧。」葉超不理會對方的威脅，續道：「如此一來，趙拓就可趁機擴張權力，實現他成為武林盟主的美夢。由此可見，你們雙方早有勾結。」

短暫的沉默過後，蘇必勒嘴角一撇，冷峻的眉宇間滿是不屑。

「這與你何干？」

葉超心念一轉，正準備接口，屋外卻突然傳來一陣咳嗽。

「咳咳，這裡霉味真重。」

「先進去再說吧，師兄。」

接著就是腐朽的廟門「吱呀」被推開的聲音。

聽見熟悉的嗓音，屋內五人紛紛愣了一下。原來，不知是巧合還是冥冥中自有安排，葉超一行先前在路上巧遇的兩名靈淵閣弟子，童百翁和廖飛颺竟也來到了此處。

耳尖的李宛在火燒尾巴似的跳了起來，拉起俞芊芊的手就想逃。可就在幾人自亂陣腳的同時，更加驚悚的事發生了。只見一枚月雷鏢從李宛在身上掉出，才剛落地，便被蘇必勒用牙齒咬住。隨後，寒光一閃，他以不可思議的速度割斷了身上的束縛，出掌襲向俞芊芊要害。

隨著武冬驥大喊：「小心！」俞芊芊尖叫著倒退，一旁的白嵐則是縱身一撲，擋在主人身前，迫使蘇必勒收招躲避。

可儘管如此，俞芊芊的髮髻仍被「紫冥掌」的掌風橫空削斷了一截，青絲被激得高飛起來。她瞥見落在腳邊的髮簪一端竟變成了黑色，嚇得雙膝抖顫，癱軟在地。

李宛在此時才意識到自己闖下了大禍，雙手迴劍，朝蘇必勒背後猛刺。蘇必勒雖然雙腿受傷無法站起，但反應依舊驚人，身軀從詭異的角度一扭，不但避過了她的攻擊，甚至雙手一合，直接挾住了劍身。

眼看李宛在額冒細汗，劍柄幾乎拿捏不住，葉超暗驚不妙，再次將手伸向腰間。蘇必勒也注意到了。下個剎那，兩人同時動了。蘇必勒劈手奪過李宛在的長劍，狂風橫掃半圈，咆哮著迎上葉超脫鞘而出的劍鋒。

但葉超先前才被單腳踢到吐血，絕不會傻到和對方比拼內力。他這下不過虛晃一招而已。轉眼間，他人已經躍至半空，落地時，不假思索地橫開半步，擋在俞李二人身前，搭劍的右手放低，劍尖斜指，正對準了敵人的膻中穴。

這招「一葉障目」進可攻，退可守，簡單到能令人一眼看穿，卻完全沒有破綻可循。

蘇必勒目光微凜——短短幾次交手間，他已然看出，這名少年雖然戰力平平，可作為敵人，卻是相當棘手。

他決定認真起來了。冷笑間，從暗袋裡祭出一道精光閃閃的金環，朝白嵐頭頂套去，同時，蛇紋軟鞭抖出之字形的寒光，朝葉超胸口捲到。

「你們逃不掉的！受死吧！」

那金環似乎具有壓制靈力的功能，白嵐的脖子被套住，發出痛苦的低吼，龐大的身軀登時匍倒在地，動彈不得。

至於葉超，他的慎獨劍法畢竟是初學，還是臨陣磨槍還未擦亮的那種，面對敵人各種角度層出不窮的花活，勉強應了幾招，接著便手忙腳亂起來。

對面的蘇必勒卻是越鬥越精神。儘管雙腿受傷無法站立，他手裡的長鞭卻如黑蛇般張狂飛舞，很快便將葉超逼入危境。眼看將中，鞭梢卻又突然改變去勢，朝右方的李宛在竄去。

在俞芊芊的尖叫聲中，李宛在失去平衡撞上葉超，兩人一齊飛出，跌落在角落的柴堆裡。若非童百翁和廖飛颺此時正好聞聲闖進殿來，打斷了敵人的攻勢，他倆怕是要手拉手去見閻王了。

外號「長鬚童」的童百翁目光掃過殿裡的一片狼籍，眼底閃過興奮的光采：「我就說吧，這間破廟香火是真旺！」

他生得大鼻如槽，拳頭如缽，下頦白鬚飄飄，像個福星。隔壁的廖飛颺卻瘦得像麻稈，彷彿一陣風就能吹跑。他入門雖未吭聲，但長袖幌處，一排鐵菩提已朝蘇必勒面門擲到。

蘇必勒正準備結果對手，不料半路卻殺出兩個怪人。危急間，右掌捺地一撐，整個人維持著盤膝的姿勢，從暗器上方平平飛了過去。

「兩位師兄！就是這個怪物欺負我！」

童百翁和廖飛颺聽了俞芊芊的告狀，又見蘇必勒人不人鬼不鬼趴在地上的模樣，頭皮確實麻了一把。

「芊兒莫怕！瞧我收拾他！」

童百翁說完，取下背後掛著的大鐵鎚，朝蘇必勒奮力揮去。

蘇必勒不耐煩地冷嗤：「又來兩個送死的！」右腕一翻，竟利用軟鞭纏住屋樑，將身體拖離原地，躲過了這一擊。

鐵槌不僅將地板砸出一道深坑，更將眾人的腦袋震得嗡嗡作響。被綁在柱子上的武冬驥無處可避，吃了滿嘴的灰，忍不住大罵：「老叫化，你打哪兒啊！」

「你才是臭要飯的呢！」童百翁吹鬍子瞪眼。

他生平最愛與人鬥口，非辯到對方無話可說方肯罷休。然而，這回才剛罵了一句，就被一陣乒乓聲打斷了。

廖飛颺號稱「樑上才子」，以無聲的暗殺絕技聞名江湖。只見他長袖一抖，無數暗器從影中飛出，挾著漫天殺意朝敵人射去。蘇必勒眼神一閃，長鞭如蛟龍翻滾，護住周身要害。

然而，廖飛颺的攻擊還沒完呢。隨著他抬起手，蘇必勒忽覺背後奇癢，扭頭去看，竟發現肩胛後方赫然插著一把飛刀！還在思考這鬼東西是哪來的，兩側又撲來勁風。只見地上那些散落的暗器居然像詐屍的蟲子似的，紛紛顫抖著「站」起，再次朝他襲來。

原來，廖飛颺早就事先在所有暗器上埋了魚線。這種鬼使神差的手法，不細察絕不會發現。因此，甚至有許多敗在他手下的倒霉鬼，直到去了陰曹地府報到，都不曉得自己是怎麼死的。

但蘇必勒畢竟不是普通人。只見他瞬間便斬斷了多條細絲，軟鞭呼嘯掠出，朝廖飛颺展開疾風驟雨的猛攻。兩者一個使暗器，一個舞長鞭，隔空激烈交鋒。李宛在看得頭暈眼花，忍不住附到俞芊芊耳邊問：「這也是靈淵閣的功夫嗎？」

「童師兄和廖師兄他們都是帶藝投師，身上會的功夫可多著呢。」俞芊芊答。「雖說與本門劍法路數不同，但師父他老人家器量極大，才不會在意呢！你瞧仔細了，這招就叫做『折揚柳』！」

話一出，只見廖飛颺射出的飛鏢忽然當空迴旋，刺向敵人頸肩之交的「缺盆穴」。

這套操作就不是拉動幾根魚線那麼簡單了，而是實打實的內家功夫。而一旁掠陣的童百翁也趁機揮鎚擊向蘇必勒，三人戰成一團。

幾十回合過去，腐朽的天花板不斷抖落塵埃，將所有人身上都覆了層灰。

劇鬥方酣，蘇必勒忽然凝住不動，鼓起丹田，發出沖天長嘯。

早在夏家莊一戰中，葉超就曾目睹他使出這招掙脫枷鎖，忙大聲呼籲：「小心！」

下一刻，廖飛颺以靈淵閣輕功「飛燕絕塵」閃入鞭圈，右手翻掌出懷，連出七指，戳向敵人前胸要穴。同時，童百翁手裡的巨槌也跟著迴轉，揚起的煙塵幾乎遮蔽了蘇必勒的視線。

「瓜娃子們，看好了！看老夫如何收拾他！」

兩人進退配合精妙，蘇必勒不由一驚。若在平時，他只須躍起避開就行，但現在的他只能全憑直覺防禦。

「喀喇」猛響間，廖飛颺的手臂硬生脫臼，整個人被摜出窗外。但同時，軟鞭的末梢卻也被對方擲出的暗器纏住，無法收回。

千鈞一髮之際，蘇必勒不得不放脫兵刃，以雙掌正面迎上童百翁勢挾風雷的鎚擊。雙方內勁相接，巨槌的鐵桿頓時斷為三截。所有旁觀戰鬥的人望見這一幕都不禁發出驚呼。

待硝煙散去，蘇必勒仍坐在原地，低頭看著被撕裂的虎口，面色如玄鐵般陰沉。

「老烏龜！你好……」說到這個「好」字時，再也支撐不住，大吐鮮血。

摔倒在地的童百翁則睜開眼，氣喘吁吁地笑了：「呵呵，老夫活到這個歲數，早已遍識天下英雄，臨死前還能帶上你這麼個魔頭，簡直血賺不虧！」

蘇必勒聞言大怒，心想：「自己年紀輕輕，又有問鼎天下的宏願，豈能跟一個風燭殘年的老頭子同歸於盡？」

「呸！若非趁人之危，你們這幫廢物就算全加在一起，又算個屁！」

「江湖鬥智不鬥力，你這黑不溜丟的瓜娃子，仗著有幾分本領就敢欺侮咱家小師妹，暗地裡也不知幹過多少骯髒勾當！老夫今日雖勝之不武，卻護住了武林中珍貴的幼苗。來日，這份信念也將由他們傳承下去。吾道不孤，自當笑傲九泉，又豈是你這個身後無人的傢伙可以相提並論的？」

初時，葉超還以為眼前這瘋瘋癲癲的小老兒只會胡說八道，殊不知，對方竟越說越犀利，越說越有門道，言詞間充滿了一股沛然正氣，令聞者為之心折。

眼看打也打不贏，吵也吵不贏，蘇必勒眼中凶光大盛。可惜他現下內息不調，身體無法動彈，只得轉向旁邊的武冬驥。

「——你在等什麼？趕緊動手啊！」

經過方才的混戰，屋內眾人皆負重傷，童百翁油盡燈枯，廖飛颺生死未卜，葉超、李宛在、俞芊芊則是連起身都有困難，唯獨武冬驥一人從剛才起就沒出聲，搞得大夥兒都將他給忘了。

直到蘇必勒此話一出，葉超等人才發現，武冬驥不知何時竟已割斷繩子站了起來。只見他失魂落魄地站在角落，手裡握著一片尖銳的碎瓦，原本潔亮的衣袍被染上了血汙，慘白的臉上全是灰燼。

蘇必勒深怕在場敵人中，有人搶先恢復過來，再次催促：「你說願拜我為師，現在正是機會！只須殺了這幾個傢伙，事成後，我願將《白陵辭》裡的武功傾囊相授。無論是紫冥掌，還是『血鬼棺』，只要你想學，我就教你。到時，你光憑武藝便能縱橫江湖，連你阿爺都不是敵手！」

葉超見武冬驥神色變幻不定，心一寒，喝道：「別聽他的！他只不過是在利用你！」李宛在也跟著附和：「此人的心比豆豉還黑，鬼才信他呢！」

可兩人話還沒說完，便被蘇必勒蓋了過去。

「我願對天起誓，大丈夫言出如山，如若有違，必遭天雷殛頂！」

此地雖已無菩薩法像，但殿中神龕猶在，蘇必勒的話就像一陣陰風掃過四下，將混亂與喧囂一掃而空。一時間，屋內安靜得連落花的聲音都一清二楚，所有人都在等待著武冬驥的抉擇。

武冬驥沒有立即回應。緊張的視線一一掃過眾人，顯然不知該相信誰。

然而，蘇必勒還保留了最後一項祕密武器。

「難道你忘了自己幹過的好事？」他冷酷地提醒對方。「就算你有本事活著走出這道門，又能上哪去？與其像鼠輩一樣躲躲藏藏，不如跟了我，讓你那個道貌岸然的阿爺嚐嚐厲害！兩條路，你自己選！」

武冬驥正陷入天人交戰，聽見這話，頓時狠狠一震。

堂堂一名富家少爺，從小錦衣玉食，眾星捧月，豈會甘心作為棋子受人擺布？光是這點，便足以讓他對蘇必勒懷恨在心了。但眼下局勢錯綜複雜，此間沒有一人是他能真正信任的，他不得不認真考慮起對方的提議。

撿起長劍的瞬間，他心頭驀地一陣恍惚，彷彿又回到了那個電閃雷鳴的雨夜，隔著簾幕看著母親與陳子霄緊緊相擁。就連陳子霄死去時，那種金屬擊穿血肉，搗碎骨頭的感覺，他都記得一清二楚……

「阿娘說得不錯。」他尋思。「若屆時東窗事發，以阿爺的性格，絕不會放過我——而現在的我，還不想死！」

他腦中閃過父子二人多年來的恩恩怨怨，握緊長劍，蒼白的眉宇間浮現戾氣。

柒

隨著武冬驤逼近，一頭猿猴出現在童百翁身邊，正是他的靈獸蒼猿。牠甩動長臂，奮力護主，在武冬驤的身上撓出不少血痕，但纏鬥一陣，最後仍因氣力不足，被敵人砍倒在地。

而此時的武冬驤已經完全殺紅眼了。只見他一腳踢開蒼猿，又跟著一劍刺入童百翁的胸口。

「不！童師兄！」

「閉嘴，賤人！下個就輪到妳了！哈哈哈！」

俞芊芊的哭喊和蘇必勒的狂笑同時響起，迴盪在冰冷的殿內。

葉超感到錯愕，腦袋嗡嗡作響。他不敢相信童百翁真的就這樣死了，想要抬頭親眼確認，卻又不敢。

愣怔間，卻見對面的蒼猿渾身散發出模糊的金光。牠金色的眸中流出濃液，嘴裡發出尖銳的悲鳴，隨即化作符籙隨風飛散。

不知隔了多久，哭聲還在繼續，武冬驤卻已轉身朝這走來。

他手裡提著沾滿血汙的劍，眼眶發赤，俊顏緊繃。葉超從未見過對方這副模樣，心一下子沉到了谷底。

「武兄，有話好商量……」

「沒什麼可商量的！」

說時遲那時快，李宛在被武冬驥一把摁倒在地。眼看劍尖距離她的咽喉只剩下兩寸不到的距離，在場眾人的心都提到了嗓子眼，就連葉超也來不及反應，只能急喊：「住手！要殺就殺我吧！」

他也知這提議很荒唐，但無論如何，他都不想再看到有人在自己面前死去了！

聞言，武冬驥還真的停下來了。他轉頭看向葉超，冷笑勾唇：「哦，既然如此，那你是要我動手，還是你自行了斷？」

「我……」

「葉大哥，別說了！」一旁的俞芊芊銀牙緊咬，嗓音乾啞發澀。「童師兄說得對，守住信念才是最重要的。與其像走犬一樣苟活，不如死得乾乾淨淨！咱們今日就算是死，也要死在一塊！」說著，朝武冬驥瞥去一眼，眼裡滿是憎惡與鄙夷。「像你這樣自私自利的懦夫，是永遠不會明白的！」

少女灼灼的視線彷彿要將對方燒穿，目光交會，武冬驥臉上不覺閃過一抹遲疑。

然而，很快，這份羞愧便化為了惱羞——見面之初，明明就是他為她挺身而出，對抗蘇必勒，她憑什麼瞧不起自己？憑什麼他們情深義重，能為彼此拼上性命，他卻要孤身一人忍受唾罵？一想到這，他就不禁妒火中燒。

既然命運待他如此不公，那麼至少眼下，他要得到自己想要的！

此念閃過，他突然抓住俞芊芊的肩，將她的臉強行轉過來。

「你想做什麼？別過來！」

「有什麼關係……我已經一無所有了，妳就稍微安慰我一下嘛！」

武冬驥聲音暗啞，近乎呻吟。他貪婪地撫上少女的臉龐，目光輕柔卻又帶著狂躁，看得俞芊芊心頭悚然。然而，正當他想強行吻上她的粉唇，掌心卻突然傳來一陣刺痛。

原來，撫摸對方的臉龐時，他的手指一不小心碰到了俞芊芊鬢邊的髮簪。那簪子在先前的戰鬥中被蘇必勒削斷了一截，尖端還殘留著紫冥掌的劇毒！

轉眼間，劇痛蔓延，白皙的手掌化為青紫，嚇得武冬驥肝膽俱裂。就連俞芊芊也驚呆了，直到聽見男人淒慘的呼聲才回過神來。

「救命！快救我！」

只見武冬驥整個人撲倒在地，左手拉著她的裙擺，涕泗橫流，放聲哀哭。

俞芊芊望著對方臉上痛苦扭曲的神情，不禁動了惻隱之心。她腦中靈光一閃，想起了師娘公孫彩曾告訴自己中毒時的緊急救命法。

「快用劍！」

武冬驥見她指著自己腫脹發紫的右臂，恍然大悟：到了這個地步，唯有切除患處才能保住性命。此時的他早已魂飛天外，沒有絲毫猶豫，立即揮刃砍向自己手臂。

過了好一陣，傷口的鮮血才停止湧出，兩人的衣袍都被浸透了。

武冬驥俊秀的臉蛋呈現一片病態的膏白。他奮力爬起，踉踉蹌蹌地朝外走去，但由於失血太多，沒走幾步便仰面後倒，暈了過去。

這一刻，時光彷彿靜止的夢境般無限延伸。直到角落裡的蘇必勒突然站起，才打破了錯覺。

原來，先前葉超那一記慢劍，並非真的廢了蘇必勒的雙腿，只是割傷了他的筋脈。經過一番休整後，此時的他竟憑藉著強大的意志力又爬了起來。

俞芊芊和李宛在見敵人忽然「詐屍」，心臟怦怦而跳，均明白大限已至。她們不再想著抵抗，也不再避諱旁人，只是朝彼此靠近，緊緊依偎。

然而，武冬驥斷臂求生的行為卻給了葉超一絲靈感。

看著滿地散落的暗器和頭頂上的壓樑木，他心念急轉，撿起腳邊的一根鐵銼，朝蘇必勒面門用力擲去。

「你也差不多得了。」蘇必勒挑眉冷笑。「事到如今，還想著要英雄救美啊？」說著，身子朝左斜讓，從容地避開了攻擊。

葉超咬牙不答，宛如被逼至牆角的獵物，又射出兩發暗器。但由於力氣耗盡的關係，這幾輪攻擊都只搆到敵人踝處，蘇必勒不過稍稍移動腳步便能避開，根本毫不費力，反倒累得自己氣喘吁吁。

粗喘間，耳邊又響起蘇必勒邪性張狂的笑聲：「來啊，再來啊！這種玩意，連隻蒼蠅都拍不死！」

「話可別說得太早……」

目光交會，地上的葉超突然露出一抹笑容，墨眸深處浮現碎光。

原來，就在二人說話的同時，他的最後一發暗器已飛越房間，削斷了掛在半空中的細線，而那正好是敵人視線的死角。

一聲幾不可聞的啪響過後，線頭崩斷，掛在樑上的鋼鏢自空中墜落，狠狠插入蘇必勒的後頸。

笑音戛然終止。

蘇必勒大意了。他怎麼也沒想到，自己早就踏入了對手的陷阱。對方步步為營，連軌跡都算好了，先前那番「垂死掙扎」不過是為了誘導他走到這個位置，從而給予致命一擊。

只見他的手指在空中揮抓，彷彿拚命想挽住什麼，但終究是徒勞無功。很快，他的身軀便如摧枯拉朽般倒了下去，而就在他倒地的瞬間，一頭白色的龐然大物驀地從後方出現。即使受到金圈的束縛，白嵐仍奮力地蠕動身軀，隨後向前猛撲，一口咬下了蘇必勒的頭顱。

事情發生得太過突然。一時間，小小的荒廟安靜得宛如墳場，所有人都愣在原地，彷彿不敢相信自己的眼睛。

俞芊芊是第一個清醒的。過了不知多久，她忽然嚶嚀一聲，返身撲進李宛在懷裡。而隨著哭聲越來越大，整間屋子才又活了過來。

葉超望著殿中央仰躺的兩具屍體，心中五味雜陳。他手腳並用，爬到角落，靠在草堆上休息。又過一陣，才見外頭的天色逐漸由深入淺，陽光透過門板的縫隙照射進來，將神龕漆上一層淡淡的釉彩。

這凶險的一夜終於過去了。

整個上午，葉超都在半夢半醒間徘徊，耳裡時而飄進幾句俞芊芊和李宛在的交談。

「師兄……靈淵閣……我不回去……」

大夢方醒初覺曉。

接著，他感覺有人將自己扶起，雙掌抵住背心，將真氣緩緩渡入自己體內。如此過了半個時辰，逼出滿身大汗，胸口的疼痛也減輕了許多。

「多謝前輩。」

「小友客氣了。天道門和靈淵閣同屬六大門派，理應相互幫助。且若非少俠出手，在下早就追隨師兄到九泉之下了。救命大恩，無以為報。」

說這話的是廖飛颺。原來，他昨夜被蘇必勒的軟鞭拋出屋外時，及時用暗器金絲魚網護住了要害。因此，雖然失去意識，卻只受了輕傷。

言畢，他又祭出判官筆，在葉超背後的「天柱」、「大椎」、「陶道」等穴道一一點過。

葉超曉得對方這是在用靈淵閣的獨門技法為自己打通經脈，不禁心生感激，但回想起近來遭遇的種種變故，鼻頭又是一陣發酸。

「可……如今的我已非天道弟子了。」

「那也無妨。」廖飛颺淡淡道。他的氣質和師兄童百翁正好相反，就像那透明的晨風，低調而謙默。「敝派向來不拘出身，你正好可改投靈淵閣門下。若你想學，我也可將『百兵符』與『折揚柳』兩門武功傳授予你，以你的天賦，來日必能青出於藍。」

對江湖人來說，傳授武藝乃是極大的恩惠，求都求不來，但葉超卻只是苦笑搖頭。

「前輩錯愛，葉超愧不敢當。我對這些東西實無興趣，唯有一事相求。」

廖飛颺一愣：「好，你儘管說，我答應便是。」

「請你放了芊芊，讓她和李姑娘走吧。」

廖飛颺沒想到葉超提出的要求竟是這個，不禁皺緊眉頭：「你難道就沒有其他想求的事？」

然而，此時的葉超已經想開了。他轉頭凝望窗外的藍天，腦中再次響起邱道甄的叮囑：「江湖遠大，凡心之所向，皆有路可往，旁人不能左右。可一旦做出了選擇，就得忠於自己的『道』。」

經歷了這一切，他越發確信，自己離開天道門的決定是對的。這世界本就充滿了矛盾。人總想透過他人滿足自己的欲望，然而，真正需要的，別人卻給不起。若像顧劭峰一般，為了迎合外界的期望而抹滅自己的真心，那才叫真的可憐。

「在下唯此一願，望前輩成全。」

廖飛颺的內心其實是反對的。他和童百翁一路追趕俞芊芊來到這裡，為的就是將對方帶回靈淵閣接受懲戒，但大丈夫一言既出，駟馬難追。既然答應了對方，就不能反悔。

「那好吧……」他看著葉超認真的表情，輕嘆。「就依少俠的。」

翌日，幾人到臨近的鎮上置辦壽材，將童百翁的遺體收殮。祭拜完畢，葉超、俞芊芊、李宛在三人看著廟埕前紛飛的紙灰，回想起對方臨終的那番慷慨陳詞，不約而同拜倒在地，朝靈柩「咚咚咚」連磕了十個響頭。

葉超本以為廖飛颺會僱車馬將師兄的遺體帶回靈淵閣，可沒想到，對方居然徑直扛起沉重的楠木棺材，使出輕功「飛燕絕塵」，以驚人的速度飛馳而去。

他的靈獸，一隻羽毛濃黑的老鴉，也跟著撲翅而起，一邊飛入斜陽，一邊啞啞的叫。一人一鳥，幾個起落間便沒了蹤影。

至於那時暈倒的武冬驥，雖然僥倖撿回了一命，卻也付出了極大的代價。失去右手後，他便好像丟了魂魄一樣，整個人呆若木雞，又因傷口發炎，大病一場。病中併發的高熱使他雙目深陷，臉頰狠狠瘦了一圈，就像變了個人似的。

然而，或許是念在武冬驥曾從蘇必勒手中救下自己的份上，俞芊芊在照顧對方時，表現出了超乎尋常的耐心。

於山神廟養傷的這段期間，誰也沒有再提起那個駭人的夜晚，日子的流逝變得異常靜謐，就如同角落裡蔓生的牽牛花，不知不覺間便掙破裂隙，迎來了滿園春色。

某天，李宛在和葉超出門買菜，回到廟裡，正好瞧見俞芊芊蹲在後院給武冬驥餵粥。這個眼裡容不得半粒沙，揚言要立威江湖，嫁給天下第一英雄的少女，在幾經人世浮沉後，骨子裡竟也釀出了一絲難得的溫柔。

「娘子，我帶了雞蛋回來哦。」

「嗯，放那兒就好。」

俞芊芊心不在焉地應了一聲，似乎沒注意到對方的用詞，又似乎是習慣成自然。見隔壁的李宛在笑容滿得都快滴下來了，葉超故作嫌棄地撇嘴：「少顯擺給我看。」但玩笑歸玩笑，他這個媒人還是替對方感到開心的。用完晚膳，兩人並肩坐在院子裡喝酒。李宛在問：「你還打算去洛陽嗎？」葉超叼起一根狗尾草，望著對面草叢裡亂蹦的蟋蟀，慢悠悠地說：「不去了。」

對方微訝：「那你去哪？」

葉超沒有馬上回答。這些日子，他也不斷在問自己相同的問題。

這幾年，他被人東拉西扯的在江湖上亂闖一通，武功是進步了，但內心卻仍渾渾噩噩，拿不定主意。

第一次，他為了保衛家園而拿起劍，最終克服了自己對血液的恐懼；第二次，他受到鈴的鼓舞，決心與對方並肩作戰，這才有了與崔潭光對抗的勇氣。然而，那一連串的行為都是他為了別人做出的決定——如今，是時候為自己想了。

心念轉處，他從懷裡摸出一枚黑石權杖，以及一只精緻小巧，散發粼粼幽光的六角燈籠。

這兩樣玩意是從蘇必勒的屍體上搜出來的。那燈籠似乎正是青穹派丟失的法器「六道冰籠」，而權杖則是某種帶著咒術的信物，可惜，上頭刻的文字他一個也看不懂。

葉超低眸撫摸著冰涼的石頭表面，喃喃道：「我打算去夏家莊。」

如今江湖情勢緊張，光憑他一人之力根本無法阻止衝突爆發，但他深信，只要將這些線索轉交到夏家莊主夏空磊手裡，憑對方的驚世之才、算無遺策，定能令局勢出現轉機。

從小師父便教他：「道可道，非常道」。而在做出這個決定後，他眼前彷彿出現了一條延伸至遠方的坦途，既像流星天墜，又像錯落的黑白棋子，雖變幻莫測，但星辰位列，始終有跡可循。

毫無疑問，他接下來的這一手，將左右棋局最終的走向。

第貳拾參章、山河局

壹

蒼穹裡，赤星散發出妖異的光芒，將整片夜空，乃至於底下綿延的草原都覆上了一層血色。而隨著流星墜落地面，四野跟著響起野獸的悲鳴——不知多少夜，鈴總是夢到這幅詭異的景象。

當她終於睜開眼時，瞅見的卻是一雙綠油油的眼睛。微微下垂的眼角給人毫無幹勁的感覺，彷彿浸泡在死去已久的水泊中。

「妳醒啦？」

對方連打招呼的方式也毫無活力，彷彿在抱怨外頭的天氣一樣。

「餓了嗎？哦，四天沒吃飯，是個人都該餓了……」那人沒有等鈴回答便逕自說了下去，「只有這個，妳拿去吧，能止痛的。」

鈴感覺嘴裡被放進一片葉子般的東西，味道苦極了，但嚼爛後，卻有股奇妙的涼意從舌尖竄出，過了片刻，喉嚨和胸口的疼痛果然減緩了不少。

「老人家，你是誰啊？」她舔了舔乾澀的唇，啞聲問。

「哼，我有那麼老嗎？」對方先是皺起濃眉，接著又嘆了口氣，縮起脖子。「唔……也確實不年輕了。」

他似乎很習慣自說自話，講完後便轉過身去不理人了。

鈴一時啞然。

眼前的男子看上去年約六旬，但眉心深刻的摺紋和死氣沉沉的表情使他顯得比實際年齡要來得滄桑許多。另外，儘管日頭炎熱，他仍用紅色長袍將傴僂的身軀裹得嚴嚴實實的，被汗水熏透的布料散發出一股難聞的酸味。

「這裡是哪？」

「前往某地的路上咯。」

鈴爬起來，想將臉貼向欄邊，下一刻卻被粗魯地拽了回來。

「笨丫頭！想活著到長安就別看……那些傢伙可不在乎妳的死活。」

兩人被關在簡陋的囚車裡，外頭是黃沙滾滾的戈壁荒漠，遼闊得連邊都看不見。趕車的幾名男子都穿著短袍，戴著尖頂的羊毛氈帽，看著就像普通的胡商，除了押送兩名囚犯外，隊伍裡還有許多載貨用的騾馬牲畜，駝鈴叮噹，在毒辣的日頭下勉強前行。

「長安？」鈴心頭一凜。

過去這段時日發生的事，她已經記不清了。她只知道自己順著水流被沖到了女幾江的下游，後又拖著疲憊不堪的身軀，獨自在荒漠裡走了很長的路。就在她以為自己要被曬成人乾時，腳邊的沙地忽然鑽出一排頭掛柳枝的小人，發出「呦呼」的踏歌聲。他們攜手在她面前起舞，可愛又稚拙的模樣令人莞爾。

這種小妖怪名為「紅柳娃」，時常出沒在西北的沙漠，雖然生性膽小，卻會在四下無人時出來搗蛋。

紅柳娃們將一種豔紅的果實放在鈴腳邊，又笑嘻嘻地跑走了。

同樣的怪事在接下來幾日中不斷發生。冥冥中，鈴覺得小妖怪們彷彿是在指引她，卻不曉得等在前方的是救命的綠洲還是致命的陷阱。又隔了一段時間，當她再次甦醒時，已經身陷囹圄了。

「是您救了我？」

「救妳？」對面的紅衣老頭聞言，嗤笑出聲。「不過是和妳一樣的倒霉蛋罷了。妳昏倒在沙漠裡，被那些傢伙瞧見了，就打算把妳賣到京城。」他頓了半晌：「妳可知被賣掉的女子都是何下場？」

鈴眉心一皺——對方當她是三歲小兒嗎？

「那他們抓你做甚？」

「妳話可真多……」紅衣老頭用她聽不懂的語言嘟囔了兩句，目光持續飄向天空。「這大概也是我的報應吧。」

隊伍持續前行，老人含混不清的嘆息消散在風中。

透過這般有一搭沒一搭的對話，幾天下來，鈴才總算對這名「獄友」有了初步的認識。

此人名叫巴贊，是個工匠，出身於鐵勒諸部中的容萼一族，本來過著平凡而自由的生活。然而二十幾年前，他們的部落遭到突厥鐵騎征服，族人或死或逃，他也在戰亂中與妻兒失散，淪為了突厥貴族的奴隸。去年秋天，他的舊主過世，新主人嗜賭成性，為了還賭債，便將他賣給了過路的商旅。

鈴從未聽過「容萼」的名號，卻無法將視線從對方臉上移開，因為她想起來了——自己曾見過一雙與他一模一樣的眼睛。

兩年前，她與李宛在、夏雨雪等人前往茅山參加天月劍會時，曾撞見一名少年鬼鬼祟祟地出入天道掌門趙拓的書房。當時，對方奇特的外貌在她心上留下了極深的印象。據她所知，西域民族混雜，有來自龜茲、回紇、突厥、粟特、契丹、大食、吐蕃、小勃律等諸多國家的胡人，但這種青翠如竹的眼眸卻相當罕見。

她心生好奇，追問：「那你們部落後來呢……」可講到一半，巴贊卻抬手，像趕蒼蠅一樣將她的話給揮開：「塵歸塵，土歸土，還有什麼可談的？」

鈴一時不知如何作答，再次陷入沉默。

頭頂的豔陽無情地烘烤著大地，遠方的地平線熱氣蒸騰，折射出氤氳的幻景。

從前，每當新的線索出現時，鈴總會窮追不捨。但自從逃離赤燕崖後，她發現自己對這一切已經越來越提不起勁了。

她撥了撥濕漉漉的瀏海，換了個更舒服的姿勢，準備繼續埋頭大睡。然而，喬位子時，懷裡卻掉出一包沉甸甸的東西。低頭一看，原來是雲琅從女幾江裡撈起的「屍體」。

雪魄秋水般明淨的刀身如今成了兩塊殘鐵，光芒盡折。鈴彎身去撿，心又跟著涼了一截。

這一刻，她彷彿回到了女幾江邊，感受著大水淹過頭頂，那種冰冷而又窒息的痛楚。

然而，當時的她拼著最後一線清醒，睜開雙目，映入眼簾的並非師父那張冰清玉冷的容顏，而是帶著倉皇與震驚的表情……那是她的幻覺嗎？

塗山群雄會後，武正驊曾對她說，雪魄乃是由山魈的牙齒所鑄成，唯有意志極堅，心底沒有一絲迷茫的人，才配得上用這把刀。而現在，這把象徵著傳承的刀卻被師父親手斬斷了。

是她做錯了嗎？這難道也是對方想告訴自己的話？

胡天飛雁，大漠長煙，無一不述說著孤獨的況味。半夢半醒間，纏繞在骨子裡的疼痛如鐵鉗般一圈圈地收緊，鈴卻依稀還能聽見熟悉的話語，於耳畔縈繞不去。

「事已至此，再無回頭。踏平六大門，就是對亡者最好的交代！」

「莫非，妳想讓師父的謀劃功虧一簣，留下千古罵名？」

「有一種可能——他們全都是幫兇！」

如今的她，已經不知道究竟該相信誰了。

風沙仍在吹拂。鈴靜靜蜷縮在牢籠的一角，一動不動，直到耳邊傳來巴贊的碎念：「別哭啊，我最煩女人啼哭了。」

「我沒哭！」

「可妳正打算那麼做。」對方說著，用手指掏了掏耳朵。「我只想提醒妳，我可不是那種會安慰小丫頭的類型。」

經過了這麼多天的磋磨，鈴都懶得跟他吵了。

「難道你都不會想家？或許你的部落還有其他倖存者。或許他們正在尋你呢。你就沒想過……」

「想又如何？」巴贊瞥來一道晦暗的眼神。「妳沒看見這個嗎？」說著，抓住面前的鐵欄用力搖晃。

一名落腮鬍男人聞聲走來：「老傢伙，吵什麼？」

「沒事，大人。回樹蔭底下享受您的酪酒吧，我只不過在教她規矩。」

「安分點，否則小心挨揍！」

男人惡聲惡氣地威脅。巴贊立刻縮回角落，直到對方離開，這才抬起臉。

「這就是道上的規矩，很好懂吧？妳該謝我才是，被鞭子抽死的滋味可不會比被太陽曬死好出多少。」

「你試過逃跑沒有？」

「有功夫想那種東西，還不如一頭磕死來得快。」巴贊指著自己右臉上那條蜿蜒凸起的疤痕，說：「我的前一個主人，他其實是個不錯的傢伙。雖說工作繁重，但對我不壞，吃穿用度從未苛扣，還教會了我識漢字。」

「他將你打成這樣，你還替他說話……」

「打我的不是阿郎，是他兒子。那孩子小時候十分乖巧懂事，沒想到長大後卻完全變了個人，不僅染上了漢人賭博的惡習，還逢賭必輸，很快就把家產敗光了。他阿爺被他氣壞了身子，一年前染疾去世，他為了還債才決定將我賣掉……嘿，別瞧我牙都快沒了，在黑市上，『容蓼奴』可是比其他奴隸值錢許多哦。我說不定還能用賣身契在長安換間氣派的宅子呢！」巴贊諷刺地笑了，嘴角的肉瘤擠成一團。

鈴看著那比哭還難看的笑，頓時語塞。

為了安定邊疆，鞏固「天可汗」的地位，多年來，大唐和周邊各國間一直衝突不斷。捲入戰亂的人們，幸運的落地生根，不幸的卻淪為奴隸，活得連畜生都不如。對這些流離失所的百姓而言，長安恐怕不是盛世之都，更像是不斷吞噬擴張的黑洞吧。

世風如此，無論是比武還是比慘，都是人外有人，天外有天。

「要是刀還在就好了……」她忍不住喃喃。

隔壁的巴贊卻低頭摳起腳皮，一派天塌下來當被蓋的宗師氣度。

「咳，其實妳也犯不著鬱悶。想開點，指不定在抵達西京前就會沒命了。」

「……」

然而，巴贊這句話雖然難聽，卻起到了當頭棒喝的作用。鈴意識到，若她放任自己繼續沉浸在過去的創傷中，下場只怕非死即瘋。

於是，為了保持意識清醒，她開始日復一日地打坐行功，讓真氣在缺水乾枯的經脈裡一遍遍地游走，忍受著內傷刮骨般的疼痛，就這樣又熬過了許多天。直到某日，朝陽自東方噴薄而出，隊伍前方驀地傳來一陣騷動。

車輪轔轔，馬騾嘶鳴，刺鼻的氣味撲面而來，在沖天的鼓聲中，長安城門嘎吱開啟了。

若說上回，鈴隨李泌一行來到京城，認識到的是長安雍容高貴的一面，那麼此行所見，才是這座城市的真面目。

坊市開張，形形色色的人們穿梭其間，彷彿為了尋找香甜花蜜而四處鑽營的蜜蜂。空氣雖然混濁，卻充滿了旺盛的生命力。

載著鈴和巴贊的駝隊由開遠門入後便一路南行。深入如織巷陌，穿過十字街口，巴贊混濁的雙眼忽然瞪得老大，用容蕚語呼道：「天上的沙瑟啊！」

一座宏偉的殿堂突然展現在他們眼前。

這棟建築高約七丈，四面拱門立著人首鷹身的法像，白色粉牆配上金色穹頂，予人一種純淨肅穆之感。正殿中央則是一座仰蓮形狀的三層火壇，盤內置薪燃火，烈焰沖天。

建築前的廣場聚集了不少胡人面孔的民眾，人群左推右搡，形成一條綿長的隊伍。一名身穿白袍的男子站在隊伍的最前端，因其金髮碧眼的外貌而顯得格外突出。

除了俊美的容貌，男子低醇的聲線也相當迷人。雖說話音不重，吐出的每個字卻都清楚地擊在觀眾的心上。

「再過幾天就是賽祆祭典的日子了。正義屬於阿胡拉．馬茲達，其循吾等意願而生，其循吾等意願而必生，一切祝福與爾同在。」

這段話勾起了鈴的回憶。她想起李泌曾說過：長安有許多西域外入的宗教，其中有一種「拜火教」，又稱祆教，為「三夷*」之一，影響力不容小覷。從周圍群眾大多都是胡人這點可以推測，眼前這棟燃燒的建築，大概就是祆祠吧。

但夷教怕得罪官府，行事一向低調，鮮少有這樣熱鬧的場合，可見那名神官口中的祭典，對信徒來說肯定意義非凡。

眼看熱情的群眾堵住了整條街，人販子們沒辦法，只好打開牢籠，將鈴和巴贊趕下車。興許是被關得太久，巴贊雙腳一觸地就差點摔倒。押送他們的傢伙嫌兩人走路太慢，不斷怒斥催趕。突然間，其中一人揚起馬鞭，狠狠抽向鈴的背脊。

鈴側身一閃，鞭子遂砸在前方車夫的腰上。他慘叫著倒了下去，其他同夥見狀，紛紛反身朝二人撲到。

此處擁擠，鈴傷勢又尚未痊癒，使不開手腳，只能奮力反抗。

她抓住馬車前端，靠著籠頭甩動的力量，將左右來敵踢了個趔趄，引起一陣騷亂。但回頭望去，卻見那名兇狠的落腮鬍男已經追了上來，揮出的皮鞭如雨點般落在巴贊身上，而老人卻依舊固執地杵在原地，將身體縮成一團，緊緊攥住手裡的一串黑石墜子，嘴裡念

＊三夷：唐朝對景教、祆教、摩尼教三大外來宗教的合稱。

叨著沒人聽得懂的話，既像祈禱，又像求饒。

——就是現在！鈴腦中的聲音不斷催她快跑，但雙腳卻不聽使喚。下一刻，她沒有乘隙逃走，反而一把奪過落腮鬍男手裡的鞭子，削下了他的右耳。

地上的巴贊雙目因激動而突出。鈴伸出手去攙他，下個彈指卻被粗魯甩開。

「諸神保佑！」老人抬起頭，衝她就是一陣口水亂噴。「妳這蠢驢丫頭是想直接送我去見沙瑟嗎？」

鈴被罵得愣住，而正當她走神之際，肩膀驀地襲來劇痛。

四周不知何時又冒出了十多名相貌彪悍的胡人。他們擠開人群，從腰間抽出尖刀，朝她砍來。

鈴火大了，按住流血的傷口，對準一名敵人的手腕使勁咬落，直到耳畔傳來骨頭挫裂的聲音。

「——啊！」

「快住手！你們在做什麼？」

義憤填膺的嗓音忽然響起。鈴抬頭，發現身邊敵人全都退開了。一條長身玉立的影子站在她面前，正是剛才對著民眾發表演說的祆教神官。

「你是……」金髮男子見到巴贊，眼神豁然一亮。但話到一半便被粗魯地打斷了。

「這兩名奴隸是我們的財產！」

「善神腳下，豈容你們把人當牲畜一樣驅趕！」

「這是什麼話？他們可是異教徒……」

「把錢拿去！放了他們。」

這幾個字說得擲地有聲，幾名猥瑣的男人在神官清澈的眼神逼視之下，氣勢頓時蔫了。他們左右張望，發現周圍民眾紛紛聚攏過來，用敵視的眼神看著他們，雖然心有不甘，但事情鬧到這地步，也只能咬牙撤退。

他們很快撿起地上的銅錢，轉身沒入人群，一場騷動這才落幕。

「不愧是神官……」眾人竊竊私語，將崇拜的目光投向這名天使臉孔的男人，但他本人卻恍若未聞，伸手將鈴扶起。

「已經沒事了，跟我走吧。」

鈴望著那張親切的笑臉，心底暗自警惕起來。

但眼下，他們是真的無處可去了。巴贊的袍子都被血浸濕了，兩人只得狼狽地跟上神官的腳步，在侍衛的簇擁下穿過廣場，一直來到祆祠的側門。

祠內有專門收留傷患的藥堂，兩人包紮完傷後，被領到後院的一間石屋。屋內布置整潔，除了祭祀用的條案，還擺著幾卷書，空氣裡瀰漫著濃厚的燭香，看著像是僧侶的起居室。

但鈴卻感到越發古怪，尤其當神官道：「這兒很安全，二位儘管安心靜養。」她終於忍不住發問：「你到底是誰？為何帶我們來此？」

「在下米耶薩，忝居本教穆護*一職，見二位檀越與我主有緣，這才冒昧相邀。」男子笑得意味深長。「再過幾日就是祭典了，木朗大人將會親臨。他老人家求賢若渴，向來仰慕容萼一族驍勇善戰，只要你們皈依本教，必有重賞。」

「木朗？」鈴聽見陌生的名字，蹙了蹙眉尖。

「不錯。」男子笑。「那位大人來自突厥，是本祠最大的捐資者，就連擔任住持的祆正官都是他指派的。爾等若被他看上，可是極大的榮耀。」

「胡說八道！」巴贊暴跳起來。「就算將我餵狼，我也不會和你們這些拜火邪徒同流合汙！沙瑟在天上看著呢！祂會懲罰你們！」

米耶薩眉毛一挑，溫柔的語氣變得嘲諷：「月亮不過螢燭之光，又如何能與熊熊不滅的聖火爭輝？若它真有神性，你們的牙帳和祭壇怎會被燒盡，你們的族人又怎會淪為賤奴，

---

* 穆護：祆教中神職人員的稱呼。

永世不得翻身？」

「這……牙帳的事，你怎知道？」

「二十多年前的河桑之戰，多數的容萼男丁或戰死沙場，或被施加墨刑，屈辱自盡，可你的臉上並無刺紋，說明你當時根本不在場！」

巴贊聞言震驚了。他枯瘦的身軀搖了幾幌，幾乎站立不住。

米耶薩卻仍笑著，笑容帶著一絲殘忍的意味：「時候不早了，二位先好好歇息吧。」

鈴聽不懂兩名男人在打什麼禪機，但經過多日的折騰，她早已沒有力氣思考了。門剛關上，便朝著榻倒了下去。

這夜，鈴再次夢到了赤星墜落的景象。驚醒時，一眼就見到巴贊坐在身旁，深瞿的眸子在昏暗中若即若離，聲音宛如尖石磨過砂礫，刺入她的耳膜。

「昨日在廣場，妳本來想逃吧？是想去見情郎？」

「才不是呢！」鈴的臉瞬間漲紅。

她順著對方的目光望去，只見冷冷的冬陽正沿著城郭升起，灑落一片晨曦。

「長安，長安……」巴贊低頭親吻掌心的黑石墜子，幽幽道。「沙瑟啊，為何讓我活著回到這座罪惡之城呢？難道是我今生的罪業還未贖清……」

「石頭也能用來溝通神靈嗎？」鈴好奇。

「月陰石連通三界，能夠驅邪渡厄，化解世間所有苦難。」

鈴聽得一頭霧水，不知該如何寬解對方。

「你的唐語講得真好。」她說。

「還不是拜你們聖人所賜。」巴贊冷笑。「當年，他和突厥的毗伽可汗爭奪草原的控制權，兩邦連年交戰，我們這些小部落為了躲避戰亂，只能四處遷徙。後來可汗駕崩，突厥分崩離析，大唐想尋覓新的對手，又和西邊的大食國打得火熱……」

「原來是這樣啊。」鈴摸摸鼻子，有些後悔提起這個話題。

未幾，她起身走向木架。這裡陳放的多是宗教典籍，裡頭的文字有漢文也有胡文，更有不少關於祆教儀式的記載。

原來，在中土俗稱「拜火教」的祆教，實際上源自西亞，擁有和佛道一樣悠久的歷史，更曾為波斯帝國的國教，顯赫一時。

鈴隨手拾起一卷書，看著紙上泛黃的墨跡：「板築安城日，神祠與此興。一州祈景祚，萬類仰休徵。蘋藻來無乏，精靈若有憑。更有雩祭處，朝夕酒如繩。」

這首《安城祆詠》描寫的正是敦煌人民的祈雨儀式，顯示在傳入長安前，祆教和胡天的信仰早已在大唐往來西域的絲綢之路上落地生根了。

另外，除了文字，還有繪畫。她的注意力很快被其中一幅給吸引了。畫的中央是一片不可名狀的混沌，一顆絢爛的紅星猶如神祇光照大地。

鈴心裡「喀噔」一下——這不和她的夢境如出一轍嗎？

畫的背面則是一幅人像，身邊環繞著各種形狀的精靈：三隻眼睛的飛鳥、毛色斑斕的猿猴、魚身蛇尾的蛟龍等等。每隻珍獸身上都有著相同的烙印，唯有中央那人手持明燈，高踞眾生之巔。他手中節杖散發出一束束霞光，將精靈們束縛在原地。

儘管年代久遠，可畫師高超的技法卻使得每片鱗爪躍然紙上。鈴感覺心臟在胸腔裡狂跳不止，情不自禁地屏住了呼吸。

「這是《波斯古經》，我教最早的經典之一。但有人也稱其為《阿維斯陀》——預言之書。」

猛然回首，只見米耶薩換了套潔淨的長袍，似笑非笑地站在那。

鈴退了半步，指著書上的畫問：「這幅圖是什麼？」

「赤光傍照，群獸四鳴，為紅星入北斗之兆。」

見她一臉懵懂，對方又解釋道：「根據古書所載，赤星墜落的異象代表著光明鬥戰神將重臨世間。」

「你說赤星墜落？」

「姑娘若是好奇，何不留下來親眼見證？這次的賽祆祭典可是難得的機會，錯過可就可惜了。」

神官的微笑宛如一張精緻的假面，令人捉摸不透。鈴不禁猶豫了。

她心中確實有許多疑問，但同時又隱隱感到不祥——如今去探究這些，真的有意義嗎？世上再沒有比無窮無盡的謊言更令人幻滅的事了。

不過很快，鈴的思緒便被米耶薩給打斷了。

中午時分，他從外頭買了素油餅子給兩人。那餅子散發出熱騰騰的芝麻香……沒多久兩人便吃得精光。

巴贊背上有傷，無法下地，吃飽後便躺回榻上，沉沉睡去。鈴則坐在一旁，望著他起伏如小山的背脊出神，直到米耶薩問：「這位老丈是妳的親人嗎？」

「不，我們只是恰好結伴同行。」她頓了頓。「我等等想出去一趟，還得麻煩你們照看他。」

米耶薩嘆口氣：「怕是不行。」

「什麼意思？」

「還記得昨日押送你們的那些人販子嗎？他們隸屬長安西北的流氓團夥，雖不敢公然闖入神廟，但妳若此時出去，只怕會有危險。」

鈴皺起眉。她出去是想跟李泌聯絡，最好能弄到一份通關文書，讓她盡快離開長安，奔赴江南。至於那群地痞無賴，她根本不放在眼裡。

然而，這看似簡單的計畫到下午便泡湯了。

不知是傷口感染還是長途跋涉過於勞累的緣故，巴贊忽然發起高熱，才過半個時辰便燒得渾身滾燙，還說起胡話來。他雙目緊閉，卻死死抓住鈴的手臂不放。

「公主，危險！妳快走……快逃！我替妳攔著他們！」

鈴心口湧上一陣辛酸。她取來濕布敷在老人汗涔涔的額上，神色複雜道：「老前輩，您睜開眼，我不是什麼公主啊。」

但對方在夢中和清醒時一樣固執，只是不斷搖首：「是呀……我犯了不可饒恕的錯誤，是我害了妳，妳怎麼會再來見我？」

話音未了，兩行清淚自眼角滑落。此刻，整個世界都彷彿氳了一層水氣。鈴握緊對方的手，恍惚言道：「我也回不去了。」

紅塵萬丈，咫尺千里。同為天涯淪落人，許多事自然不必言說。

她望著老人滄桑的臉龐，不由得在心中暗自嘆息：「卻不知，你的公主如今又在何處？」

貳

青峰水陌，松竹相映，一條瘦瘦的小徑向腳邊蜿蜒，落英和泥土混合在一起，宛如一幅寧靜卻又生動的山水畫。

葉超望著眼前煙雨朦朧的山谷，不禁想起王摩詰筆下的詩境。所謂「花落家童未掃，鶯啼山客猶眠」，這種單純無垢的生活正是他所嚮往的。

只可惜，他此行卻不是為了賞景而來，而是為了揭開過去的血腥，迎來江湖變天。

事情還得從半個月前說起。

自從洛陽郊外和俞芊芊及李宛在作別後，他便隻身南下，前往夏家莊。

抵達時，發現門外的榕樹下除了大批前來求籤的百姓外，還站著兩個腳踩木屐的身影，宛如一對金童玉女，既醒目又熟悉，正是夏家莊的小婢——琭玉和若水。

若水見到葉超，一雙黑眼珠登時豁然一亮：「你動作可真慢！另一位客人已經先到了。」

「莊主在冬廳，你直接進去吧。」琭玉說著，將刻有夏家莊八卦印的銅牌扔給葉超。

「多謝。」葉超接住牌子，點頭一笑。

從雙胞胎的反應看來，莊主大約早就算出他要到了。果然，來這裡是正確的決定。想到這，葉超心裡稍微踏實了幾分。到了角門，亮出銅牌，莊丁二話不說就放他進去了。冬廳位於最南邊的庭中，葉超一路穿廊而過，快到院裡時，忽然聽見前方傳來夏空磊的聲音。

「老三，這麼多年過去了，你怎麼就沒點長進？再等等……」

「哼，故弄玄虛！我可不會再上當了！」

葉超停下腳步。正猶豫著該不該進去，下個瞬間卻驟然失去平衡，撲倒在地。原來是若水趁他不備，朝他背後推了一把，接著又笑嘻嘻地跑掉了。

「真是夠了……」葉超心中無奈，狼狽爬起，抬頭便撞見一名打扮粗獷，滿面風霜的漢子坐在夏空磊對面的席上，腰桿打得筆直，宛如一尊怒目金剛。

「瞧，這不是來了嘛。」

夏空磊一派悠然地繼續烹茶。對面的男子卻霍然站起，指向葉超。

「啥？咱們等了半天，就是為了這小子？」

葉超心中一陣惶恐，連忙拱手行禮：「晚輩見過長孫大俠！」

「你是何人！怎知我姓名？」

原來，自從上回鈴和葉超來訪，帶來了關於司天台之變真相的線索後，夏空磊便一直在暗中調查當年之事。而當他解開了背後的謎團後，做的第一件事便是派人去山中尋找長孫岳毅，並將他帶回夏家莊。

「我不是早和你說過了？這位少俠可不是一般人。」夏空磊將煎好的茶湯倒入瓷盞，宜人的香氣頓時瀰漫室內。「他身為趙拓的師侄，卻從來不把掌門的命令當回事，是當今武林中罕見的好苗子。」

「來，坐。」他招呼葉超。

葉超依言落坐，卻被長孫岳毅的目光刺得渾身不自在，連忙岔開話題：「莊主知道我要來？」

「不錯，你有東西要給我看？」

葉超這才想起自己收在懷裡的六道冰籠與黑石權杖，連忙取出來呈上，同時簡單交代了蘇必勒死亡的經過。

「聽說青穹三劍死後，六道冰籠便也跟著失蹤了，我想，極有可能是被順手牽羊了。且若蘇必勒是當年的兇手，許多的疑點也就說得通了，請您務必在物歸原主時轉告青穹掌門。」話一頓，又指向一旁的黑石權杖，「至於這個，晚輩實在不知是何來頭……」

「連你也看不出所以然？」夏空磊將權杖攥在手裡把玩，表情若有所思。頂端的黑色寶石在陽光下散發出一種古樸的美。「既然如此，本莊就先保管著吧。」

除了占卜問卦外，夏家莊還擅長解答疑難雜問，莊內各種稀奇古怪的玩意可謂應有盡有。夏空磊搖了搖几上的鈴鐺，須臾，一名學徒自屏風後現身，將冰籠和權杖分別收入精緻的木匣，旋即告退。

終於到了討論正事的時候了。只見夏空磊拿起几上的紙卷，攤在葉超和長孫岳毅面前：「難得今日二位都在，夏某想給你們看看這個。」

仔細一看，原來是封信，信的底端還繪有罌粟花的符號。

葉超困惑地瞇起眼，隔壁的長孫岳毅則露出震驚的表情。

「這筆跡……這信，你從哪拿到的？」

夏空磊聞言，露出苦笑：「這些年，並非只有你一人明察暗訪。你以為當年發生的事，我曾有一刻忘懷？」

「既然如此，你為何袖手旁觀，什麼都不做！」長孫岳毅一臉憤怒，拍桌而起。「當年，我是如何在你面前苦苦哀求，你又是如何緊鎖大門，避而不見，你自己最清楚！若你當時便肯出手，事情或許還有轉機！……過了這麼長一段時間，我還是想不通，我那個遇事決斷，仗義直言的二哥到底去了哪裡？你為什麼變得這麼狠？」

「因為我怕！」夏空磊握著茶杯的手顫了顫，聲音低落下去。「我已經失去了阿瑜了……我不能再失去你，失去任何一個親人！」

「但你的懦弱卻害死了更多無辜的人。這點，你可曾想過？」

二人在緊張的沉默中互相瞪視，少頃，長孫岳毅的眼圈忽然無預兆地紅了。

曾經，他們兄弟三人發誓共患難，同進退，但事到臨頭，夏空磊卻怯步了。他無法拋下即將出生的女兒，也無法眼睜睜看著摯友去送死。而長孫岳毅雖然迫不得已放棄了追查，卻將自己黜逐荒山，度過了十八年渾渾噩噩的日子，甚至還親手將唯一的兒子引上了復仇這條不歸路。

同樣是為了初心堅守不退，若說漫長的歲月帶給邱道甄的是平靜，那麼帶給長孫岳毅的就只有不幸了。

而一旁的葉超也被這一幕觸動了。

他向來不屑江湖上的權力鬥爭，更不喜歡那些心懷鬼胎的江湖人。但正因這世上處處皆充斥著血腥和脆弱的人性，真正的情義才顯得難能可貴。

水漏一滴一滴地落在桶中。

過了許久，夏空磊才又緩緩開口：「我不指望得到你的原諒。我曾對你說過，不要去追究過去的事，那是因為時機未到……如今，不一樣了。」他指著面前的信：「我也是十日前才收到的消息。花月爻教主姬雪天可不是個好找的人，但從她的回覆看來，我的猜測極有可能是對的。」

長孫岳毅盯著信上的文字，瞪大眼睛：「這簡直太荒唐了！她怎麼可能是……」

「人證物證俱在，哪裡荒唐？」夏空磊的聲音裡沒有怒氣，只有像磐石一樣不可撼動的自信。

長孫岳毅還想強辯，卻被他一句：「我看人可有錯過？」堵得無話可說，悻悻地撇過臉去，表情像個被欺負的小孩，嘴上還不停地犯嘀咕：「什麼白鹿谷，什麼老枯壇，我才不去呢……」

「你以為我喜歡這安排啊？」夏空磊冷笑。「可你別忘了，當年咱們三人義結金蘭之時，你曾答應要替我辦三件事，這是最後一件了。事成後，長孫大俠想去哪儘管自便，夏家莊絕不留君。」

長孫岳毅答不上話，重重哼了口氣。夾在中間的葉超摸摸鼻子，突然感到有些尷尬。

「那個……那我呢？」

夏空磊轉向他，霎時又換上了充滿長者風範的溫和笑容：「哎，我們兩個老的畢竟太過醒目，出面甚是不便，想辦成事，還得靠年輕人啊。」

長孫岳毅目光如刀，朝葉超狠狠剜了一眼，彷彿這一切都是他的主意。

「醜話說在前頭啊。你小子若敢礙事，休怪我不客氣！」

「別理他。他對陌生人總是這樣，這毛病幾十年也沒改過來……」

「你說誰有毛病啊！」長孫岳毅氣得鬍子都翹了起來，夏空磊卻當沒看見一樣，抿了口茶，將目光定在葉超臉上。

「人各有志，事無周全。此行會遇見什麼樣的危險，我也說不準。你若不願同往，夏某自然不會勉強。」

此事若放在從前，葉超怕是會猶豫良久。可過去一年的種種令他意識到，有些事終究是無法逃避的。他微微蹙起眉峰，一咬牙道：「我去。」

信中所提到的白鹿谷位於西南煙瘴之地，人跡罕至，頗有股世外桃源的味道。山坡上的皚皚白雪尚未化盡，谷底的迎春已爭妍怒放。眼前的這幅景色令葉超再次想起了邱道甄。他雖對師父常掛在嘴邊的那套「天命之說」嗤之以鼻，卻無法否認，這世間的確存在著某種難以解釋的力量，將人與人的命運緊緊牽繫在一起，就如同這一傾逝水，看似無根無源，實則早已注定了終點。

溪畔有片桃林，樹蔭下擺放著竹籃和曬衣架。一名女子正在低頭搗衣，輕柔婉轉的歌聲比水還軟，令人聞之欲醉。

葉超不知不覺停下了腳步，正想開口說話，卻被對方發現了。女子一看是名陌生臉孔的青年，立刻抱起竹籃轉身就走。

「等等，別走！」葉超衝她的背影喊道。「行行好，幫個忙吧！」

婦人終於還是遲疑了。

她緩緩轉過頭來，露出一雙清秀圓潤的杏眼。這本來是張很耐看的臉，但當陽光定在她光滑的面龐上，卻形成一股難以描繪的滄桑。

「你是怎麼找到這裡來的？」她狐疑地問。

「我隨阿爺和伯父外出打獵，誰知，一不小心掉進了捕獸的陷阱。我逃出來之後慌得不行，亂走一通，不知怎吧……就來到了這裡。」

女子看見他手臂上的擦傷，眉心微微蹙起。

「此地不歡迎外人，你還是跟我來吧。」說完轉身，朝村子的反方向走去。

兩人穿過桃花林，來到一座偏僻的山峰腳下。

放眼望去，唯一的房舍是兩間茅廬，門前種了幾棵桑樹，屋內的陳設相當整潔，小窗正對著花圃，除了坐床外，只有一張竹蓆和一架織布機。

浣衣女領著葉超進入內室，正準備替他包紮傷口，卻被身後突然響起的聲音給嚇了一跳。

草廬的後門「嘭」的關起。兩條人影出現在門的後方。女子嚇得撿起一旁的剪刀，指向不速之客：「你們是誰？想做什麼！」

可當她看清來人的真面目時，臉色卻驟然白了下來，手裡的剪刀也跟著「匡噹」落地。

「你們是……」

「好久不見啊，嫂子。」

鈴將巴贊的墜子拿在手上，輕輕摩挲著。中央的黑石紋理深邃，表面微冷，握在掌心裡，就如同握著一塊觸手生溫的良玉。

或許是和對方相處日久的關係，如今的她也開始相信這枚頑石似乎有著神奇的力量。正如同這世間的一草一木一樣，越是隨手可拾，就越貼近亙古不變的真理。

「你知道這是什麼嗎？」她回頭問米耶薩，卻換來對方的一抹苦笑。

「我是神官，怎會認識這種異端？」

「說的也是。」鈴嘆了口氣，心想：「若此時葉超在就好了。」

冬去春來，她和葉超的滕王閣之約早已經過去了。對鈴而言，這幾個月簡直就像一生一世那麼漫長。且以葉超的性格，等不到她赴約，只怕不會死心，還會做出什麼傻事來……一想到這，她便感到心情鬱悶，坐立難安。

最後，還是米耶薩的話將她從回憶裡拔了出來。

「我確實聽說過一些江湖傳言，說容蕚一族的滅絕和他們代代相傳的聖石有著密切的關聯。突厥真正的目標並非殺戮，而是奪取礦材。」

「那你救我們的理由又是什麼？」

鈴臉色愈沉，米耶薩卻聳了聳肩：「木朗大人對容蕚奴的喜好眾人皆知，他不會虧待妳這位朋友的。何況，這座城市裡，誰又不是奴才呢？還不如學良禽擇木而棲。」說著掀起窗紗，似乎在向對方展示長安的盛景。「賽祆祭典就定在今晚舉行，到時獻禮，妳也有一份功勞，這可是極大的榮耀！」

鈴回頭去看床上的巴贊。經過兩日的休養，對方的高熱總算退了下來，但整個人依舊昏昏沉沉，說不出話來。在她眼中，正是多年累積的無奈與怨恨，才使得老人的身體不堪重負。

「鬼才稀罕呢。」她冷冷道。

米耶薩目光火熱，似乎還有許多話說，卻被底下的騷動給打斷了。

不知何時，廣場多出了一隊士兵，朝祆祠直奔而來。帶頭的騎士速度疾若風雷，米耶薩見了，不禁驚呼起來：「西域汗血馬！」

汗血寶駒的主人在祠前停下。他身著麻衣，烏黑捲髮削短及耳，露出雙眼周圍一圈醒目的刺青。鈴看見他的面容，不禁呆住了。

她無法用言語形容對方身上的氣質——明明年紀不大，卻宛如一把被打磨了無數次的利刃。她幾乎一眼就確定了，他正是自己當年在茅山撞見的那名碧眼少年！

一愣神的功夫，士兵們如黑色的湧浪湧入祆祠。

米耶薩臉色驟變，將鈴從窗戶邊扯開，催道：「不好！快走！」鈴也預感到大事不妙，連忙揹起巴贊，跟著對方登上通往屋頂的樓道。

石屋的天台和醴泉坊望樓之間僅相隔咫尺，幾乎可以說是連通的。按照米耶薩的計劃，一行人或可避開士兵的堵截，在無人發現的情況下從坊門出逃。

然而事實證明，這想法太過簡單了。

一行人剛下樓便被截住了。堵住他們去路的正是那名容萼少年。原來，他讓手下包圍祆祠，自己卻在這守株待兔。

近看之下才發現，他雙眼周圍的紋路竟是由無數的針孔刺出來的。這些荊棘像是漆黑的尖角，將他還帶著幾分少年英氣的五官蒙上一層可怕的戾氣。

「你們不能走！」他說。

此前，無論面對的是異教徒或者高官顯貴，米耶薩總是能用溫柔的笑靨和充滿感染力的言詞打動對方。然而，看見這名少年時，他卻再無法掩飾自己的嫌惡之情。

「讓開！」他怒斥。

「教中規矩，異教徒不得進入寶剎，違者交由薩寶府處置。」

對方的語氣雖算不上威脅，卻足以讓米耶薩火冒三丈。

「你怎知是我把他們帶進祠的？」他冷笑。「莫非是從人販子那裡得來的消息？」

碧眼少年不答，米耶薩又譏諷道：「這位老丈是我準備進獻給木朗大人的賀禮，多一個和你一樣的容蕚奴來伺候大人，你覺得這安排不妥？」

少年也不知是唐語生疏還是口才欠佳，一時竟愣在那。米耶薩見他無話可駁，神情越發不屑，卻也因此沒留意到對方眸中閃過的煞氣。

下瞬，刀鋒挨著頭皮斜斜削過，險些在神官美麗的秀髮上犁出條溝來。這下變故，連鈴也沒料到。情急之下，她將巴贊往後拽，右手拾起花架旁的竹竿，朝少年脅間抽去。

少年吞身躲閃，待棍子掃至左首時，卻又突然晃進，一記長拳掃向鈴的胸口。他的攻擊雖缺乏內功輔助，可體力和速度卻都遠超常人，暴起的瞬間，就連腳下的石板都被踏裂了。

兩人在窄仄的空間裡展開纏鬥，一個是焚盡八方的烈炎，一個是來去莫測的柳風。走到第七招，少年使出類似摔跤的手法來抓鈴後領。鈴瞳孔微微一縮，從袖底射出一把黑羽鏢。

一陣乒乓亂響過後，敵人的手臂被牢牢釘在了牆上，鈴側身從他脅下鑽過，揹起巴贊，沿著圍牆與房舍中間的馬蹄夾道狂奔，邊跑邊問米耶薩：「怎麼回事！那傢伙是誰？怎麼連你也要逃？」

「沒想到竟會是他！」米耶薩氣喘吁吁，近乎絕望。「那傢伙腦子天生就有毛病，連句人話也聽不進去。為今之計只有先離開這，再作打算。」

「你就這麼怕他？」

「妳懂什麼？」米耶薩俊眉斜豎。「牙古是木朗大人最寵信的家奴，自小便隨軍四處征戰。他正是仗著這點才敢如此蠻橫，誰的面子都不給。才來長安沒多久，就把所有人都得罪光了！今日與他撕破了臉，他肯定會向上峰舉報我觸犯戒律，圖謀不軌……到時候妳我皆完了！」

講完這串解釋，他自己臉都嚇白了，胸膛起伏不定。

然則萬幸的是，此番混亂並未影響到外頭的熱鬧。此刻，廣場東南角正停著的一輛碧油香車。只見繡帷掀動，一名女子滿臉驚喜地探出頭。

「哎呀！這不是穆護大人嗎？」

米耶薩一看見對方，頓時變臉。他雙手在胸前攏出火焰形狀，眉眼彎起，笑得猶如浮雲壓雪，張口便是流利的粟特語。

「聖火庇佑。這位娘子日日來祠裡朝拜，燃燈作福，可見心意篤誠，足以驅除幽冥，打開通往永恆光殿之門。」

死後靈魂升入天堂乃是所有祆教信徒的願望。女子聽了，果然喜出望外。

「成就功德講求善思、善言、善行。」米耶薩續道，「眼下，七日伏願之期將滿，需要您替我們辦最後一件事，將兩位貴人送至曲江，點燃純火，為儀式做最後的祈禱。」

「可……祭典不是快開始了？」女子疑惑。

「正因時辰緊迫，才需要馬上行動。阿胡拉・馬茲達選擇您，也是看中您的忠誠與潔淨，足以抵抗邪祟的侵擾。」

一旁的鈴雖不知米耶薩在嘰嘰咕咕些什麼，卻也不禁佩服他編瞎話的能力。見女子被哄得團團轉，帶著侍女主動走下階來，她忙拉著巴贊鑽入廂內。車子就這麼開動了。

但幾人並沒有去曲江，而是在橫穿擁擠的朱雀大街後，繞了一大圈，又拐回了長安縣內。

鈴望著窗外掠過的風景，問趕車的米耶薩：「喂，你到底是哪裡人？怎麼對長安這麼熟？」

對方顯然對於「喂」這個稱呼十分不習慣。只見他嘴角微搐，沒好氣道：「從小長在這片土地上，每個坊的石頭都摸遍了，怎能不熟？」

這番話卻更加重了鈴內心的疑雲。在她眼中，對方彷彿有好幾重面孔，既是落落大方的君子，也是精明狡詐的騙徒。

過了一盞茶的時間，馬車轆轆駛入大業坊。這裡人煙稀少，周圍的景色亦逐漸荒涼。

鈴終於又開口：「那名容蕚侍從，牙古，他為何要殺你？」

米耶薩抿出一絲苦笑：「雖說本祠以木朗大人為尊，可這幾年，我實際上已投靠了安節度。牙古對那位貴人心懷不滿，平時不敢聲張，卻暗中動手動腳，想將我扯下馬！」

安節度？鈴覺得自己彷彿聽過這個名字。

「他不僅是我教的光明使者，更是整個大唐除了當今聖上外最有權勢的人物！」米耶薩說到這，目中精光四射。「這回的賽祆祭典，多少人削尖了腦袋想進城觀禮，就是為了親眼見到這位貴主！」

「安祿山？」鈴想起來了。

從前她和葉超住在李泌府上時，每次出入他住的親仁坊，都會經過一間特別華麗，特別氣派的宅第，不僅占地廣闊，就連屋頂上的鴟吻都是由漢白玉雕砌而成，遠遠望去，簡直就跟天子的興慶宮沒有區別。

李泌當時便指出：宅子的主人名叫安祿山，雖身為蕃將卻深受皇恩，就連這棟京裡的留後院都是皇上特意下旨為他興建的。

「可……如今的宰相不是楊國忠嗎？」

「那是在長安。出了這座城池可就難說了！安祿山受封東平郡王，身兼范陽、河東、平盧三方節度使，手握二十萬軍馬，跺一跺腳，便足以震動京師！」

「那是要造反了吧？」鈴小聲咕噥，但米耶薩根本沒在聽。

「楊國忠空有宰相之名，卻是個靠攀附女人裙子上位的草包！當今朝中，唯有追隨安節度這樣的雄主才稱得上是有遠見！」

話音剛落，馬車便停了下來。

鈴揭開暖帷，一抬頭便看見大雁塔尖尖的頂端。

參

和北邊那些人口稠密的里坊比起來，此處不僅空曠，甚至可以說是偏僻了。路上雜草叢生，放眼望去，連個鬼影都沒有。天邊夕照徘徊，為荒蕪的景色更添一股頹廢之美。

這裡的房子多屬富貴人家的別院，格局寬敞。三人挑了其中一間荒宅落腳，花園裡有棟樓高兩層的木閣，伙房、茅廁、井台，一應俱全。有了棲身之所，終於能夠靜下心來整理思緒了。

巴贊也醒了，一邊摳腳，一邊抱怨著腰酸腿疼。

鈴去打水，隔著簷廊看見兩名男子的互動，心底忽然漾起了微妙的感覺。

原先，她以為這一切混亂的根源皆是源於祆教內部的爭鬥。米耶薩欲藉由祭典獻禮，博取木朗的歡心，卻因為違反了教律，被牙古抓住把柄，不得不暫時逃離。自己不過是恰好被捲入其中罷了。但她很快發現這解釋充滿了破綻。

米耶薩甘冒奇險幫助他們，真的只是為了討好上峰？再者，牙古為何剛一見面就恨不得生吞活剝幾人？此事和她在茅山看到的那一幕是否有所關連？

思索間，只見東方斜月初生，灑落皎皎銀光。

對面的巴贊淨身完畢，朝著東方夜空稽首參拜，嘴裡不斷念誦祝禱。

鈴早已對他這行徑見怪不怪，米耶薩卻忽然發出一串陰陽怪氣的笑：「什麼月之母神，垂憐大地，根本就是無稽之談！」

巴贊抬起頭來。他朝米耶薩投去的目光中除了憤怒，還有愕然。

「你聽得懂這兩句話？」他用唐語問道。

米耶薩眼看露餡，連忙撇開臉，辯解道：「身為祆教穆護，精熟多國語言，有什麼好意外的？」

但巴贊卻霍地站起。或許是因為夜暈籠罩的緣故，鈴突然覺得老人的背影一下高大了許多，面目也變得猙獰起來。「不可能！這句箴言只有我們部落族人才知道！你在中土長大，怎麼可能明白其中的涵義？」

鈴尚未弄懂此話的意思，巴贊忽然不知從哪生出一股力氣，咆哮著朝米耶薩撲去。

米耶薩大吃一驚，舉手往對方肩頭推了一把。但老人只是踉蹌了兩步，並未摔倒。他倆一個文弱，一個體衰，實力不相上下，直接當著鈴的面廝打起來。

「我早該猜到了……你這個背祖忘宗的畜生！你就不怕午夜夢迴，河桑的冤魂來向你索命嗎？」

巴贊通紅著眼，死命扯住米耶薩的胳膊，鈴不得不出手阻攔。

「前輩，您冷靜點！」

好不容易將兩人分開，米耶薩揉著自己青紫的手腕，面皮一抽一抽的。

「什麼鬼不鬼的？那些怪力亂神的東西，我才不信呢！」他理了理被弄亂的金髮，輕蔑地挑起唇角：「佛道也好，摩尼景教也罷，只要能帶來銀錢，要我拜誰都行！」

「你的靈魂將墮入火窟，永受苦刑！」

一名滿口謊話的神官，外加一個虔誠的亡命之徒——鈴覺得自己還真是撿了一對寶。

她甩開兩人，怒吼：「夠了！你們都瘋了嗎？」

米耶薩端起下巴，眸中閃現冷冽之色。

「他瘋了，我可清醒得很！容蕚早已滅亡，突厥亦不復存在，家父乃波斯貴族，我生在長安，長在長安，我的名字遲早會被這座城市所銘記！」

但巴贊才沒那麼容易放過他。

「牙帳遇襲那晚，你到底知不知情？」

「這種事我哪會知道！」米耶薩重重拂袖。「我母親很早便離開了容蕚，來到了長安，河桑陷落那會兒，我才剛學步呢！」

「但你在為木朗賣命！他可是突厥葉護*！當年，正是他領兵踏平了河桑！若非出了內鬼，怎麼會……怎麼可能！」

老人的聲音顫抖得越來越厲害，米耶薩一轉身，冷酷地笑了。

「原來，你連事發的經過都不曉得啊……既然如此，我給你講則故事吧。據傳，二十二年前，河桑來了一名中毒受傷的漢人，族長的小女兒察兒坦公主見他可憐，就把他帶回自家營帳悉心照看。後來，兩人互生愛慕，男人決定留在容蓴。為了讓女兒高興，族長還特地將他封為『達曼』，也就是入贅駙馬。結果……兩人成親才不過月餘，那男人便將部落的輿圖賣給了突厥人。有了那張圖，攻下河桑變得輕而易舉。」

「不……你說謊！」

米耶薩不理會老人的指控，繼續道：「當天深夜，突厥鐵騎傾巢而出，崗哨遭到偷襲，烈火吞噬了祖廟。見到這一幕，勇猛的草原戰士們紛紛捶胸痛哭，唯有察兒坦的母親不肯就範，她還在部落的廢墟裡到處尋找著女兒的蹤影。她被壓在殘暴的男人底下，不斷地掙扎蹬腿，但直到被拖出帳篷，一抬頭才發現，沙丘頂端的大槐樹下，有雙女人細白的腿在

* 葉護：突厥官名，由王族中的強者擔任，地位僅次於可汗。

風中微微晃動，正是他們千寵萬愛的掌上明珠，察兒坦公主！當她省悟到丈夫的背叛時，深感無地自容，選擇上吊自縊，但她的死根本救贖不了任何人，那僅僅是開端而已……」

一陣冷風吹來，那陰慘的聲音將鈴驚得背都寒了。

「那麼公主的丈夫呢？」她忍不住問。

「自然是逃走囉。他一早就跟突厥串通好了，迎娶公主什麼的，不過是為了搏取部落的信任罷了。」米耶薩冷嗤出聲。「連這點技倆都看不穿，真是個蠢女人！」

巴贊雙目發赤，怒吼：「不許汙衊公主！」幸好一旁的鈴早有防備，連忙拉住他的手臂，阻止他撲向神官。

但同時，她也有許多問題想問：「那個漢人是誰？他為何這麼做？」

「這重要嗎？」米耶薩悻悻道。

月光下，他清俊的臉龐顯得愈發蒼白，眉宇間既有倨傲，也有洗刷不去的屈辱。

「江湖上的事我不清楚，可據說，後來的他不知使了什麼手段，竟又回到了中原，還成了武林某個門派的首腦呢。勾結突厥，八成也是為了某個見不得光的目的吧。」

此話出，木閣沉入死亡般的寂靜。

巴贊死死攥住手中的墜子，隔壁的鈴卻目光發直，宛如靈魂出竅。

死去的容蕚公主、神祕的突厥貴人、血腥的掌門之爭……這個故事距今遙遠，卻又無比熟悉，彷彿似曾相識。

「你說，那個娶了公主的男人是在二十二年前離開中原，流落到了西域？」鈴問。

「是啊。指不定現在還活得好好的呢！」

聽了米耶薩的話，一個大膽的猜想在鈴腦中逐漸成形。然而，還來不及確認，不遠處便傳來「碰」的沉響——宅子的正門被人強行撞開了。兩人雙雙躍起。

「他們來了！」

隨著橐橐的腳步聲逼近，鈴不禁又想起去年和李泌受困長安街頭，和金吾衛浴血搏殺的慘況。

但這回，破門而入的並非金吾衛，而是先前那隊黑甲士兵。他們手持彎刀和弩機，闖入院子後，很快分成兩撥黑影，左右包抄，朝主屋撲去。鈴、米耶薩、巴贊三人無處可逃，只好躲進一旁假山的山腹裡。很久以前，這裡應該是間供人休憩的茶室，但早已荒廢，洞穴的入口都被藤蘿掩住了，不仔細查看，根本不會發現。

洞中三人屏氣凝神，聽著士兵們搜索各屋。

率領他們的正是容蕚少年牙古。只見他佇立在空庭中央，手無寸鐵，卻自帶一股極強的壓迫感。

米耶薩不禁狠狠打了個哆嗦。今早，他還是人人景仰的神官，如今，卻淪為過街老鼠，連一個卑賤的奴隸都得以誅之，一想到這，青年便感到一陣頭暈目眩。

為了在長安搏得一席之地，他從小隱瞞自己的出身，又是買通官員，又是排擠對手，機關算盡，好不容易才爬到了今日的地位。可只要稍有不慎，一切又將化為泡影……

就在他魂飛天外之際，外頭又傳來士兵的報告：「已確認完畢，這兒沒人。」

「後院呢？」

「全部搜過了。」

「馬廄、茅廁、竹林、灶房，這些地方也要查檢，不准有一處遺漏。還有……這處假山。」

「遵令。」

洞內三人聞言，全都暗自叫苦。

鈴的衣衫已被冷汗浸透了。她手中沒有武器，外頭那群敵人卻裝備著強弓勁弩，想硬闖出去基本上是不可能的。身邊還拖著兩個手無縛雞之力的傢伙，就更無望了。如今這情形，簡直就是甕中之鱉！

「這園子也忒荒了吧！」

「閒話少敘，給我翻仔細了！」

士兵們一邊抱怨，一邊用長矛挑開藤條和灌木。

隨著他們逼近三人藏身的洞穴，鈴的心也跟著向下直墜。對面的米耶薩抖得像隻拔毛鵪鶉，巴贊則雙目緊閉，口裡不停喃喃自語。

「咳！這裡好像有個洞！」

岩穴的入口傳來一陣窸窸窣窣的聲響——鈴的呼吸戛然而止。

此刻，只要對方下令放箭，一切都將結束。

然而，危急關頭，北方天空忽然竄起一陣紅彤彤的煙霧。緊接著，充滿激情的鼓點響起，和沖天的爆竹一同渲染了半座城市。

一連串的巨響將米耶薩渾身骨頭都震酥了。他生平頭一次在心底由衷讚嘆阿胡拉·馬茲達的保佑——萬眾矚目的賽祆祭典終於開始了！

時間彷彿凝結在這一刹。所有人都在等待命運的輪盤停止轉動。

「頭兒，祭典流程耽誤不得啊！」外頭某個大頭兵提醒。

「可現在撤，這邊該怎麼辦？」另一人又問。

牙古看著眼前這片雜草叢生的假山，眼神微微一瞇，下令：「點火，收隊！」

洞中三人隨即聽見外頭響起打火石和火鐮相撞擊的聲音。他們一直默默忍受著灼熱，直到確認敵人真的離開後，才從洞穴裡鑽了出來。也幸虧有雲琅製造的旋風將火焰不斷朝外吹，他們才不至於被濃煙給嗆昏。

三人皆是灰頭土臉，狼狽不堪。米耶薩那件束身純白的祭司袍沾滿了汗垢和血跡，背後甚至還有好幾個地方被燒出了破洞，在他美麗的金髮碧眼襯托下，尤顯得滑稽可笑。

青年不再自矜身分，翻牆逃出後，逕自踢掉腳上的麂皮靴，癱坐在地，激動喃喃：「我們居然沒死……我們還活著！」

「連你的神也不要你。」巴贊啐道。

鈴卻仰起頭，面色一凝。她認得遠處煙霧竄起的方位。那裡正是他們一早逃出的地方——醴泉坊的祆祠。

「你說，這場祭典，那個葉護木朗會親自到場？」她問米耶薩。

「是呀。」

「那正好……」

在聽完了巴贊和米耶薩的敘述後，她便猜到了那名背叛容蓴的漢人「達曼」的身分。至於與他勾結的那名突厥貴人，雖然她亦心中有數，但說什麼也得前去親自確認。

不想，下一刻，米耶薩也跳了起來，攥住她的手臂，火熱的眸子在暗夜裡灼灼放光：

「等等，我也去！」

肆

鈴從沒見過如此盛大的場面。

長安城裡所有的胡人似乎都聚到了廣場。黑夜裡的祆祠望上去比白晝裡更加雄偉肅穆。上百個燃燒的火堆將周遭的景物染上一層豔豔紅光。

夢寐夾纏，萬頭攢動。而這一切的中心正是站在高台正中央的虬髯壯士，現場所有人的目光都聚焦在他身上。

只見他坦露上身，挺著巨大的肚腩，賁起結實的雙臂，正隨著羯鼓震撼的節奏旋身、甩髮、頓足。而起舞的同時，他腳邊的地上忽然竄出火舌，將他整個人緊緊包圍。

頃刻間，四、五名裝扮奇特的面具人縱入火圈，提起彎刀就往男子身上砍。可奇怪的是，無論他們如何揮舞兵刃，男子卻依舊毫髮無損地挺立在地，連一滴血、一道傷都看不到。

只見他發出一聲怒嘯，手中長戟直指蒼穹，渾身上下散發凜然戰意。

此舉將祭典的氣氛推到了最高點。洶湧的人潮彷彿瞬間點燃的煙火，不斷衝向台前，信眾紛紛高舉雙手，狂呼吶喊：「軋犖山！軋犖山！軋犖山！」

「幻術。」米耶薩喃喃。

鈴不曉得這胖子是怎麼變出這些戲法的，卻對周圍觀眾的反應有些在意。

「他們在嚷嚷什麼啊？」

米耶薩表情陶醉，目光中滿是興奮與貪婪，說：「軋犖山是本教鬥戰神的名字，也是安節度出生時的名字。」

而此刻，高台之上的安祿山確有君臨天下的霸王氣勢，這點誰也無法否認。帝國皇權，江山社稷——這些字眼對鈴而言既虛幻又陌生，卻忽然一下全都湧入她的腦海。同時，她腦中浮現出夏雨雪四色籤詩裡的句子：「赤星墜……金聲出……飛煙雪凋高台暮」。

這裡的高台，影射的究竟是江湖，廟堂，還是更事關重大的事物？她不敢想下去。

安祿山的表演告一段落，陷入顛狂的群眾猶不肯罷休。琵琶鼓笛，酣歌醉舞，將祆祠四門堵得水洩不通。鈴跟隨米耶薩混入人潮，很快便穿越迷宮般的殿宇，來到一間斗室。

此間也設有火壇，只是規模比起正殿小了許多。只見米耶薩來到人首鷹身像旁，用修長的手指拂去雕像冠冕上的灰塵，再按下中央的旋鈕，後方整片夯土牆忽然朝右滑動，露出一條狹長的地道來。

「這條路可以直通祭台後方的大帳。木朗大人和安節度此時就在那裡。」他向鈴解釋。「我只知道這麼多，剩下的……咳！那得看妳的造化了。」

鈴的眼神滿是狐疑，反問他：「這麼做，對你有什麼好處？」

「我又不是傻子！」米耶薩冷哼。「今日，牙古那個混帳撞見我將巴贊那老頭帶出祆祠，必會將此事拿來大做文章。此時不立功，今夜過後，教中豈還有我立足之地？」

「這麼說，你打算將我擅闖祭台的事告知安祿山，趁機為自己洗脫罪名？」

米耶薩聽對方道破自己的計畫，笑得像隻狐狸：「放心，我不會立刻去告密，至少會給妳一刻鐘的時間。遭歹人挾持的神官，經歷千辛萬苦逃脫魔掌，趕回聖祠通風報信，揭露異教徒破壞祭典的陰謀。雖然來晚了一步，卻仍忠貞可嘉——哈！這等絕妙題材，足夠讓京中那群士子寫上好幾篇長詩了！安節度會明白我的忠心的！」

說到這，他笑得愈發得意。

凡人總是容易被那頭象徵波斯的金髮所迷惑，就像那溫潤如玉的笑容一樣。可四目相對時，不難發覺那雙美麗的眼睛，除了點點棕金外，深處也是和巴贊、牙古一樣青翠如竹的顏色。

望著青年轉身離去的身影，鈴的情緒也有些複雜。雖然對方總是用各種偽裝與謊言武裝自己，但她卻感覺得出，真正的他並不是一個壞人。

然而，隨身後牆壁合攏，這些念頭很快被逐出腦海。地下安靜極了。她循著若有似無的絲竹聲穿過地道，爬上盡頭的階梯時，正好聽見樓板上方有人嘆道：「只怕今夜不出城，就熬不到明日啦……」

小心地拆除樓板，探身出去，才發現出口原來是座金櫃。這狹隘的空間正好能容納鈴的小身板。

她從條縫中望出去，看見外頭是間寬闊的營帳，下首設有箜篌、鼙鼓，以及許多她不認得的樂器。安祿山在帳中來回踱步，神色不寧。後方的榻座上卻坐著一名身材偉岸，神色從容的中年男子。

看見那張熟悉的面孔，鈴不由瞪大了眼睛。

此時的蘇穆河不再是武夫打扮，而是身著一襲雪白緞面長袍，胸前掛著火焰紋飾的束帶，彰顯出貴重的身分。他手裡把玩著一顆水汪汪的荔枝，臉上的笑容輕鬆寫意。

若說蘇必勒是危險的大漠蒼狼，那蘇穆河就是充滿自信的老獅，在玩弄獵物的同時，將爪子深深地埋藏在肉裡。

「賢侄不必驚慌。」他安慰一旁的安祿山。「來，吃點果子吧。我瞧這東西挺新鮮的，還未入口便芬芳滿室，你從哪弄來的？」

「今晨入華清宮，貴妃所賜。」安祿山說著，蠶眉在寬額上擰成一團。「叔父若吃著喜歡，大可整筐拿去，但求大發善心，救小姪一命。」

鈴見對方在台上跳舞時還挺威風的，誰知，執掌十萬雄兵的邊境大將，背地裡竟是這般窩囊。

但蘇穆河卻不厭煩，反而笑了起來：「你如今深得貴妃娘娘寵愛，李隆基那老兒又對你百般信任，還怕什麼？」

「叔父有所不知，如今這朝廷上下，翻手為雲，覆手為雨，那都是何人在指點布局？」

「宰相，楊國忠？」

安祿山聽見楊國忠的名字，臉上的表情既厭惡又畏懼。

「此人視我為眼中釘、肉中刺，屢屢於御前告發我有謀逆之心。此番，您讓我暫留京中，主持祆教儀典。明日，他定會聯合御史台那群瘋狗，上奏參我。到時候，奏章堆得跟山一樣，都把陛下給埋進去了！難道這不是給敵人製造機會嗎？」

蘇穆河將荔枝放回果盤裡，一個側身，單腳跨上榻座，笑道：「賢侄別急，謀逆那是遲早的事。」

「但倘若小姪連頭顱都保不住，又該如何襄助您完成大業？」

「放心，不會讓你死。」

安祿山眼中一亮：「有叔父這句話，我就安心了。但畢竟是在異邦城池，咱們說話行事還得當心點……」

蘇穆河冷笑數聲：「我木朗一生從不戀慕富貴。唐國的土地、珍寶、鹽鐵，甚至連這勞什子的皇帝寶座，我都可以給你。但滅國之恥，豈能輕忘！西至大食，東至新羅，人人皆稱大唐是天下最強盛的帝國，長安是天下最富庶的都城，可我偏要坐看長河日落！我可以不取李隆基的狗頭，但我要讓他的子民也嘗嘗國破家亡的滋味。他們的血液將染紅大地，告慰我突厥勇士的泉下英靈！」

鈴的心一下抽緊了。她躲在金櫃裡，正好能望見對方的側臉。那雙灰眸比她想像的更加深邃，甚至還帶著幾分蒼涼，但正因如此，出口的話才顯得格外殘酷。

「叔父英明。」安祿山打躬時，肚子的贅肉都快垂到地上了。

蘇穆河吃完荔枝，說道：「進來。」

下一刻，牙古掀帳而入。他朝二人行禮，目光警惕地掃過四周。

「我不是讓你回去？」蘇穆河問。「怎麼又回來了？」

「主人在這，我不回去。」

連被趕了幾次，牙古卻繃住下頷，倔強地搖頭。蘇穆河見狀，揮了揮手：「真拿你沒轍……那就去門外站崗吧。」

此時，慶典在祆正官的主持下，熱鬧不減，卻已漸至尾聲。

外頭天陰欲雪，幾人所在的大帳卻暖如三春，尤其火堆上還炙著半隻烤肥羊，不時滴落煎油，散發出銷魂的肉香。

牙古不受誘惑，雙手扣在胸前，欣然領命。但正要轉身退出，卻又忽然停下腳步，將視線投向鈴藏身的金櫃，喝道：「誰在那裡？」

安祿山疑心深重，數年前便敕令軍中，凡進他所在的房間，一律不准攜帶兵刃，因此，牙古這時腰間並未掛匕首。但他身手矯捷，眨眼間已拔起桌上的肉叉，擲了出去。

他擁有容蔑人天生敏感的直覺，又跟隨蘇穆河在草原上征戰多年，就算閉眼拉弓，也能將天上飛過的大雁給射下來。

但鈴哪曉得這些。眼見肉叉穿過條縫刺來，只得側身躲避。但這麼一來，身體撞上櫃壁，就連旁邊的蘇穆河、安祿山以及安祿山身邊的幾名親隨也紛紛警覺。

安祿山驀地躍起，驚恐萬分：「……是他！他派人來殺我了！」

話中的「他」自然便是指楊國忠了。

情勢急轉直下，鈴不得不改變策略。她橫肘撞開金櫃的門，一頭朝蘇穆河撲去。凝氣丹田的同時，雲琅在她掌中化成一道淡藍色的風刃。「雀流火」的刀光瞬間凝成，在空中甩出一段匪夷所思的弧，斬向敵人喉嚨。

下瞬，牙古從斜刺裡閃出，擋在主人身前。風刃貫穿了他的右掌，濺起一圈飛血。

兩人此刻距離極近，鈴大可將他連同後面的男人一起斬成兩半，但她被對方的舉動給震住了，呼吸微微一滯。而這剎那的猶豫，便給了敵人可乘之機。

角落裡的安祿山尖叫：「快、都別愣著！給我上！」

隨著這聲呼喝，十幾個高壯魁梧的黑影從帳幕後頭衝了進來。原來他們全都是安祿山事先埋伏在四周的親衛。可惜，幾人才剛落地，連刺客的面都未及看清，轉眼便被大風給摺倒了，跌得甚是狼狽。

還是蘇穆河處變不驚。只見他從腰間抽出一條金黃色的繩索，往鈴頭頂套去。那繩子彷彿活物，剛落下便將鈴整個人緊緊束起。

雲琅的風刃瞬間消散，原來快被吹上天的帳篷也恢復了靜止。鈴拼命掙扎，身體卻動彈不得，甚至還被纏得越來越緊，幾乎無法呼吸。

情急間，她朝蘇穆河吹出一根銀針。

一切發生得太快了，對方偏頭閃避，右耳卻仍被削去一塊皮肉，鮮血淋漓。但他並未發怒，而是蹲下身，伸手托起鈴的下巴：「原來是妳啊。」

他抹去臉上血跡，轉頭對安祿山道：「別怕，不是來殺你的。」

但安祿山早已驚得魂飛魄散。只見他突然回身，一拳毆在隨從的鼻樑上。

「飯桶！畜生！誰放她進來的？」

那位名為李豬兒的隨從深諳主人脾氣，連忙撲地求饒。

「奴知錯了！求阿郎息怒！奴這就去把這賤婢的頭砍下來！」

然而，正打滾著爬起，卻被蘇穆河抬手制止：「慢！這丫頭得留著，她有很大的用處。」

他目光貪婪地瞅著鈴，嘴角勾起意味深長的笑。

事後，鈴被塞進一輛馬車裡，也不知顛簸了多久，直到頭頂的黑布袋被揭下，才發現外頭早已日暮低垂。

四周一片靜謐，落針可聞。她被推進一座帳篷，透過帳篷的縫隙望出去，連片屋瓦都瞧不見，只有零星的火炬和寥寥星光相互輝映。

換句話說，一整天已經過去，安祿山一行已經順利出了城。

她試圖透過練妖術呼喚雲琅，但身上這條捆金繩顯然是施加了術的特殊法器，無論她如何集中精神，總是無法凝聚體內的真氣。

牙古坐在帳篷的入口處，就著火光，低頭用布擦拭著匕首。鈴嘗試用各種方法吸引他的注意，但對方連眼皮都不抬，直到她搬出木朗和安祿山之間的叔姪關係，對方才終於有了反應。

只見他眉尖微微蹙起，美麗的眸子掠過一絲鄙色：「不是真的。」

「不是真叔父，那是假的咯？」

「安祿山曾拜隴右節度使張守圭為義父，後來張守圭死了，他又改投他人。此人不可信。」

看來，這姓安的胖子還是個抱大腿的高手。

「安祿山不可信，木朗就可信嗎？」鈴反問少年。「他殺光了你的族人，還將你擄來做奴隸，你難道真的願意為這種人效死？」

「妳不懂的。」牙古把臉一沉。「主人養我，教我當一個有用的人。有一年，少爺把我關進豬籠，是主人把我弄了出來。天下雖大，可與豬籠又有何異？所以，只要跟在主人身邊，就算一生一世為奴，我也不後悔。」

他的唐語相當生硬，可談及起這段往事時，卻又變得異常流暢。鈴被堵得啞口無言。

本以為對方只是個遭人利用的無知豎子，卻不料，他比自己想像中的清醒多了。至少，他很清楚自己選擇了什麼樣的路，且具備承擔一切後果的勇氣。

這點與巴贊、米耶薩一樣——他們所信奉的「真理」雖然摻雜著各式各樣的私心，有時甚至更像是強詞奪理，卻能夠賦予活著的人希望和生機。

「所以，你才會潛入茅山，替木朗傳信給天道掌門趙拓。」鈴靜靜盯著牙古。「二十多年前，那個和察兒坦公主結為連理的漢人『達曼』就是趙拓，我說得沒錯吧？他遭到同門師兄楊元嘯的暗害，流落塞外，幸蒙容蕚部落收留才得以活命。但他野心不死，在得知了突厥對容蕚的企圖後，便與突厥葉護木朗暗通款曲，最後達成協議，出賣了容蕚人。」

這麼一來，司天台之變前後，蘇氏父子和趙拓之間的聯繫，就都說得通了。

「那是很久以前的事了……」牙古劍眉一皺，冷冷道。「妳傻啊，想這個，不如多想想自己。和妳一起的那個老人也傻。祭典後，他還在大帳附近鬼鬼祟祟的徘徊，想要打聽妳的下落，這才被抓了起來。」

鈴聽說巴贊也被抓了，不覺一驚：「這麼說，他人也被關在這？」

牙古不置可否，只道：「容蕚奴極是罕見，又懂得打鐵，即使是老人也不會放過，只能勞作到死。他當初既然逃了，就不該回來。」

鈴聽他語氣，似乎還對同鄉存一點憐憫之情，好意提醒他：「做別人手裡的刀，是不會有好下場的。」

可牙古卻搖頭。他看了眼帳外的月牙，又看了看自己爬滿了粗糙厚繭的手掌，喃喃道：「刀殺人，人也殺人。人和刀又有何區別？」說完，繼續低頭擺弄彎刀，再無回應。

三月的長安依舊帶著一絲凜寒，北風捲起白草，令人聯想到千里之外的大漠飛沙。

這一夜，漏聲漫漫，冷露侵衣，鈴在動彈不得中思索良久，直到天色拂曉，外頭傳來嗚嗚的號角聲才打破了這份沉寂。

轉眼間，整座營地的人畜都被驚動了，周圍全是狼奔豕突的影子。

「走水！大帳走水了！」

慌張的呼聲彷彿突然炸開的炮仗。牙古掀起帳闈，果見前方不遠處有濃濃的煙柱直衝雲霄，宛如張牙舞爪的黑龍。

「木朗大人呢？」他抓住路過的一名小兵質問。

「小的不清楚，估計還跟安節度在一塊……」

話音未了，牙古已經轉身扎進了混亂的人群，將鈴獨自扔在帳裡。她瘋狂地磨著身後的綑金繩，直到兩隻手腕皆鮮血淋漓。

然而，就在她奮力將身軀扭成各種詭異姿勢時，帳外卻傳來一聲窒悶的慘叫，緊接著又是一聲——有人放倒了帳篷四周的守衛！

只見兩抹熟悉的身影穿過重重帳影，落到她面前。二人和周圍的守衛穿著相同的士兵服，乍看之下並無任何特殊之處，可隨著空氣裡傳來微妙的震動，眼前的幻術如煙霧般消散，鈴眸中微光翕動，登時認出了來者的面目——竟是雲琅領著大鵬和瀧兒來了！

見到久未謀面的同伴，鈴的內心頓時翻騰起來，連嗓音也微微發顫。

「你們怎麼來了？」

「少主，妳不會以為我們真的會拋下妳不管吧？」大鵬苦笑。「外頭的士兵都被梅梅引開了，趁現在，咱們快離開這吧。」

鈴看見對方肩上的青色小鳥，旋即恍然。

滅蒙鳥本就是由赤燕崖豢養，用來傳遞江湖情報的工具。她從雙生崖頂逃出去，只要利用滅蒙鳥追蹤氣味，自然不難尋到自己。其實，若非她這陣子心亂如麻，獨自橫衝直撞，說不定早就能和同伴會合了，根本不須要別人來搭救。

一旁的瀧兒顯然也是這麼想的。他蹲下身，召喚出強大的狐火燒斷了鈴身上的金繩，冷臉質問道：「一個人來闖敵人的老巢，妳是笨蛋嗎？」

「還有臉說我呢！」鈴活動了幾下酸疼的胳膊，惱道。「你這幾個月都上哪混去了？」

瀧兒表情僵滯，閉口不言，手邊的火球卻狠狠爆了一下。

大鵬見狀，低頭輕輕咳了一聲：「你們在赤燕崖發生的事，柳郎中都告訴在下了。前些日子，六大門派在洛陽集結，揚言要圍攻赤燕崖，四大護法為了對付他們，親自上陣督戰。趁著這個機會，我和梅梅才有辦法把瀧兒從水牢裡撈出來。」

「你說水牢？」鈴聽到這兩個字，臉色不由一變。

她的目光在大鵬和瀧兒之間徘徊，半晌總算明白過來。原來，瀧兒這段期間失蹤，並非賭氣出走，而是被薛薔關進了赤燕崖的地下水牢。

須知，赤燕崖戒備外鬆內緊，位於天階池底下的牢城更是個迷宮般的地方。為了防止奸細混進寨子，凡想投奔的妖怪，都得先在那接受一輪嚴格的審訊，通過才有資格留下。

鈴不是不曉得這項規矩，只是她沒想到，薛薔居然連她帶來的人都不信任，還設下陷阱，故意刁難。而以瀧兒的性格，自然不會乖乖就範，雙方都不肯讓步，這才導致了他被關了這麼長的時間。

「你為何不早說？」

「那也沒什麼。」瀧兒別開視線，彆扭道。「當初我們不是說好了嗎？妳教我武功，助我報仇，我就認妳為師。所以，無論別人怎麼想，只要妳需要我，我都會回到妳身邊。」

或許是因為在水牢裡吃了不少苦頭的關係，少年的面容被磨得更加稜角分明了，眉宇間除了冷峻，還多了份沉靜，宛如寶劍在鞘，難掩鋒芒。鈴將這一切變化全瞧在了眼裡，一時間，胸中滋味難言。

她壓下眼底微潮，低聲道：「多謝你們。只是……我這次私逃下山，已觸犯了寨中鐵律。你們若繼續跟著我，將來恐怕也不能回赤燕崖了。」說到這，目光轉向大鵬：「你真的想清楚了嗎？」

她有自信，就算前方是刀山火海，梅梅、雲琅和瀧兒也會毫不猶豫地跟隨自己，可大鵬不一樣。雖說她曾在對方落難時伸出援手，雙方也因此締結了魂契，但對方畢竟是金翅大鵬鳥，堂堂北海之主，若不是看在師父的面子上，又怎肯紆尊降貴，來做她這個小丫頭的跟班？

話一出，卻見對方嘴角浮現一絲無奈：「從前在赤燕崖，寨主娘娘怕妳一個人會跑丟，特別叮囑在下看著妳。妳還經常嚷著要我帶妳飛上天去摘星星，記得嗎？」

「記得。」鈴有些難為情地皺眉：「可當時我才十歲……」

「是啊。」大鵬苦笑。「那時的我看著妳的表情，就想，若妳能一直這麼單純沒有煩惱，該有多好。不過，就算妳長大了，我也會一直看顧妳。這可是我們之間的約定啊。」

「可師父她為何傳授我練妖術，卻又不告訴我《白陵辭》的真相？」鈴胸中情緒翻滾，終於忍不住脫口而出。「為何要隱瞞這麼多事？在她心目中，我到底算什麼？」

聞言，大鵬臉上的笑容逐漸沉澱。他盯著鈴蒼白的臉色，沉聲道：「要了解一個人，與其聽他說的話，不如看他的所作所為。少主，妳自己想想，這些年來，寨主待妳如何？」

這句叩問像利刃出鞘，將鈴狠狠釘在原地。恍惚間，又聽大鵬道：「妳若真想知道答案，便隨我來吧。」

話說完，他緩緩解開領口的綁帶，將簑衣一抖。對面的鈴和瀧兒瞥見金光閃過，感覺一股強大的妖力迎面襲來，緊接著，肌肉收緊，身體突然便離開了地面。

陣陣冷風從腳下掠過，一望無際的羽翼如船帆般朝兩側展開，直接吹翻了帳篷，挾著他們衝向天際。

陸

大鵬降落在營外一座無人的樹林。他讓鈴取出蛟香點燃，而隨著咒語唸動，青煙裊裊升起，織成霧幕，周圍的景色很快便模糊了。

鈴早已習慣透過蛟香化夢的方式與同伴們溝通，但這還是她第一次和他人一同進入幻境，且這回，大鵬的神識空間並沒有帶他們前往遙遠的北海，而是來到了赤燕崖。

這顯然是很多年前的回憶了，幻境裡的韓君夜仍坐在木輪車上，氣色卻比鈴印象中要好上許多。只見她背對著大鵬坐在小樓的窗邊，說道：「接下來的這些話至關重要，我只會告訴你。請你一定要聽清楚，記明白了。」

「眾人皆知，《白陵辭》乃是晉朝詩人寇白陵所流傳下來的祕笈。但卻只有極少數的人曉得，除了文字記錄外，寇白陵還留下了一個更重要的遺物，也就是他所煉出的靈蠱——鵺。」

「『鵺』裡頭包含了傳說中能夠敕令百妖的強大祕術——練妖術，而偏偏這種靈蠱又必須寄宿在人的體內才能存活。因此，唯有得到『鵺』，成為牠的宿主，才有機會修習練妖術。這才是《白陵辭》最大的祕密，也是過去數百年來，眾人為此鬥得你死我活的真正原因。」

「『鵺』具有極強的靈性，一次只認一人為主，直到那人身死，便會跟著殉主而亡。唯一承襲這股力量的方式就是宿主自願將牠渡到另一個人體內。如此一來，那人就成了新的宿主，就這樣代代傳承，循環往復。」

只見幻境中的大鵬露出震驚的神色：「這麼說，少主她……」

「是，鈴就是『鵺』的宿主。」韓君夜說道。

靈蠱、宿主、傳承……雖然早有準備，但當她親耳聽見面前的女子以平靜的口吻道出這一切時，鈴仍感到不可思議。

原來，她就是個容器，早已被裝進了既定的宿命，只是一直被蒙在鼓裡罷了。

難怪，十八年前，蘇穆河費盡心機策劃了司天台之變，除去了韓君夜，害死了朱松邈，卻依然沒能得到練妖術的心法——因為，他無論如何也猜想不到，自己苦苦尋覓了大半輩子的祕笈，根本就不是書本卷帙，而是活生生的靈物！

另外，天狐冰窟的存在也有了合理的解釋。冰上的文字想必正是百年前某任「鵺」的宿主所留下的。那人在與世隔絕的雪窟中獨自閉關多年，最終將畢生所學盡數雋刻在了冰壁之上，其內容和韓君夜多年前傳授給鈴的心法相比，更加深奧，卻有著異曲同工之妙。

韓君夜的這番話使得一切都變得順理成章。然而，鈴卻完全沒有鬆口氣的感覺。

比起體內住著怪物，更令她心寒的是，親手將她推向深淵的，竟是曾經最喜歡、最信任的人！

她甚至忘了自己此刻正處於幻境之中，直接走到韓君夜面前，想要質問對方。然而，還未出聲，眼前的幻影便又開口了，語氣幽幽。

「鈴那孩子很小便被父母賣給了司天台，成了河神祭的祭品，險些命喪黃泉。我遇見她時，她不過七、八歲年紀，妖毒卻已沁入骨髓。那樣的底子，若放任不管，不出幾年，身上的黃泉脈印便會擴至全身。」

「為了不讓這事發生，我將『鵺』渡給了她，並教她如何駕馭練妖術。訓練的過程非常艱辛，但我知道，只要熬過了這段期間，有了靈蠱的保護，將來的日子，她的身體和元神都會慢慢變得強大。如此一來，就算無法享有和常人一樣的壽數，至少也能夠平安長大。」

午後的斜陽將韓君夜的身形縫上淺朱色的鑲邊，烏黑的眼瞳一閃一閃的，如水銀般透亮，鈴瞧了半天才發現，原來那是淚光。

「但若可以的話，我希望那孩子永遠也別知道這一切。我怕她無法接受……」韓君夜盯著窗外的景色，悲愴地笑了。「因為作為『鵺』的宿主，不僅是一種天賦，更是痛苦與磨難的根源。等她逐漸長大，這股力量必會招來各方的覬覦，令她陷入危險，甚至令她失去身邊重要的人。是我自私的決定，想讓她留在我身邊久一些，才使她不得不背負這樣的重擔。所以，我沒有資格跟她談感情，但願她別恨我就好了。」

鈴從未見過師父露出如此脆弱的表情，不由得愣怔。

她一早便知師父是個美麗的女子，但在她童年的記憶中，對方一直都是那麼的沉穩、堅毅，帶著不容侵犯的傲氣，就像孤峭的雪山——原來山也會哭泣嗎？

她知道自己有權憤怒。可一看見對方的眼淚，她便清醒過來。人都走了，難道還要在回憶裡相互折磨嗎？

深吸一口氣，回過神時，韓君夜的小樓已經消失了，化為絲絲縷縷的輕煙，虛化散逸……再定睛一看，周圍只剩下顫動的樹影，他們又回到了林子裡。

騷亂還在繼續著，林外不遠的軍營不斷傳來沉鈍的鐵蹄與男人的叫嚣，但鈴卻對這一切置若罔聞，只是盯著大鵬瞧。

「這麼多年，你早就知道了？」

「在下本該遵照寨主的吩咐，絕口不提這一切。可妳既然都查到了這一步，再瞞下去又有何意義？」

大鵬的眸子異常的剔亮，像含著一捧將化的雪，認真凝注著鈴：「人類的紛爭，在下並不了解，可有一件事我很清楚——寨主從小對妳悉心栽培，視如己出，從未想過要讓妳受到任何傷害。若她真的想殲滅六大門，當初練成練妖術時就該採取行動了，何須再三拖延？她只是不希望妳這輩子跟她一樣，總是為了他人而活罷了。」

「妳想知道答案，這份心情我理解。可人皆有欲，若要做到事無不可對人言，豈非太辛苦了？反之，若是打從心底彼此信任，又何必事事皆曉？」

他的語氣沒有責備，然而，鈴卻感到一陣羞愧，彷彿被父母猜透心思的孩子。

是啊，從小到大，她雖敬仰師父，對其言聽計從，內心深處卻始終拋不開一個疑影，認為對方是基於某種目的才收留她；換而言之，若想繼續留在赤燕崖，她就得證明自己還有用處。

這和她充滿不安的童年息息相關。從小，別人一看見她身上的黃泉脈印，總是流露出恐懼又嫌惡的表情，快步離去。為了得到一點關心，她總是得付出比別人更多的努力，而那些冷漠的背影更是深深烙印在她心上。

人總是對早年喪失的東西有著很深的執著——瀧兒渴望肯定，梅梅渴望愛情，而她渴望的，無非是一個棲身之所，一個可以給予她溫暖的家。

「可我非但沒能替她洗清冤屈，還為赤燕崖招來了禍事……師父若知道，定會很失望……」

「妳一切安好，比什麼都重要。」大鵬看著她，語氣愈發溫和：「妳說，寨主臨終前囑咐妳，要守護好赤燕崖這片淨土。我想，她這話的意思並非是要妳與六大門為敵，而是要妳和寨裡的大夥兒一起，好好地活下去。」

好好地活下去——這大概是世上最簡單樸素的願望了，但鈴卻聽得熱淚盈眶。

她本能地伸出手，觸碰自己腹部丹田的位置。那裡徜徉著溫暖的血液，以及師父交給她的靈蠱。感受著那熟悉的熱度，有生以來，她第一次感覺到，這副軀殼不只承載了沉重的詛咒，還有愛。

或許這份愛是自私的，還曾帶給她許多痛苦，但那終歸是愛啊。

直到看見對方那帶著哀求的眼睛，鈴才恍然醒悟：原來，不只她需要師父，師父也需要她。

然而，二十年的光陰那麼漫長，足以磨去一個人所有的盛氣與稜角，令其變得疲憊膽怯，甚至不知如何軟下身段，在一個孩子面前傾露真實的情感。

「師父她……真是挺傻的。」

「只要有所牽絆，就會害怕失去，但這並非一種缺陷。」大鵬盯著雙手緊攥成拳的少女，語氣幽幽。「數百年來，我見過許多本性良善的人，在經歷了絕望與幻滅之後，變得心腸冷硬，對他人的苦難無動於衷。但妳師父始終保有當初對生命的敬意。這都是因為妳的關係。」

鈴靜默不語，內心卻彷彿鬆了口氣。或許，一直以來，她想聽的話就只有這句；只要明白了這點，她就能原諒這段關係裡所有的缺憾。

下雪了。風掠過樹枝的嗚咽聲蓋過了腳步與馬蹄，連呼出的熱氣都凝成了白色的結晶。然而，奇怪的是，鈴卻不覺得冷。她回過神，抬眼望向幽幽落下的雪花：「你方才說，梅梅也來了？她人在哪？」

安祿山此番進京，創下了他政治生涯的又一次奇蹟。

過去半年，蕃將犯上作亂的傳言甚囂塵上，他之所以不遠千里，巴巴地趕到長安，就是為了演一齣大戲，向年邁倦怠的帝王展示自己的忠心。

他在華清宮的大殿上對玄宗哭訴自己在官場上遭遇的排擠，一把鼻涕，一把眼淚，哭得涕泗交流，最後還真打動了皇帝。對方不但沒有因為楊國忠的諫言而怪罪安祿山，還加封他為左僕射、閒廄隴右群牧使，賞賜巨萬。若說先前還是兩虎爭食的局面，那麼從此之後，這名出身寒微的胡人大將，天寶一朝的政治寵兒，就真正的固若金湯，名動天下了。

但安祿山還沒來得及慶賀，甚至還沒來得及回到范陽老巢，就被接二連三的惡夢給嚇破了膽。

此刻的他像隻蝦米般蜷縮在地，面對著鋪著波斯氈毯的榻座。一名銀髮少女倚在榻上，白瓷般精緻的腳丫在空中晃呀晃的，「天真無邪」的臉上寫滿了惡趣味。

「你就是傳聞中那個比貴妃還靈活的大胖子？」

安祿山雙唇哆嗦，不知如何作答，只能訥訥道：「謠傳……謠傳……」

梅梅從几上抓起一把甜瓜籽，慢條斯理地吃了起來。

她行蹤神出鬼沒，東邊放把火，西邊殺把人，很快就把整個營地攪得一團混亂。當侍衛們終於反應過來時，她早已偷偷溜進了大帳。

主帥於千軍叢中被強行擄走，這可是前所未聞之事！

天才剛亮，大營裡卻熱鬧得跟菜市口一樣。兵士們紛紛披甲上馬，四處奔走。但他們誰也沒猜到，敵人跟他們開了個玩笑。她並沒有將安祿山給帶走，只是將他塞進了某個次級將官的帳篷裡。

這名長年征戰沙場的將軍見她用妖術擺平門口幾個小卒，嚇得差點尿褲子，一邊後退一邊嚷著：「他們給妳多少錢？無論多少，我都出雙倍！」

但梅梅卻踢翻一旁的凳子，益發兇狠：「誰在乎你那幾個臭錢？」

眼看賄賂無效，安祿山急了，撲地一跪，用充滿祈求的語氣道：「右相天縱英明，小人不過一介莽夫，如何能與之抗衡？有何吩咐，小的一定盡心竭力！只求您高抬貴手，留下小的一條命，就當是留一條牛馬在身邊效勞……」說著，還將額頭抵住地毯，重重叩起頭來。

梅梅見狀，簡直哭笑不得，心想：「這蠢胖子，八成是將自己誤認成那個什麼『右相』派來的殺手了吧！」

但正所謂白晝不做虧心事，夜半不怕鬼敲門——若非素日裡惡事幹盡，又哪來這麼多的心虛？

她這輩子曾遇過許多有趣的事，可受人磕頭叩拜卻還是第一次呢！感覺還真挺不賴。她遂坐回氈上，抿嘴一笑：「別的吩咐倒沒有，不如，你跳支舞來看看。本姑娘就喜歡宮裡頭那套，越俗媚越好。」

「好，我跳、我跳……」

「這還差不多。」

梅梅就這樣保持著半臥的姿勢，一邊嗑瓜子，一邊享受著這名位高權重的男人的「服務」，直到一盞茶的時間過去，外頭鐵蹄大作，號角急吹，顯是敵人已將帳篷團團圍住，她這才慢悠悠下地，朝安祿山走去。

安祿山跳得腳都要抽筋了。他以為對方終於要動手殺自己，嚇得高呼饒命。但其實梅梅心裡想的卻是：「這大胖子實在好玩，殺了倒有點可惜！」

她戳了戳對方顫抖的肉，又在對方臀上踢了一腳，這才心滿意足，轉身出了大帳。以她的身法，尋常士兵自然捉不到，只能眼睜睜瞧著她咯咯笑著跑遠。

不久，她和同伴們在林子裡會合，心情仍十分得意。然而，當她拉住鈴的手，嘰哩呱啦地和少主說起自己是如何戲弄安祿山時，對方的臉色卻肉眼可見地白了下去。

「妳放了他？」

「是呀。」梅梅輕笑。「抓他本就是為了引開敵人的注意力，既哄得我開心，想想也就放了。」

梅梅顯然對安祿山的來歷一無所知，更不曉得自己闖下了多大的禍。而鈴此刻也來不及解釋了，只能匆匆往大營趕。然而，當幾人回到先前軍隊的駐處時，那裡早已帳去人空。

長安是楊國忠的地盤，安祿山本就怕此人怕得要命，經此一唬，更是猶如驚弓之鳥。不等天色全亮便下令拔營，帶著大隊人馬出發，晝夜行軍一百七十里，一口氣朝范陽趕去。

鈴看著一地來不及收拾的狼藉，急得頓足。自從得知蘇穆河和安祿山的計劃後，她便預感大事不妙，可沒想到，對方竟是逃跑專業戶，一眨眼就溜得沒影了！

一行人沿著軍隊離去的方向追趕，終於在破曉時分趕到了長樂坡。幾人站在坡上，遠遠地便瞥見近百名將士聚集在灞水河畔，正忙著「卸貨」。

原來，安祿山竟將身邊大部分的侍衛和沉重的金銀都拋了個精光，自己乘上快船，打算金蟬脫殼。

來到近處，鈴在人群中發現了巴贊的身影。她見乾瘦的紅袍老人被士兵們驅趕下船，腳步踉蹌，眼看就要跌入水中，連忙抽出黑羽鏢，將士兵射倒在地。

一旁的驃騎將軍聽見騷動，撥轉馬頭，朝幾人的方向望來，刀鑿般的眉弓下方藏著一雙精光矍爍的灰眸，正是蘇穆河！

他用胡語高聲呼喝，很快，安祿山身邊那些身披鎧甲，手握長槍的「曳落河*」便一擁而上，將敵人團團包圍，而他本人則手握韁繩，越過隊伍，催馬來到鈴面前，聲聲冷笑：「好啊，我還道是誰呢！原來是昨夜逃走的鳥兒嫌翅膀太硬，又自個兒撞上門來了！」

經過一整夜的沉澱，鈴在腦海中重新梳理了一遍迄今為止蒐集到有關《白陵辭》的所有線索，這才終於醒悟，眼前這男人過去二十年來都幹了些什麼。

她對周圍血氣森森的刀光視若無睹，抬頭迎上蘇穆河的視線。

「想逃的分明是你。」

「好啊。」蘇穆河被她狂妄的口吻挑起了興趣，又向前逼進一步：「看來，昨晚給妳

---

* 曳落河：突厥語中的「壯士」，專指安祿山麾下的精銳輕騎兵，由奚、契丹、同羅等少數民族組成，在安史之亂中發揮了重要作用。

的教訓還是太輕了——妳倒說說看，老夫為何要逃？」

鈴冷冷注視對方，說道：「二十一年前，突厥還是雄踞西域的霸主，你在草原上遇見了當時身為容蓴駙馬的趙拓，從他那兒榨取到了有關中原武林的情報。你知道他受人陷害，卻一心想重歸茅山，奪回天道掌門之位，所以決定助他一臂之力。你替他治傷療毒，他則幫你盜來河桑的輿圖，讓你不費吹灰之力，將容蓴部落一舉吞滅。」

「但到了這一步，你仍未滿足，沒過幾年，又將目標轉到了《白陵辭》上頭。而此時，已是天道掌門的趙拓，又再一次成了你的內應。他不僅策劃了一切，還替你找到了一頭最合適的替罪羊……」她輕輕一哼，眸光沉了幾分。「也難怪當年在塗山頂峰，趙拓不僅不好奇《白陵辭》的下落，還企圖派出顧劭峰將我殺死——因為他打從一開始便知道，被盜走的祕笈根本不在赤燕崖，而是落在了你的手裡！」

話一停，四周的士兵都感覺空氣裡的溫度驟降，彷彿有股陰風自少女腳邊升起，朝他們壓迫而來。就連他們胯下的坐騎也變得躁動不安，不停地噴著響鼻。

然而，對面的蘇穆河卻不為所動，反而笑得更暢懷了，頗有一代梟雄的氣勢：「姑娘所言，老夫實在愧不敢當。趙拓那男人，看似翩翩君子，實則狼子野心，是天生的詭謀家，連我也不得不敬佩三分。託他之福，妳那些魑魅魍魎的同黨，如今都已在前往黃泉投胎的路上了呢！」話一頓，「據說妖之肝腎比唐僧肉還鮮美，老夫這輩子從未嚐過那種滋味。嘖，這麼想來，還真想前去分一杯羹……」

「廢話少說，到底打不打？」

蘇穆河見對方兩手空空對著自己，一挑眉：「怎不拔刀？妳的刀呢？」

「斷了。」鈴冷冷道。「殺了你，再打一把新的也不遲。」

聞言，蘇穆河終於笑容一收，粗狂的眉宇間戾氣上湧：「哼，老夫本想留妳一命，讓妳說出練妖術的祕密，可妳既執意找死，就休怪老夫無情！」

隨著他這聲呼叱，現場壓抑的氣氛終於爆發。外圍的鐵騎紛紛提槍刺來。

但鈴這廂也很快展開反擊。凜光滾動間，瀧兒的手裡忽然多出了兩柄亮晃晃的橫刀。刀的主人跌落河裡，濺起偌大的一團水花。

同時，空中傳來一陣輕笑，只見梅梅已衝入兵潮，奪過一名黑衣騎兵的弓，用弓弦絞斷了他的喉嚨。

雙方下手皆狠，平靜的渡橋頭轉眼間成了紅光交織的血獄，斷肢散落，慘叫四起。

兩名士兵舉刀斬向梅梅，卻被她輕鬆避開。只見她柔軟的嬌軀向後一仰，上身幾乎貼到了地面，並趁對方策馬馳過的剎那，擲出兩柄短劍，分別刺入兩名騎士的腹腔。下一刻，騎士腥血狂噴，跌下馬去。

近岸處，安祿山的手下正忙著鑿冰面，解船繩。但剛解到一半，便被瀧兒一腳踹進了河裡。牙古見狀，躍下船舷，揮動匕首朝少年攻來。瀧兒使出赤陰掌反擊，兩人你來我往拆了數十招，打翻了兩條舢舨，濺起漫天冰渣。

混亂間，安祿山還在高喊：「快點！再快點！——都是死人嗎？」然而，話音未落，卻突然變聲慘叫起來。原來，不知何時，頭頂的天空竟出現了一個閃著凜光的黑點，並且還越來越大，朝他直直射來！

下一刻，只聽得「咣」的一聲，尖銳的槍頭刺穿了安祿山寬大的袍袖，將他肥碩的身軀釘在了船板上。

岸邊的蘇穆河撞見此幕，臉色瞬間扭曲了一下。

可比起安祿山的死活，他更在意的是，自己方才竟連對面的少女是如何出招的都沒能看清！想當初，兩人在夏家莊交手時，她的本事還遠不及此啊！

然而，眼下情勢已容不得他多思了。心念電轉間，只得施展輕功，攔住鈴的去路，同時運掌噬向對方要害。

朝霞映在半結冰的河面上，彷彿碎了一地的珍珠。鈴在飛旋的霧晶與翻湧的水花間來回穿梭，拔槍而起，抖開一弧銀光——

這種長兵器對她而言，遠遠不及雪魄那麼順手，但用來牽制敵人還是可以的。

眼看蘇穆河被勁風截住，退向江心，她身子一翻，指槍朝地，輕盈地落在薄冰上，合目斂息，和大鵬發動了練妖術——雷地動。

她曉得蘇穆河已學會《白陵辭》祕笈裡記載的功夫，實力非同小可，因此一上來便施出了全力。

「雷地動」是一道由坐禪延伸而來的招式，能夠將存於天地之間的自然靈氣導入經脈，聚於掌心，形成像雷電一樣的能量波。但由於大鵬是活了近千年的上古妖獸，兩者無論是體力或者內功，都存在著巨大的差距。因此，想借用對方的妖力，就必須耗費巨大的能量，若未掌握好分寸，事後甚至還可能落入動彈不得的窘境——換句話說，此招不容失手，必須一擊而中！

隨著妖靈之力湧入四肢百骸，鈴閉上雙眼，深深吐納。

過去幾個月來，她總是神思不屬，直到此刻，內心才逐漸平靜下來。

大鵬老是愛講一些枯燥的禪理，說人若想變得強大，就得先學會放下偏執，讓自己的心靈變得澄澈，以順應天地萬物的規律。從前的她頑固急躁，遇到不公不義之事便要追根究底，總也聽不進去；可現在不同了。

眾目睽睽下，她貼著冰面的手掌驟然迸出刺眼的青色電光，就連冰下的倒影也跟著抹去了。隨後，她將這股強大的電流，連同大鵬給予自己的能量，一口氣打入冰層深處。

震波瞬間席捲河面，冰層彷彿被一隻無形的大手狠狠撕開一般，發出令人肝膽俱顫的嗡鳴。而隨著龜裂的範圍越來越大，純白的冰面轟然塌陷，數十名士兵瞬間被翻騰的湧浪打入水底。

蘇穆河也被揚起的冰屑擊中，失足滑入水中。雖說一隻手及時勾住了船舷，人尚能掙扎著鳧水，但眼神中卻已顯露驚惶。

下瞬，一道輕影如箭矢般從水底躍起，正是牙古。他嘴裡叼著染有血汙的匕首，唇色極白，眸子卻極亮，扯動纜繩，三兩下就將自己和蘇穆河都吊上了甲板。

但鈴的攻擊還尚未結束，且蘇穆河也不打算就此投降認輸。此時的他已不再是平時那副從容不迫的模樣了。只見他長髮散亂，臉上被冰屑割出好幾道猙獰的血痕，才剛爬起便怒嘯一聲，縱身朝鈴撲來。

蘇穆河身負《白陵辭》的絕世武功，而鈴的體內則住著傳說中的靈蠱「鵺」，身兼練妖術心法與赤燕崖的絕學；雙方皆是豁出了性命戰鬥，於空中相遇，周圍登時掀起一陣烈風。

剎那間，山川變色，巨浪翻滾。暴怒的湍流挾帶著碎冰，呼嘯著奔瀉而下，轉眼便淹沒了下游的堤岸。

「這真的是……人類的力量嗎？」

不僅圍觀的士卒們各個表情駭然，就連巴贊也露出了不可思議的神色。他不顧危險，扶著瀧兒的手，一步一步顫巍巍地朝著岸邊走去，一雙下垂的青色眼眸彷彿能穿過大風與濃霧，看見江心的情景。

「沙瑟保佑！」他十指緊緊扣住手裡的月陰石，喃喃道：「神風起，天雷降，這一定是……是天意！」

而此刻，位於風暴中心的鈴和蘇穆河卻已分開。

鈴手臂上纏繞的青光已然退去，全身的經脈也逐漸冷卻，就宛如夏日午後，天空忽然劈落雷電，短短幾響後便又歸於平靜。

她望著眼前的男子，似笑非笑：「這下子，你可認輸了？」

「——呃唔！」

蘇穆河來不及答話，身體便晃了晃，唇畔血線蜿蜒。

是刀？不是……是冰！就在方才，兩人擦身而過時，鈴手裡握著尖銳的冰錐，直接刺進了他的胸膛。霸道的電流瞬間貫穿冰刃，擊中他的五臟六腑。

蘇穆河七孔流血，臉色越來越難看，幾乎要破裂一般，下一刻，卻又突然咧嘴大笑起來。

「妳以為自己這就贏了嗎？做夢！」他瞳孔突出，一雙惡狠狠的眼睛緊瞅著鈴不放。

「就算我死了……那又如何？還有安祿山啊哈哈哈！突厥完了……大唐離毀滅也不遠了！」

那癲狂的笑聲充滿了絕望之後的惡毒，如詛咒般迴盪在寬廣的湖面上，直到蘇穆河兩眼上翻，呼吸斷絕，這才漸漸靜止。

僅存的船隻已經啟航了，在安祿山的不斷催促下，朝下游全力急駛。瀧兒和雲琅想追上去，卻被鈴喊住了。

「等等！」

「咱們不繼續追？」

眼看雪花落得越來越急，方圓幾里的青山皆被掩蓋在巨大的孝布之下，鈴又想起蘇穆河臨終前所說的，趙拓等人正率眾攻打赤燕崖的話。一邊是她的家園，一邊則是江山社稷的安危，她不禁猶豫了。望著這如詩如畫的場景，默不作聲。

曾經，她以為自己能夠獨自擔起整個江湖的重量。然而，真正跨出步伐才意識到，江湖的本質就是虛妄，太陽底下無新事，每個人都被造化捉弄，每個人都將青春虛擲——既然如此，她一個人，又何必有那麼多的顧慮？

想到朝堂與江湖即將掀起的巨變，她深吸口氣，將搶來的槍往腳邊一插，做出了改變她一生，也改變無數人命運的決定。

「由他去吧。」

第貳拾肆章、青花

壹

嗚咽的北風挾著不屬於春日的苦寒，吹過每條樹枝的縫隙。鈴盯著面前霹啪作響的火苗，眼神冷清，心思不曉得飄蕩到了何處。

她對面坐著一名身材矮小，目光深瞿的老人，蜷縮在紅色的半舊長袍裡，彷彿一朵皺巴巴的蘑菇。

「咳，後悔了？」老人冷問。

「我不知道……」鈴搓著凍僵的手指，聲音發澀。

一行人離開長安已有三天了。

三天……這麼長，安祿山恐怕早就逃回范陽去了吧。如今還有誰能阻止他？一想到這，鈴的心就不禁向下直墜。

沒能除去對方，是她失算。可眼下，趙拓正率領六大門派圍攻赤燕崖，為了確保同伴們的安全，她必須盡快趕回去，安祿山的事也只能暫時擱到一邊，讓別人去處理了。

巴贊碧油油的眸子在火光下忽明忽暗，哼哧道：「這時候嘆氣未免太早了吧？只要家園尚在，再大的過錯都能在未來一一彌補。可怕的不是死亡，而是失去一切後，還得繼續在這世間苟延殘喘。」

他盯著掌間的月陰石，喉頭微微一蠕，語氣充滿悵惘：「我本以為，只要潛心懺悔，沙瑟就會放我追隨族人而去，可我錯了。一味逃避是無法贖罪的。逃了大半輩子，最後卻又回到了原點——幸哉？悲哉？」

在搖曳的火光下，老人終於沉沉一嘆，將深埋的過往娓娓道來。

「我們容葶一族的先祖世代居於河桑，靠著牧牛養馬維生，日子雖談不上富裕，卻也自由自在，衣食無缺。我們的女人擅長織布、會講故事，男人有力氣、能打鐵。我們用沙瑟賜予的『月陰石』打造刀劍弓矢，抵禦外敵，周遭的其他部落都不敢小覷咱們。」

「當年，我曾是部落裡最優秀的工匠，每天埋頭鍛鐵，為了更加精進自己的手藝，甚至不惜離鄉背井，遊歷四方，和來自大唐以及西域各國的匠人切磋討教。可我沒想到，就在我離開的那段日子，突厥葉護木朗率領鐵騎踏平了我的家鄉。從那時起，我就成了一個無家可歸的罪人，雖然臉上沒有刺字，卻時刻活在噩夢之中。」

「察兒坦雖貴為公主，卻像我的親生女兒。我答應她從中土帶回最美麗的珍寶，送給她當禮物……」巴贊說到這，聲音微微顫抖起來。

他想起印象中的河桑，除了有廣闊無邊的草原和高大健壯的駿馬，還有連綿無盡的帳篷，以及赤足歌唱的少男少女。他們白天策馬射箭，打獵熬鷹，在原野上自由自在地奔馳，到了夜晚，則在月光下互訴衷腸，跳著祭祀的舞蹈向沙瑟祈禱。

「若非神靈借妳之口，讓老朽的這雙眼睛重新看見，我也不會發現自己對這俗世居然還有留戀。」老人的嗓子又啞又澀，深陷的眼窩猶如大漠深處的兩口枯井。「妳能夠殺死突厥葉護，已經是奇蹟了，所以不必害怕，想做的事就盡力去做吧，沙瑟定會護佑妳。」

不知何時，瀧兒也醒過來了。幾人圍坐在篝火旁，聽著巴贊說故事，不知不覺迎來了拂曉。

晨曦灑落，停在瀧兒肩頭的滅蒙鳥也跟著撲翅而起，拖著赤色的長尾在眾人頭頂盤旋，時而發出「啪嘰、啪嘰」的叫聲，彷彿在催趕他們上路。

這種妖怪擅於追蹤氣味，只要是曾經接觸過的人或妖，就永遠不會忘記。即使對方此刻遠在千里之外，牠們也能循著味道找出對方的下落。因此，鈴才會想到利用牠們帶路，以求盡快和四大護法會合。

一行人在滅蒙鳥的帶領下，繼續東行，不出一日便來到芒碭山。上得崗來，只見翠巒迴繞，古木參天，優美的景色令人精神為之一振。然而，眾人腹中飢餓，正想尋點果子充飢，卻忽聞前方傳來篤篤的馬蹄聲。

來者是一群青穹派弟子，為首的是一名年約四旬的紫棠臉漢子，身後跟著十多名湖綠色錦袍的青年，繫著玉帶蹀躞，揹著火焰紋裝飾的長劍，打扮得甚是俐落。

鈴和巴贊等人藏身在山腰的一處密林裡，看著對方越奔越近，心裡都有些按捺不住。梅梅雙手各夾起一把梅花鏢，正欲出手，卻聽一旁的鈴低喝道：「等等！」

話音未落，只聽得「錚」的一響，那名紫棠臉漢子的坐騎忽然仰頸長嘶，跪倒在地，還將他狠狠拋飛出去。虧得他反應機敏才沒有跌斷脖子。他匍地一滾後爬起，從腳邊撿起一枚暗器，滿臉怒容地環視周遭。

「何人在此鬼祟！你殷爺在此，還不速速現身！」

青穹派的其他人聽聞有埋伏，也紛紛勒住馬韁，抽出長劍準備應戰。

然而，迎接他們的卻不是劍影，而是悠揚的笛音。那曲調既款慢又帶著幾分清越，穿過層層翡葉而至，顯得神祕且卓爾不群。笛聲未已，突然間，六個花影從兩邊的林子裡撲出，封住了一行人的去路。

這些殺手顯然早有預謀，且對這一帶的地形相當熟悉。只見他們以銀鉤絆住馬蹄，轉眼間便將好幾名青穹派弟子給摜下馬來。雙方隨即展開惡鬥。

一名頭戴面具的青年手挽劍花，長劍劃至脅處，忽然激起半天寒星，朝敵人胸口猛地刺去。華麗的動作，再配上他瀟灑的身姿，好比仙落凡塵。

與他對陣的青穹弟子膝窩中劍倒下。另一邊，又有二人發出呼叱，朝他合圍攻來。

面具青年劍法輕靈，唰唰幾響間，腳步忽前忽退，已從對手中間穿插出去。

他的身法越走越快，鬥到酣處，彷彿四面八方皆有無數白影晃動，看得人頭暈目眩。

忽然間，他嘿嘿冷笑兩聲，左手袖底翻出一條三寸長的短鉤，輕輕一吊便縱上了樹梢。

紫棠臉漢子殷洋罵道：「賊子哪裡走！」大步追了上去。然而，還沒沾著對方衣角，便被突如其來的金色粉末嗆得滿臉。他聞得飛粉中夾帶異香，才知中了對方的計，忙使一招「北斗連珠」搶出陣外。

可惜，此時，其他同伴也紛紛倒下了。殷洋只覺得雙眼彷彿要灼燒起來，強忍著劇痛，揮劍劈向攔路的蒙面人，卻被對方彈出一指，正中劍脊，長劍登時脫手飛出。

蒙面人短刀撩起，殷洋斜肩閃過，「呼」的一聲，右拳搗向對方面門。

青穹派以劍法見長，拳腳方面卻甚是稀鬆，再加上殷洋吸入了毒香，經脈運行不暢，在敵人的圍攻下更是難以久支。

須臾，蒙面人一劍發出，凜光如蝴蝶穿花，將他胸前的衣襟、腰間的蹀躞帶接連挑斷。殷洋不甘受辱，怒道：「要殺便殺了，休要囉唆！」

可抬頭的瞬間，他的目光卻突然凝住了。

只見前方的樹林裡翩然走來一名年輕女子，雪膚花貌，鬢似鴉羽，手裡握著一截竹笛，看上去弱不勝衣。

生死關頭，連殷洋這種自詡正派的人士也顧不上俠義二字了，心念動處，毫不猶豫朝對方撲了過去。

然而，那女子見他撲來，不僅沒有流露出慌亂之色，反而古怪地笑了。

她將一截青色的短笛擱到唇邊，輕輕吹奏起來。音樂一出，兩條碩大的金影立時從林中竄出，落在她左右，猶如威風凜凜的護法。

那怪物身高兩丈，體格壯實，形似猿猴，渾身卻生滿了金色的絨毛。牠們張開血盆大口，發出低沉憤怒的咆哮，其中一隻金毛妖猿更是舉起前掌，將殷洋一掌擊倒在地。

只見男人的臉由紅轉白，再由白轉青。他吐出了幾口血沫，顫聲道：「妳、妳是……花月爻……」話音未了，一口氣沒轉上來，暈厥在了當場。剩下的幾名青穹弟子見狀，連膽都嚇破了，紛紛棄劍投降。

谷裡浮漾著淡淡的血腥氣。鈴不可思議地盯著那名吹笛子的姑娘，卻見她不慌不忙，從懷裡取出兩顆藕粉色的丸子，又將那兩隻金毛猿招到身邊，神態甚是親暱。

「阿泰、小五，吃飯了！」

兩隻龐然大物發出「嗷嗷」的歡叫聲，伸出粉舌來蹭她面頰。

瞅見這一幕，鈴感覺自己的心臟被驟然叩響。她從山坡上飛奔下來，喊道：「阿離！」

江離轉頭看見她，也是眼睛一亮：「鈴！真的是妳？」

兩人久別重逢，都覺得恍然如夢，雙手緊緊相握，一時竟不知該說什麼才好。

此時，江離的同夥們已將青穹派的人點住穴，用繩子捆起，而瀧兒等人也從藏身處走了出來。

花月爻一行發現原來林中竟暗伏了這麼多人，不由得心下駭然。

當中一名男子走上前，摘掉面具，惹得鈴和梅梅同時脫口而出——

「霍大哥！」

「呆頭鵝！」

此人正是霍清杭。

經過了一年的鍛鍊，他不僅膚色曬黑了，身材也壯實了，整個人顯得容光煥發，早已不復從前那副文弱書生的模樣。

他聽梅梅說：「真沒想到，你們夫妻倆過膩了小日子，竟改行當起了雌雄大盜！」臉頰發紅，囁嚅道：「我們從不為難百姓，只截那些不懷好意的江湖人，可稱不上一個『盜』字……」

但相比梅梅，鈴對於江離「落草為寇」的決定就沒這麼容易接受了。她看著對方腕上的花刺青，蹙眉問：「你們怎就加入了花月爻？」

她對昔年教主姬雪天脅迫她和瀧兒入教一事仍耿耿於懷。當時，師徒倆抵死不從，對方才未得逞。卻不料，如今，江離和霍清杭卻主動投靠了他們。

「此事說來話長……」江離正要解釋，卻被打了岔。

「此地不宜久留，還是換個所在吧。」

開口的正是剛才圍攻殷洋的其中一名男子。只見他身材高挑，面如冠玉，神情卻頗為不善，朝鈴等人投來的眼神充滿狐疑。

「知道了，木大哥。」

江離將竹笛掛回腰間，拉過鈴的手道：「今晚你們就宿在我們營裡吧，我有好多事要和妳講。」

花月爻的人擅長使毒，金烏壇更是專門豢養各種毒蟲猛獸的分舵，就連紮營也是選在密林深處。

此番前來探路的隊伍，除了江離、霍清杭夫婦外，還有文蕊、紫蘇、柳仙兒，以及不斷給他們臉色看的那名青年木劍南。

江離領著鈴來到一株榕樹後面，開始描述自己這段期間的奇遇。

鈴聽聞對方竟拉著霍清杭從塗山的斷崖跳下去，又在山腳遇見蘇必勒，與對方鬥智鬥勇，一顆心都快從胸腔裡跳出來了。

「妳按照杜若給的地圖，還真的找到了花月爻的據點？」

「是啊。」江離低眉輕哂。「若不是蒙壇主和巫婆婆收留，我們當時就活不下去了，哪還能來與妳相見？」

「可……妳怎麼知道我在這？」鈴訝異道。

「六大門派結盟，打算對赤燕崖展開聚殲，我知道妳絕不會袖手旁觀，定會趕來相助同伴。」江離道，「於是我就自請外出打探消息，沒想到還真遇見妳了。」

江離說著，從懷裡拿出一包青粉、一包紅粉、一包六角膏藥塞到鈴手中。

「這些是我從壇裡偷帶出來的，青色的是毒藥，紅色的是解藥，白色的是我自己調配出來的冰蠶金創膏，治療內外傷都極有效果，妳先拿著吧。」

原來，自從江離拜巫穎為師後，每日從早到晚，不是忙著翻看醫書、鑽研祕方，便是跟在師父身邊學習針灸用藥，可謂專心致志，廢寢忘食。再加上她天資聰穎，兩年下來，對醫理的掌握已非一般江湖郎中可比。金烏壇從南北各地搜羅來的奇珍藥材，在她的巧手下，既可救人性命，亦可傷人於無形。

接著，她又從腰間解下一枚香囊，拿在鈴眼前晃了晃。

鈴被這些雞零狗碎搞得頭都暈了，問：「這又是什麼玩意？」

「什麼叫玩意？是護身符！」江離糾正。「本姑娘的心意，妳可不許推託，聽到沒有？」

香囊的味道似花尖垂露，若有似無，卻給人一種莫名心安的感覺，鈴曉得對方定是費了一番功夫，於是接過收在懷裡。

「好啦，知道了。妳這人可真霸道！」

貳

花月爻耳目廣布天下，有了他們的消息挹注，鈴對眼下的戰況總算有了初步的了解。

據江離說，正月時，天道門奉司天台旨意，號召武林各路除妖師共同討伐赤燕崖。六大門中，除了國清寺外的其他四派紛紛響應，眾人在洛陽歃血為盟，推舉趙拓為盟主，和赤燕崖的高手們相約在武牢關外會戰。

鈴曉得四大護法絕不會輕易離開赤燕崖，既然出了山，那代表這回敵人肯定是來勢洶洶，不好對付。

一行人渡過汜水，翻過山嶺，終於看見前方城頭有旌旗在飄揚，想必就是他們的目的地了。

此處地勢險要，古時名為「虎牢關」，正是隋末大戰中李世民大敗竇建德的地方，直到唐朝開國，為了避高祖祖父的名諱才改稱「武牢關」。

鈴望著山頭交錯，旌旗蔽空，拉了拉江離的袖口，小聲道：「再過去就危險了，妳就留在這吧。花月爻雖於妳和霍大哥有救命之恩，但畢竟是做刀口舔血的營生，還是不宜跟他們有過多牽扯。」

「這什麼話！」江離氣鼓鼓地把手抽開。「我既來了，又怎會拋下妳不管？」

「我明白妳想說什麼。可妳有自己的路要走，何必蹚這灘渾水？」

江離搖頭：「自從離開挹芳院後，我想了很久，也看明白了許多事。說出來妳未必會信，但如今我是真心想靠自己的本領助妳一臂之力的！」

「可妳好不容易獲得了自由，明明可以逍遙度日的。」

「敢問這世上誰又能真正逍遙了？至多默默無聞而已。」江離冷笑。「何況，我也有自己想保全的人，不想再任人宰割了！」

雖說她與蘇必勒僅僅只有一面之緣，但塗山的那場驚魂卻在江離心上留下了巨大的陰影。她發誓定要振作起來，絕不再讓身邊的人陷入險境，自己卻什麼忙也幫不上。

鈴看見她清澈堅定的眼神，明白多說無益，也就住口了，只是心裡仍感到一絲不安。

兩人交談間，隊伍已轉過了山坳。前方出現一座溪谷，河的對面則是這一帶最崎嶇難行的穿龍崗。半枯的河床上亂石叢生，隱隱可見許多激鬥的人形，金刃劈風之聲連成一片。來到近處，才發現是靈淵閣閣主余姚親率手下二十多名男女弟子正在抗敵。他們這頭人多勢眾，敵方雖是妖怪，有法術傍身，卻也不免落了下風。

只見余姚之妻公孫彩正率人圍攻一名袒胸露肚的中年漢子。對方身形臃腫，看上去動作遲緩，可每到間不容髮之際，身體又會如陀螺般滴溜溜迴轉。對手凌厲的攻勢也被他四兩撥千斤地引過一邊，就好像刺空了一樣。

這幅情景雖然凶險，卻又帶著幾分滑稽，花月爻這邊的柳仙兒見狀，不禁「噗哧」一聲笑了出來：「六大門原來都是吃乾飯的，正經事不幹，忙著耍猴兒呢。」

幾人此時距離不遠，這句話清清楚楚地傳到了靈淵閣眾人的耳裡。其中有幾個年輕氣盛的弟子，忍不住回頭怒目而視。

柳仙兒被對方這麼一瞪，伸了伸舌，往木劍南身後一躲，不說話了。鈴卻開口叫道：「三叔！」

原來，那名赤裸上身的男子正是赤燕崖四大護法之一的狌狌張詰。

只見他從大巖石上翻身躍起，嘴裡射出兩根雞骨，分別射倒左右來敵，又飛起左足踢向公孫彩面門。

公孫彩乃是劍術名家公孫大娘的親傳弟子，一雙寶劍上刺下削，舞得如洩似幻，見敵人居然伸出髒兮兮的腳丫踏住自己的劍脊，臉色陡然一變，唰唰唰接連三劍搶進，激起的氣流連對方臉上的寒毛都削斷了幾根。

但張詰卻毫不露怯。下一刻，他雙趾一挾，托住劍身，居然將對手的劍光帶偏了，接著身形拔起，以極快的速度撲向敵人。待公孫彩反應過來時，手腕已經被一踢正著，長劍脫手飛出！

武林中向來有「空手奪白刃」的功夫，但「空『腳』奪白刃」卻是聞所未聞。饒是公孫彩修養極好，也不禁氣得嘴角抽搐。

「閣下好身手，若換在平時，小妹必要甘拜下風，改日再來討教。但敝派這回乃是奉旨剿匪，恕我不能與妖孽廢話！」言罷，從懷裡抽出兩張黃符，手腕抖處，破空而去！

她身邊的那群弟子也跟著依樣畫葫蘆。剎那間，周圍空氣裡全是符咒和氣流摩擦的嗤嗤聲，隨著張詰腳下一記盤旋，綻放出漫天的火樹銀花，煞是好看。

鈴見張詰被團團圍住，連忙奔上去助陣。但才剛召喚出雲琅的風刃，血都沒見半滴，面前的敵人便發出「譁」的慘呼，雙手一夾，身子朝天空飛去，縮成了小小一粒黑點。

一回頭才發現，大鵬不知何時已悄無聲息地跟了上來。他手裡拿著垂釣用的魚竿，正在徐徐收回餌鉤。適才那個倒霉鬼就是被他這來去無影蹤的「天外飛鞭」給捲走的。

「多管閒事！」張詰雖身陷重圍，卻仍一副老神在在的模樣。他一邊跳腳，一邊笑罵：「鈴，妳這個沒良心的丫頭，還不趕緊去前面幫忙！再磨蹭下去，狗道士都被啃成狗骨頭啦，到時可別怪咱們沒分妳杯羹！」

鈴曉得對方向來嘴上沒正經，卻也足智多謀，既這麼說，那便一定應付得來，於是衝他飛快地點了一下頭，轉身就跑。

她掠上樹梢，從高處眺望戰場，卻見越來越多敵人自上游湧來，各色旗幟招展，除了靈淵閣的「白山旗」外，更有塗山派的「紫星旗」、青穹派的「青火旗」、天道門的「墨雲旗」

和玄月門的「紅月旗」。六大門的兵馬雖然分屬不同勢力，但彼此配合精妙，赤燕崖群妖在他們的列陣包圍下被切割成十多段，逐漸朝南面的竹林退縮。

鈴從敵人那奪過一柄軟劍，見哪有危險便往哪衝，兔起鶻落間接連砍倒數十人，將幾股同伴給解救了出來。

激鬥正酣，忽聞前方傳來熟悉的嬌叱，一道銀光擦過鬢邊，將身後的山壁打裂開來。鈴才躍起，便見刀葉迴轉，再次朝背心襲來。同時，飛刀的主人已腳不沾地掠至面前，正是「銀鍊薔薇」關雲綺。

關雲綺素有武林第一美女的封號，卻脾氣古怪，全身散發出一股生人勿近的氣息，鈴在玄月門借住時更曾親眼見她用鎖鏈飛刀斬斷求親者的手指。

面對這麼個棘手的角色，鈴不由凜了凜神，倒提青鋒，嚴守門戶。關雲綺運起飛刀，指東打西，指南打北，招式如疾風驟雨般揮進，卻被她悉數擋了回來。

鈴踏準震位，長劍從斜刺裡晃進，直削對手小臂。這招來勢猛烈，關雲綺不敢硬接，忙使出玄月門的擒拿絕技「小蘭息手」，穿過重重刀影，伸指托住劍脊。眨眼間，只聽得「嗤嗤」兩響，軟劍的劍尖被她帶偏了一寸，但她的長袖也被削去了一截。

「是妳！」兩人目光一觸，關雲綺叫了出來。

鈴不願糾纏，數次施展輕功想繞過對方，可每回都被截了下來。

關雲綺以為她故意挑釁，氣得七竅生煙。

自從當年天月劍會，柳露禪將本該屬於她的決賽資格交給鈴後，她便一直懷恨在心。此刻，更是新仇舊怨一併爆發。她手腕一擰，銀光抖出，瞬息之間連斫七刀，怒道：「有種別跑，咱們堂堂正正地比劃一場！」

過去幾年間，她的功夫大有長進，又占了神兵利器的優勢，鈴展開赤燕刀法與她周旋，一時間也占不到上風。

拆到百餘招，關雲綺銀鏈橫掃，激起千重鞭影，眼看就要鎖住鈴的脖子，鈴擺腰如柳，一飄一閃，眼神片刻不離刀尖，這才從圈套裡跳脫出來，暗道：「好險！」

她的實戰經驗遠超關雲綺，剛脫離險境，立刻反展劍鋒，切向對方脈門。關雲綺來不及化解，一記「鳳點頭」避過，腳步微微見亂。

鎖鏈飛刀飛舞空中，擊刺攻拒，憑藉的全是手腕的力量，一旦再衰三竭，便會反成累贅。但關雲綺性子好強，明知再打下去於己不利，卻仍咬緊牙關，窮追不捨。

兩人一路遊鬥，來到上游的瀑布水潭邊。關雲綺忽然提氣清嘯，右手高揚，兩條銀光縱橫倚斜，如大網般撒下來。這一擊用上了她全部的力量，登時將鈴手裡的劍鉎為兩截。

鈴虎口震痛，正欲躍起閃避，卻瞥見瀑布後方似有人影閃動。

下一刻，她手裡的斷劍與關雲綺的飛刀相撞，遛出一串火花，而瀑布中卻撲出一人，飛掌擊在關雲綺背心。

這一切皆發生在兔起鶻落間。鈴落地一抬頭，便聽見對面傳來「匡噹」兩響。

只見關雲綺雙刀拄地，整個人靠在血跡斑斑的刀背上，臉色慘白，單薄的胸膛起伏不定，彷彿樹尖顫動的花朵，隨時都要凋萎墜落，而偷襲之人則得意凜凜地轉向鈴，笑道：「可惜啊，可惜！」

此人生得獐頭鼠目，猥瑣異常，雖只見過兩次面，但鈴仍然一眼認出了對方——他正是趙拓的師弟孟汐！

原來，趙拓不僅想藉這次行動根除赤燕崖的勢力，甚至還想趁亂肅清六大門中的異己。孟汐此人素日裡總跟在師兄身後吠聲搖尾，卻無真才實學，只因剛剛關雲綺背對瀑布，沒想到會有人藏在水裡，這才被他趁虛得逞。

隨後，他拔劍向鈴，打算乘勝追擊，卻被後方飛來的暗器擊中手腕，痛得縮回了手。

「臭猢猻！納命來！」

發出月雷鏢的正是聞聲趕到的孫苡君。她身後還跟著沈詩詩、許琴等一干玄月門弟子。

雖說她們和關雲綺感情並不親厚，但見她被人偷襲打成重傷，也不禁群情激憤。

沈詩詩扶起關雲綺，用雙掌抵住她背心，將真氣傳輸過去，剩下的人則結成陣式，像包餃子餡般將孟汐包在中央。

孟汐看大勢不妙，嘿嘿一笑，陰陽怪氣道：「那個老不死好不偏心，將私藏的功夫全傳授給了這姓關的丫頭，待幾年後她兩腿一蹬，掌門之位自然也就落入了這丫頭的囊中。今日我順手替妳們清理門戶，妳們該感激我才是！」

孫苡君聽他惡語挑撥，不由怒極。

「本門弟子，無論對錯，總之容不得外人欺侮！」說著，劍光一閃，在孟汐臉上劃出一道血痕。「看在盟主的面上，今日且饒了你一條狗命。勞煩轉告貴掌門，玄月門寧為玉碎，不屑與爾等卑鄙小人為伍，快滾吧！」

孟汐舉手去摸臉，卻摸到了一手的血，不由得打了個寒噤。

「好……好啊！妳們這群臭婆娘，都給我記住了！來日方長，咱們走著瞧！」

待孟汐走遠，玄月門眾人才紛紛放下武器。

鈴與她們並肩站在一塊，突然有種微妙的錯覺，彷彿時光又倒回了她在武夷山的那段日子。

然而，這股感覺稍縱即逝。孫苡君趕跑了孟汐，隨即收劍，衝鈴一抱拳：「咱們此番乃是奉家師之令前來武牢關剿除妖匪，實不敢與赤燕崖的人有所瓜葛，姑娘還是自便吧。」

言下之意，就是要睜隻眼閉隻眼，放她走了。

鈴素來對玄月門懷有好感，也跟著還禮：「多謝各位師姊高抬貴手。」說完，一個轉身，沿著瀑布兩側突出的岩石縱身而上，幾道起落間，已消失在崖後。

瀑布的另一頭是座紅土崖，鈴剛落地，便見江離從竹林裡奔出。原來，她被關雲綺纏住，耽誤了不少時間，到頭來竟落到花月爻一行的後頭。

江離見她衣上沾了血跡，忙問：「和人交過手了？沒事吧？」

鈴簡單交代了剛才的經過，說完，將斷劍往地上隨手一扔，問：「有兵刃嗎？」

「唔，姑娘若不嫌棄，拿這個去用吧。」

霍清杭說著，遞去一柄長劍。劍柄的樣式古樸，劍鋒亮不刺目，一看就知是件難得的寶物。

原來，自從加入花月爻，霍清杭便一直跟隨木劍南習武，後又拜入無心老人門下，學習「雲極功」和「傾城百花劍法」，並承襲了師門的烏金寶劍。

鈴笑著搖手：「這麼好的東西，你還是留著防身吧。我借姊姊這把刀一使。」說完，從另一名花月爻弟子手裡接過一柄苗刀。

「可惜了，妳的刀……」江離得知了雪魄的結局，很是為它抱屈。

此地隱蔽，花月爻一行在阿泰和小五的幫忙下，很快在竹林邊搭起了一座簡易的醫寮。

雖說江離有言在先，要與鈴同進退，可在目睹了河谷的慘狀後，便也明白了，自己若繼續跟著，只會成為同伴的負擔。於是決定留守原地，和巴贊一同送眾人上路。

參

鈴翻過崖後便感知到了瀧兒的氣息，連忙加快腳步朝那兒奔去。

然而，又過片刻，前方的谷地裡驀地飄來陣陣煙霧，還伴隨著一股詭異的氣味。同行的柳仙兒和江離一樣，都是金烏神醫巫穎的徒弟，聞到此香，立刻拉住了木劍南，沉聲道：「別去！當心有詐！」鈴和霍清杭聞言也立刻停下來，不敢繼續前進。

只見柳仙兒伸手抹了把岩石上的落灰，湊到鼻尖嗅聞：「這是……九轉肌魂散！沒想到世間竟還有人懂得調配此方！」

「那是什麼？很要緊嗎？」木劍南問。

「江湖上流傳『九轉肌魂散』是種靈丹，能夠活死人，肉白骨。」

「不是毒藥就好。妳別大驚小怪地嚇唬人……」

「傻哥哥，此物比毒藥要可怕百倍，才不是唬人呢！」柳仙兒臉色一變，打斷對方的話。「當初我聽師父提起，還道她是在說笑呢！」

「別賣關子了！究竟有何不妥，趕緊說出來！」木劍南見表妹吞吞吐吐的模樣，急得跺腳。

柳仙兒回道：「此藥的其中一樣成分便是妖蝶身上的磷粉。若將死去多年的屍體泡在九轉肌魂散裡，置入丹爐，煉上七七四十九天，則得藥蠱，名喚『鬼魃』。這種妖怪身體沾著異味，力氣巨大，性情兇猛，受到術士的驅使，嗜殺成性……」。

此話一出，在場的眾人全都寒毛直豎。

另外，鈴從方才起就覺得周圍的空氣裡除了濃濃的硫磺味外，還漂浮著一股腐敗的酸氣，聽對方這麼一說，登時恍然大悟——那是死人的味道！

瀧兒向後踉蹌兩步，腸胃一陣抽筋。

他所站的地面是塊光禿禿的岩盤，周邊亂石磊磊，還有許多被黃符炸出的溝塹，寸草不生，唯能用「體無完膚」來形容。

對面的白髮道人舉掌劈下，來勢猶如平地滾雷，兇悍非常！他忙使出「沙尾」身法避開，但掌風貼著面門掃過，臉上仍感到一陣熱辣辣的疼痛。

就在此時，背後傳來一道犀利的聲音：「點他天樞穴！」瀧兒立刻會意，拔身急竄，一招「海燕鑽天」打了出去。

「天樞穴」屬於命門要穴，那老道怒髮衝冠，口中道：「好個不自量力的小雜種！」冷笑聲間，腳跟一旋，雙掌齊出。

兩者內功修為相去甚遠，下一刻，只聽「蓬」的一聲，瀧兒被震退數丈。

他扭頭咯出了一口血，面帶譏誚道：「老賊禿，你頂著個『高手』的帽子，欺世盜名了這麼多年，如今一腳都進棺材了，卻又巴巴地趕來給趙拓當狗，也不怕笑掉人家大牙？」

對面的青穹派掌門薛幽棲聽到此話，登時白鬚戟張，怒喝：「胡說八道！」

瀧兒又笑：「你生平幹過的腌臢事多得很，諒你也不敢一一承認！」

薛幽棲乃是武林中德高望重的耆老宗師，何曾受過這種頑童的氣？一時間，頭髮也散了，話也講不清了，脖子上的青筋狠狠一跳，隋龍劍寒光開屏，直往對方胸膛刺去。

「畜生，老夫今日就遂了你的願，咱們不死不休！」

原來，半個時辰前，一行人前腳剛到武牢關，後腳就被人流給沖散了。

瀧兒獨自展開雲雷步，在東一堆、西一堆的人群裡胡亂走著，忽然間抬眼望去，見一名手持折扇的青衣秀士站在山頂的洞穴前，面前圍滿了手持利劍的華服道人，帶頭的正是薛幽棲。

雖說青穹四劍已不復存在，但瀧兒仍對青穹派深惡痛絕。因此，當時的他幾乎是想都沒想便衝了上去。奔到近處，才發現那青衣秀士竟也是熟人——正是赤燕崖四大護法中的孔雀精，孔達！

兩人曾在江南的街頭打過一架，在彼此心中留下了極深刻的印象，如今乍然重逢，目光交會，雙方都是一怔。

孔達擅長用瞳術催眠敵人，周遭的人都不敢隨便接近他，只敢從外圍投擲符籙。

「哼，沒什麼好怕的！只要別跟他對上目光就行了！」

聽見有人這麼說，孔達唇畔浮起冷笑，隨即折扇一勾，指向對面一名青穹弟子。下一刻，那人身體一夾，手腳不由自主地舞動起來，不覺大驚。

「這……怎麼回事！」

「哼，看清楚點，除妖師。」孔達持扇的手一抖，露出五彩繽紛的扇面。那上頭豔麗的織紋像極了孔雀羽毛的紋路，更像是無數散發著惡意光芒的眼睛——這正是孔達的催眠術，「天羽花瞳」的厲害。

孔達操縱那名男子揮劍劈向同伴，轉眼間便砍翻了數人，直到薛幽棲將他拍昏在地，大喝：「快放煙幕！別自亂了陣腳！」眾弟子才重新排好陣列。

除妖師們手持火把，在洞外點燃了一圈火頭，烈焰沖天間，薛幽棲的首徒向敬沖從白煙中闖出，揮劍斬向孔達。

雙方你來我往，鬥了將近百招，向敬沖的「曲池穴」被折扇點中，右手手肘以下的登時癱軟。但他反應急速，將長劍切至左手，劍隨身走，順勢削向孔達膝蓋。

孔達的速度同樣快到了極致。隨著一記翻身，劍鋒貼著他足底平平掠過，而同時，他的扇子卻已指到了向敬沖頭頂。

眼看向敬沖就要天靈不保，薛幽棲出手了。他的劍矯若靈蛇，從匪夷所思的角度插進來，輕輕一碰就將折扇給磕開了。

向敬沖從鬼門關前撿回一命，胸口狂跳不已，出招的速度卻無絲毫減緩。師徒倆憑著幾十年累積的默契，合力使出青穹劍法，朝孔達夾攻。

這套劍法暗合五行八卦之道，曾經害得瀧兒吃過不少苦頭，如今再見，更是氣得牙根癢癢。相比之下，他與孔達之間的那點過節根本就算不了什麼。見對方漸落下風，瀧兒立即縱入戰圈，直接朝薛幽棲背後撲去！

薛幽棲的那群弟子就好像花瓶擺設一樣，個個狂呼急吼，卻沒有半個能攔住瀧兒。下一刻，「噌」的一響，薛幽棲的寶劍受到瀧兒掌力的波及，竟狠狠被震偏了！所謂「莫欺少年窮」大約就是這個意思吧——回身之際，薛幽棲不由得瞠大了眼。

他做夢也沒想到，自己當年派青穹四劍率眾殲滅青丘，那個從血海肉山裡爬出來的孩子，經過了多年的磨礪，不僅活了下來，還長成了足以與自己抗衡的對手！

而他們為了防範孔達的法術而放出的煙，此時卻成了瀧兒最好的掩護。只見他身形忽近忽退，忽左忽右，突然間，奪過一把長劍，朝薛幽棲攔腰斬去。

這一劍呼風挾雪掃至，正好解了孔達之危。可他卻半點也不領情，斥道：「蠢材！你來做什麼？」

瀧兒本來有點得意的，這下又惱羞成怒，回了句：「我來殺這老賊，干你何事！」

話剛說完，動作慢了半拍，左肩當即被向敬沖刺了一劍，血流如注。

孔達見狀，左眼眼皮霎時抽了一下，表情扭曲。

他望著面前的少年，忍不住又想起了自己那個不成材的徒弟。雖說小丫頭鬼心眼多得不像話，但小時候還是有幾分天真可愛的。尤其是當她從雙生崖取回滅蒙鳥蛋，將早膳端到案前，眨巴著眼，喊他「二叔」的時候。

倘若真讓這臭小子死在自己面前，未來恐怕就再也沒有這種待遇了……孔達想到此節，頰邊的肌肉不禁一搐。他懷著悲憤的心情，袖袍一捲，朝向敬沖兜頭罩落。

這招看似隨意，卻是一記極凌厲的殺手。薛幽棲見了大吃一驚，立馬放棄瀧兒那頭的攻擊，轉身來救。

瀧兒抬眼冷笑，乘機迴鋒疾掃。

像薛幽棲這樣的高手，後腦勺都跟長了眼睛似的，找不出破綻。但他萬沒想到，瀧兒不求傷敵，只求擾敵，劍鋒虛晃，居然一劍刺在他的髮簪上！

轉眼間，薛幽棲滿頭花髮給削去了一叢，露出光溜的頭皮來。

他氣得一佛出世、二佛生天，手下劍法大亂，師徒倆的劍陣登時破了！

向敬沖正與孔達比拼內力，少了薛幽棲的援助，立時向後摔出，「蓬」的一聲撞在岩角上。但孔達自己亦是內傷不淺，氣喘吁吁，只得順勢向後一坐，運起功來。

「小子，快走吧！別留在這白白送死！」他對瀧兒道。然而，瀧兒卻不肯走。只見他咬緊牙根，長劍揮起，面對薛幽棲緊迫的劍法，竟是寸步不讓！

此時的薛幽棲長髮披落，雙目發紅，乍看之下簡直要比女鬼還嚇人。他劍光抖出，一招間遍襲對手九大穴道。瀧兒目力雖好，卻也不能盡數閃開，瞬間又受了兩處創傷。孔達看得心驚肉跳，但他身體猶動彈不得，無法上前助陣。

又過數招，瀧兒處境愈發凶險，手忙腳亂間，只聽孔達道：「搶坎位，刺他左脅！」他這兩句話是用傳音入密的方式送入瀧兒耳中的。薛幽棲聽不見，瀧兒心頭卻是一震。他鼓起精神，領了個劍訣，寒光斬向敵人脅間，困境果然迎刃而解。

頓時，他感覺自己彷彿又回到了赤燕崖的地下水牢中。在無數個晝夜不分的日子裡，反覆琢磨著鈴教他的口訣，就好像鍛鍊著一把無形之刀，直到翻越千重屏障，隱隱觸摸到了體內塵封的力量。

眨眼間，大千宇宙、茫茫江湖都消失了，一直以來擱淺在他胸口的那點星星之火陡然燎原起來，從陰暗的囚籠裡破繭而出！

對瀧兒而言，自己不過是略施幻術，破解了敵人眼花繚亂的劍法罷了。然而，在薛幽棲眼裡，事情卻遠遠沒有這麼簡單。他看見瀧兒周身突然迸出無數幽藍色的火焰，一股腦兒朝自己襲來，不由得大駭。

然而，就在他祭出一疊赤色符籙，正打算出手時，耳邊卻突然響起驚恐的叫聲。那聲音尖銳慘厲，宛若凌遲，瀧兒和薛幽棲都是心頭一凜。轉頭望去，卻見一團黑影在人叢裡迅速穿插，忽而抓起一名青穹弟子，將他舉至半空。那人來不及反應，雙腳在空中胡亂踢蹬，倏爾，竟被活活撕成了兩半！

那怪物暴起暴落，頃刻間連殺數人，血肉橫飛的畫面看得瀧兒頭皮發麻。而對面的薛幽棲更是驚怒交集。他好歹是一派之首，怎能任由自己的門人遭受屠戮而坐視不管？事到如今，也只能拋下瀧兒和孔達，長劍一嘯，改朝那頭怪物刺去。

瀧兒也想去湊熱鬧，卻被孔達叫住了。

「快過來！別和他們纏和！」

話音未了，對面的山坡上又鑽出七、八隻蠕動的黑色怪物。他們的外型宛如巨大怪異的爬蟲，沒有五官，卻力大如牛。瀧兒剛踏出兩步，便看見一頭怪物朝自己爬來，連忙向後倒縱，躲進孔達所在的洞穴。

「這些瘋子，居然召喚了『魃』出來……」

孔達瞳孔地震，滿眼皆是鄙夷。說完，連忙出手將瀧兒拉到身後，施法在地上劃出一道線，將洞口用結界封閉。

可儘管如此，外頭的情形卻仍清楚地落入兩人眼底。

只見薛幽棲劍光縱橫，仗著隋龍劍的鋒銳，左挑右砍，很快衝出一條血路來。然而，像他這種一流高手，在眼下的亂局中，也僅能做到自保。其餘的青穹弟子沒有他武功了得，面對力大無窮的鬼怪，不出片刻便被殺得七零八落，不是血濺塵埃，便是轉身飛逃。

而薛幽棲在四隻鬼魃的圍攻之下，也漸感體力不支。

他大喝一聲，劍風如流矢甩出，將最近的一隻怪物開膛破肚。可黏液流了一地，怪物卻彷彿一點事也沒有，依舊毫不放鬆地朝他撲來。

轉眼間，薛幽棲的手腳分別被捉住，抬離地面。他連張口呼叫的機會都沒有，身軀便被撕成了四大塊，血氣沖天，慘不忍睹。

雖說兩者間有著不共戴天之仇，但瀧兒撞見這幕，內心卻感受不到絲毫的快意，只覺得噁心透頂，急忙別過臉去。

肆

同時，山坡另一頭的鈴卻突然豎起耳來——就在剛剛，她覺得自己彷彿聽到了二師父孔達的聲音。難不成是她幻聽了嗎？

想前去確認，腳尖剛離地，視線就被一道鋪天蓋地的黑影給遮住了。

據柳仙兒的說法，「魃」這種怪物乃是屍體煉化而成。他們擁有和饕餮一樣貪婪無盡的胃口，一旦被釋放出來，定要將面前的一切血肉生靈吞吃殆盡。阻止他們為禍世間的方法唯有一個，就是殺死驅使他們的術士。

可江湖上已經多年不曾出現過這樣的瘋子，因此一時之間，還真猜不出幕後黑手的身分。

沉吟間，又有一隻鬼魃撲來。鈴長刀一撇，將其攔腰斬半，視線順著斷肢飛起的方向望去，正好瞥見懸崖的對面停著一頂青呢軟轎。

轎子的四角分別懸吊著金鈴，中央坐著一名骨瘦如柴的金冠道人，渾身散發死氣，一副隨時要升仙而去的模樣。然而，那詭祕的笑容卻給鈴一種似曾相識的感覺。

她拼命搜刮著自己的記憶，一時卻想不起在哪見過對方，直到柳仙兒著急的聲音響起，才將她喚回現實。

只見少女雙肩抖瑟，一副快嚇哭出來的表情：「留下來只有死路一條，咱們還是趕緊走吧！」

一旁的木劍南卻還算鎮定。他抽出驅邪用的桃木劍，說道：「這些鬼東西怕水，咱們往河邊走，或許就能擺脫他們了。」

四人於是一路順著淙淙水聲，朝河的方向退去。

走到一半，柳仙兒忽然失聲尖叫起來。原來，她的長髮被身後追來的怪物給扯住了。鈴旋身揚足，踢中怪物的下頷。同時，木劍南一招「陌上花開」，卸掉了鬼魅的一條胳膊，二人合力，才將柳仙兒拖回陣內。但經過這番折騰，四人的劍陣霎時門戶洞開，霍清杭縮手不及，小臂被撕下一條皮肉來。

好不容易看見蜿蜒的河道，木劍南連忙拉著柳仙兒展開輕功，涉水而過，一路退至彼岸的台地。

緊跟在後的鈴將沾血的苗刀生硬地拖在身側，問霍清杭：「你聽見了嗎？」

「聽見什麼？」

談話被一陣幽幽的鈴聲打斷了，由遠至近，如泣如訴，活像在給死者招魂。更詭異的是，前一刻還四處爬竄，直欲嗜人的怪物，下一刻就跟受到召喚一樣，改朝北邊的竹林湧去了。

林中傳來金石交擊之響和男人的慘呼，鈴看見遠方那支搖搖欲墜的旗幟，心頭一緊，對霍清杭道：「你們先走吧，我去看看。」話一說完，便輕身縱起，一陣煙似地跑了。

竹林裡的旗號是屬於塗山派的。

鈴展開輕功，朝著北邊山崗直奔，不出片刻，果然看見幾道紫衣身影立於林間，正和鬼魅苦戰周旋。

她插身上前，一刀將最近的鬼魅捅了個對穿。一旁的塗山弟子撞見，轉身就跑。然而，才沒奔出幾步便被怪物逮個正著。只聽得「噗」的一聲，一條黑色的觸手插進那人的胸膛，如探囊取物，將沾滿熱血的心臟當場剜了出來。

這幅「活剝人心」的畫面實在太震撼，連鈴也愣住了。周圍的塗山弟子各個鬼哭狼嚎，唯有帶頭的青年還能勉強穩住神，喝道：「掌門有令，堅守山崗！」

鈴聽見「掌門」二字，心一凜，脫口問：「武正驊人呢？」

對方長劍斜擺，一臉警惕地看著她，正待回答，卻被後方突然出現的鬼魅狠狠攫倒。鈴冷不防被紅光濺了滿臉，忙向空中急閃。

她和雲琅使出「雀流火」，穿梭在混亂的戰場上，刀光在斑斑的竹葉間滾來滾去，有如櫻垂雨墜、水銀瀉地，足有盞茶功夫，才終於將十多隻鬼魅滅得乾乾淨淨。

這座山名為穿龍崗，乃是武牢關最高的一座山，地勢迂迴，路上盡是奇岩怪石。登上山頂一望，但見本來鬱鬱蔥蔥的草嶺被炸出一道深坑，遍地皆是泥灰。武正驊和兩名塗山弟子執劍守在坑前，朱紅色的劍光如龍騰蛟躍，看得鈴目眩心馳。

她所練的赤燕刀法本就是在塗山劍法的基礎上改編而來的。這卻是她頭一次見識到塗山劍法真正的威力，心中又是驚奇，又是熟悉，忍不住停在樹叢後，屏氣凝神地觀賞起來。

雙方狠狠廝殺在一塊，鬥到緊處，後方突然傳來詭異的鈴聲。

只見四隻直立行走的鬼魃扛著一頂軟轎，悠悠晃晃地朝著這走來。坐在轎上的正是鈴先前看過的那名枯瘦道人。

他居高臨下望著武正驊，笑說：「武正驊，我今日大殺群妖，乃是替天行道。你身為塗山之首，何故阻我去路？」

這一開口，鈴更是震驚無已。她終於靠著聲音認出了對方——此人正是薛幽棲的愛徒，青穹四劍中唯一的倖存者，駱展名！

青穹派本就以煉丹術聞名天下，就算真有弟子研製出了「九轉肌魂散」的祕方，也不足為奇。可她萬萬沒想到，駱展名受傷殘廢後，竟從此走上歧路，不但性情大變，甚至還為了向赤燕崖復仇，召喚出怪物，不分青紅皂白地濫殺一通，簡直就是瘋了！

對面的武正驊顯然也是這麼想的。

「豈有此理！」他怒斥。「就算奉司天台之令剿滅惡妖，卻也不能濫傷無辜！在這種地方施展禁術，是多麼危險的事！你是想連自己的同袍兄弟也一起殺光嗎？」

可對面的駱展名卻毫無愧色。他黑窟般的雙眼閃過一絲不屑，冷笑：「你當年在塗山召開群雄會時，便與赤燕崖的妖女沆瀣一氣，如今還敢訓我？我雖武功盡失，淪為廢人，可這些『魃』都是我用那些死不瞑目的兄弟們的屍魂煉出來的。他們等這一天已經等了好久了，早就等不及了……今日，凡是攔我路者，都得下地獄去！」

此話一出，他身邊的鬼魃紛紛發出狂躁的咆哮，朝武正驊等人襲來。

這批殭屍可比先前那些只曉得爬行吃人的怪物厲害多了。他們有著清楚的人形，有手有腳，漆黑的胳膊末端卻長著像螳螂一般鋒銳的鐮刃，轉眼便將三人團團圍住，雙方你來我往，鬥得難分難解。

武正驊三人分別站住北斗七星的「天璇」、「天樞」、「天機」位置，長劍舞得潑水不進。可隨著鬼魃數量越來越多，他那兩名弟子功力較淺，手上便有些支持不住了，臉上也不禁露怯。

鈴見狀，拔起苗刀，從後路抄近，直接一刀斬向駱展名，「嘩拉」一聲，將他乘坐的軟轎劈成兩半。

駱展名狼狽滾倒在地，尖叫：「——賤人！原來是妳！」

可沒等他說完，鈴的第二刀已經砍了下來。這招「火鳳」寒光四射，眼看就要斬下駱展名的半邊頭顱，卻被一股大力生生磕開了！

原來，周圍的鬼魃察覺主子有難，竟放棄了對武正驊等人的攻擊，轉而朝鈴蜂擁而來！殭屍的手勁大得不可思議。鈴的刀被壓得進退不得，發出令人肝顫的嗡吟。隨著兩隻鬼魃自左右同時撲到，她只得鬆開苗刀，骨碌地滾出。

後方的武正驊本想上來馳援。然而，鬼魃卻對他視而不見，只是一味的朝鈴猛攻。

不過這樣也好，鈴心想。當年，對方誤認自己是他女兒，已經捨身救過她一次了。如今，她實在不願再成為他的負累。

四周的風滾了起來。下一剎，雲琅的風刃以迅雷不及掩耳之勢斬斷了鬼魃的胳膊。鈴又朝後方的鬼魃發了一掌，這才騰出右手接住墜落的刀。刀光如遮，由下而上直接劈開了怪物的頭顱。但同時，她的小腿也被砍中了。

她痛得屏息，抬眼便撞見黑色的鐮刀正朝自己腦門劈來。千鈞一髮之際，抓起一把墨綠色的粉末甩了出去。

那東西不是別的，正是江離先前交給她的毒粉。鬼魃目不視物，嗅覺卻極為靈敏，碰上花月爻的祕製毒粉，果然本能地縮避。鈴趁機縱身翻出敵叢，來到武正驊身側。

她抹去唇角的血跡，心一橫道：「前輩，您不必顧慮我，趕緊闖出去吧！」

乍然重逢已是意外之喜，武正驊聽見這番話，不由得動容。他眼底流光一閃，朗聲道：「生則同生，死則共死，但求問心無愧，妳不必再說。」

當年，在天轅台的密道中，他曾親口答應鈴，不會傷害她赤燕崖的同伴。因此，塗山派雖響應了這次的滅妖行動，武正驊本人卻並未參與其中，直到聽說穿龍崗出現了不分派別，胡亂殺人的怪物，這才趕來阻止。

塗山劍法和赤燕刀法一個中正，一個刁鑽，但系出同源，每招每式皆有相互映證之處。因此，儘管是第一次在對方面前施展，兩人依舊配合得天衣無縫。

鬥到一半，對面的駱展名卻已趁機爬起。他手腳經脈俱斷，無法站立，便讓手下的一隻鬼魅將自己揹起。

他的目光掃過鈴和武正驊，眼底殺氣隱現，喃喃道：「好，都來了就最好！你們今日一個也跑不了！到時候，我會替你們好好收屍的！你們就是我不死團的一員！」

說到這，忽而仰天長笑。那些聽他號令的鬼魅頓時跟打了雞血似的，狂呼奔踏，整座山崗都在他們的腳下晃動。

旁邊的塗山弟子見狀，握劍的手不由得一抖，眼底盡是駭然：「……此人瘋了！簡直就是喪心病狂！」

鈴也豁出去了。她抬手召來雲琅，烈風如鞭子般向前甩出，將迎面而來的鬼魅當場梟首。且這次的氣流並未隨著招式老去而消散，反而越來越強，宛如一條呼嘯的巨龍，在她和塗山派諸人的周圍形成堅不可摧的屏障。任何事物想跨越雷池，都會被大風撕得粉碎。

兩名塗山弟子撿回一命，紛紛露出驚喜的表情。然而，武正驊的心卻彷彿被按在滾油裡熬著。

身為一派掌門，他很清楚，誰的功夫都不是娘胎裡練就的——一個弱質少女，到底得吃進多少苦頭，歷經多少磨難，才能達到這般修為境界？

花開惡壞，總是格外鮮麗奪目；一如暗夜裡的火光，看得人心震顫。

果然，這招「風龍」對內力的耗損顯然極大，不出多久，鈴已是呼吸濁重，汗如雨下。

事到如今，武正驊卻反而釋然了。他早已將自己的生死置之度外，只是一心護著鈴，想盡量讓她不受傷害罷了。

然而，就在風盾即將消散，眾人疲戰力竭之際，天空中突然飄來一縷清亮的琴聲，時高時低，盤旋往復，宛如雲山堆錦繡，斷雁叫西風。

鈴抬起頭，卻見周圍的怪物紛紛停下了攻擊的動作。

原來，音律除了寄託情感，也能使聞者心神紊亂，百脈賁張。尤其是聽在鬼魅這種邪物耳裡，更是猶如寒鐵刮骨，難以忍受。

隨著琴聲漸亮，許多色彩斑斕的毒蟲從土下鑽出來，開始啃食鬼魃的身體。駱展名見狀，不由大吃一驚。

而鈴碰上這千載難逢的機會，更是不會放過。此刻，她彷彿忘記了身上所有的疼痛，眼底只剩下千重刀影。她憑著自己身小量輕的優勢，踩住一支戳地的長矛，足尖稍點，整個飛身外竄，片葉不沾身地掠至駱展名面前，將對方踹倒在地。

駱展名大喊一聲，從袖底甩出一排暗器，後又艱難地蠕動身軀，躲到最近的鬼魃身後。然而，鈴才不會放過他呢。說時遲那時快，她那把堪比破銅爛鐵的苗刀從鬼魃的後心戳出，「喀嚓」一聲，直挺挺地插入男子蒼白的胸膛。

那頭被貫穿的怪物似乎也預感到了自己大限將至，不斷地嘶吼咆哮，揮動鐮刀狀的手爪，直到駱展名瞳孔完全散開，這才頭朝下勾，徹底沒了動靜。

同時，四周那些鬼魃也如同雪片般倒落下去。整座山崗成了一片屍原，空氣裡翻騰著濃烈的腥氣。

雲層散去，金色的陽光照在青紅相間的草地上，格外刺目。鈴的眼前全是花花綠綠的重影。她費了好大一番力才將它們眨去，重新站起。

此時琴聲已歇，她滑下深坑，看見一名黑衣女子橫倒在地，正是薛薔。另外，她的身邊還躺著好幾隻碩大斑爛的蜈蚣，以及一把陳舊破爛的七弦琴。

鈴見那琴弦顏色變幻，散發出綢緞般的光澤，頓時恍然——原來方才彈琴助她消滅鬼魃的就是薛薔。對方急中生智，想到用韓君夜的青絲琴驅趕邪祟，果然成效卓著。

她忙蹲下身攙起對方，說：「別擔心，薔姨。我這就帶妳走！」

「不……」薛薔道，嘴角湧出鮮血。「我不能走。妳快趁現在離開……否則……再晚就來不及了！」

鈴聞言，身軀一顫。正欲答話，一陣刺耳的嗡吟聲突然打破沉寂。

頭頂的空氣突然出現一圈光芒耀眼的晶壁，如牢籠般落下，將她和薛薔緊緊罩住。隨後，深坑周圍驀地躍出八名頭戴面具，身披金色法袍的和尚。他們手結佛印，口裡喃喃誦咒，晶壁上的梵文頓時大放異彩。

「——阿彌陀佛！施主若再不束手就擒，那就莫怪老衲要教你嚐嚐這『雷峰伏魔陣』的厲害了！」

說這話的人聲音十分耳熟，鈴看見對方頭頂的戒疤，轉念便想起來了——他正是曾在國清寺見過的常力法師！

當初國清寺遭遇妖襲，寶剎被毀，以常力和惠難為首的一干僧人堅決反對妙因出任住持。為了此事，幾人不惜破門而出，與國清寺斷絕了往來，卻不想今日竟又在此現身！

「雷峰伏魔陣」乃是六大門中最厲害的法陣，專為囚禁法力高強的妖怪而創，外觀為一座佛光幻化而成的金色寶塔，雖無實體，卻能將妖魔的法力盡數收去，就連身為凡人的鈴，在眾僧的咒唸加持下，都無法從中脫困。

她的腦袋被這突如其來的變故震懵了，還未想出個子丑寅卯，卻見對面的山坡上走來一批浩浩蕩蕩的隊伍，正是趙拓等人！

且從對方一絲不苟的衣著看來，恐怕這一切都在他的計畫之中。先前，他並未參與戰鬥，而是躲在一旁看戲，直到時機成熟，這才粉墨登場。

而隨著六大門的殘部陸續趕到，整個穿龍崗一下子熱鬧了起來。

趙拓望著陷阱之中的獵物，嘴角慢慢彎起一道微笑。

「赤梟，妳勾結妖佞，寇擾良民，罪無可恕，眼下已無路可逃。不過……只要妳肯交出《白陵辭》，認罪伏誅，貧道願向朝廷進言，饒妳那些做亂的逆黨不死。否則生靈塗炭，恐怕會有損妳下一世的陰德。」

靈淵閣主余姚身邊盤踞著金麟巨龍和象齒玄龜兩隻威風凜凜的靈獸，視線在趙拓與薛薔之間徘徊，滿眼震驚：「這妖女就是那魔頭？」

鈴正想答話，卻被薛薔搶了話頭。

「不錯！」她推開鈴，朝著坑外的眾除妖師昂首冷笑。「赤燕崖首領赤梟在此，不要命的儘管上來領死！」

今日的她褪去了仙氣飄飄的白裙，換上墨色大氅，渾身散發出狠戾決絕的煞氣，果然有顛覆天下的魔女氣勢。

趙拓見狀，雙眼瞇起：「好……既然如此，咱們今日就來做個了斷！」說完，轉而朝鈴肅容一拜：「姑娘當年的不殺之恩，趙某絕不敢忘。可如今，貧道忝任武林盟主，不得不秉公辦事，以安江湖人心，只好得罪了。」

他話說的謙遜，實則充滿諷刺，那副嘴臉實在讓鈴噁心。

「趙盟主好記性。」她冷笑。「連我這個無名之輩都認出來了，那敢問，您是否還記得二十年前在河桑部落明媒正娶的嬌妻啊？」

伍

趙拓聞言，臉色霎變。

「妖女休得胡言辱我！」

天道門弟子紛紛拔劍出鞘，朝鈴怒目而視。柳露禪和余姚等人卻大感驚奇。

趙拓留意到他們的目光，面上微微發燙，心裡更是大感不祥。他雖不曉得對方是如何得知自己和容蓴部落之間的糾葛，但凡是知曉內情的人，一個也留不得！

想到此節，眉宇間登時殺氣大盛。他扣住一發毒菱，朝鈴甩袖射去！

在場誰也沒料到趙拓會下手這麼狠、這麼快，就連國清八僧也來不及反應，齊齊發出驚呼。

然而，卻有一道飛影來得更快，頃刻間便出指挾住了毒菱！

鈴盯著那道高大寬厚的背影，不覺一怔：「長孫大叔？」

長孫岳毅四個字像雷火符般在人群間炸開。而他本人則是緩緩摘下臉上的鐵面具，沉聲一嗤：「以多欺少，以男霸女，這便是當今六大門的規矩？」

這一刻，鈴環顧眾人的表情，首次體會到何謂「叱吒風雲」。

她並非生在那個群星璀璨的年代，所有故事對她而言皆是遙遠的傳說。然而，時過境遷二十年，光靠名號就能震懾住三大門派的掌門，足見當年縱橫江湖的玉風俠是何等的風頭無兩。

可趙拓畢竟城府深沉，很快便反應過來，冷冷道：「玉風俠十八年前便已絕跡江湖，至今杳無音信。閣下是何人，竟敢假充名號，在此妖言惑眾？」

長孫岳毅長眉軒起，正欲發作，一道不冷不熱的聲音卻插了進來。

「趙盟主，你稱他是冒名頂替，那麼我呢？」

眾目睽睽間，又有一人踏著輕功飄然而至，容貌清癯，燕頷虎鬚，手執羽扇，正是夏家莊主夏空磊。

另外，他身後還跟著一男一女。那婦人以青紗覆面，旁人看不清其美醜，趙拓陰鷙的目光一下子便掠過她，落到了隔壁的葉超身上。

「——逆徒！你還有臉回來？」

葉超看著怒氣勃發的趙拓，就好像看著一隻落水的野狗，面無表情。

「到底誰才是叛逆，待真相大白後，自然會有公斷。趙拓，你勾結突厥，構陷塗山掌門，幹了這麼多傷天害理的勾當，還敢在事後竊居盟主寶座，是當天下英雄都瞎了眼嗎？」

趙拓眼底閃過一絲詫異，表面卻不動聲色：「欲加之罪，何患無辭？你說的這些都是無稽之言！無憑無據，以為唬得住本座嗎？」

「大盟主稍安，我這不是替你把證人給帶來了嗎？」夏空磊笑。

言罷，隔壁那蒙面女子施施然越眾而出。只見她輕手輕腳地摘去頭上的面紗，露出一張素面朝天的容顏，雖稱不上容顏秀麗，卻也是恬淡如菊。

「這位藍夫人曾是塗山掌門韓君夜的元配髮妻，想必諸位都是認得的吧？」

夏空磊話一出，滿座皆驚。然而，藍敏卻恍若未聞。她幽幽若若的目光直接越過趙拓，落在薛薔手邊那把繫著青絲的古琴上。

所謂睹物思人，此刻的她眼前一花，竟彷彿看見了韓君夜就站在那裡，一襲颯氣紫袍英氣非凡，眼裡全是沉沉笑意，回眸喊她一聲：「敏妹。」剎那間，數十年來的溫存和苦澀全都湧上心頭，不由得低頭掩面，淚水傾湧而出。

當初在白鹿谷，藍敏被葉超找到時，也是這副楚楚可憐的神態，看見夏空磊和長孫岳毅突然出現，甚至還想橫刀自刎，幸好被夏空磊即時攔住了。他輕易便奪下了她手裡的剪刀，擲到一旁：「嫂子，妳這麼做又是何苦呢？我們今日前來，不是為了尋妳麻煩，只想和妳好好談談。」

「我是個死人了，有什麼好談的？」藍敏喘息道。

夏空磊眉間一緊，正待回答，卻被長孫岳毅搶白了。

「妳居然是花月爻的人？誰派妳來的？這麼多年，妳隱藏身分，潛伏在塗山，圖的是什麼？」

藍敏被他橫眉豎目的樣子嚇到了，身子縮了縮，撞上後方的牆角。

「不……我不是……」

「妳若不是花月爻的人，當年是如何逃離塗山的？如今又怎會恰好出現在這？」

面對接二連三的質問，藍敏面如死灰。

「我是崔家人，是崔掌門讓我跟著姑娘的。」

「崔玄微？」夏空磊眉棱猛地一跳。

「是。崔掌門是韓……是『她』的師父。他瞧我手腳伶俐，又懂得伺候人，便遣我去做姑娘的貼身婢女，可誰知……」藍敏話鋒一頓，忽而冷笑起來。「當年，我落在他們手裡，如今又落在你們手裡。我想，這就是報應不爽吧……」

「所以，妳打從一開始便知君夜是女兒身？」夏空磊問。

藍敏點了點頭，如釋重負。

「這件事，掌門吩咐絕不能外傳，即使是在塗山，也只有我和他，以及武師兄和幾位師伯知道而已。姑娘需要女扮男裝，掌門就派我去花月爻學習易容之術，好助她瞞天過海。」

夏空磊「嗯」了一聲：「難怪這些年，此事能隱藏得這麼好。如此說來，妳倒是有功之人呢。」

「是嗎？」藍敏望向窗外，殘破地笑了。

長孫岳毅看了看藍敏，又看了看夏空磊，濃眉擰成一道結，眼神裡滿是疑問。反倒是對面的葉超，露出了若有所悟的表情。

「是妳。」他喃喃道。「十八年前在司天台的那晚，韓大俠之所以失手被擒，是由於有人事先在她身上下了藥。能做到這點的只有妳，她的妻子。」

「妻子？」藍敏慘然一笑。「我不過是她的婢女，她豢養的一隻寵物罷了。為了門派的榮耀，為了成全她天下第一的美夢，我犧牲了一切，可她又是如何報答我的？」

「所以妳就和趙拓合謀，除掉自己的丈夫。」長孫岳毅說著，鼻翼翕動，表情微微扭曲。「世上怎會有妳這樣的毒婦？」

「我沒想過要殺她！我只是想拿回屬於我的人生！我不想再任人擺布了！」藍敏嗓音斷裂，淚如雨下。「你們浪跡江湖，無拘無束，何嘗明白寄人籬下，受人囚禁的滋味？掌門夫人又如何？在眾人眼裡，我不過是一枚棋子，呼之即來，揮之即去，從沒有人關心過我想要什麼！我每晚都坐在窗邊，數著天上的星星，祈求這樣的日子能夠儘早結束……或許，佛祖真的聽見了我的願望吧……」

葉超望著藍敏那雙淚光瑩瑩的眸子，背脊攀上一股寒意——這些話，她到底在心裡憋了多少年？

「於是，司天台之變後，妳就使用易容術避開眾人耳目，躲到了這裡？」

「我從沒想過會是這般結果……趙拓對我說，他們不過是想讓君夜吃點苦頭，叫她主動放棄掌門的位置罷了。當我聽聞消息時，真的嚇壞了……我怕有人查出此事與我有關，便偷了匹馬，連夜逃下山去。但我一名孤弱女子，舉目無親，又不會武功，還能去哪？若非昔年同在花月爻學藝的姐妹中，有幾位還肯故念舊情，將我收留，我此時恐怕早已不在人世了。」說到這，長出了一口氣。「沒想到，一晃十多年過去，還是被你們給發覺了。」

「妳藏得很好。」夏空磊苦笑。「若不是妳在家書上寫下那首詩，我絕對猜不到妳和花月爻有瓜葛。」

藍敏愕然：「什麼詩？」

「李白的《春思》。當時妳走得匆忙，來不及將一些私人物品給帶走，遺留的信件中就有這麼一首詩。」

「此詩有什麼不對嗎？」葉超問。

「問題不在於內容，而在於信本身。」夏空磊說著，從懷裡取出一張泛黃的紙箋。「花月爻尊南宮瑤為創教仙姑，成員間以暗號相互聯繫，其中一個常用的暗號便是『斷腸』。」他指著信上的筆跡。「若我猜得不錯，每當寫到這兩字時，妳都會自動省去兩筆吧？」

藍敏呆呆地盯著紙上的字，整個人陷入了恍惚，良久方回過神。

「是的……因為『斷腸』是仙姑的表字，也是教中眾姐妹聯絡的記號，所以我們從小便是這麼寫的……我竟沒有察覺……」

「妳身上雖沒有花月爻的紋身，可無形的烙印卻是抹不去的。」

「你就是靠這點找到了我？」

「夏某從前和貴教教主姬雪天有幾分交情，我寫信向她稟明緣由，她看在我的薄面上，也肯將當年之事透露一二。據她所說，妳曾是她師父『千面狐』沈端章的關門弟子。沈女俠創立老枯壇，還在白鹿谷隱居多年，這是江湖上許多人都知道的事，並不難打聽。」

「原來如此……」藍敏悵然一笑。「二弟，我可真是服了你。」

「嫂子過獎了。」夏空磊泰然自若道。「可在下還有一事不明。妳素來沉穩細心，又隱忍了這麼多年，怎會禁不住趙拓的一時挑撥，做出這等莽撞事來？」

藍敏聞言，臉上的血色褪得一乾二淨。她緊緊咬住下唇，終究忍不住爆發出來。

「——都怪她不好！她和武師兄……他們之間有私情就算了，可偏偏還有了孩子。某天深夜，我偷聽到他倆談起此事，並說孩子生下來後可以交由我扶養，這樣就沒有人會起疑……她在這世上什麼都有了，連孩子都有了，可我卻連愛人與被愛的權利都沒有，未免也太不公平！」

平日裡，這種男女間的祕事是絕不能宣之於口的，就連葉超聽了都不禁一呆，長孫岳毅更是面紅耳赤，啐道：「哪來的一派胡言！」

但事到如今，藍敏似乎已將恐懼拋諸腦後。她攏了攏鬢髮，目光裡氳了一絲水氣，幽幽道：「從前我傻，還當她是朋友，後來才發現，我只不過是她的附庸罷了，我們之間根本不可能互相理解。那太難了……」

太難了……

一晃眼，半個月過去了，這三個字依舊縈繞在葉超耳邊，教他心悸。

然而，當他將思緒從回憶裡拔出，看向站在眾人之前的藍敏時，卻猛然意識到，她已非當初那個柔弱委頓的女子了。

此刻的她素衣青裙，像個嚴裝齊整的將軍，一心奔赴屬於她的戰場。一開口，字字脆生：「十八年前，趙拓曾與一位化名蘇穆河的突厥人有密信往來。當時，他已是天道掌門，兩人忌憚韓君夜在武林中的聲望，計畫將她除去，並將《白陵辭》獻予突厥。趙拓雖不知曉君夜是女兒身，卻看出了我倆之間已生嫌隙，於是買通了我身邊的一名隨從，讓他給我傳遞消息，要我在君夜前往司天台的那晚用藥將她迷倒。」

「君夜離家前，我給她縫製了一個隨身的香囊，裡頭摻入了特殊的香粉。這種香平時對人體無損，可一旦遇上了檀香，兩者混合，就會形成一種極厲害的毒藥，名為『碧海生塵』。這種毒能使人四肢無力，經脈滯行，越是內力深厚的高手，毒性就蔓延得越快。這麼一來，趙拓和張迅騎就能趁機將她制服，並將殺死朱松邈和盜竊《白陵辭》的罪名安在她頭上，讓她背負汙名，從此不得翻身！」

眾人聽了她的這番陳詞，都不禁瞠目結舌，唯有趙拓始終面沉如水。

「夏莊主，你指使這妖婦誣陷貧道，究竟是何居心？」他高聲責問。「且不論她身分可疑，即使她真是謀害韓掌門的罪魁，她的話又怎可輕信？她畏罪潛逃，藏匿了整整十八年，如今又怎肯出面說明真相？豈不是自投羅網？」

這話，別人聽著不覺有異，可對鈴來說，卻宛如一記醒鐘。多年的謎團，驟然煙消雲散。

此前，她總是疑惑，為何師父活著的時候對藍敏的事絕口不提，臨終前還特意交代雪老用「引夢畫屏」誤導自己，企圖讓她以為藍敏已死。直到此刻，方才想通。

因為事情一旦查下去，藍敏的罪行就藏不住了。香囊的事，即使別人沒發現，這些年，韓君夜自己又怎會不知？換言之，她明知藍敏受趙拓挑唆，背叛自己，卻仍執意要包庇對方！

交代完一切的藍敏，神情反倒變得淡定自若。

只見她蒼白的唇角挑起一抹自嘲的笑：「我本想將這一切爛在肚子裡，可這位小俠的話點醒了我。」她指葉超。「他說，無論從前犯了多大的過錯，總是解鈴還需繫鈴人。我想了想，覺得這樣也很好……反正我今生的罪孽已經洗不清了，與其繼續過著擔驚受怕的日子，還不如一了百了！」

四周風聲微蕩。藍敏的話在眾人心頭盤旋，這一剎，所有的血腥殺戮彷彿都變得遙遠，只餘一片死寂。

直到夏空磊開口，沉默方被打破。

「趙掌門，你既已無話可駁，何不早日回頭？」

趙拓眼角掠過凜光，作勢揮劍刺向夏空磊，實際上卻是衝著藍敏而去。好在葉超從方才起就緊緊站在她身邊，水無劍毫不猶豫地出鞘，「噹」的一聲，將這招給拆了。驚險的交鋒發生在兔起鶻落間，站得稍遠的人甚至沒來得及看清發生了何事，只聽見趙拓冷笑連連：「好小子，你果然偷學了慎獨劍法！」

「慎獨劍法旨在胸懷坦蕩。你勾結外寇、殘害同門、欺世盜名，沒有資格執掌門戶，更沒有資格傳承此劍！」

葉超字字清晰，趙拓仰天大笑。

「好啊，葉大俠！數月不見，你確實精進了不少。可惜，想在江湖上出頭，可不能光靠打嘴仗。正好今日天下英雄皆在，咱們就來切磋切磋，瞧瞧究竟誰技高一籌！」

鈴聞言，心裡「咯噔」一下，急道：「別聽他的！」

然而，此刻的她被困在雷峰伏魔陣中，無法上前阻攔，只能眼睜睜看著葉超一步步朝著趙拓走近。

陸

不知不覺，太陽已落至山腰。歸鳥被寒鐵的鏗鏘驚飛，撞進一片暮色裡。趙拓和葉超隔著血海屍山對峙，風中滿是山雨欲來的殺意。

自從六大門和赤燕崖開戰以來，每日都上演著激烈殘酷的對決，可從沒有一場勝負這般引人注目。

趙拓和葉超兩人實力相差懸殊，還是同門師姪伯的關係。堂堂武林盟主竟向一位名不見經傳的少年發起挑戰，更是教人匪夷所思。但從趙拓的種種表現看來，分明是將對方視為了生平勁敵。眾人見狀，也不禁對葉超投以側目。

只見他手中一把窄刃的青鋼劍，劍身如碧水橫波般滑了出去，瞬間接過敵人凌厲的劍招，占據了下首位置。

此時，雙方已徹底屏棄了武林中長幼切磋的規矩，三招過後，趙拓更是越攻越緊，施的全是奪人性命的殺手招數。葉超呼吸見亂，只能仗著輕功東躲西閃，兜圈遊鬥。

這本是一場沒什麼懸念的比武，可不知為何，卻看得人異常緊張。

半炷香後，圍觀的高手中有人漸漸瞧出不對了。只見葉超雖然身處下風，卻始終將前庭守得潑水不進，若論劍招精妙，似乎還在趙拓之上。

另外，兩者的劍路雖截然不同，卻隱隱有相互牽制的地方，每當趙拓蓄勢而發的內力碰上葉超的劍鋒，就彷彿水滴入海，消逝得無影無蹤，柳露禪和余姚瞧在眼裡，都不禁嘖嘖稱奇。

原來，這便是慎獨劍法的獨到妙處——陽卷鋒芒畢露，陰卷大巧若拙，兩者相互配合則威力無窮，相互戕害時，陰卷卻能夠將陽卷的招式一一破解。

天道門的創派祖師紀純陽當初就是怕徒子徒孫中，有人心術不正，仗著武功高強，禍亂武林，才決定將兩部慎獨劍法分別傳予不同人，並規定弟子間不得相互學習，否則廢黜武功，逐出門牆。

多年來，陽卷一直由掌門人代代承襲，陰卷一脈卻始終獨善潛修，不曾現跡江湖，以致到今日，竟無人識得了。

葉超雖新學不久，可天資出眾，又經歷了和蘇必勒之間的死鬥，實力相較幾個月前，早已不可同日而語。

寒光捲處，只見他右肩微動，長劍斜掃而出，指向對方肘端的「曲池穴」。

趙拓一招「中州風雨」尚未使老，卻已被對方搶先指住了破綻，不由得驚怒交集。

下瞬，他手中劍芒大漲，將葉超整個人從頭到腳緊緊罩住。

葉超心下一凜，立即圈轉劍鋒，從肘底穿出，切向趙拓脈門。

此乃圍魏救趙之計，若對方去勢不改，雖能在他身上捅個透明窟窿，但自己也必受斷腕之辱。趙拓向來瞧不起葉超，不甘與他同歸於盡，一見血珠沁出，當即縮回手臂。

這一來一往中包含了許多巧妙，可多數看眾根本不明就理。他們只見葉超將水無劍舞得流光洩幻，不僅震偏了趙拓的劍，還割傷了他的手腕，各個大驚。

趙拓頭一次見識到下半部慎獨劍法的威力，也不禁微微心悸。

他想到邱道甄自從得了這半部祕笈後便一直隱居山林，擺出一副不理紅塵的姿態，就忍不住怒火中燒——若非他真的以為對方庸懦無能，又豈會容忍他在自己的眼皮底下苟活這麼多年？

如今想來，未能及早將這對狡詐的師徒斬草除根，實在是大大的失策！

思緒一拐，長劍驀地橫出，以蒼龍入海之勢朝對方天靈劈下，正是曲松劍法中的「凋風」！

葉超被這劍震得連退三步，虎口發麻。

他將「風行草偃」、「棄惡從德」、「青梅煮酒」等招式一一使將出來，以慢打快，在對手密不透風的劍影裡尋找反擊的機會。

但此時的趙拓已經不再使用慎獨劍法，而是改採本門的曲松劍法。兩人的真實武功相差甚遠，趙拓內力陡發，青光掠處，葉超的手臂和腰脅各中了一劍，登時鮮血長流。

鈴在一旁連大氣也不敢出，想上前助陣，偏偏腳下又動彈不得。

她靈機一動，叫道：「趙拓！你難道不記得察兒坦了嗎？她可是你的糟糠妻啊！」

趙拓聽得心裡「咯噔」一下，長劍去得更急了。

鈴又道：「當年，你被你師兄楊元嘯暗算，中毒受傷，流落在外，容蕁族好心收留你，你卻與突厥葉護木朗密謀背叛他們，害得他們全族遭滅。你以為這種醜事能藏一輩子嗎？察兒坦若不是愛上了你，又怎會落得如此悲涼的結局？這些年，你心裡對她難道就沒有半分愧疚？」

「噹」一聲，葉超一招「陽春白雪」絞開了敵人的快劍，跟著還了一劍。

趙拓嘴角肌肉緊繃，眼神射出一股子寒氣。

若換做別人，只怕早已瑟瑟發抖，可鈴卻笑得月白風輕。她的聲音不高，但咬字清晰，足以傳入在場所有人的耳裡。

「都說英雄難過美人關，容蕁公主傾世紅顏，和趙盟主也算是一對璧人。當年，她對你悉心照料，你們夫妻之間也曾有過一段溫存的時光吧？」她瞎說一通，不過是為了讓對方分心，但從趙拓的表情看來，竟是猜了個八九不離十。

「公主愛了你一輩子，你卻害得她家破人亡，就不怕報應嗎？哼，就算你如願以償，當上了武林至尊，只怕也是夜夜夢魂難安吧……午夜夢迴，故人問起當年之事，你該如何作答？」

字字誅心，激得趙拓背後發寒。下一刻，他手裡的寶劍發出「嗡」的一聲，如流星般轉了個弧角，轉眼已穿過光牢的縫隙，遞到了鈐面前！

葉超不得不咬牙逞一回英雄。只見他仗著上乘輕功，腳一點地便插到了兩人之間，右手挺劍，左手引鞘，兩者合成一股四兩撥千斤之力，正好將趙拓的劍鋒截個正著。

趙拓瞳孔一縮，喝了聲：「好小子！」刷刷刷三劍連環，似左忽右，如雲湧風翻。葉超身形一矮，從劍底掠了出去，可說時遲，那時快，頭皮仍被削去了一塊。

他身子在泥地裡滾了兩圈，還沒站穩便覺著臉上有勁風刮過，一顆心不由提到了嗓子眼。

此番，他當著眾人面揭穿趙拓的陰謀，本就是抱著必死的覺悟，可事到臨頭，內心還是忍不住發顫。

趙拓長劍掄圓，「呼」的劈來，他背心撞上岩角，已經無處可避，只有迎刃而上。雙劍相交，激起的沙石猶如漫天飛雪。

趙拓搶了上風，見到水無劍凌空飛起，心下大喜。但臉上才現出一絲得意的表情，轉眼便被襲現的勁風給壓了過去。

原來，葉超這劍不過是虛晃一招罷了，他不敢和對方硬碰，卻將所有力氣集中在左手的鞘上。

纏、引、撥、拐、帶——此刻，他彷彿還是天月論劍上，那個首次拿起劍捍衛家園的少年。面對比自己強出數倍的敵人，毫無猶豫地賭上自己的全部，將劍鞘快成了一道風……

這並非慎獨劍法的招數，而是這輩子他最熟練的，曲松劍法中的最後一式——「水竭」！

葉超劍鞘忽而一個盤旋，朝趙拓腰間砸去，雖沒傷及對方，卻迫得他不得不迴劍相救。這麼做乃是借力打力，兼以己之長攻敵之短。只聽得「鏘」的一聲，趙拓寶劍被撬中三寸處，登時脫手！

相較於旁人的愕然，葉超卻彷彿等待這一刻很久了。長劍剛飛出半尺，已被他反擒在手，劍鋒「唰」的一下回彈，指住趙拓前胸。

周圍頓時陷入震驚的死寂。就連趙拓都愣住了，隔了半晌才臉色大變，怒道：「好啊，你這忘恩負義的小畜生！覺得自己功夫成了，就可以目無尊長了？我從小看著你長大，還不知你是個什麼德性嗎？若你真有那個膽子，早就動手了，又何須等到今日？你師父也實在可憐，忍辱偷生這麼多年，卻養出了你這麼個沒出息的廢物！」

極端的厭惡和仇恨在葉超胸間翻滾。他臉色發白，視線死死釘在敵人身上。「就算我這次饒了你，你也不會好過的，趙拓。你的美夢到此為止了！」

趙拓吊起眼，環視周圍的人群。當中不光有他的親信、下屬，還有各大門派的成名英雄，以及花月爻、夏家莊等各色江湖人物。

從他們或懷疑、或恐懼、或憤怒的表情看來，多數都信了藍敏的那番話。這下，不僅他在司天台之變中扮演的角色昭然若揭，就連當年勾結突厥，背叛容蓴的惡行也全被抖了出來。尤其難堪的是，他身為六大門盟主，比武敗下陣來，卻連半個出面替他求情或者助威的人都沒有，只有鐵板般的沉默，縈繞在血腥的戰場上方。

反觀葉超那廂。不久前，他不過是天道門裡一個默默無籍的小輩。可如今，不但有了與自己一決勝負的勇氣，甚至還收穫了眾人的信任。不知何時，所有人都站到了他那邊。

在一片鴉雀無聲裡，趙拓嗅到了眾叛親離的危險。

「光憑一個妖女的片面之詞就想定我之罪，未免太草率了吧。」他強作鎮定地冷笑。「況且，十八年前也好，現如今也罷，我趙某這輩子做過的事，一件也不後悔！」

「貴人多忘事，那也不打緊。」夏空磊冷笑。「到了閻羅殿前，有的是時間讓你懺悔！」

趙拓頰邊肌肉一抽，沒有接茬，卻突然暴喝著朝葉超撲去，左手探出，勾他手腕，右手抓他前心。

這記空手入白刃極為厲害，兩人相距又近，待葉超反應過來時，衣領已被撕破。他身體向後猛傾，千鈞一髮之際，只得拋開劍柄，就地滾出。

忽然間，圈內土石飛揚，迷住了眾人眼目，原來是葉超臨危生出的計策。

他橫腿疾掃，揚起一陣飛沙，又靠著風聲辨認方位，閃過了對方的襲擊。可待到煙塵初散，還來不及起身，趙拓又是一掌朝他天靈拍來——這下若是挨得實了，怕是要腦漿迸裂！

「小心！」

長孫岳毅和夏空磊同時叫了起來，但兩人都離得太遠，根本來不及施救。

眼看躲不掉，葉超索性雙目一閉。

然而，接下來發生的事卻是誰也沒料到。只見後方的人叢裡驀地竄出一條黑影，對準趙拓的肩頭咬落，將他撲倒在地。

葉超睜眼便瞧見兩者扭打成一團，還以為是剛剛的鬼魃詐屍了，定睛一看才發現，那個「鬼」竟是個濃眉鷹目，面帶胡茬的青年。

「二師兄？」

此時的顧劭峰活像一隻被逼入絕境的野獸。他眼裡布滿了紅絲，右手緊緊攥著一塊尖石，拼命往趙拓頭頂砸去。

他雖然失了神智，武功卻沒忘記，力氣更是尤勝平時，趙拓被他五指牢牢掐住喉嚨，一時竟甩脫不掉。他望著徒弟的臉，雙目瞪得老大，幾乎要突出眶外。

「——你、你！」

原來，顧劭峰自從妻子難產死後便一直積鬱難平，再加上他練武時，腦中不斷迴盪著葉超臨別時對他說的那番話，久而久之，竟有了走火入魔的徵兆。

他性格剛毅，平時還能勉強按捺住情緒，直到方才目睹趙拓對葉超痛下毒手，這才終於忍無可忍。

只見兩人在地下激烈翻滾，你來我往，誰也不肯撒手，最後竟一路打到山邊，齊齊跌落溝谷之中。

穿龍崗的地勢算不上險峻，但至少也有數十丈高，等眾人趕到一看時，兩人早已摔成了肉泥。

柒

國清寺諸僧紛紛合十，口稱佛號。

「阿彌陀佛！」常力法師沉聲道。「世間諸災害，怖畏及眾生，悉由我執生。這位趙施主生前作惡多端，死亦不得善果，滿眼空花，終成一場虛幻，當真是罪過啊罪過……」

在場眾人聞言，皆感唏噓，唯有藍敏心中後怕不已，雙膝一軟，滑坐在地。

葉超想到顧劭峰為人忠直，卻因為追隨趙拓而誤入歧途，最後落得如此下場，也不禁眼眶發熱。

旁邊的長孫岳毅卻朝崖邊「呸」了一聲：「死得便宜了！」說完又瞟了眼周圍的群眾：「你們自己剛剛也聽見了，所有的事端都是由趙拓這賊廝挑起的，若是識相，就趕緊滾蛋，休要在這多管閒事，尋我鈴丫頭的晦氣！」

「阿彌陀佛！」常力垂眉。「老衲等人確實是受了趙拓的欺瞞，才會奉他為盟主。可一碼歸一碼。前些日子，眾妖燒我寶剎，害得敝寺諸位前輩高僧葬身火海，今日若不交代個清楚明白，如何說得過去？」

言下之意，是打算追究到底了。

長孫岳毅正要怒駁，卻被夏空磊截了話頭。

「法師稍安勿躁，」他淡淡道。「正如藍夫人所言，十八年前的司天台一案乃是趙拓與突厥賊子發起的陰謀。殺人盜書的乃是突厥人，而前些日子，毀壞七寶塔，放火燒國清寺的也是他們。諸位若是不信，可以看看這個。」說著從懷裡拿出一枚黑石權杖，高舉至面前。「此物刻有突厥王室的徽記，是從兇手的從屬身上搜到的。」

群豪一聽，面面相覷。

可除了夏空磊和長孫岳毅外，在場還有一個舊事的知情人，那便是武正驊。

如今他受了重傷，渾身是血，連站都站不穩了，卻仍在弟子的攙扶下蹣跚步出，攔在眾人身前。

「今日紛爭全因敝派隱瞞了師妹的身分而起。當年，她遵先師遺命，女扮男裝，繼承掌門之位，迎娶藍姑娘為妻。但眾所周知，她在執掌門戶期間，從未做過傷天害理之事！如今斯人已逝，還請諸君看在過往交情的份上寬諒她，也放過鈴姑娘！」

身為一派掌門，這樣低聲下氣地求情，實在是有損顏面。可在場眾人卻沒有一個笑得出來。人人心中都泛起了難以言喻的悲涼。

薛薔盯著武正驊，心想：「如今看來，此人也並非完全昧了良心。至少，他對鈴兒還是念著幾分情義的。」

她抬起手，溫柔地摸了把徒兒的臉，旋即起身，對眾人道：「武正驊說的是。趙拓既死，赤燕崖和六大門的仇怨今日就一筆勾銷，若想為死傷的同門報仇，儘管衝我來便是！」

然而，或許是因為武正驊橫擋在中間的緣故，又或許是因為薛薔的聲音透出一股不容輕辱的傲氣。話音既落，一時間竟無人上前。

過不多久，人群中傳來一陣暗啞的笑聲。眾人循聲望去，卻是柳露禪撫掌而笑。

「好啊！」她拄拐上前，說道。「這江湖上，處處都是戲台，你方唱罷我登場，好不精彩。老身看了一輩子的戲，台前台後，卻鮮少得見性情中人。玄月門此番前來，一是響應盟主號召，二是想親眼見證事情的結局。如今該看的都看了，該死的也都死了，戲既散了，留在這兒又有何趣？咱們走！」言罷，長袖一拂，當即率領弟子轉身離去。

然而，就在此時，前方卻突然竄出幾條身影攔路。孫苡君一看，怒極反笑：「好呀！又是你這討打的猢猻！」

原來，擋在一行人面前的竟是天道門的孟汐。他領著門中一幫殘存的餘黨，攔住玄月眾女的去路，沉著一張臉，陰惻惻道：「你們聯手設計，害死了盟主，還想一走了之？」

此話出，立刻有人嚷起來：「你們自己人殺了自己人，干我們屁事？」

「憑你的武功，也沒辦法追究吧？」

「再不滾，休怪我不客氣了！」

孟汐臉上青一陣，白一陣，額角青筋突突地跳，驀地獰笑起來：「是嗎？那就儘管試試看啊！」

話音落下，左右兩側的天道弟子立即上前，將手裡的火把朝地下一拋。

轉眼間，腳邊的引線被點燃，熊熊烈焰在黯淡的黃昏裡竄起，觸目驚心。

原來，趙拓事先早已命人在穿龍崗上埋了大量的火藥。這種「明火彈」乃是將雷火符加入硫磺和硝石，按照《太上聖祖煉丹祕訣》中的伏火礬法煉製而成，無論是功夫絕頂的大俠還是千年道行的狐狸，一旦被爆炸捲入，都是要腦袋開花的。

眼看火勢迅速蔓延，岩石在劇烈的搖晃中被炸得四分五裂，崗上的眾人也顧不得許多了，頃刻間作鳥獸散。

雖說國清八僧是趙拓找來助陣的幫手，卻也不知對方竟設下了如此毒計，不由得相顧變色。其中一人試圖躍起逃走，卻不慎被落石砸中頭顱，當場腦漿迸裂。

而隨著眾僧或死或逃，四周的地面也坍塌得越來越厲害。鈴像個即將溺亡的人，奮力拍打著四周的光牢，卻徒勞無功。

薛薔望著這一幕，眼神逐漸冷卻。

「沒用的。」她靜靜道。「雷峰伏魔陣是永久封禁的陣法，從沒有妖怪能從裡頭逃出去。」

鈴回頭，愕然望向對方：「那我們該怎麼辦？」

「傻丫頭，妳和我不一樣啊……」

四目相交的剎那，薛薔忽然笑了，均勻的呼吸灑在鈴耳邊，彷彿夏夜的微風將樹葉帶離枝椏。

「我本以為自己可以代替寨主照顧妳、輔佐妳，一直到妳長大。但或許，妳那小徒弟說得對，我們一直以來都太自以為是了。妳的未來，唯有妳自己有權決定……去吧，鈴，按照自己的心意活下去——別忘了，妳是赤燕的孩子，生來便該自由自在。」

鈴聽見這話，心裡驀地生出一股不祥的預感，就好像整座天空忽然暗了下來。

「……不！」她拼命搖頭，可還沒來得及多說半字，便感覺一股大力湧至，將她整個人遠遠拋出。

此時，失去眾僧加持的法陣已遠不及先前牢固。下個剎那，鈴竟被薛薔傾盡全力的一擊甩了出去，重重跌落地面，疼得腸子都打結了。耳邊盡是廝殺聲、劍鳴聲、慘叫聲，此起彼落，交織不絕。整個世界都在震動。

透過血色的紗幕，她看見四周都是燃燒的軀體，迎面撲來的焦味太過刺鼻，嗆得她幾乎暈厥。可在這團混亂間，卻有道纖細的身影，不顧一切地走向修羅場的中心。

是藍敏！只見她無視於周遭煉獄般的景象，青色的裙擺在風中輕顫，緩緩舒展開來，恰似一朵飄然涉水的芙蓉。

但最令人震驚的還是她臉上的神情。她彷彿等待這一刻已經很久了，即使衣衫著火，全身都被狂舞的火舌給包圍，嘴角仍噙著一抹夢囈般的微笑，腳下的步伐堅定無比。

鈴想追上去，卻被人從後方死死抱住了。她無論如何也掙不出那牢固的懷抱，只能眼睜睜看著藍敏和薛薔消失在熊熊烈焰中，直到一堆亂石落下，徹底遮蔽了她的視野。

隨後，她彷彿陷入了一座無底洞，手臂上的黃泉脈印如同活動的蟲子般，朝著心臟的方向迅速擴張。明明身處火海，她卻感覺血液深處藏著一塊冰，寒熱衝擊間，喉嚨湧上一股無法抑制的腥甜。

矇矓間，聽見有人用力呼喊著自己的名字。一轉頭，發現葉超正緊張地注視著自己。她想回應對方，但才一開口便墜入黑暗，失去了知覺。

第貳拾伍章、漁陽鼓

壹

鈴感覺自己乘著雲琅的清風，越飛越遠越高，小成了天際裡的一點塵埃。在夢境與現實的夾縫中，連時間也靜止了，四處皆是深不見底的黑暗。恐懼、孤獨、絕望等情緒席捲而來，針扎般的痛楚遍布每一寸肌膚。她無法呼吸，無法說話，只能眼睜睜看著深淵一點點將自己吞噬。

然而，就在她幾乎放棄的時候，一道聲音穿破混沌，重重地砸在她的心坎上。

「——鈴！妳這個混蛋……我不准妳死！聽見沒有！」

阿離？是阿離嗎？

「放心，妳給我的護身符，我一直帶著呢……」

她想開口安慰對方，身體卻不聽使喚。她就這樣獨自一人渾渾噩噩地在黑暗裡漂流，也不知過了多久，周遭終於逐漸變得光亮起來。

她睜開眼，看見稀碎的陽光從窗櫺間灑落，在床榻的盡頭印出白花花的疏影。如此安靜，彷彿還能聽見外頭雪化的聲音。

「妳醒啦？」

一道溫和的聲音將她喚回現實。

抬頭，只見面前端坐著一名裹著青色長袍的文弱男子，雙手捧著茶杯，正溫柔地凝睇著自己。他的雙眼雖被一層白布覆蓋，身上卻散發出淡淡的藥草味，給人一股溫暖的感覺。

鈴忙坐直起來：「柳叔？這是哪？您怎麼會在這？」

「別急。」柳浪安撫道。「這裡是夏家莊在洛陽城內的一處據點，絕對安全。妳整整睡了七天，一定餓壞了吧？」說著，將一盤點心推到對方面前。

但鈴根本沒心情吃東西。她愣愣地盯著柳浪，眼裡滿是不可置信：「七天？那……其他人呢？二叔他們去哪了？」

「早在幾天前，孫將軍便帶著寨子裡的婦孺撤離赤燕崖，前往西洲的空桑洞暫避。那裡的位置也很隱蔽，不怕被外人發現。妳不必擔憂。」

鈴心中一涼，緩緩道：「這麼說……你們一開始就打算好了？」

柳浪點頭：「穿龍崗一役本就是調虎離山之計。幾位護法大人親自出馬，就是希望徹底斷絕和六大門派之間的恩怨。雖然沒能一口氣瓦解敵人的勢力，但好歹也算是做了個了斷。從此以後，江湖上再無赤梟這號人物，妳亦不必再受這些往事侵擾。」

鈴聽到這，回憶逐漸漫上心頭。她想起穿龍崗上發生的種種，以及薔姨最後的叮囑，忍不住緊緊擁住被褥，眼淚奪眶而出。

聽見她哭泣的聲音，柳浪輕輕一嘆。

「逝者已矣，生者如斯。這些年，我一直在用藥壓制妳體內的毒性。這種療方最忌諱的就是情緒大起大落。那日在穿龍崗，妳就是因為心情過於激動，這才導致脈印反噬，險些送了性命。沒有人比我更了解被執念所困，不顧後果的下場。」頓了頓，抿出一絲苦笑。「別瞧我現下這副模樣，很久以前，我這雙手也是能操強弓，舞大刀的。那時的我滿腦子皆是與人爭強鬥勝的念頭，縱然功夫越練越深，卻在殺路上迷失了自己，終於走火入魔。若非寨主當年兩道青絲廢了我這對招子，我恐怕早就枯骨成灰了，哪還能坐在這兒與妳閒話家常？」

鈴雖知柳浪的雙眼是被韓君夜用青絲刺瞎的，卻從未聽對方主動提起自己的過往，不禁微微愣怔。尤其看見對方那孱弱的身形，以及喝茶時那慢條斯理的動作，實在很難想像，那樣一雙手上竟也沾著人命。

「您說……您從前是做什麼的？」

「陳年往事，不值一提。」柳浪說著，臉上閃過一絲隱痛。「妳只須知道，重情是妳的好處，亦會是妳的弱點……還是不要輕信於人的好。」

「不過，您怎麼沒跟大夥兒一起走？」

「我本以為自己這輩子都不會踏出赤燕崖了。」柳浪苦笑。「可既然出來了，就想再見妳一面。」

說罷，他從懷裡取出隨身的玉簫。那管子通體碧綠，散發出淡淡清光，還隱約可見淺紫色的暗紋纏繞，恰如一塊材質上佳的美玉。

柳浪雙手摩挲著竹管，蒼白的臉上浮現不捨的表情。

「此物乃我親手所製，也算是陪伴了我多年的老友。今日，就讓我再為妳吹奏一曲吧，就當作……留一個念想。」

說完，望向窗外灼灼盛放的白梅，順勢將簫擱至唇邊，輕輕吹起。

那聲音如古剎梵唱，碧海潮生，帶著難以言喻的寂寥和蕭索，每一道音都牢牢抓住人的心魄。怨憎會，愛別離，求不得……這個世上最苦最痛的滋味，全都在不絕如縷的潮聲間漫溢開來。鈴從沒聽過如此哀傷的調子，忍不住心下一揪。

「這是什麼曲子？」

「此謠甚是古老，流傳至今，已經鮮少有人記得了。從今往後，只怕要絕跡江湖了。」柳浪放下碧簫，幽幽的聲音彷彿從遙遠的天際傳來。「人們總說高山流水，知音難覓。但若日子都過得身不由己，就算有所謂的知音，終究也只是一場漫長的消磨罷了，哪還能吹出高山流水的情致？」

鈴盯著對方藏在白布後方的雙眼，不禁蹙眉。她隱約察覺到，今天的柳浪有些不大對勁。

「柳叔……」她低喚對方，聲音微頓。「在這之後，您還會回赤燕崖嗎？」

「我已經很多年沒回老家了，打算回去看望親人……」柳浪說著，擠出一絲苦笑。「說來好笑，牽掛了大半輩子，如今好不容易要回去了，心裡卻反而緊張起來。」

「您老家在哪啊？」鈴好奇。「要不要我讓雲琅送您一程？」

柳浪搖搖頭，正要回答，卻被一陣急促的腳步聲給打斷了。

下一刻，門簾一掀，一道白影從鈴眼前閃過。梅梅發出嚶嚀，一頭撲進她懷裡。

「少主，妳可總算醒了！真是嚇死我了！」

鈴見對方鼻尖發紅，一副可憐兮兮的模樣，伸手揉了揉她銀色的小腦袋：「好端端的，怎麼哭了？」

「還不都是因為妳的緣故。」外頭傳來一道熟悉的聲音。江離跟在梅梅身後走了進來。她坐下，雙手環抱胸前，瞪鈴一眼。「妳這傢伙，總是那麼不讓人省心。妳可知當日有多凶險？若不是柳郎中及時趕到，妳這條小命早就沒了。」

鈴正要說自己沒事，一抬頭，卻又瞥見兩人走進來，正是夏雨雪和葉超。

她看見葉超，心口一跳，飛快地撇開視線，對江離道：「快告訴我，當天在穿龍崗發生了什麼？六大門的人後來都去哪了？」

「哦，他們啊……」江離啜了口茶，換了副漠不關心的語氣，和鈴娓娓說起當天的事。

原來，趙拓死後，他的師弟孟汐引爆埋在地底的大批火藥，致使在場眾人被捲入爆炸，整座穿龍崗哀鴻遍野，夏莊主從洛陽城內的暗樁調來大批人手，花了三天三夜才將所有倖存者從亂石堆中救出。

來時意氣風發的六大門派落了個死傷慘重的下場，就連清點屍首時都難分彼此。且天道門倖存的弟子們怕遭其他門派報復，到了平地後，只要還能走路的，一夜間盡作鳥獸散。至於不能走的，要麼被同伴抬走，要麼被夏家莊的人撿了回來。

經過這次混亂，司天台轄下的中原武林元氣大傷，往後別說「討伐妖黨」，恐怕連自保都有困難了。

「武正驊本來想等妳醒來再走的，」江離道。「可他們門內還有急事，實在無法耽擱，只得率人先回塗山去了。他留了好些東西給妳，還請我代為轉達，往後妳隨時可以去塗山找他。」

「那他的傷？」

「已經無礙了。他也已辭去塗山掌門一職，由他的妻子公孫夏暫代。」

鈴聞言一怔：「可……塗山派不是規定女子不得出任掌門嗎？」

「門規又不是天條，改掉不就得了？」江離皺眉。「像咱們花月交就沒有這種莫名其妙的規矩。」

鈴想到那日在穿龍崗，武正韡為了保護自己，不惜與武林同道為敵，以至身受重傷，內心又是感動，又是慚愧。

「我有好多話還沒和他說清楚……」

「只要把身子養好，往後見面的機會還多著呢，何必急在一時呢？」夏雨雪安慰她。

「就是說啊。」江離正色一凜，從懷裡掏出一疊厚厚的筆記，攤在對方面前，其中每一頁都寫滿了密密麻麻的文字。「過去這段期間，我一直在花月交的書庫裡蒐集有關黃泉脈印的記錄，又從婆婆那裡得到了許多古老的配方。再加上這次和柳郎中討論出的結果，相信很快就能調製出解方來，就差一副藥引而已。」她抬頭望向對方，目光灼灼。「等妳的傷徹底好了，想去見誰都不是問題。我的醫術，妳總該信得過吧。」

「嗯。」

鈴聽到這，忍不住朝葉超斜目瞟去。

目光相觸，赫然發現，兩人分開的這一年多裡，對方似乎憔悴了不少，眉宇間褪去了少年的青澀，背上卻多了柄寒光內蘊的黑色長劍。

夏雨雪注意到她的視線，輕咳一聲，說：「時辰也不早了，我得去廚房看看晚膳備得如何了，就先回去囉。」說完起身告辭，還不忘拉上梅梅和江離。

梅梅聽說香積廚有好吃的點心，立刻兩眼放光，但江離卻一副心不甘情不願的模樣。直到柳浪表示自己也差不多該去給其他傷患熬藥了，她這才起身相扶。走到門口時，還不忘回頭瞪葉超，眼裡濃濃的警告意味。

門一關，屋裡只剩下鈴和葉超兩人，沉默驟然降臨。

眼見熟悉的目光近在咫尺，躲也躲不掉，鈴感到臉上一陣臊熱，但終於還是鼓起勇氣，問道：「去年秋天，我爽約沒去見你，你還怪我嗎？」

葉超見她低著頭紅著臉，像個犯錯的小孩，故意放下茶杯，挑起眉毛。

「妳說呢？」

「你當時真的去了？」

「當然去了。還盤桓了一月有餘，把盤纏花了個精光，最後被老闆亂棍打了出來……」

葉超將自己巧遇蘇必勒和武冬驥，結伴前往洛陽，差點在山神廟慘遭毒手的遭遇娓娓道來，說得很詳細，連自己被迫和蘇必勒同宿青樓的細節也沒漏掉，鈴聽著聽著，終於忍不住笑出聲來。

「還真像你會遇上的事。」

「妳還笑？」葉超臉一沉：「還不都是因為妳！」

「好嘛，我跟你道歉還不行嗎？」

「當然不行，妳可是積欠了我整整一個月的酒錢呢。這筆帳，將來總要和妳算清楚。」

「小氣！」

「反正妳一定又是跑去做了什麼危險的事了吧……」葉超接住扔來的枕頭，低低一嘆，聲音裡滿是苦澀：「我知道自己沒有資格要求妳凡事以我為重，但妳至少該給我一個解釋吧？」

鈴聽對方這麼一說，驀地眼圈一熱。她不敢再與葉超目光相對，索性整個人鑽進被窩，將棉被拉過頭頂。

「我真的不是故意要失約的……」

她將自己被四大護法軟禁在赤燕崖，好不容易逃出來，後又在長安遇見蘇穆河、安祿山的事全盤托出。葉超在旁靜靜聽著，並沒有太多的情緒，最後也只是抿嘴一笑：「還真像妳會遇上的事。」

當然，他曾因對方輕易犧牲他們之間的約定，感到非常難過。然而，經過這幾個月的波折，他發現自己已不如當初那麼介懷了。在目睹了那麼多的生離死別，驚心動魄之後，如今的他早已不復當初的少年意氣。歲月的沉澱和磋磨令他意識到，緣分二字，是如此的得來不易。

「妳出來吧，我不生氣了。」

鈴透過縫隙仔細觀察葉超的表情，在確認對方確實沒有動怒後，這才鬆口氣，從被裡鑽出來。

葉超頭一次見她如此戰戰兢兢，不由失笑：「真沒想到，顛覆六大門，擊垮司天台的大魔頭，竟也會哭著鬧彆扭？」

「你也別高興得太早！」鈴紅著臉啐道。「要搞清楚，你現在也不是名門正派的少俠了，而是大魔頭的同夥。」

「可妳的朋友江姑娘，似乎不大喜歡我呢。」葉超搔搔頭，有些無奈。

「她天生就是這種愛操心的性子，」鈴嘟囔。「再過些日子你就明白了。」

「不過，妳身邊有這樣真心為妳著想的朋友，我真的很高興。」葉超話鋒一轉。「江姑娘說得不錯，一切都會有辦法的。就算黃泉脈印現下真的無藥可解，還有以後啊。明年找不到還有後年，中原遍尋不著還有整個天下……江湖這麼廣闊，能人異士比比皆是，掘地三尺，總會掘出一條路來。反正人生如寄，就算求之不得，大不了將歲月虛擲，也遠遠勝過追求那些徒如繁星的功與名。」

葉超清澈的眼神比平時多了一份熱切，鈴感覺自己的心好像落入了熔爐裡。她不知該說什麼才好，低下頭，良久方道：「你就不會後悔？」

「就算後悔也來不及了。」葉超笑，在她額上輕輕落下一吻。「誰叫我看上妳了？」

「我……」

鈴猶豫了。從前的她最怕付出承諾，因為她明白，再強烈的情感都無法扭轉現實，無論是誰，在命運的面前都是微如草芥。然而，那日在穿龍崗目睹的一切，卻使她內心產生了動搖。

或許薔姨說得沒錯，她這輩子並非只能在刀光劍影中廝殺。她也有別的選擇。而這次，她想直面自己的感情。

她輕輕將頭靠在葉超肩膀上，喃喃道：「你記不記得，第一次到長安時，我們曾一起站在白鹿原上，眺望底下的萬家燈火？如果可以，我會把時間永遠停留在那一刻。」

「咱們來日方長，不必說這些……」葉超蹙眉澀聲道，卻被鈴打斷了

「我就要說！你不是一直想知道我的心意？」她仰頭看對方，一張臉漲得緋紅，目光卻流露出倔強。

葉超瞳孔一震，伸出手與對方緊緊相握。

「那妳答應我，等傷養好了，就跟我一起離開這裡。京城、江南、大漠，無論去哪都好……總之，咱們什麼都別管了！什麼門派、道義、輸贏，通通見鬼去……天要塌下來那就讓它塌唄！」

聽著對方這番話，鈴的腦中又浮現出層層疊疊的回憶。

「好。」她輕輕闔上眼，聲音含糊地應道。「就這麼辦吧。」

貳

鈴獨自望著窗外，心事滿懷，不覺沉沉睡去。再次醒來，已是次日晌午。她揉去眼中睡意，正欲起身，卻突然發現房裡不知何時竟多出了一個人！

定睛一瞧，那不速之客正是巴贊。他褪去了破舊髒汙的紅袍，換上了乾淨的青衫白襪，臉上的鬍茬也全剃光了，腰間束著皮革腰帶，掛著小刀、打火石等物品，看上去精神抖擻，簡直就跟變了個人似的。見鈴坐起，二話不說便跪了下去，朝她「碰碰碰」連磕了三個響頭。

「多謝恩人，為公主報了血海深仇！」說到激動處，又要叩頭下拜，卻被鈴攔住了。

「前輩快快請起，我怎麼敢當……況且，趙拓也不是我殺的。」

「那衣冠禽獸最是注重顏面，毀了他的千古名聲要比殺了他更令他難受百倍！」巴贊說著，翠綠的眸裡閃過一絲凜然快意。「為了懲罰自己當年犯下的錯誤，我曾對沙瑟起誓，這輩子再也不打鐵造具了。但無奈，老朽平生所學僅此一技，此恩不報，實在於心不安。」說著，從懷裡掏出一只漆木盒，鄭重地擺在鈴面前。

盒子開啟的瞬間，鈴的目光徹底凝住了。只見裡頭躺著一把小臂長的銀刀，刀身流亮皎潔，如黑夜中的飛星、迎風盛開的白雪。

那是雪魄！

雪魄刀刃的部分是由山魈牙齒鑄成，尋常凡鐵無法續接，不想巴贊居然找到了將其修復的方法。鈴撫摩著熟悉的刀背，像是面對久別重逢的好友，一時百感交集。

她的視線落在巴贊右掌心的月陰石上。不知是否是她的錯覺，總覺得那石頭似乎小了許多。她想起在長安時，祆教穆護米耶薩曾說過，突厥正是因為覬覦容蕁特產的鐵礦才會出兵進犯，心中微微一動：「莫非，這不起眼的石子真的含有非比尋常的力量？」

巴贊盯著雪魄流麗的刀身，沉聲道：「妳既受沙瑟護佑，身上必定有著不凡的使命。希望將來，妳的心也能如刀光一般明淨，凡事化險為夷。」

鈴從沒收過這種祝福，連忙道謝。

「那您接下來又有何打算？要不乾脆就留在這吧？夏家莊定能護您周全，相信莊主也一定不會拒絕的。」

她語氣誠懇，不料，老人卻一口回絕了。

「我明日就會離開。」他說。「在長安遇到的那名容蕁少年。我以沙瑟之名起誓，只要那孩子還活著，無論天涯海角，無論花上多少年的時間，我都會找到他，並將他和其他容蕁遺族一起帶回河桑。雖然部落不在了，可容蕁的血統不能斷絕，容蕁的技藝也不能就此失落！」

鈴望著巴贊認真的神情，不由暗自心驚。她實在難以想像，眼前這個精神抖擻的老叟，就是數月前她在戈壁沙漠裡遇到的那個暮氣沉沉，每天只曉得摳腳抱怨，打發時光的囚犯。

至於牙古，上次見到對方，還是在與蘇穆河的最後一戰當中。當時，少年和眾兵卒一同沉入水底，從此不知去向，她甚至不確定對方是否還活著，但她相信，憑巴贊的決心，定能將他找到。

「那就預祝前輩此行一路順風。聽聞西域美酒冠絕天下，屆時河桑重建，別忘了請我前去喝一杯。」

對面的巴贊聞言，咧了咧嘴，露出滿口黃牙。這也是鈴第一次看見對方展露真正的笑容。

「放心吧，丫頭。老頭子定不會讓妳失望。」

夏雨雪的生辰馬上就要到了。今年不同往年，時局動蕩，洛陽的莊子也不如江南那般精緻奢華，應有盡有，操辦起來自然低調許多。可儘管如此，前來祝賀的賓客仍絡繹不絕。尤其是洛陽城的世家公子們，更是蜂擁而至。

夏雨雪本就被寄住家中的一幫牛鬼蛇神搞得焦頭爛額，如今還要應付這群惱人的蒼蠅，更是雪上加霜，最後乾脆託病不出，跑到鈴那裡躲懶去了。

這日正好是冬至，白雪皚皚，爆竹聲響，兩個女孩圍著火爐下棋。鈴見對方心神不寧的樣子，忍不住揶揄：「難道偌大的東京，那麼多的貴人才子、王公大臣，竟沒有半個入得了妳的眼？」

夏雨雪嬌滴滴的臉蛋紅得跟桃子似的，小嘴一撇，沒好氣道：「他們哪裡是為了我？還不是看在阿爺的面上！可正因為我是夏家的女兒，才不能輕易委身於人！總有一天，我要讓阿爺放心地將夏家莊交給我，讓所有人明白，這個位置是屬於我的！到時候，看誰還敢來和我爭？」

鈴落下一子，輕笑：「妳果真越來越有主張了。」

來到午後，外頭的雪總算停了，從廊下望出去，院中一片銀妝素裹，潔白的雪地點綴著幾株俏生生的紅梅，格外嬌豔喜氣。

過去這段時間，鈴一直待在房中養病，實在悶得慌，瞧見這幅美景，便提議去湖心亭賞雪，夏雨雪也欣然答應了。

於是，兩人備了點心和熱茶，乘上小船緩緩盪至湖心。然而，還沒到達亭子，卻聽見對岸傳來一聲驚呼。

「來人！救命啊——」

抬頭望去，只見一道紅色的身影在假山間東逃西竄，身後還跟著一隻巨大的金毛猿猴。

「小五，不行！」夏雨雪連忙叫道。

「娘子，救我！」若水看見兩人，就跟盼到救星一樣，展開輕功，哭喊著朝這奔來。單薄的小舟被他弄得左右搖晃，鈴和夏雨雪皆被潑得濕透。

夏雨雪有些惱了。她將濕漉漉的額髮別至耳後，氣呼呼道：「和你說過多少遍了，客人的東西不能隨便亂拿，怎麼就不聽呢？」

鈴順著她的目光望去，這才發現，若水手裡握的，正是江離召喚金毛妖猿時所用的竹笛。

鈴記得，當年她和葉超第一次造訪夏家莊時，若水也曾三番兩次地捉弄他們。看來，他這惡習直到現在也沒改過來。這回偷了花月爻的寶貝，卻不懂得如何使用，反倒引得小五追著他到處跑，也算是得到了教訓。

幸好那猴子不識水性，若水逃到船上就算是躲過一劫了。

看著少年耷拉著臉，心有餘悸的模樣，夏雨雪又是好氣又是好笑。

「你呀，真是活該！」

「這可不能怪我。」若水委屈巴巴道。「是那位江姊姊自己說的，笛子吹得越快，這猴兒就越聽話……」

鈴曉得江離脾氣，頓時啼笑皆非。夏雨雪則無奈地嘆了口氣：「今日過冬節，後院各處肯定忙翻了，你就別在這添亂了，還是趕緊去幫忙吧。」

鈴聽到這話，忙道：「我也去。」

夏雨雪本想叫對方回去休息，奈何拗不過，只得答應了。三人更完衣便來到西苑的香積廚，果然看見炊煙裊裊，一片人仰馬翻的景象。

寬敞的院子裡，除了廚子和僕役，還有幾個特別突兀的身影。只見長孫岳毅蹲在灶台旁，和幾顆燙手山芋搏鬥。他的薙風劍法有橫斷天河之威，可到了這裡，卻處處縛手縛腳。一刀下去，石屑紛飛，偌大的磚台都被劈成兩半了。

瀧兒和雲琅則從雞舍裡摸出了一隻肥雞，外層裹上泥塊，正準備放到火上，烤成香噴噴的叫花雞。幽藍的狐火在空中四處飄浮，時而發出爆豆般的聲響，可把那些廚子嚇壞了。

唯一有在認真做事的霍清杭正忙著將屋裡會著火的、易碎的東西全部移出去，急得滿頭大汗。夏雨雪撞見這幕，登時僵在原地：「你們……這是在做什麼？」

柳仙兒和木劍南正好從後門經過，手裡捧著綢緞和窗花，似乎是在協助前廳的布置。

柳仙兒瞅見屋裡的混亂，輕哼：「我早就警告過他們別亂來了，可惜他們不聽。說是幫忙，其實根本就是搗亂嘛。」

長孫岳毅聞言，氣得舉起菜刀：「妳個小丫頭懂什麼，還不一邊涼快去！」

柳仙兒被他那凶狠的架勢嚇到了，拉著表哥的手快步離開，口裡嘟囔著：「真是一群瘋子……」

「前輩，」夏雨雪看著長孫岳毅臉紅脖子粗的模樣，無奈地嘆了口氣，從對方手裡接過菜刀。「這裡就交給我們，您還是去庫房幫忙吧。」

「……我們剛剛就是從庫房來的。」

瀧兒此話一出，夏雨雪不禁語塞。

但事到如今，她也沒輒了，只能挽起袖子，親自出馬主持大局。鈴和若水也去給她打下手。一群人鬧哄哄的將廚房恢復原樣，開始著手準備晚餐。

一個時辰後，江離從外面探頭進來，只見花廳裡已布好了滿桌的珍饈佳餚，有冰糖雪梨燉肘子、蔥薑薄切鯽魚羹，還有駝峰炙、牡丹燕菜、乳釀魚、水晶龍鳳糕，散發出勾魂香氣，令人食指大動。

用完飯，眾人各捧了一碗餛飩，並肩坐在廊下賞月。夜風雖涼，卻有融融暖意透過瓷碗傳遍全身。

夏雨雪進屋拿了一疊彩色短箋，發給每一個人。

原來，這是夏家莊幾十年來的傳統。凡路過此地的遊客，就算不入府求籤問卦，也會寫下自己內心的願望，懸掛在門前的樹上。尤其是冬至和年下，更是許願祈福的好日子。

梅梅對這種事最熱衷了。只見她將粉色的箋子裁成花朵形狀，寫下「踏遍長安春色」，掛在一旁最高的松樹枝上。

葉超和瀧兒同時寫好，拿起來並頭看，一個寫「無事一身輕」，一個寫「成為天下第一」。

然而，鈴還來不及提筆，手裡的紙箋就被江離搶過去了。她還在上頭寫了兩行簪花小字：「長命百歲，歲歲平安」。

霍清杭望向逐漸黯淡的天空，微微嘆了口氣：「眼下這時局，只盼天下別大亂就好了。」

「這天下不是早就亂了嗎？」瀧兒不以為然。「與其哀聲嘆氣，不如白刀子進，紅刀子出，讓他們嚐嚐厲害！」

「你這小子！」霍清杭笑，伸手想去揉對方的頭髮，卻被目不斜視地躲開了。只能說，瀧兒這幾年的打不是白挨的。

夏雨雪見兩人鬧成一團，亦笑了出來：「那說好了，無論發生何事，明年此時，咱們再一塊賞雪。」

「明年……」鈴掛好祈福彩箋，抬頭怔怔心想。「明年又會是什麼樣的光景呢？」

隨著月亮冉冉升空，莊丁們在廊廡下燃起紗燈，將湖岸妝點得光如白晝。若水不知從哪兒變出了幾根爆竿，大夥兒圍著點燃的炮竹玩得不亦樂乎，卻沒人發現江離趁亂將瀧兒拉到了一旁的樹影裡。

「我說你啊，這樣真的好嗎？」她嚴肅地質問對方。

「什麼好不好的？」瀧兒一臉困惑，江離不禁深深蹙起眉來。她朝鈴和葉超的方向拋去一道冷眼，又戳了戳瀧兒的額頭：「傻瓜！看見你師父和別的男人這般卿卿我我，你難道就不會不甘心嗎？難道就這麼算了？」

見少年無動於衷，江離又補了一句：「要知道，我可是一直站在你這邊的！」。

「……」

瀧兒先是一凜，可接著，表情又鬆弛下來。他盯著遠處的萬家燈火，緩緩地籲出一口長氣：「阿離姊，這件事，妳可以別插手嗎？」

「憑什麼？」江離雙手叉腰，忿忿不平。「感情裡也講求個先來後到啊！鈴那傢伙也真是的，一聲不響就被人勾了魂去！」說著說著，忽然感到很疲倦。「難道說，人心真的這麼脆弱，非得找個依靠不可？」

「不是依靠，是放不下。」瀧兒淡淡道。「說真的，像阿離姊這種愛憎分明，心志堅定不移的人真的很罕見呢。」

這下，換江離不說話了。她想起小時候，自己總是跟在鈴的屁股後面四處轉悠，像個倉惶而不起眼的影子。可不知不覺間，兩人的這種相處模式卻發生了轉變。或許，這才是令她深感不安的原因吧。

本來心裡已經夠膈應了，瀧兒的下句話更是氣得她差點當場去世。

「況且……我答應過她，絕不再惹她生氣了。」

這養的已經不是狐狸了，而是忠犬吧！江離在心底咆哮，憋了半天才又轉身看向對方，語氣滿是苦澀與自嘲：「小狐狸，沒想到連你也長大了……」

與此同時，一束煙花在水上爆開，照亮了湖心亭中略帶蕭索的兩道身影，分別是高大魁梧的面具男子與青衫廣袖的中年文士。二人並肩凝立，朝岸上望去，正好能看見鈴和葉超的身影。眼看手上的竹竿點燃，發出劈劈啪啪的脆響，他們興奮地拍手叫好，笑得像兩個未經世事的孩子。

長孫岳毅收回目光，朝隔壁的夏空磊斜睨一眼：「如何？現在你該放棄了吧？」

夏空磊默不作聲。

長孫岳毅哼了哼：「我不喜歡那小子。他和你一樣……太精了。可你既生了個好女兒，又何必整日想著將自己的基業拱手交予他人呢？」

「也罷。」夏空磊幽幽嘆了口氣。「兒孫自有兒孫福，又豈是我們這些老的能夠左右的呢？雨雪若不願嫁人，我也不會強迫她。只要她平安喜樂地度過下半輩子，就算這間莊子有一天沒落了，消失了，又有何妨？」

「唔，是啊。都這把年紀了，看開點吧！」長孫岳毅嘴角噙了一點幸災樂禍的笑容，拍了拍好友的肩。但一想起兒子，笑容又漸漸沉了下去。

「從前，我總以為世上沒有什麼比信守承諾，討還公道更重要的了。」他喃喃。「可如今想想，只要活著的人能夠好好活下去，逝者肯定也會感到欣慰吧。」

是夜，回到房間，鈴連衣服都沒換，往地上一躺就睡著了。三更一過，整座莊子只剩下零星的燈火。夜色淹過大地，整排的斗拱飛簷宛如巨龍的鱗爪，在黑暗裡匍匐生輝。

在這片深邃的寂靜中，卻有道黑色的鬼影擦破夜幕，悄無聲息地落在內院東側的屋瓦上。

月光下，薄薄的窗糊紙映出扭曲的形狀。隨著青煙飄入室內，縮在牆角的鈴立時驚坐起來。但她的速度仍比平時慢了許多。反應過來時，入侵者已經近在咫尺了，巨大的暗影猶如鐵塔般，將她緊緊籠罩。

她正想拔刀，卻在看清對方的剎那愣住了。

來者是一名高大挺拔，金色頭髮的男子，身後揹著一面大鼓和兩柄巨錘，整張臉皆被黑布蒙住，宛若閻羅殿前的使者，令人望而生畏。

目光交會，金髮男摘下面罩，露出蒼灰色的皮膚和紫色的雙眸，沉嗓道：「許久不見了啊，鈴兒。」

原來，這名不速之客正是赤燕崖四大護法之一的夔牛孫昊。由於外貌過於醒目，他平日外出總是蒙面，除非事關重大，否則絕不輕易現身人前。

「四叔？」鈴愣愣望著對方，心臟猛地一跳。「……您不是在西洲嗎？怎麼來了？是出了什麼事嗎？」

孫昊搖頭：「別擔心，咱們那裡一切都好。司天台的目光都被東邊的戰場吸引住了，撤離赤燕崖的計畫進行得很順利。眼下西洲很安全，大夥兒也都安頓下來了。」

「既然如此，您為何……」

「我擔心的是妳。」孫昊眉頭一皺，打斷她的話：「妳得馬上離開這裡！走得越遠越好！」

這警告來得太過突然，鈴不由一驚：「到底怎麼回事？」

「叛軍幾日前自范陽南下，如今已抵達魏州了！」

「叛軍？難道是……」

「安祿山！安祿山造反了！」

參

夏家莊不愧是天下耳報最靈通的所在。待朝廷得到消息，安祿山串通部將史思明，率二十萬大軍以「奉密詔討伐楊國忠」為名興兵南下時，夏空磊也已經收到密報了。

長安那頭，初時並無積極作為。朝中人人皆道安祿山悖逆忘恩，不得民心，叛軍不日即可撲滅，直到聽聞安祿山一夜間渡過黃河，攻陷靈昌，陳留郡太守郭納甚至不戰而降，開門獻出城池，方才驚慌失措起來。

東都留守李憕聽說此時夏空磊人就在洛陽，還特地偕同御史中丞盧奕親自登門商議對策。

夏空磊在正廳接待客人，從懷裡拿出一竹筒，往天空的方向拋擲。筒中飛出三枚銅子兒，落在面前的桌上。

三枚開元通寶，皆是背面朝上。

夏空磊又連試了兩次，結果皆是一樣，終於搖了搖頭。

「六爻齊出，至凶至吉，皆是天命使然。二位大人，此役大局已定，不利我軍，還是讓城中百姓速速撤離吧。」

話音方落，李憕還沒發話，隔壁的盧奕已經濃眉倒豎，氣得跳了起來。

「豈有此理！仗都還沒開打呢，你就要咱們認輸，向胡蠻賊寇低頭，如此行徑，豈是英雄所為？」

「二位此番來找夏某，請教的是拒敵之策，並非如何做英雄。」夏空磊冷笑。「可惜夏某一介俗人，只懂得偷天之術，卻無法移山倒海。叛軍聲勢浩大，接連攻掠數城，正值銳不可當之時。相比之下，我東都守備軍這數十年來未曾作戰，將士們耽於安樂，又無外援，怎能與之抗衡？一旦城破，百姓將面臨的將是家散人亡、流離失所。這數以萬計的人命，來日青史昭昭，你們承擔得起嗎？」

一席話將兩名官員堵得臉色鐵青，無話可說，只得悻悻離去。

又過數日，果然傳來安祿山領兵西上，攻打滎陽郡的消息。守城的士卒們聽見叛軍的戰鼓聲，竟嚇得肝膽俱裂，紛紛從城牆上墜落下來，就連滎陽郡守崔無詖也被斬首。

皇帝指派的平叛大將封常清抵達東都，在武牢關與安祿山的大軍短兵相接，結果也和夏空磊預測的相差無幾。隨著叛軍的腳步越來越近，洛陽百姓早已人心惶惶，紛紛攜家帶眷向西逃逸。但官道上也不太平，許多山匪馬賊趁火打劫，城裡城外徹底亂成了一鍋粥。

幸好夏空磊早有洞見，已將莊裡的僕役全數遣散，只留下長孫岳毅、鈴、葉超、以及幾名花月爻弟子幫忙護送出逃的百姓。

雖說江湖人見慣了血腥廝殺，可當遇到這種兵荒馬亂的場面，還是不禁升起一股「時也命也」的不甘和無力感。年輕一輩，尤其如此。

鈴曉得安祿山奪取天下的計畫，多半是源自蘇穆河。可即使除去了這個幕後主使，也無法阻止戰事的發生，只能眼睜睜看著大軍壓境。

洛陽城外，喊殺震天，號角四起，滾滾鐵流自東而來，淹過滎陽，直逼武牢關。在安祿山訓練有素的精騎衝鋒下，唐軍節節敗退，簡直不堪一擊。

原來，此番負責迎戰的封常清將軍急急忙忙從長安趕來洛陽，所招募的「勇士」根本就是烏合之眾，甚至還有不少遊手好閒的浮浪子，一輩子沒拿過刀槍劍戟，莫名其妙就被推搡到前線，做了帝國的活靶子。

這日，鈴策馬來到洛陽城東數十里外的葵園，看見遍地皆是折斷的長矛、倒地的戰馬、破損的盾牌，就連唐軍的大纛也被砍倒，心中又驚又怒，又是後悔，不禁一拍大腿，嘆道：「早知如此，當時就不該輕易縱了安祿山而去！」

「不就是個大胖子嗎？」隔壁的梅梅發出冷笑，揚鞭一指。「瞧我去收拾他！」

葉超見狀，連忙催馬上前攔住：「不可！如今是戰時，三軍之中斬將奪帥哪有這般容易？何況，經過上次的教訓，安祿山肯定加強防範，就算得手了，也難保能夠全身而退！」

「那不然你說怎麼辦？」梅梅收回馬鞭，怒目反問。

此處方圓幾里內的民居早已十室九空，汜水裡漂浮著殘缺不全的屍首，斷肢和頭顱分散在每個角落，幾乎堵塞了河道。腳下的泥地被鮮血浸染，馬蹄踏上去，猶如踏在鬆軟的沼澤上。

葉超掃過這千瘡百孔的景象，眉心擰成了川字，啞聲道：「先回去，告知夏莊主，再從長計議。越是這種時候，咱們就越得沉住氣。」

傍晚，三人回到洛陽時，夏空磊還在與河南府尹達奚珣議事，三人便將所見所聞一五一十地轉告二者。可誰知，這名長官絲毫沒有李憕、盧奕的忠勇，聽了這樣的報告，差點暈在原地。

他跪倒在夏空磊面前，抓住對方長袍的下擺，哀求道：「世人皆道您是活神仙，還請大發慈悲，救救咱們吧！」

夏空磊見對方哭得一把鼻涕，一把眼淚，嘆了口氣，眼神流露出無奈：「事到如今，也唯有盡力一搏了。」

葵園一戰，果然又是唐軍大敗。封常清別無他法，只有收拾殘兵，向西退走。而這一退，便直接退到了洛陽的上東門內。

雖說洛陽北有邙山、黃河，南有伊闕，西有潼關，但東邊的武牢關失守後，便再無天險可以倚仗，敵軍先鋒長驅而入，不一日便兵臨城下。

安祿山自己躲著不敢露面，卻派田承嗣、安忠志、張孝忠為先鋒，展開激烈的攻城之戰。封常清所帶領的部隊卻早已軍心潰散，剩下的都是些老弱殘兵，有些甚至還是赤手空拳。

眼看戰事岌岌可危，夏空磊集結城內義勇，挖築壕溝，又在牆頭製備長鉤。一旦敵軍企圖用飛雲梯登牆，便用長鉤將梯子卡住，使其無法進退，接著傾倒滾油，用火炬燃斷雲梯，燒死上頭的百名敵人。

叛軍在城牆邊用柴薪、土袋修築磴道，想藉此爬上城樓，結果被梅梅和瀧兒趁著三更半夜，放火焚燒殆盡。他們還大肆擊鼓，營造出全軍出襲的假象，唬得敵人晚上不敢闔眼，白天的進攻也變得遲鈍了，如此這般奇計百出，才得以將戰事拖延數日。

但雙方軍隊戰力畢竟相差懸殊，又碰上冬日嚴寒，城內斷水絕糧，河南尹達奚珣竟臨陣脫逃，躲在府裡不敢出面。連長官都跑了，普通的士兵哪還有勇氣繼續作戰？

叛軍在城下架起發石車，巨石如疾風驟雨般射來，無論城垛還是盾牌全都被摧毀，無數的唐軍將士墜下城牆，手腳折斷，鮮血迸流，死狀慘不忍睹。幾輪射擊後，城裡還活著的兵卒如螻蟻潰散四逃。叛軍聲勢大振，一舉登上城頭，再從內大開城門，洛陽就這樣被攻陷了！

封常清和他的幾名殘存的心腹拆下西城的一段城牆狼狽逃走，可剩下的老百姓就沒這麼幸運了。叛軍吶喊著從東南西北四門湧入城中，一路燒殺擄掠，混亂中，光是被鐵蹄踐踏而死的就有數千人，男女老幼無一倖免，繁華的東都徹底淪為修羅地獄。

彼時，於廬山隱居的詩人李白目睹慘況，滿腔憂憤，提筆寫道：「俯視洛陽川，茫茫走胡兵，流血塗野草，豺狼盡冠纓。」

而與此同時，葉超和江離、夏雨雪、木劍南等人正忙著帶領附近的老弱婦孺從暗樁的地道逃出城外。

原來，自從夏空磊得知了叛軍襲來的消息後，便讓府中幾名擅長縱地術的部下開鑿地道，以備不時之需。花月爻的成員負責在屋子外圍布下毒粉，嚇阻敵方的兵卒，其餘人等則護著民眾退至內院。人群中有白髮蒼蒼的老者，也有被父母抱在襁褓中的小兒，每個人的臉上都寫滿了無助和驚恐。

但無奈，敵兵的數量實在太多，光靠他們這幾個人根本應付不來。來到午後，風雪越來越大，積雪幾乎要淹過膝窩了。夏空磊下令所有人進入地下，準備將地道的入口給封死。

就在這個當口，瀧兒及時從外邊趕了回來。一進門先踹倒了幾名執戟的士兵，隨即翻牆進入後院。

葉超一見到他，劈頭便問：「你師父呢？」

瀧兒聞言，登時變了臉色，抓住對方的衣領質問：「她不是和你在一塊嗎？」

肆

原來，稍早敵軍破城時，鈴和同伴們在亂軍中被沖散了。後來，她便獨自追蹤安祿山，來到叛軍屯兵駐紮的御馬廄。

此時，天空剛剛下起鵝毛大雪，一片蒼茫中，只見三名唐軍俘虜被押至廣場中央，分別是東都留守李憕、御史中丞盧奕，以及河南採訪使判官蔣清。

原來，河南尹達奚珣投降後，李憕召集手下殘兵，和叛軍殊死拼鬥，盧奕更是穿戴整齊的官袍，堅守在御史衙門裡，即使左右隨從全都逃之夭夭，也沒有動搖他以身殉國的決心。三人皆是耿直不阿的忠臣，在三軍陣前痛罵安祿山一頓後，隨即慷慨就義。

他們的熱血染紅了周遭的白雪地，更震撼了鈴的身心。她心想：「雖然四叔得到消息後要我趕緊逃走，但若是只顧自己性命，拋下滿城無辜的老百姓不管，豈不愧對良心？」

她埋伏在御馬廄的偏殿頂上，看著底下的將士們來來去去，可等到手腳都凍僵了，仍不見安祿山的蹤影，索性展開輕功，轉朝河南府衙的方向奔去。奔到中途，忽然聽見下方傳來一陣騷動。只見四名叛軍將兩個年輕女子從一旁的民宅裡強拖出來。

男人們顯然早已喝得爛醉。他們將兩名少女推來搡去，汙言穢語地調笑，又撕碎她們的前襟，放任二人在冰天雪地裡瑟瑟發抖。其中一名少女想要反抗，卻被一掌摑倒在地。

「混帳！」

鈴被這獸行激怒了，正欲上前阻止，卻有一道身影比她更快，兔起鶻落間便拿住了那名毆人的士兵，將他狠狠摔出。那人向後飛去，一頭撞在坊牆上，登時頭顱破裂，血洇雪地。

出手的正是長孫岳毅。

他赤手空拳的背影宛如山岳聳立，孤峰突起，餘下三名士兵尚未來得及反應，便被他以迅捷無倫的指法點倒在地。

眼看更多的叛軍正在朝這集結，長孫岳毅紮穩下盤，朝鈴瞥去一眼，大聲道：「這兒有我呢！妳快走！」

鈴略一遲疑，旋即點頭，幾下起落便越過坊門，向東去了。

然而，還沒過長夏門大街，她便發現自己被跟蹤了。她折向北行，橫越十字街口，在新中橋附近一座被圈起來的大宅停了下來。此處建築老舊，即使雕梁畫棟也掩飾不了一股破敗蕭瑟的氣息。

鈴一躍而過牆頭，落在一株枯敗憔悴的柳樹旁，看著眼前空空蕩蕩的中庭，冷笑道：「出來吧！」

話音甫落，十多名黑衣人從天而降，將她團團包圍。從那悄無聲息，片葉不驚的動作看來，身手絕非普通士兵可比。且他們雖未穿著錦袍，卻人手一把唐軍專用的橫刀，手背上還有夔龍紋的雕青刺字，顯然是司天台麾下的門徒喬裝打扮。

鈴想起這一路上所看見的慘況，不禁怒火中燒。

「叛軍攻破城防，多少百姓無辜喪命，司天台身為朝廷官署，不幫忙剿匪，卻想藉機作亂……有你們這種蠹蟲存在，真是大唐的不幸！你們的行為和安祿山那種毫無良知的野心之輩有何不同？」

「哎，姑娘誤會了。」領頭的門徒嘴角微勾，皮笑肉不笑道，「咱們主子聽聞妳殺了安賊身邊的突厥軍師，對妳的能力頗為讚賞，這才想請妳前去喝杯茶。只要妳現在跟咱們走，自然萬事大吉。」

「想喝茶？」鈴抬頭一掃，怒極反笑。「那也得先掂量掂量自己的斤兩。你們這種廢物，不如去喝孟婆湯比較快！」

「放肆！」男子大聲喝斥，數十名黑衣門徒隨即拔刀出鞘，齊齊朝鈴攻來。

鈴在床上躺了將近一月，身體尚未完全復原，反應稍慢，差點被一刀釘在牆上。說時遲那時快，又有寒光自四面八方追至，她沉肩閃躍，踩上敵人的刀脊，一道雁字回斬劈了出去。

「噗」的一聲，雪魄刺中迎面而來的黑衣人，穿胸而過，去勢未衰，又插入第二個人的寬額，幾乎將他整個頭顱給剖開，白花花的腦漿伴隨著熱血噴濺而出。

趁著鈴拔刀的空檔，兩名門徒分別從斜刺裡搶上，卻被一道飛影截了個措手不及。那婀娜的身影伴著粉色的花瓣落下，美得近乎妖異，兩名門徒不過一愰神，便覺胸口劇痛，「哇」的吐出一灘鮮血。

「少主當心！」

鈴目光回斜，望著身後的白衣少女，詫異道：「妳怎麼來了？」

梅梅打出六枚梅花釘，擊斃左右來敵，接著抓起鈴的手，轉身便跑。兩人穿過閣道以及一條鋪滿碎石子的小徑，攜手來到後院。此處的池塘已經乾涸，景色一片荒蕪，在彌天大雪中更顯淒涼，可四周的敵人數量卻越來越多——只怕再不突圍，就要被活活困死了！

鈴內傷未癒，此時也只能強行運氣搶上，凌厲的寒光如雪浪翻湧，刀鋒熱血未乾又沾新魂。須臾，右腿掃出，濺起地下大片積雪。對面的幾名門徒眼前一花，正想退後，卻被鈴以珍瓏指封住穴道，頓時僵立原地，動彈不得。

原來，就在剛剛，她發現了埋伏在對面屋頂的弓弩手。眼看四周無處可躲，她急中生智，將梅梅拽到「人牆」背後。

幾乎就在同時，上方傳來「嘣」的弦響，密集的箭矢擦破長空，那幾名門徒就這樣不明不白地死在了同伴的箭下。他們穴道被點，中箭後表情扭曲，卻喊不出聲，看上去更是猙獰可怖。那首領見狀，眉頭一皺，下令：「繼續射！」

這座荒廢的園子空曠無比，連片能遮頂的板磚都沒有，長箭如蝗石漫天射來，居中的兩名少女登時險象環生。

鈴正要躍起閃避，忽的感到天旋地轉，腳下不由踉蹌了兩步——這種感覺不像是內傷發作，更像是中毒所致！

就在箭矢即將入體的剎那，一道翩躚的白影遮蔽了她的視野。少女的嬌軀宛如迎風盛放的花朵，又似一張無怨無悔的盾，毫不猶豫地擋在她身前。

眼看純白的裙擺開出靡豔的血花，鈴腦袋「嗡」的一響，連聲音都被雪風給吞噬，只看見梅梅向後傾倒，口中發出斷斷續續的呢喃：「少主……快走！」

下一刻，鈴如夢初醒，立刻抱起梅梅朝斜刺裡縱。可此時，黑衣人已將整座宅邸裡三層外三層圍住，就算她想獨自逃生，亦是插翅難飛。

隨著首領一句「留活口！」屋頂上的箭手紛紛放下弩機，院子再次歸於寂靜。

鈴滿腔怒火幾欲沸騰，盯著眼前的男子狠狠喘氣：「卑鄙小人！你到底動了什麼手腳？」

那首領沉聲一笑：「這話，該問妳身邊那瞎子才是！若不是他洩露了妳的行蹤，又在妳身上下了抑制內功的毒藥，咱們此次只怕還得多費一番功夫呢。哼……要怪就怪妳自己愚蠢遲鈍，錯信他人！」

「你胡說什麼？」

即便鈴心中牽掛梅梅的傷勢，聽到此處仍不禁一愣。

說到瞎子，第一個想到的自然是柳浪——可怎麼會是他？鈴絕不相信一向溫柔敦厚，待自己親如家人的柳浪，竟會與司天台勾結出賣自己！

然而，心念一轉，她忽然又想起兩人上回見面時，柳浪種種反常的表現和言語。

「我本以為自己這輩子都不會踏出赤燕崖了。可既然出來了，就想再見妳一面。」

「此物乃我親手所製，也算是陪伴了我多年的老友。今日，就讓我再為妳吹奏一曲吧，就當作……留一個念想。」

隨著回憶湧現，鈴的心臟似乎被人掏出來扔到了冰天雪地之中，層層冷汗浸透背脊。

四色籤詩裡提到：赤星、碧簫、金聲、青花，當四角齊聚時，就會引發天下劇變——難道，這一切真被夏雨雪給說中了？

思緒拐處，殺機陡現。她左手抱起梅梅，右手一刀掠出。此招由怒而發，如流星趕月般噬向敵人要害。黑衣首領急朝後仰，堪堪避過刀鋒，卻仍被削去半幅衣袖，小臂的傷口深可見骨。

他雙目憤怒突出，發了陣喊，身旁立刻又閃出七、八名持刀門徒。這些人武功雖然不足為懼，卻難纏得緊。且隨著毒素在經脈中越走越快，鈴逐漸感到頭腦發沉，氣息濁重。

她將梅梅牢牢護在懷裡，刀背上翻，奮力擋下沉重的橫刀。

這一刻，周遭的刀光劍影猶如高山傾頹，轟然落下，連五臟六腑都被震得移位。鈴的眼前皆是虛影，就連背上的創口皮肉綻開也沒有發覺。

意識彌留之際，她腦中再次閃過那晚對葉超的承諾——無論是非成敗、對錯得失，咱們都別去管它，只要你我共同進退，來日方長！

「話才出口沒多久就被打臉，未免也太丟人了吧……」她幽幽心想，可終究還是抵擋不住席捲而來的痛楚，向前一倒暈了過去。

這場雪彷彿永遠也下不完。另一頭，夏家莊的暗樁裡，一名外表孱弱的青年站在廊下，懷裡抱著一只手爐，獨自面對漫天呼嘯的白雪。陣陣寒風撲在臉上，宛如發狂的怪獸，肆虐的咆哮將外頭的殺伐聲全都掩蓋了過去，好似什麼也沒發生。

縱使城裡殺得天翻地覆，屍堆成山，血流成渠，待到隔日朝陽升起時，也通通會被冰雪埋沒，半點痕跡也不會留下。可對於那些期盼黎明的人來說，此夜註定漫長。

柳浪雙眼看不到，卻對周遭的動靜格外敏感。聽見身後傳來匆匆的腳步聲，不動聲色地挑了挑眉。

半晌，一名隨從打扮的男子從遊廊的方向奔來，朝柳浪低頭行了個禮，說道：「柳郎中，叛軍就快殺到了，您還是趕緊收拾收拾，離開這吧！夏莊主他們都在內院等您呢！」

「知道了。」柳浪慢騰騰地應了聲，卻沒有轉頭，依舊專注「望」著外頭的景色。北風捲起紛紛揚揚的雪花，風中隱約能嗅到一絲凜冽的殺氣。而就在他轉身之際，說時遲那時快，方才發話的那名隨從忽然一躍而起，從袖裡抽出一把亮晶晶的匕首，朝柳浪背後撲去！

然而，柳浪動作更快，身形搖盪間已滑開數步，輕飄飄地避開了致命的刀鋒。眼看一擊不中，那刺客撮口打了聲呼哨。屋頂上立刻落下十多名勁裝漢子，將柳浪團團圍在中央。

「卑職今日奉命而來。先生還是別做無謂的抵抗才好，免得白受皮肉之苦！」

柳浪聞言，蒼白的唇角微微翹起：「看來，堂堂司天台監李大人，這是要出爾反爾，兔死狗烹啊。」

「先生此言差矣。」對方冷笑。「你被赤梟和她的手下們軟禁了十多年，若不是我家主人派六大門的除妖師引開了那群妖怪，你根本就踏不出赤燕崖的地界。事到如今，你該心懷感激才是。」

「哼，那麼李延年說，他能解開我身上的咒術，也是假的？」

「先生深諳時務，應該曉得『永絕後患』的道理吧？」刺客首領笑得意味深長。「主人是答應過你，可《白陵辭》的一切，絕不能讓外人知曉，先生的大恩也只好來生再報！」說完，袖底甩出一截寒光，直奔柳浪眉心。

柳浪面色一沉，卻不驚慌。他單薄的身軀裹在淡青長袍裡，宛如弱柳扶風，卻又總能在關鍵時刻閃避無痕。此時，若有輕功高手在側，目睹這景象，定要拍案叫絕。茫茫大雪間，只見他面朝後仰，上身幾乎完全貼平地面，長袖如流雲甩出，將敵人拂得滿臉鮮血。

隨後，他從懷裡摸出洞簫，雙手握住中央的銜縫一拔，竟拔出一把寬半寸，長三寸的寶劍來！

簫劍銀光出鞘，轉眼間便刺倒兩人。柳浪瀟灑的身姿在月光下劃出一道優美的弧，宛若凌空起舞。

那些刺客沒想到一個盲人竟這般難對付，不由狠狠吃了一驚，心頭甚至浮現出難以言說的恐懼，彷彿遇見山精鬼魅一般。

接著，柳浪又回身甩袖，朝最近的敵人腰裡捲去。這招看似輕描淡寫，卻是極凌厲的殺手。那人抵擋不住，轉眼筋斷骨折，仰摔出去。一旁的刺客首領看得倒抽一口涼氣：「你是……魅影青魔！」

柳浪唇角輕勾，低低冷笑：「算你還有點眼力勁。我退隱江湖十多年，俗名早已不放在心上，可功夫卻沒丟掉。」

話音剛落，身形連幌，已阻去對方去路，簫劍快成一道殘影，直削敵人天靈。

那人驚怒交集，向後躍開的同時，高喊一聲：「布蠍網陣！」

其餘殺手聽了，紛紛從懷裡翻出鋼絲，交叉纏繞，轉眼間便織成一道十人寬的巨大網羅。更可怕的是，每條細索上均結滿了密密麻麻的勾刺，只要一不小心碰到，立時便會皮開肉綻！

柳浪雙目失明，全仗聽覺洞察敵人的動向，可就算他耳朵再靈，也猜不到這陣法中竟還埋伏著重重險惡的機關！

下一刻，他劍鋒疾掃，倏進倏退間又刺倒兩人，卻阻止不了刺網兜頭罩落。

他嘗試運起輕功，可幾名殺手甚是熟練，方位一轉便又故計重施。三番兩次下來，柳浪始終衝不出敵人的布陣，反而被割得遍體鱗傷。

鮮血浸透了石青色的單衣，宛如紅花在雪地裡迤邐。

他費力咳了幾下，忽而縱聲長笑起來：「你們以為殺了柳某，你們的所作所為就能永遠不為人所知嗎？什麼一統江湖，長生不老，當真是癡人說夢！」

「哼，臭瞎子！死到臨頭還嘴硬！」那刺客首領見他仍是從容不迫的模樣，氣得咬牙切齒。「這便送你下地獄！」

話說完，一陣恐怖的挫裂聲響起，柳浪整個人被高高懸起，身體被蠍網陣扭絞成不自然的角度，雙膝以下骨頭盡碎。

換作常人，受了這般折磨，早就昏死過去了，但柳浪卻彷彿渾不在意。

他朝天空的方向伸出手，蒼白的手臂看似弱不禁風，卻又乘載著不可思議的韌性。

雪花如飄曳的柳絮落在眉梢，陣陣刺骨寒意侵入肺腑，他臉上的白布被風吹落，露出魚眼般混濁的雙眸。

「我真的錯了嗎？」他幽幽地想。

本以為離開了赤燕崖，便能重獲自由。不料機關算盡，到頭來仍低估了世道無情、人心險惡。且在這生命的最後時刻，他腦中浮現的竟不是心心念念的故鄉，而是赤燕崖的草廬。

清涼的藥圃、綿長的簫聲、柔軟的沙渚、淡雅芬芳的水仙——這些平淡的溫存在過去十年的光陰裡逐漸沁入他的骨血，將他從血腥與殺戮的牢籠裡拯救出來。

如今的他心中早已沒了仇恨。說到底，只是有點不甘心，想再看一看外頭的世界罷了。

可惜啊……乘風直上，望盡天涯，終究不過是一場幻夢。

一隻乳燕低鳴著飛過天際，柳浪聽見那聲音，嘴角浮現若有似無的微笑，緩緩閉上眼睛。

第貳拾陸章、天下春

壹

鈴再度睜眼時，發現自己置身於一間陰暗的囚室內。

看守的獄吏見她醒轉，打開門，不由分說便將她向外拖。她想抗拒卻立足不穩，險些摔倒。再一運氣，只覺得四肢乏力，丹田虛空，像是被人下了藥似的。而隨著這個不祥的念頭閃現，昏迷前的情形一一湧入腦海，她心臟霎時狂跳起來。

但令人吃驚的還在後頭。獄吏將她引出牢房，穿過幾重懸廊，前方的景色豁然開朗，竟是一條險峻的山路。

腳下嵐霧繚繞，頭頂則是一大片刺眼的藍天。遠處拔起的孤峰宛如巨龍的牙齒。一棟白色的殿宇矗立在山巔，高挑翹起的歇山頂宛如大雁展翅，既氣派又莊嚴。

「絕不會錯，這裡就是……」

鈴心頭一震，不由得停下了腳步，直到身後的人不耐煩地推了她一把，這才回過神，繼續向上爬，一步步直往大殿的方向走去。

通過大門，迎面而來的是一座兩丈見方的石壇。

壇座周圍站著一圈門徒，中央則是一座博山爐，縫隙間散發出裊裊青煙。一名道士站在爐前，身披五彩雲霓的道袍，手執桃木劍，繞著丹爐不斷踏著禹步，背影在煙霧中若隱若現。

他的身體隨著爐膛裡的火光左搖右擺，如同神靈附體，突然間大喝一聲，將爐蓋一掀，一股濃煙伴隨著嗶嗶剝剝的爆裂聲沖天而起，嗆得人睜不開眼睛。

那道士從爐邊取過一柄長杓，探入爐中，舀出幾粒黑紅色的丹丸，先湊到鼻尖嗅了幾嗅，接著倒入白瓷瓶中。

「速速將聖人的金丹送往長安，切莫誤了時辰！」

一旁的門徒畢恭畢敬地接過瓷瓶，其餘人則跪伏在地，高聲齊誦：「天圓地方，日月為綱，羲和為引，辟除不祥，諸神來朝，皆沐德光，天師聖法，萬壽無疆！」

整齊的誦聲在大殿內激起重重回音，鈴望著這一幕，雞皮疙瘩掉了滿地。

那道士卻似乎很享受這種禮遇。下一刻，他拂袖轉身，朝底下的眾人露出慵懶而心滿意足的微笑：「都起來吧。」

而隨著兩側的門徒退開，鈴終於看清對方的尊容了。

眼前的男子年有七旬，腳踩尖頭高屐，頭頂鶴羽金冠，五官生得擁擠，還被塗上了一層濃厚的油彩，說不出的猥瑣。他打量著鈴的反應，一雙小眼睛如月牙般彎起。

「貧道久聞姑娘大名，今日終於得見，真乃三生有幸。」

他連聲音也是黏膩的，令人聯想到冷血的爬蟲。鈴盯著對方腰間的金魚袋，張了張嘴，卻遲遲沒有作聲。

她做夢也沒想到——張迅騎、胡丰、崔潭光三人的師父，傳聞中能夠呼風喚雨的司天台監李延年，竟是生得這副模樣！

長久以來，鈴心中一直將對方想像成比趙拓更加兇殘的角色，至少也該三頭六臂、深不可測才對。然而，眼前這男人怎麼看都像是個跳梁小丑。

見對方踩著那雙花裡胡哨的鞋子朝自己走來，她心口不禁泛起一陣噁心。

「別過來！」

可李延年只是笑吟吟地瞅著她：「貧道又不是壞人，姑娘何必害怕？」

「哼，如今外頭亂成了這樣，李大人竟還躲在山裡煉藥，任誰看了都會覺得你別有居心吧。」

「聖人乃上天之子，自有神佛護佑，豈是亂臣賊子能夠損傷的？」李延年挑起眉毛，「何況，貧道煉丹正是為了龍體安康著想，就算來日聖人知道了，也必不會怪責貧道。」

「只怕皇帝老兒還沒拿到你的丹藥，就要一命嗚呼了。」鈴心想。

她親眼見識過安祿山的叛軍聲勢之隆，自然不會和長安那些官員一樣，認為此次叛變只不過是癬疥之患。但她也無意浪費時間與對方爭辯，只是冷哼一聲。

「姑娘怕是對貧道有所誤解吧。」李延年笑。「從前，貧道幾名小徒曾與貴寨有所衝突，以致雙方生出許多嫌隙。但貧道並非不講道理之人，此番請妳前來，便是想解開誤會。妳若肯配合，貧道不但可以恕妳無罪，還能讓妳留在司天台共修，如此一來，豈不是美事一樁？」

鈴看著對方那副志得意滿的模樣，心裡更生出一絲鄙夷：「大人還是有話直說吧，少跟我來這套！」

「哦，既然如此，那貧道就不客氣了。」李延年道，一雙丹鳳眼中閃著賊光，宛如陰溝中的老鼠。「赤燕少主……妳身上有件東西，本是貧道所有，過了這麼多年，也該物歸原主了吧。」

「我聽不懂你在說什麼！」鈴故作鎮定道。然而，緊繃的表情卻還是被李延年看出了端倪。

他身子前傾，嘴角現笑：「我指的正是妳體內的靈蠱──『鵺』。我和那個蠻族傻子蘇穆河可不一樣，這種事情怎麼可能瞞得過我？」

「哎呀……我講這些，妳很吃驚嗎？」見鈴不答，他瞇眼一笑。「那也沒關係，反正咱們多的是時間，不如先坐下喝杯茶。」說著，手一揮，還真的讓人搬來了一頂帷帳。

帳中榻座、茶几、火盆一應俱全，腳下鋪著又厚又軟的波斯氈毯，空氣裡飄蕩著龍腦香的氣味，沁涼又醒神。

李延年一撩袍子坐下，屏退左右，直到帳中只剩下他和鈴二人後才開口。

「妳一定聽過寇白陵的故事吧？」他一邊煮茶，一邊觀察她的表情。

鈴毫無反應，他逕自說下去：「此人乃晉朝太元年間的一介書生，本欲入朝為官，卻因得罪當權的氏族子弟而流落江湖。他性格放達，不善與人交際，卻偏偏喜歡獨遊山川，深入荒野，與各式各樣的妖怪為伍。後來，他乾脆隱居山林，專心修道，花了整整三十年的時間，終於鑽研出一套曠世武學，將之著成一部經書，也就是後來的《白陵辭》。」

「除此之外，他還修煉方術，憑藉著過人的天賦以及對各路妖魔的了解，煉出了天下間獨一無二的靈蠱，取名為『鵺』。寇白陵將《白陵辭》和『鵺』分別傳給自己的兒子和徒弟後便與世長辭了。然而，他的這些徒子徒孫們卻因遭逢亂世而一直鬱鬱不得志，甚至還被捲入江湖爭鬥，連《白陵辭》也跟著落入敵手。幸好，寇祖師早有遠見，並沒有將『鵺』的信息一併記入書中，這才避免這個祕密洩漏出去。直到隋末群雄並起，寇家後人加入瓦崗義軍，逐漸嶄露頭角，後來不僅奪回了《白陵辭》，更受到高祖的重用，建立司天台，並且一直傳承至今。」

鈴確實聽過類似的故事。然而，卻從沒有人和她講過寇白陵死後幾百年間發生的事，她更是第一次聽說《白陵辭》和司天台之間竟然還有如此深的淵源，不禁深感詫異。

思量間，又聽李延年道：「《白陵辭》乃天下第一奇書，可『鵺』和練妖術的真相，卻一直籠罩在迷霧中，除了寇家僅存的血脈和歷代的司天台監外，幾乎無人知曉。就算有所耳聞，也沒有人會相信。因為寇白陵乃是千年一見的奇才。即使他的徒子徒孫承襲了他的衣缽，卻再沒有人能像他當年一樣，煉出長生不老的奇藥來。」

「長生不老？」

「不錯。」李延年眼底閃動著精光。「『鵺』不僅能使宿主修成強大的練妖術，更有解毒延壽的奇效。傳說，將《白陵辭》和『鵺』的力量合而為一後，便能羽化飛升，獲得長生不老之力——這才是寇祖師傾注了一輩子的時間，嘔心瀝血打造出來的傑作！」

鈴愣了，不知是否該相信對方的話。

李延年看出她眼底的震驚，更加得意。

「本以為那姓朱的老怪物死了，『鵺』也就不復存在了。沒想到，事隔多年，還能再見到妳，實乃天助我也！」

鈴對他的話感到噁心，卻又忍不住好奇，問道：「你指的是……藏經洞主朱松邈？」

李延年嘴角一咧：「那個老匹夫瞞了我這麼多年，實在可恨。不過，『鵺』的力量終究是藏不住的。妳可知，妳和蘇穆河在灞水之濱交手時釋放出的那股妖靈之力，我在這兒都能感覺得到呢！」

「本來我也疑惑，但很快我便想通了。原來，從前的塗山掌門韓君夜就是後來的赤燕崖首領赤梟。姓朱的老鬼在被邪魔襲擊後，沒有馬上斷氣，還將體內的靈蠱暗中轉移到了韓君夜的身上，想藉此混淆視聽！」

鈴聽到這，忍不住嗤笑：「明明『鵺』是在朱松邈身上，又怎能說是你的東西？他是你的同門長輩，卻寧死不肯把東西交給你，定有他的理由，不是嗎？」

這些話顯然戳中了李延年的痛處。他臉一沉，聲音也變得冷酷起來：「我當初本以為，進了司天台，便能一窺《白陵辭》的真正力量。可沒想到，高祖早在建唐之初便下旨，嚴禁任何人修習書中的武功。我私下偷學，被朱松邈發現，他便以此為藉口，將祕笈看管起來。他身為『鵺』的宿主，在司天台的地位舉足輕重。當年的我不過是負責看守經閣的小吏，不得不向他低頭。」

「一開始，我以為他想將祕笈占為己有。可後來我發現，他真的什麼都不打算做……」

李延年不屑冷笑。「別說長生，他根本什麼也不放在眼裡。這些年，我嘗試用各種方法說服他將『鵺』讓渡給我，可無論是重金或者美妾，他都不為所動。」

「所以你恨極了他。」

「像他這樣不識時務、迂腐不堪的人，根本不配擁有《白陵辭》！」李延年怒道。「這便是我與朱松邈的不同！他只懂得閉門造車，我卻把握住了良機！二十年後，我已是司天台監，一人之下，萬人之上，聖上一日都離不開我的丹藥。我還統領八百門徒，扶植六大門派，將整個武林收編麾下！無論人或妖，只要與我為敵，舉手之間就會被碾為齏粉，就連他朱松邈也不得不為我效力！那老東西武功是比我高，可那又如何？我照樣可以毀去他的一雙招子，將他困在五蘊峰一輩子！孟夫子云：『勞心者治人，勞力者治於人』正是此意！」

看著對方得意忘形的表情，鈴只覺得倒胃口。

堂堂江湖子弟，無數英雄豪傑，竟鬥不過一介跳樑小丑，還要為了對方的政治野心前仆後繼，血流成河——簡直太諷刺，也太悲哀了。

「可惜，你還是失敗了。」她面無表情道。「你這輩子都休想如願！」

她本以為對方會惱羞成怒。沒想到，他笑意更深，眼底多了一抹貓戲老鼠的嘲弄。

「妳還真的是知人不明啊。不過也是……光是一個瞎眼的江湖郎中就能把妳耍得團團轉，足見妳對人心一點都不了解。他在妳身上下了藥，以妳的身手，居然完全沒有發現，難道不是因為高估了你倆之間那所謂的情分？」

想到柳浪，鈴心頭一陣激蕩。

在夏家莊修養的期間，她確實每天都乖乖喝著對方給自己配的藥，可若說那藥有問題……這怎麼可能！

「一定是你逼他的！」她抬頭，怒視李延年。

「逼他？」李延年發出一陣陰陽怪氣的笑。「這些年，除了妳和妳師父之外，他是唯一一個踏入赤燕崖的人類，妳難道不覺得奇怪嗎？」

「我……」

「妳師父當年為了避免赤燕崖的祕密洩漏，打瞎了他的眼睛，又讓手下妖魔施術削弱他的元神，不讓他踏出赤燕崖半步，他早就懷恨在心了。」李延年語氣慵懶，彷彿在解釋一件理所當然的事。「為了解開身上的咒術，早日脫離魔掌，這些年，他一直在給司天台傳遞情報。甚至我要他在妳的藥裡動手腳，他也是想都沒想就答應了。」

「傳遞消息？」鈴又是一愣。

赤燕崖向來戒備森嚴，不僅有巍峨的群山，強大的結界，還有重重崗哨，就連她當初出逃時都是費了極大的一番工夫，柳浪一個手無縛雞之力的盲人又如何能與外界取得聯繫？

「想不透嗎？」李延年看著她錯愕的表情，滑稽地吹起口哨。

鈴念頭急轉：「難道是……滅蒙鳥？」

滅蒙鳥是赤燕崖的信使兼守衛，也只有牠們能夠通過雙生崖的特殊地形，在赤燕崖與外界之間自由穿梭。但這種妖怪生性聒噪團結，還擅長仿說人言，彼此間可說是完全沒有祕密。若有人想借牠們之口傳信予司天台，一定被發現的。

除非……鈴突然想起柳浪身邊的那隻名叫「阿絮」的小鳥。同樣身為滅蒙鳥，阿絮卻因其生得醜陋不堪，又天生聾啞，時常被同伴欺負，一直被柳浪豢養在百草堂。

若是阿絮的話，就能時常銜著信，神不知鬼不覺地飛出赤燕崖，誰也不會多看一眼。而牠既不會說話，也就不可能洩漏祕密了。

這念頭才一閃，鈴登時感到一股寒意自腳底升起，直透全身。但她猶不肯鬆口，只是搖頭道：「……我不信！」

李延年揭開柳浪背叛的真相，目的就是為了打擊鈴的心志，見她這副失魂落魄的模樣，不由竊喜。

「被人愚弄的滋味不好受吧？不過別擔心，我已經替妳料理了他。畢竟，這種賣友通敵的東西，誰用著都不會安心。」

「你殺了他？」鈴怒視對方，難以置信。

但李延年不過輕蔑一笑：「是他負妳在先，妳又何必可憐他？更何況，貧道這麼做，可都是為了妳啊……妳和妳師父皆是難得的人才，只可惜，妳們都犯了不該犯的錯誤。所謂推心置腹，就是將自己的弱點親手交到對方手中。妳們並非敗給了敵人，而是敗給了自己軟弱的感情！就憑這一點，赤燕崖枉稱天下妖魔之首，赤梟永遠成不了真正的梟雄！」

這番話如皮鞭般抽在鈴的心間。然而，她隨即想起師父對藍敏的態度——即使察覺了對方的背叛，直到死前，她仍是一心袒護著對方啊！

「不，師父從未後悔過自己當年的所作所為！」她一咬牙，坦然迎上李延年的視線，「因為赤燕崖本就是為了守護生命，守護信念而生！」

「哼，妳說這些，無非是想為自己的失敗尋個藉口罷了。」李延年嘲諷道。「妳們本有機會獲得永生，是妳們自己放棄了——我可不會那麼蠢！如今一切皆已就緒，我馬上就讓妳見識何謂《白陵辭》真正的力量！」

說著，長身而起，朝帳外走去。

鈴才跟上，便覺腳下的地面隆隆震動起來，抬頭一看，卻見位於壇座正中央的丹爐竟往下沉！

石壇從中分開，缺口處升起一道黑色石柱，上頭用粗沉的鐵鍊鎖著一名渾身是血的少女，乍看之下就像是被熊熊烈焰焚燒一樣。

梅梅頭勾朝下，銀髮散亂，白色的裙擺一片狼藉，顯然是遭受了嚴刑拷打。見她掛在那，宛如一具沒有生命的布偶，鈴的心彷彿被刀子狠狠剜過，痛得無法呼吸。

「你對她做了什麼？」

她朝石壇奔去，卻在中途遭門徒攔下，輕易就被打倒，制服在地。再抬頭時，只見李延年站在面前，笑吟吟地俯視她。

「——你這混帳！」

鈴唇畔血線蜿延，狠狠瞪著眼前的男人，恨不得撲上去生啖其肉。但李延年卻毫無畏懼。

「這小妖精對妳來說很重要吧？」他頭一歪，嘴角揚起殘酷的笑意。「既然如此，那就好辦了。乖乖把妳體內的靈蠱交出來，否則，我就讓妳看著她受盡折磨，灰飛煙滅！」

若此事發生在平時，她武功未失的情況下，鈴覺得自己還有幾分把握能救出梅梅，再帶著對方闖出去。然而，現在……

她忽然感到好累。這種累與身體的傷痛無關，而是無能為力所帶來的，精神上的疲憊——她明白自己已然無路可退。

「我知道了……我答應你就是。」

貳

「果然識相！」李延年笑著掐住鈴的下巴，隨即示意手下將她從地上拽起。

門徒們押著鈴經過中殿，來到位於山崖邊的一間小祠堂。門口矗立著兩根一丈高的粗大石柱，柱身爬滿了青苔，散發出滄桑的古意。祠中卻無神像，只有一座低矮的石碑，李延年坐在石碑旁的席子上，門徒們則強迫鈴屈膝跪地，伸出手放在石板上。

石頭冰涼的溫度讓鈴打了個寒噤，對面的李延年卻笑得如沐春風。

「事不宜遲，咱們這就開始吧。」

「我不知道該怎麼做。」鈴乾巴巴道。

「很簡單。」李延年微笑著，像個慈藹的長者。「妳只要將體內的『鵺』喚醒，再將那股靈力渡給我就行了。憑妳的能力，一定沒問題。」

他的手指又細又長，彷彿某種冬眠蟄伏，久未見光的蛇類，力氣卻大得出奇，一下就將鈴的手臂鉗得死緊。

事已至此，鈴深知反抗無用，便依照對方的指示，集中精神，閉上了眼睛。

她本還期待，「鵺」或許會因藥物的影響而陷入沉睡，或許會不認她這個陌生的主人。

然而，這個幻想很快就破滅了。

學了近十年的練妖術，第一次對著自己的內心呼喚那個名字，體內瞬間湧起一股溫暖充沛的氣息，盈滿了她的整個神識空間；那氣息像火焰，卻出乎意料地平靜，彷彿靈魂深處棲息著一隻展翅欲飛的鳳凰。

她想伸手去摸那溫潤的火苗。可還未觸及，黑暗中卻突然傳來刺耳的尖嘯，如海浪般一波未平，一波又起。

轉身，只見身後的空間竟裂開一道巨大的深淵。深淵的盡處是無數掙扎蠕動的黑影。那些蚯蚓般的怪物沒有眼睛，卻長著滿口暴刺的尖牙，無數觸手在黑暗中蠢蠢欲動，每張嘴都在吶喊、尖叫，彷彿進行著激烈的爭吵，可再仔細一聽，鈴發現牠們喊的都是同一句話：「我的！我的！」

這景象簡直比駱展名在穿龍崗上召喚出的活屍大軍還要恐怖百倍。眼看黏稠的黑暗如潮水般捲來，鈴心中大駭，連忙朝漩渦的出口拼命游去。同時，她彷彿聽見身後的「鵷」發出悲鳴。

不知過了多久，她好不容易游出了那片死亡之海，回到現實，一睜眼便看見了清澈如洗的藍天。

她已被門徒拖回了正殿，正躺在離石壇不遠的地方。

然而，此時，她體內的靈氣已消失得無影無蹤，甚至連雙眼望出去的世界都變得黯淡許多。下一刻，她胃裡一陣翻騰，忍不住朝著腳下的地板嘔吐起來。

將胃裡能吐的都吐光了，又嘔出了不少酸水，那股不斷上湧的噁心感才終於退去。眨去眼裡的朦朧，只見李延年獨自一人站在壇邊，頭頂的金冠傾斜掉落，露出花白削尖的腦袋來。他低頭望著自己的雙手，嘴角不斷抖動，激動地喃喃自語。

「原來如此……這就是寇祖師創造出的靈蟲……太完美了！」

這景象本就詭異，但更可怕的還是他身上所散發的氣息——人不似人，妖不似妖，卻比鈴遇過的任何敵人都來得更加強大。甚至就連韓君夜、長孫岳毅等絕頂高手，以及白澤、殷常笑這樣的上古妖獸都有所不及！

鈴見他轉身朝梅梅所在的壇頂走去，心裡不由得升起一股極不好的預感。然而，此刻的她頭暈目眩，幾近虛脫，只能眼睜睜看著一切發生。

很快，李延年來到陣央，腳踏禹步，雙手叉指，口中念念有詞，似是漢文，卻又夾雜著陌生拗口的字句。而隨著唱詞一出，頭頂的天空也發生了變化！

晴朗的藍天瞬間風起雲湧。沉重的翳雲遮蔽了陽光，一陣濃煙如黑龍般從天而降，逐漸朝四方擴展，最後在石壇上方形成一道巨大的符籙！

「你想做什麼！快放了她！」

「臭丫頭，給我安分點！」

鈴剛剛忍痛爬起，一名高頭大馬的門徒便從後方撲了上來，扭住她的雙手。她一邊奮力掙扎，一邊高喊梅梅的名字：「——快醒醒！」

上方的梅梅聽見她的呼喊，睫毛抖了幾下，悠悠睜開眼皮。可就在此時，四周驀地狂風大作，一股煞氣騰騰的黑煙竄起，將整座石壇籠罩其中。

鈴感覺自己體內的元神激烈震盪，而梅梅那廂更是風雲翕張。

只見那團黑氣分成多股往梅梅身上纏去，她的眼、耳、口、鼻分別流出閃閃發亮的液體，最後匯聚成一道灼眼的白光。兩股力量互相席捲，呼嘯的漩渦深處迴盪著李延年刺耳的笑聲：「妳就好生看著吧！」

抓著鈴的男子力氣甚大，她掙脫不了。然而，正當她陷入絕望之際，只聽得「砰」的一聲，前殿的大門被人從外頭猛力撞開了！

腳步橐橐間，兩排手握弩機的黑衣人躍過門檻。他們的動作整齊而迅速，板機連扣，頃刻間便射倒了五、六名門徒。

待門徒們反應過來時，敵人已攻至眼前，雙方人馬展開捉對廝殺，整座殿堂登時陷入混亂。

可弔詭的是，這批闖入的黑衣人用的也是朝廷的兵器，使得也是司天台的武功。

鈴與門徒纏鬥到一半，對面的敵人突然發出慘呼，仰天栽倒。她看見一支銀色的箭頭從對方胸口透出，心頭一震——是鐵鳴鏑！

此念方生，便聽見門外傳來一道沉厚威嚴的嗓音：「聽我號令，凡李黨一派，格殺勿論！」

一名劍眉星目、渾身血氣的男子大步踏入殿內，一身俐落墨袍束得一絲不苟，散發出利劍般凜冽的氣息，正是司天台的御風使——胡丰！

胡丰一進門便收起長弓，改以氣勢驚人的劍技，拔劍連斬數人。許多人甚至還未看清對手的模樣便被削斷了脖子。

李延年的殘黨見勢頭不對，高聲吆喝，展開反擊。

他們結成陣型，刀尖朝前，嘴裡發出震天怒吼。其中一半的人以身體築成一道血肉長城，強行擋住入侵者的攻勢，另一半則沿著棧道奔上懸崖，從崖頂發射弓箭，襲擊後方趕來支援的敵人。

殿外的戰況更是慘烈，幾輪箭雨過後，倖存的黑衣人一擁而上，雙方踏過枕籍的屍體，短兵相接，連接偏殿與主殿的棧道淪為修羅場，肉末橫飛，滿地皆是殘肢斷臂，鮮血宛如潺潺河水流下橋欄。

然而，真正讓鈴感到驚悸的卻不是這些，而是此刻，梅梅的妖氣已經完全消失了，連同耀眼的白光一起被吞進了李延年的體內。

未幾，石壇周圍的黑煙盡皆散去，李延年踏著輕功從天而降，一身五彩道袍隨風飄揚，彷彿乘著祥雲而至的仙人。

此時的他外表起了極大的變化，不僅滿頭花髮盡成青絲，臉上的皺紋也消失了，甚至就連瞳孔都從原本的暗黑變成了熟成的楓紅，整個人看上去煥若新生。

他目光掃過滿殿狼籍，表情逐漸陰森。

「胡手，你這臭小子不要命了嗎？竟敢公然造反，違抗師尊！」

事到如今，胡手也就大方承認了。他朝李延年投去一道憎惡的眼神，語氣冷冽至極：「不錯！我今日就要親手了結你這怪物，替朱師叔報仇！」

「殺我？」李延年嘲諷的聲音迴盪四壁。「貧道如今已褪去肉體凡胎，得道飛升，你不過區區凡人，竟敢口出狂言，著實可笑！」

胡手不等他說完，手腕陡翻，長劍橫出，直削敵人腋間。李延年手無寸鐵，卻長笑一聲，左手併指來挾他劍鋒。

寒鐵遇肉，長劍硬生生挫為兩截，李延年卻恍若無事。下一刻，右手閃電拐出，已抓上胡手左肩。

胡手感到一股排山倒海的罡力自肩頭傳來，震得整條手臂微微發麻，連忙撤劍迴身，暗自捏了把冷汗：「真是個怪物！」

李延年見狀，冷笑兩聲，旋即原地消失。身形再現時，已騰起右手，風馳電掣般朝胡手胸口拍到。他寬大的袍袖驚起一陣狂風，頃刻間席捲四下，將壇座周圍的石板地犁出數條深隙，而縫隙中竟生出一叢叢形狀扭曲的黑色荊棘，彷彿盛開在黃泉之路的地獄幽花。

胡手被這掌正面襲中，整個人彈飛數尺，眼看要撞上石壇一角。他暗呼小命休矣，可沒想到，就在千鈞一髮之際，一陣清風驟然襲至，險之又險地托住了他的身軀。

胡手落地睜開眼睛，只見一團若隱若現的鬼影倒掛在面前，離自己的臉龐僅有咫尺之距！

他身為司天台御使，自然對妖怪極為熟悉。可不知為何，他在對方身上竟感受不到絲毫的煞氣與敵意。回想起方才那驚險的瞬間，他心中湧現一個不可思議的念頭——難不成，竟是這隻小妖救了自己？

失神錯愕之際，位於大殿另一端的鈴卻突然感覺自己的咽喉被一隻隱形的巨手給挾住了，未及掙扎，雙腳便離了地面。

李延年的嗓音跟著響起：「看清楚了吧！收服、駕馭，並將妖怪之力據為己有——這才是真正的練妖術！所謂修道之人本就是指通過法術，不斷追求力量的人，而這也正是人類的偉大之處！」

眾人見他紋風不動，光是輕勾指頭，便能將一個大活人憑空舉起，嚇得冷汗直流。倖存的門徒，有人撲地磕頭，有人瑟縮在地，不敢出聲。一時間，偌大的殿宇鴉雀無聲，安靜得像座墳。鈴更是宛如砧板上的魚肉，一口氣滯在喉間，上也不是，下也不是，難受至極。

然而，就在李延年打算對她動手時，角落裡的胡手卻再次爬了起來。

「你還不明白嗎？輸的人是你，李延年！」他抹去唇角的血漬，冷笑著睨視對方。「你被貪欲蒙蔽了心眼，妄想逆天而行，最終也只會被天道所拋棄！」

「胡說！」李延年怒斥，「生殺予奪即為天道，如今，誰又能奈我何？」

胡手哈哈大笑：「不錯，你是如願以償了，可那正是你的愚蠢短視之處！你以為朱師叔當年真的奈何不了你？他老人家早就告訴了我關於『鵺』的一切，還說你心術不正，待他百年之後，定會設法私吞靈蠱。這麼多年，我一直留在司天台，任你差遣擺布，就是為了看你自掘墳墓！」

「就算他將一切都告訴了你，那又如何？」李延年哼著，「朱松邈早已屍骨無存，憑你也想跟我鬥？如今的我已是眾妖之主，天下至尊！」

「……或許是吧。可現在的你，還算是個人嗎？」

「你此話何意？」

「凡事有所得，必有所失。」胡手冷笑，「不信的話，你自己摸摸看，現在的你是否還有心？」

須知，人與妖最大的不同即在於心。元神為心，而妖本無心。因此，雖受天地靈氣滋養，壽命悠長，卻注定無姓無氏，一世漂泊，死後亦不可輪迴轉世，唯有魂飛魄散一途。

李延年身為司天台監，又長年鑽研術法，怎會不明白這點？聽見胡手的質疑，不覺心頭一凜。

然而，未及思索，便見胡手疊掌拍向地面，同時清喝一聲：「臨兵鬥者皆陣列前行，聽吾號令，邪魔辟除——咄！」

參

咒語如轟雷般落下。伴隨著驚天一響，十八條精光凜凜的巨索自地下冒出，如活蛇般朝李延年飛去，纏上他的手腳和身軀。

「這是……！」

他認得這鎖鏈上的符文，正是傳說中的「十八地魂鎖妖陣」！

此陣在一百多年前，司天台創立之初便存在了，意在防範法力高強的妖怪侵入結界。卻不料，頭一次從沉睡中被喚醒，竟是為了對付捨棄人身，墮入魔道的司天台監李延年！

隨著鎖圈纏得越來越緊，李延年的表情從驚怒轉為駭異，皺得五官變形，終於化為一聲巨吼：「怎麼可能！」他這輩子都在想著逆天改命，卻不料，夙願得償之際，竟反而落入囚禁妖怪的法陣，不得脫身。

錯愕間，卻聽一道幽幽的聲音從地上傳來。

「你果然什麼也不懂……」

低頭望去，竟是那個渺小無力，卻生性頑強，怎麼都殺不死的丫頭。

他想不起她的名字了，卻見她緩緩撐起身子，說道：「練妖術的第一要件即是信任。否則，徒有妖力，而無仁心，當你真正陷入危境時，又有誰會來助你？」

李延年未及答話，身體便重重摔落在地。他瞠著一雙火眼金睛，怒道：「就算你們能困我一時，那又如何？貧道乃長生不老之軀，遲早會從這脫身！屆時，整個天下都是我的，所有人都得在我面前俯首稱臣！」說著，又將目光掃向胡手：「卑鄙小兒！你竟敢和朱松邈暗中合謀，背叛師尊！我定要將你碎屍萬段！」

但胡手不過淡淡一笑：「我此來本就抱著必死之心，只要能將你這禍害天下的賊首拖下十八層地獄，就算被『青蚨』折磨致死，胡某這條命也算是值了！」說完縱聲長笑。

一旁的鈴卻是一愣：「青蚨？」

胡手瞥她一眼：「司天台一脈本就是由寇白陵的傳人所創，自然也擅於蟲虺之術。」說著，將右袖一抖，露出皓腕中央一道蜿蜒的黑線。那黑中帶紫的顏色，像極了毒蛇的信子。「雖說過去百年來，再未有弟子成功培育出像『鵺』一樣的靈蟲，卻也煉出了不少凶蟲。」他冷笑一聲，「而其中，最厲害、最狠毒的，便是『青蚨』。」

「我們都是李延年從各州各地搜羅來的孤兒。拜入師門的第一天，李延年便將這蟲種入我們每個人的體內。只要我們的言行有半點拂逆他心意之處，他便會操控蟲蟲，令我們生不如死。另外，青蚨還具有子母相從的特性。也就是說，只有身為蟲主的李延年能夠操控所有的青蚨，而他一死，我們體內的毒性也會跟著發作。除非繼承司天台監的位置，成為母蟲的新主人，否則我們一生都擺脫不了李延年的控制，待到他一命嗚呼，還得陪他一同去死。」

胡手說這話時，並未暴露太多情緒，鈴卻感到心口一片冰涼。

她從沒想過，這世上竟還有如此可怕的邪術。但如此一來，她也終於能夠理解崔潭光對於李延年的敬畏，以及張迅騎對司天台監之位那近乎瘋狂的執著了。

胡手向挑釁困獸一樣朝著被囚在鎖妖陣中的李延年步步逼近：「崔潭光師兄聰明過人，對你敬若神明，你卻只因他是個閹人，始終不將他放在眼裡；張迅騎師兄為人爽直，卻因你殺了他畢生摯愛而性情大變，逐漸走上歧途。朱師叔心善，曾數度勸你放下執念，可你非但不聽，還設計毒瞎了他的雙眼，害他慘死邪魔之手。你我名義上雖為師徒，實際上卻是不共戴天的寇讎！」

「臭小子，原來你沒忘啊。」李延年陰笑。「明知自己的小命拿捏在我手裡，還如此膽大妄為，想必是做好死無葬身之地的準備了吧？」

「自從我決定報仇的那一刻起，就知道會有這一天了。」胡手眸色不動，語氣如冰。「但你沒發現一件事嗎？你方才明明可以操控青蚨，阻止我發動十八地門鎖妖陣，但你卻失敗了！你可知這是為何？」

李延年雖然狂妄，但畢竟不蠢。他望著徒弟篤定的表情，終於意識到自己計畫中的疏漏。

「不錯！」胡手說著，薄唇微微勾起。「我這十八年來費心籌謀，忍辱偷生，為的就是這一刻！青蚨和鵺一樣，都是認主的靈物。你既捨棄了人身，就代表再也控制不了母蟲了——換句話說，此處蟄伏的青蚨都即將甦醒！」

「你說什麼？」李延年徹底驚住了，而胡手則將目光緩緩投向天空，低聲道：「不信你聽！」

整座大殿都安靜下來，唯有寒冷的山風呼呼地刮著眾人的臉。未幾，鈴忽然聽見風中傳來一陣詭異的嗡鳴，心臟不由「咯噔」一下。

「那是什麼聲音？」

胡手不答，快步來到鈴身旁，將她從地上拉起。

「到底是怎麼回事……」鈴腦袋暈乎乎的，只能靠在對方肩上，勉強站立。

但下一刻，她抬頭朝天空一看，所有疑問頓時都得到了解答。

只見一團青色的雲霧從山的另一頭飄出，逐漸朝這靠近。再定睛一看，才發現那根本就不是雲，而是千千萬萬的青色細蟲！他們有著油綠綠的眼睛和細長的尖吻，正振動著半透明的薄翅，朝著大殿直撲而來！

「我從未在司天台別處埋下青蚨之蟲！」李延年衝著胡手尖叫。「這是你布的局！——

是你！」

但沒人理會他了。

蟲群宛如綠色的海嘯，來勢洶洶，在場眾人紛紛倉皇逃命，唯有被困在鎖妖陣中的李延年動彈不得，發出淒厲的嘶號。

他的身軀拚命掙扎蠕動，一下變成虎頭鷹身的怪物，一下又長出蛟龍的鱗片與尖爪，可無論變化成怎樣的妖魔，卻始終無法擺脫法陣的禁錮。

另一廂，鈴則趁機轉身朝祭壇的方向跑去。

「妳不要命了嗎？」胡手低喝，但鈴卻道：「我不能丟下梅梅不管！」

此時的梅梅仍被綁在石壇頂端，鈴踉踉蹌蹌地奔到她身邊，企圖解開她身上的束縛。

「可惡！」正當她雙手顫抖，急得快哭出來時，一陣勁風突然自上方襲來，斬斷了沉重的枷鎖。鈴又驚又喜，抬頭對著天空道：「雲琅？」

即便她現在體內已經沒了靈蠱，對方卻仍像平時一樣及時趕到，替她化解危機，這點令她殊為感動。然而，還來不及道謝，便被胡手的催促給打斷了。

鈴也明白情況危急，立即抱起梅梅，轉身奔下壇座。一下階梯便被胡手拽住胳膊：「快隨我來！」

三人迅速穿過懸廊，來到偏殿。此處擺著一架巨大的渾天儀，四角分別矗立著四尊栩栩如生的金龍雕像。胡丰轉動中央的刻度，整座機器霎時隆隆震動，向右滑動數尺，露出地板中央一道黑漆漆的洞口。

鈴看得眼前一亮——只要進入地下，他們就安全了！

然而，正當她想跟隨胡丰進入暗道時，身後卻忽然傳來一陣凌遲般絕望的慘叫，那非人的聲音使得鈴僵在原地。

轉頭望去，只見變回人形的李延年吊掛在大殿中央，全身都被蠕動的青色海浪給覆蓋了。

這一剎那，她終於明白了青蚨為何有「天下第一凶蠱」之稱。

脫離了母蠱控制的蟲群就像餓虎撲羊一般，瘋狂地噬咬著眼前的一切活物。不過一轉眼的時間，李延年身上的血肉便被牠們啃食殆盡，只剩下一幅連著爛肉的白骨掛在原地。

諷刺的是，吸引無數凡人趨之若鶩的「長生不老」只維持了一瞬便煙消雲散，連一絲痕跡都沒留下。

這震撼的一幕不只留在鈴的眼裡，更在她的心中久久不滅，就像是一幅昭示著人心瘡痍，惡鬼現形的夢魘之畫。

司天台地下的空氣冰冷潮濕，瀰漫著一股死氣。

據胡手的說法，這條暗道是多年前朱松遡命人打造的，目的正是為了確保將來某天，若李延年有什麼不軌之舉，弟子們能夠及時逃出去，前往離此不遠的清音寺求救。

然而，胡手本就沉默寡言，這一路，除了和鈴說明這件事之外，兩人幾乎沒有交談，只是一前一後安靜地走著，直到過了小半個時辰，胡手才突然停下腳步。

鈴察覺他神色有異，還以為有敵人接近，緊張地環顧四周。然而，下一刻，卻見對方出手扶住粗糙的牆面，繼而渾身痙攣，彎腰咯出一口黑血。

她大吃一驚，連忙搶前查看。但見火光下，男人面如金紙，薄唇發紫，一雙劍眉不安的擰著，額上全都是細密的汗珠。

「你受傷了？」

「是青蚨。」胡手粗喘道。「我說過的吧？李延年一死，咱們也活不了……蠱毒方才就該發作了，雖被我暫時壓住……終究……還是不成的……」說著，將領口的衣襟解開，露出鎖骨處一根粗達半寸的黑色鋼釘。

那釘子已完全打入肉裡，就連傷口周圍的血都已凝結乾涸了。

鈴驚愕不已。難不成，他竟是用疼痛來麻痹自己，阻止毒素的蔓延？戰鬥的同時，身體還得承受這樣的折磨，那得需要多麼強大的精神力啊——這人到底是怎麼想的！

然而，就算胡手意志驚人，此刻也支撐不下去了。只見他雙目緊閉，牙關不停打顫，手腳浮現出一塊塊暗青色的斑疹，沿著皮膚迅速蔓延。

鈴扶住他踉蹌的身形，著急問：「難道就沒有別的法子了嗎？」

但胡手卻搖頭，拔下自己腰間的天觀御令，塞到對方手裡：「拿著這個去求援，不必管我……追隨李延年這麼久，我早知道會有今天……此乃因果循環……報應不爽。死前替朱師叔報了仇，我已心滿意足了……胡某此生，再無遺憾。」

男人帶血的唇角勾起一道幽幽的笑，望之竟有幾分欣慰。

「這一切，還得多謝妳……」他鳳眸半斂，深深看鈴一眼。接著，身子便沿著石牆滑落下去，再無動靜。

「喂，你醒醒啊！」

鈴沒想到這人說倒就倒，抓住對方的肩膀用力搖晃。然而，懷裡的男子毫無反應，早已沒了氣息。

眼下，鈴內功未復，想獨自搬運一個大男人根本不可能。無奈之下，只能將胡手的屍身扛到密道的一角，再取來一些石塊蓋住，堆成一座簡單的小墳，隨後咬牙揹起梅梅，繼續朝出口的方向前進。

又走了一頓飯的時間，終於看見隧道底端的亮光了。鈴憑著一口真氣爬出洞口，往山下的方向跑去。

然而，經過了一天一夜的折騰，她的體力早已不堪負荷。才奔出山坳，便感到一陣天旋地轉……

踉蹌間，她抱著梅梅從山坡上滾落，暈了過去。

少頃，太陽自雲間升起，清爽的光線穿透霧嵐，緩緩勾勒出群山的輪廓。鈴的腳邊捲起一陣溫暖的微風，風中飄浮著點點晶光，正是雲琅。

風魅飛到同伴的頭頂，嗚嗚悲鳴，盤旋不去，彷彿在呼喚著對方，又彷彿在啜泣。繞了幾圈，見鈴仍是不醒，即化作一團柔軟的流光，逕自沒入少女的胸膛。

肆

鈴做了一個很長的夢。夢裡，她回到了許多年前，一個她十分熟悉的地方，還聽到了樹葉摩擦的沙沙聲。

一株高大的銀杏出現在頭頂，鑲金色的扇葉在風中輕輕顫動。她趺坐著，腦中拼命唸誦著師父教她的口訣，豆大的汗珠自額角滑下。可無論她如何努力，丹田裡的真氣就是無法集中。

從傍晚坐到了白天，又從白天坐到了黑夜，始終徒勞無功，不由得有些心灰意冷，氣息也變得躁動不安。到後來，她甚至感到手腳發冷，四肢僵直，胸中的氣血不可抑制地翻湧，宛如置身滾燙的炭火之上。

半夢半醒間，她隱約聽到有人在激動地呼喊自己的名字，一個女子著急地叫道：「柳浪呢？快帶他過來！」跟著便是一陣雜沓的腳步聲。

一隻冰涼的手掌撫上鈴的額頭，又接連在她的手腕和人中推拿了幾下，結果皆無動靜。

「寨主，這是邪火入侵，血氣枯竭的徵兆啊……這孩子，怕是走火入魔了！」

話音未落，便聽到隔壁的韓君夜倒抽一口涼氣：「怎會這樣？」

「她身中黃泉之毒，體質本就比常人陰寒，應是練功時誤入岔道，這才引發寒流逆衝，妖毒反噬。」柳浪的聲音微微顫抖。「事到如今，她體內有多股毒流在亂竄，若不及時壓制住，只怕不堪設想……」

「當年你元神受損，引發心魔暴走，闖入赤燕崖的地界。我雖射瞎了你的雙眼，可好歹也保全了你的性命。念在此事的份上，你今日無論用何種方法，也得將這孩子給救回來！」

韓君夜聲色俱厲，柳浪冷汗直流，顯得頗為躊躇。

「若行針灸之術，倒還有一線生機。只是……她體內的毒質太過霸道，已到了高熱不退的程度。這種情況，即使人救了回來，心智也會受損……」

「這麼說……還是只有那個法子了。」韓君夜眉頭緊擰，喃喃自語。

鈴頭一次看見師父露出如此驚慌的表情，驚詫極了。然而，此時的她耳目雖通，卻連一根指頭都動不了，只能以旁觀者的姿態看著一切發生，猶如靈魂出竅。

只見韓君夜閉上眼睛，雙手放在徒弟的胸口，心中默默呼喚「鶺」的名字。未幾，她身前緩緩浮現出一團赤色的光芒，宛如溫暖的火苗，又宛如展翅欲飛的鳳凰。

那團光越發耀眼，逐漸朝鈴心臟的方向靠攏。就在兩者融為一體的剎那，一陣狂風席捲了整座樹林。

柳浪雖看不見，卻感覺得到狂亂的氣流中傳來強烈的妖靈波動。他伸出雙手輕輕撫過面前的空氣，彷彿在試圖感受風的情緒。

隨著韓君夜呼喚風魅的名字，狂風逐漸平靜下來。騷動的氣旋最終幻化成一道晶瑩的風柱出現在幾人面前，中央則是一張五官平板的男子的臉。

「小琅，你跟隨我多年，是我最信任的友伴。我現在就把少主託付給你，望你能盡心盡力照顧她，護佑她一世平安……」

鈴悠悠醒轉時，滿腦子都還是師父的話語。下個瞬間，她猛然驚坐而起，呼吸急促，冷汗爬滿背脊。本以為這動作會牽扯到腹間的傷口，可當她撐起身，伸手胡亂一摸才發現——自己全身上下竟毫髮無傷。

她大聲呼喊雲琅，卻發現對方早已不知去向，懷中的梅梅卻微微蠕動起來。低頭望去，只見少女花朵般的臉蛋竟成一片灰白，就連原來亮麗的銀髮都變得毫無光澤，彷彿結了一層厚厚的冰霜。

她的妖靈被李延年用術法強行剝離，本該當場魂飛魄散的。好在胡手及時闖入中斷了法陣，她的一縷神識這才勉強得以留在體內。

在鈴焦急的注視下，梅梅緩緩睜開眼睛，靈動的眸子依舊清澈透亮，宛如一汪暖融融的春水。

「少主……」

「妳感覺如何？撐著點，我馬上去找人幫忙……」

鈴還想說下去，卻被梅梅打斷了。「我可以拜託妳一件事嗎？」她扯下腰間的荷包，塞到對方手裡。「替我把這個帶回國清寺，交給那個笨蛋小光頭。告訴他，對不起……我不能陪他一起去看花燈了……」

「別說了！」鈴拼命地搖頭。她感覺自己的心好像被冰稜刺穿，蝕骨的涼意漸漸浸透全身。「妳不是想去看看長安的春天嗎？等妳好起來，我就陪妳去，一切都會沒事的……」

她想安慰對方，可說到後來，仍藏不住一絲哽咽。梅梅望著她的表情，低低一笑：「少主，妳真傻。」

鈴聽到這，按捺已久的情緒終於崩潰，眼淚滾滾而下：「妳才是大傻瓜呢！為何要替我擋箭？」

「還記得妳第一次帶我回赤燕崖的時候嗎？」梅梅目光幽幽，彷彿陷入了美好的回憶。「當時的我無處可去……可是少主對我說，從今以後，有妳的地方，就是我的家。所以說，少主的夢想也是我的夢想，我要一直保護少主，就算妳嫌我煩人，嫌我任性，那也沒關係。因為陪在少主身邊的日子，才是我最幸福的時光……」

「——既然這樣，就別走啊！」

梅梅嬌軟的身軀倚在懷裡，彷彿一摞將化的雪，一點重量也沒有。鈴抱住她，放聲哭泣。

溫熱的淚水一滴滴落在梅梅身上，化為點點珍珠般的瑩光。緊接著，不可思議的一幕在鈴面前上演了——

只見梅梅的胸口湧現一股純白的靈氣，這片光芒在空中逐漸蔓延，宛若雲蒸霞蔚，直到兩人的身影皆淹沒在耀眼的白光之中。

只一剎的時間，待鈴回過神時，懷裡的少女已經消失了。取而代之的是一段小巧的梅枝，數萼初含雪，冰肌玉骨姿，更有一股暗香隨風流動，宛如春天突然降臨人間。

伍

無論多麼難熬的冬天，總有一天也會過去。可憐的是風月無情人暗換，在金戈鐵馬的鏘鳴中，所謂的「盛世」也同逝去的青春般，一去不復返。

天寶十五載正月，安祿山於洛陽登基，國號「大燕」，自稱雄武皇帝。不久，東邊傳來潼關失守的消息，唐玄宗李隆基自長安倉皇出逃，經由蜀道西奔成都。一路上，川地的百姓見到皇帝蒙難，爭相進獻糲米，皇孫們用手抓飯而食，君臣執手相顧，哭成一團。

天子尚且如此，何況尋常百姓？一夜間，關中地區的居民紛紛拖家帶口，南下避禍，大路兩旁處處可見死屍，如蓬蒿般散落在亂草叢間——有餓死的、得瘟疫病死的，還有被馬匹活活踐踏至死的。南來北往的行人瞧見這些屍首，往往也只是嘆息一聲，便低頭加緊趕路。

可除了流民，還有流寇。

這日黃昏，大雨滂沱。邠州郊外，一間招牌上寫著「福緣」的客棧裡來了一幫凶神惡煞的胡兵，一進門便將刀往桌上擱，吆喝道：「快給大爺上三屜餅，五斤肉，十斤酒！」

仔細一看，那柄刀的刀身上還沾著乾涸的血跡，怪嚇人的。鄰桌的客人見了，連吭都不敢吭，立刻捧起湯碗，竄得遠遠的。

店小二見苗頭不對，忙幾步趨前，賠笑道：「軍爺，咱們這兒好酒好菜有的是，但求您老手下留情，別亮兵刃嚇壞了其他客人……」

可他話還未說完，便被一名胡兵揮拳打倒在地。

「不長眼的東西，跟爺囉唆甚？」說著，又往對方屁股上加了一腳。

店小二登時一個筋斗摔將出去，連牙齒都敲落了兩顆。

安祿山麾下的叛軍驕奢殘暴，所到之處無惡不作，早已盡失人心。此刻，店中諸人見他們如此蠻橫，臉上紛紛流露出憤慨之色，卻是敢怒不敢言。

就在燕兵們飲酒吃肉，大肆喧譁之際，角落裡傳來一聲沉重的嘆息：「出門不顧後，報國死何難。天驕五單于，狼戾好凶殘……名將古誰是，疲兵良可嘆。何時天狼滅，父子得安閒。」

說話的是一名風度翩翩，相貌儒雅的白衣文士。只見他獨自坐在客棧大廳的一角，面前的桌上擺著一壺熱茶，兩碟素菜，聲音不高，卻字字清晰，直擊人心。

「兀爾胡賊，忘恩負義，僭越廟堂，辱我百姓，禽獸不如，蒼天有靈，死期必不遠矣！」

他前頭唸的是李白諷刺安祿山的詩，那群胡兵胸無點墨，自然大惑不解。可後來的這幾句罵得直白，就連五歲小兒也聽得懂，整個大堂頓時為之一靜。

燕兵仗著人多，轉眼便將那男子團團圍住。但帶頭的將官見對方氣度不凡，舉止從容不迫，倒也不敢立即動手，只冷笑道：「尊駕是誰？報上名來，也好讓你死個明白！」

原來，這名白衣文士便是七歲能文，讀書萬卷，輔佐太子十年，素有「神童」之稱的道士李泌。

聞言，李泌放下茶碗，長身而起，抽出碾玉拂塵橫於胸前，冷冷道：「貧道山野之人，早已隱姓埋名，不問紅塵俗事。可饒是持齋多年，也看不慣汝等為虎作倀的鼠輩！」

燕軍肆虐河北多月，早就習慣了作威作福，何曾受過這種辱罵？何況對方還是個看上去手無縛雞之力的文弱書生？那將官當場惱羞成怒，拔出單刀就往李泌面門砍去。

李泌躍起避開，左足挑起凳子，砸向來敵。

「好，今日貧道就替上天收了你們這幫鷹犬！」說著，拂塵一揚，捲住對方的單刀，向後猛撩。那人站立不穩，歪歪斜斜地向旁撲去，「嘭」的一聲，連人帶刀撞在案桌上。

他身法靈動，幾個快招便打翻了四、五名燕兵。店裡的其他客人見事情鬧得一發不可收拾，紛紛捲包而逃，不過片刻功夫便走了個精光。

那燕軍將領倒也硬氣，仗著皮糙肉厚，硬是扛下了李泌的綿掌，長刀掄圓，「呼」的朝他劈去。

李泌不敢大意，腳下拿樁，瞅準對方的破綻，盤算著待他欺進，便要使出擒拿手法，奪下他的刀。卻不料，右手剛起，斜刺裡又有勁風撲到，原來竟是兩名藏在暗處的燕兵抄起傢伙，想來個左右包夾！

李泌拂塵虛點輕帶，以巧折力，險險引開了掃來的鐵槍。但這番動作卻也給了對面的敵人可乘之隙——就在他回神之際，要命的刀鋒已經欺至眉睫！

在死亡面前，一切感官皆被放大。就算李泌入道多年，自認心如古井，也不禁為之一震。

剎那間，他腦中閃過那句千古流傳的：「壯志未酬身先死」。然而，還未等他「淚滿襟」，一枚狀如鳥羽的暗器突然從天外飛至，打在那燕軍將領的缺盆穴上。

血花濺處，敵人應聲而倒，李泌猶自僵在原地，一顆心狂跳不已。

他緩緩將視線移向門外，只聽得雨聲中隱約夾雜著倉促的馬蹄。下一刻，兩道身影自黑暗中現形，一前一後奔進屋來。

「道長，您沒事吧？」

李泌看清來人的臉，霎時魂歸七竅，搶上兩步握住對方的手：「葉兄弟！許久不見，當真是喜從天降啊！」

兩人寒暄了兩句，葉超身後忽然閃出一名身著黑衣的年輕女子。

只見她徑直走到那名燕兵將領身邊，用腳尖將他翻了過來，確認對方已經昏死過去後，這才回眸一笑：「那我呢？李道長見到我不開心嗎？」

「鈴姑娘說的哪裡話。」李泌正了正色。「二位都是貧道的恩人，別來無恙，自然是上上大吉。」

在這紛亂無常的世道裡，每次的聚首都顯得難能可貴。更何況，自長安一別，葉鈴二人和李泌已經有兩年未見了，乍然重逢，雙方都有種恍惚夢裡的感覺。

三人先是合力將那群燕兵綑起，接著又在後廚裡找到了瑟瑟發抖的掌櫃，重新點了幾樣小菜，這才回到座位，一邊喝茶，一邊互訴別來之情。

李泌好奇，自己此番離開潁陽，沒有將去向告訴任何人，對方又是如何得知自己的行蹤？一問才知道，原來他二人竟是受了夏家莊主的委託，專程從江南趕到邠州尋人的。

洛陽陷落那日，李延年趁著城中混亂，將鈴和梅梅擄去司天台，先是強迫鈴將體內的靈蠱渡給自己，接著又利用咒術法壇施展練妖術，將梅梅的妖靈占為己有。雖然獲得了傳說中長生不老的妖力，最後卻因徒弟胡丰的背叛，被自己豢養的毒蠱活活咬死，屍骨無存。

鈴這才恍然——《白陵辭》中確實蘊藏著不可思議的力量，足以造成江山動搖、天下大亂；可比起武功異術，人對於權力與永生的渴望才是真的可怕。

李延年那雙妖異的金瞳，以及死前那非人非鬼的哭號，她這輩子想忘都忘不了。

李延年死後，鈴在胡丰的幫助下帶著梅梅逃出司天台，卻因為失血過多暈在了半途。那時的她似乎做了一個夢，回到了許多年前，看見了師父韓君夜和赤燕崖的郎中柳浪。中間究竟發生了什麼，她已經想不起來了，只知道再次甦醒時，身上的傷口竟都奇蹟般地癒合了；可梅梅卻因妖靈消散而化為原形，就連雲琅也不知所蹤。

有些關係就是這樣。當人整日繞著你打轉時，你毫不在意，直到某天，回過神才發現，對方竟就這樣靜悄悄地離開了你的生命。

或許是「鵺」隨著李延年一同死去的關係，又或是因為緣分已了，連繫著彼此命運的那條線也跟著斷了。那天後，每當鈴感覺有清風拂過耳畔，都會下意識地抬頭，以為是雲琅回來了；然而，風魅卻再也沒有出現。

鈴獨自一人回到江南夏家莊休養。而江離替她調養身體時，卻發現她體內雖然沒了靈蠱，卻多出了一縷奇妙的清氣。

這股氣息溫暖炙熱，正好能夠抵抗黃泉脈印的陰寒毒性。有了這層助力，再加上從胡手的天觀御令上取得的些許「青蚨」毒素作為藥引，江離終於著手幫鈴開始拔毒。

療毒的過程相當辛苦，兩人每日都要在悶熱的丹房裡待上四個時辰，除了柳浪所傳授的針灸刺穴之外，還得不斷地苴腐肉、敷草藥、泡藥浴。遇到瓶頸時，江離會向同為巫穎之徒的柳仙兒請教，兩人經過謹慎的觀察與討論，再一起決定該如何調整接下來的療方。

一日三餐地喝藥，喝到後來，鈴整個口腔都是苦的，根本嚐不出別的滋味。好在這些努力最終並沒有白費。從拔毒的第三個月開始，她左肩上的紫斑開始逐漸消退，又過了一個多月，當初那片醜陋猙獰的傷疤幾乎都看不到了，只剩下淡淡的幾縷痕跡，以及粉嫩如新生兒的肌膚。

江離左看右看很是滿意，還不忘對著鈴邀功：「我就說吧。只要有我在，包準讓妳長命百歲，歲歲平安。」

「是，江神醫。」鈴一邊笑，一邊伸出手，放在江離微微隆起的小腹上。「為了妳，也為了妳肚子裡的這位祖宗，我從今往後決定退隱江湖了。」

「知道就好。」江離說著，臉上微微一紅，「我先說啊，我可不懂怎麼帶這燙手山芋。將來有什麼髒活累活，都得一起分擔，妳這乾娘可不許有怨言！」

「我不是早就答應了嗎？拜託妳小點聲！被孩子聽去了多不好！」

兩人雖忙著鬥嘴，但感受到手下傳來明顯的胎動，心頭均有種暖暖的感覺，下一刻，不禁相視而笑。

身子大好後，鈴便和葉超一同前往國清寺。先是按照梅梅的囑託，將她的荷包以及一縷精魂所化的梅枝交給妙因，接著轉向西行，回到赤燕崖。

春天都快過去了，山坡上的鳶尾花卻兀自盛開不敗。紫色、白色的花朵交織成一片絢麗的汪洋，散放沁人芬芳。

鈴在小樓前為韓君夜和藍敏二人設靈祭奠，拈香時，一隻蝴蝶撲閃著翅膀從眼前掠過，那流動的翩影不禁又讓鈴想起在國清寺的墓穴中曾見過的屍舞蝶。

從前，她總以為師父只在意自己的武功表現，直到聽了大鵬的話，又想起了從前師父將靈蠱渡給自己的記憶，這才意識到，對方冷淡的外表下原來也藏著一副俠骨柔腸。

只是，人在面對自己最親近的人時，往往會因為害怕受傷而選擇逃避。就像韓君夜和藍敏這對青梅竹馬的好友，本該一輩子相互扶持，卻因為有心人的操弄，使得兩人的關係變得扭曲，繼而走上截然不同的道路。

然而，即使發生了不可挽回的悲劇，她們心中仍記掛著當初的友誼。正因如此，韓君夜才會不顧一切包庇藍敏的罪行，而藍敏更是在生命的最後挺身而出，替故友洗清了冤屈，隨後平靜地走向了死亡。

或許對她們而言，這也算是一種自由吧……想到這，鈴的心就好似被一隻溫柔的手握緊了。

她怔怔地望著線香織成的薄煙，一回神才發現，葉超不知何時已來到了身後。

他伸手輕輕摸了摸她的腦勺：「早點歇息吧，明日要忙的事還多著呢。」

「嗯。」鈴淡淡應了一聲，卻沒有起身。

葉超見她盯著遠方起伏的山巒出神，索性也坐了下來。兩人就這樣頂著寒風，並肩倚靠在墳塋前，直到夕陽落下山頭。

過了一陣，葉超才又開口：「今後妳打算去哪？」

看似簡單的問題，卻令鈴眉頭深鎖。

原來，自穿龍崗一役前夕，眾妖撤離赤燕崖後，整座村子就變得空蕩蕩的。一部分的妖怪決定繼續留在西洲，另一部分則在得知韓君夜和薛薔的死訊後，選擇離去，遷往別處。轉眼間，各奔東西。

鈴沒有攔他們，也沒有試圖慰留。因為經過了這場風波，她終於看清了，像赤燕崖這樣的地方，就算再怎麼美好，也無法存續到永遠。他們終究得面對外頭的世界。

「即使司天台和六大門都不在了，也會有其他的威脅出現。與其執著於某個地方，不如嘗試著走出去。」她望著天邊的北斗星，喃喃道：「畢竟，只要大家能夠過上安穩的日子，好好活下去，哪裡都是桃源。至於別的，既然強求不得，那就慢慢來吧。畢竟，江山都能易主，還有什麼是不可能的？相信終有一天，這世道會改變，人和妖也能夠在這塊土地上和平共處。」

「這麼說，妳是打算放下屠刀，立地成佛囉？」葉超莞爾。

「你才成佛呢！我只不過是認清現實罷了。」鈴撇嘴，「往後，你若嫌我身邊無聊氣悶，我也不會強迫你留下。」

「我才不怕呢。」葉超說著，順手摘下一根野草叼在嘴裡，笑得月白風清。「反正我這個人嘛，無論在哪都可以過得很好。」

赤燕崖的星空遼闊深遠，莽莽群山在漫天星斗的籠罩下，更顯沉靜。

深夜，鈴坐在案前給身在金烏壇的江離寫信，寫到近來發生的種種，只覺得恍如隔世。雜沓的往事像散亂的書簡，在腦中翻來覆去。剛放下筆，她忽然感到一股深深的倦意襲來，接著便迷迷糊糊地睡著了。

桐花萬里路，連朝語不息。待鈴和葉超再次回到江南時，已是水滿荷出的初夏時節。蜀中傳來消息，說是玄宗皇帝李隆基逃離長安後，在馬嵬驛遭遇兵變，楊家班遭屠，宰相楊國忠死於亂軍之中，就連榮極一時的貴妃也沒能逃脫厄運。

此事轉眼傳到了夏家莊。夏空磊夜觀星象，做出了紅星大熾，太白衰晦，天下將有大劫的預言。鈴和葉超按照他的指引，前往西北星落之地，希望能阻止劫難的發生，可行到邠州時卻因豪雨氾濫而耽擱了數日。兩人正考慮改道而行，不料，卻在這個節骨眼上撞見了李泌。

李泌聽完了二人的敘述，臉上神色連連變換，一時間竟說不出話。

他雖是道士，卻不迷信陰陽算術，更不相信自己是因為這種荒誕離奇的巧合才撿回一命。但至於巧合背後的原因，直到葉超問他為何會在這裡，又欲前往何處，他才支支吾吾地承認，自己是奉太子令。

原來，馬嵬驛兵變後，太子李亨並沒有跟隨皇帝西行幸蜀，而是帶著一小批護衛分兵北上，涉渡渭水，前往朔方。此事辦得極為隱密，除了太子的少數心腹幕僚之外，根本無人知曉！

李泌聽葉鈴二人講起東都陷落的情景，心中頗為觸動，不禁長嘆一聲：「聖人乃一代明君，自登基以來，勵精圖治，任用賢才，替百姓締造了前所未有的太平盛世。若非這些年日漸沉迷後宮，被李林甫、楊國忠等奸臣趁虛而入，把持朝政，我大唐天下又何至於此！」

這番話可謂痛心疾首，感慨至深，鈴聽著，腦中不由得又閃過蘇穆河死前的那句詛咒：「突厥完了……大唐離毀滅也不遠了！」

沉吟間，又聽李泌道：「所幸太子並未在亂軍中受到傷害。他本欲跟隨聖人一同入蜀，卻在中途被百姓攔下。大批民眾簇擁馬前，哭求著讓太子留下主持大局，太子不忍見黎民受戰火荼毒，這才決定改道朝北，與朔方軍司令郭子儀、河西行軍司馬裴冕等人會合，共同商議討賊大計。」

「道長以為，以太子之才，足以平定叛亂，收復京師？」葉超問。

「『國破山河在』，還是杜子美說得好啊！」李泌眼中鋒芒一閃。「眼下雖說兩京失陷，可除了各州勤王兵馬外，河北各地的官吏也紛紛組織義勇軍，抵抗賊兵的入侵。常山太守王俌意欲投靠叛軍，被手下將官縱馬踩死；真源縣令張巡率兩千軍民死守雍丘，牽制敵軍數萬人；陳倉縣令薛景仙擊退敵方守將，從叛軍手中奪回扶風郡——這足以證明，我大唐民心可用！太子雖從小養於深宮，但性情堅忍，刻苦耐勞，既有賢臣輔佐，又有郭子儀、李光弼等猛將在外領兵抗戰，何愁大事不成！」

「提到賢臣，想必太子殿下第一個想到的就是李道長吧。」鈴說著，和葉超相視一笑。「既然如此，咱們就送您一程，也算是為百姓出一份力。」

李泌自從兩年前被鳴蛇幫暗算受傷後，身子骨便大不如前，一下子多出兩個武功高強的護衛，自然求之不得。於是三人在客棧歇息一晚後，隔日清早便結伴啟程，一同踏上前往朔方的旅途。

一路上，李泌與葉超討論國策，自覺受益匪淺，非常高興。到了靈武郡，拜會太子後，本還想在太子面前舉薦二人，卻被堅辭婉拒了。

眼下，太子雖然地位穩固，卻肩負著收復河山，中興社稷的重擔，前路依然充滿著艱難與變數。何況，內有猖狂的叛軍，外有虎視眈眈的吐蕃、回紇，流亡靈武的朝廷該如何在夾縫中求存，成了最迫切的問題。

鈴見李泌面有愁色，從懷裡拿出夏空磊事先準備的錦囊交給對方，說道：「當初在長安，您曾說過，自己的理想是輔佐一位有德性的主君，讓後世的百姓永遠記住您。如今，您已是大唐的頂樑柱，若哪天遇上困境，隨時打開這個錦囊，裡頭的內容定能助您逢凶化吉。」

雨聲彷彿急促的鼓點，急切地叩在人的心上。

此時的李泌仍是輕裘緩帶，白衣飄飄，和隱居修道時毫無區別，可立於太子之側，群臣之間，卻隱然有宰相之姿了。

他鄭重其事地接過錦囊，想再說幾句慰留的話，長亭外忽然起風了。他彷彿看見少女的窄肩上閃過一道半透明的影子，朦朧如煙，還帶著幾分迷離的柔光，教人看不真切。

他下意識地伸手去揉眼。而就在這短短的剎那間，鈴和葉超已撥轉馬頭，縱轡南馳。兩人的背影漸行漸小，轉眼消失在蕭蕭的雨幕裡。

陸

相比河南、關中各地烽火連天，越州街頭的寧靜顯得格外可愛。即使遭逢亂世，歷史悠久的夏家莊依然屹立不搖，不僅庇護著一方百姓，還吸引了不少江湖豪傑前來投奔。

身為下任莊主的夏雨雪平時除了讀書，還會向父親學習如何管理莊中事務，並與鈴切磋武藝。

她和李宛在一直都有書信往來，知道燕兵造反，司天台潰滅後，六大門轄下的除妖師分為兩派，一派遁隱山林，繼續修道，另一派則投身義勇軍，加入剿賊平叛的行列。而柳露禪不願再與朝廷有所瓜葛，遂率領玄月門眾女離開嶺南，沿途北上，一面救死扶傷，一面利用相心術替百姓祛病收魘。

即使樂觀跳脫如李宛在，每每於信中提及北方遭兵禍摧殘的慘況，寫字的手都會忍不住顫抖。看著好友的書信，夏雨雪心中感慨萬千，深感自己身處江南，逃過一劫，實是極大的幸運。

她思念同門，不忘邀請師父和眾師姐來夏家莊小住。只可惜，江湖迢迢，相見之期最快也得等到明年開春了。而天下終是沒有不散的筵席。

這日午後，日光灑在夏家莊南廂的青瓦牆上，將院中景物裹上一層淡金色的糖殼，陣陣清風吹來梔子花的香氣。葉超伏在案前振筆疾書。

他的面前擺著厚厚一摞紙，上頭爬滿了密密麻麻的文字，另外還有許多奇形怪狀的圖畫：長著翅膀的長蛇、巨大的白色蝙蝠、滿嘴尖牙的飛天頭顱、破繭而出的螢光蝴蝶等等……且每張圖的旁邊都有詳盡的介紹，堪稱鉅細靡遺。

寫完最後一行，他懶懶擱下筆，伸了個懶腰。一陣和風吹來，刷刷地翻動書頁。

隨手壓住，只見一隻姿態優雅的狐狸躍然紙上，一旁有註釋寫道：「雙尾妖狐，狐妖中罕見之變種，生於青丘，性乖敏，桀驁不群，天賦異稟，能致人於幻術。壽比彭祖，或可達千年；千年之中，不忘本初，是為瑞獸。」葉超的目光在這幾行字上略停了一下，後才起身合上書本。

他將這本剛完成的《白澤圖*記》拿到夏空磊藏書的密閣內，和那無數的孤本珍籍陳列在一起，心中頓時感到踏實許多。

---

*《白澤圖》：中國古代的一本妖怪百科全書，相傳書中記有各種神怪的名字、相貌和驅除的方法，並配有神怪的圖畫。

另一廂，瀧兒則準備上路了。

他和鈴並肩站在城外不遠的長亭。瀧兒牽著胡丰所贈的那匹棗騮馬狄犽，坐鞍旁沉甸甸的水囊和糧袋昭示著下一段旅程的開始。

四周草木葳蕤，涼意隨著微風一絲絲漫上來。鈴將目光定在徒弟臉上，表情有些躊躇：「你是真的打算要走？」

這個問題，她在來這兒的路上已經問了數遍，但瀧兒仍然很耐心地回答。

此時的他已經從任性頑劣的孩童長成了英姿勃勃的青年。眉宇間雖有陰沉孤傲之氣，但和從前相比，已經沖淡了許多。

「這些年，我所做的一切皆是出於自願，與什麼契約不契約的毫無關係。」他望著天邊飛過的大雁，淡淡說道。「現如今，也是我自己想離開。妳教我的東西，我都記住了。天下之大，江湖之遠，總不能一直活在師父的翼護之下吧？」

「是啊，能給的都已經給了，事到如今，又有什麼資格讓他留下？」鈴暗想。

「鵺」死去後，兩人靈魂之間的連繫也跟著消失了。如今的她亦不再具備練妖術的力量，沒有什麼可以教對方的了，唯有將自己當年在莽山的天狐冰窟中所看到的景象一五一十地說予對方聽。

「那冰壁上不只記載著練妖術的心法，還有其他形形色色的武功，都是我所沒聽過的。」她說。「你既想成為天下第一，就從那裡開始吧。」

天下第一。提到這四個字，師徒倆不禁相視而笑，都覺得歲月匆匆，往事依稀如昨。

暮色微涼，滿樹杏花紛紛飄下，吹散了瀧兒的眉彎。下一刻，他望著少女熟悉的笑容，終於伸出手去，輕輕抱住她。

溫熱的呼吸灌進鈴耳裡，彷彿春日裡輕柔的柳風，而瀧兒從牙縫裡擠出的那句「我這輩子都不會忘了妳」更是令她眼眶瞬間濕潤。

這一剎那，當年胡祥樓初遇的情景再次閃過腦海，還有白楊樹林裡的決鬥、花月樓的生死賭局、塗山密道裡的相互扶持……

她又想起了兩人在雪地裡玩鬧的情形。那些零碎的時光如篩落的暖陽，穿插在她記憶的扉頁裡。風霜刀劍，江湖煙雨，帶來的不僅僅只有傷痕，還有牢不可破的情感。即使靈魂不再相通，很多東西也早已扎根在彼此心底，永遠無法抹去。

她就這樣靜靜站著，直到眼淚逐漸風乾，才輕輕掙開對方，強顏笑道：「別說這種話。好好照顧自己，有事就寫信到夏家莊，或者讓滅蒙鳥來找我，知道嗎？」

瀧兒淡淡「嗯」了一聲，旋即翻身上馬。在狄犽的嘶鳴中，提緊韁繩，頭也不回地追風而去。

鈴目送徒弟直到背影消失，這才獨自走回城裡。

當晚，夏空磊在水榭中設置酒席，又命人在鏡湖中央點燃了幾十盞水燈，眾人鼻間所聞盡是荷花的清冽幽香，甚是愜意。唯有夏雨雪聽說鈴和葉超不日便又要離開這裡，酒過三巡，不禁淚光瑩然。

「此去並非天涯海角，何愁沒有再見之日？」葉超安慰她。

「說得好！」長孫岳毅道。「如今天下動亂，正是男兒好漢報國之時，哪日沙場相會，咱們再一同殺他個痛快！」

他的聲音宛如洪鐘大呂，中氣十足，激得湖面蓮開漪蕩，久久不能平靜。

然而，鈴此刻心中所想的卻是另一回事。

從前的她以為自己可以憑一己之力改變這個世道，直到長大後，才在刀光劍影的罅隙裡漸漸明白，何謂世事難料，造化弄人。畢竟，再厲害的英雄也會走到末路。在動盪不安的時代裡，與其憑著一腔孤勇，去做那撲火的飛蛾，獨自殞落的光，還不如做個點燈之人，將心中的信念傳承下去——因為，只要心志不改，希望便會生生不息。

望著天邊高掛的孤星，她腦際再次浮現四色籤詩裡頭的句子。

「赤星墜，碧簫吹，胡帳夢醒天下危。金聲出，青花渡，飛煙雪凋高台暮。」

詩中影射的人物本有四位，可如今，師父、柳浪、藍敏皆已不在，只剩下她自己。而她也終於明白夏空磊為何總感嘆世人迷信。

就算真能未卜先知，那又如何？真正困難的乃是事後抉擇。無論前途是吉是凶，心中是否接受，人們還是得靠自己的雙腳一步步走向未來。

一晃眼，再多的國仇家恨，算計與無奈，都是過去的事了。而在離開之前，她還有一件重要的事必須得完成

次晨，鈴和葉超拜別眾人，攜手出城。兩人先西行至杭州，後又沿著官道折向北行；而與此同時，千里之外的莽山上，瀧兒正頂著風雪踽踽獨行。他按照鈴的指示來到昔年師徒倆遭遇雪崩的山谷，在荒涼的雪原上遊蕩了三天三夜，終於尋得祕徑，踏入了巨大的冰窟之中。

只見四面的牆上均刻著密密麻麻的文字，折射出奇異而絢目的光彩，半透明的冰壁中央隱約可見一隻巨大沉睡的九尾狐身影。

那一刻，瀧兒感覺到血液深處泛起了潮汐的聲音；他清楚地聽見對方正隔著冰層呼喚自己，彷彿失散的血脈又再度凝聚，彷彿長達千年的等待，都是為了見證這一場相遇……

占領洛陽，宣布稱帝後的安祿山非但沒有意氣風發，反而越發暴躁了，成日疑神疑鬼，就連睡覺時也要將刀擺放在床頭方能安枕。

然而，某天半夜，真的有道鬼影從皇宮屋頂輕閃掠過，輕蹬巧縱間，打昏了守衛和內侍，穿過層層宮門，直闖皇帝寢殿。睡夢中的安祿山被驚醒，大呼一聲：「妖怪！」接著便暈了過去。等再度醒來時，雙眼已徹底瞎了。

失明後的安祿山形同發瘋，動不動就拿馬鞭抽打身邊的人，臣僚們皆慄慄自危。他的兒子安慶緒害怕自己的太子之位不保，不久便和宦官李豬兒密謀，將安祿山殺死在自己的臥房帷帳內，並將屍體埋於床底。

亂世風浪一波未平一波又起，朝局如此，江湖亦如是。

赤梟的故事已經隨著時光的淘洗逐漸褪色，取而代之的是關於河桑的傳說——那是童謠中的夢想與遠方，有豐美的綠洲與甘甜的椰棗。這年秋天，鈴和葉超收到巴贊的來信，裡頭寫到他和牙古已經回到了當年族人們居住的故鄉，重新建立了部落。

「美酒候君。」為著這四個字，鈴和葉超決定踏上前往西域的旅途。

絲路駝鈴叮噹，滿載著香料與葡萄酒的商隊蜿蜒前行，穿越大漠；沙丘上長著高大參天的胡楊樹，木魅和紅柳娃在古老的樹梢上手牽手起舞，彷彿在歌揚著一個冉冉升起的新世界。

四年後，繼承安祿山基業的「大燕皇帝」史思明被兒子史朝義弒殺，范陽的叛軍在內亂中聲勢大減，收復兩京的唐王朝終於迎來了喘息之機。

此時已近新春，天台山上的雪都化了，國清寺的僧侶們正忙著灑掃祈福，迎接正月的到來。

青磚白瓦的古剎在晨光的照映下格外慵懶靜謐。雨花殿前站著一名二十來歲的和尚，右手捧著一卷《楞伽經》，朗聲唸道：「若了境如幻自心所現，則滅妄想、三有、苦及無知愛業緣。離種種心寂然不動，心海不起，轉識波浪，了境心現，皆無所有，是名入三昧樂意成身……」

他嗓音低醇，五官卻清秀精緻，若不是胸前佩戴著一金一紫，象徵身分的兩串念珠，實在很難教人相信，這名相貌俊俏，左眼角帶著一粒淚痣的年輕人，正是這座古廟的住持。

另外，他身旁還站著一名十來歲的小沙彌，一雙眼珠子圓滾滾地四處亂瞟，模樣甚是機靈。

「師父您饒了我吧。」小沙彌踢了踢腳邊的土，不耐煩地嘟囔。「都背經背一上午了，我口也渴了，腿也酸了，總要休息一會兒呀……」

妙因將目光收回，用手裡的書本輕輕敲了下弟子的頭。

「怎麼老是這麼靜不下心？再抱怨就別留在這了，上山挑柴去！」

「啊啊啊，師父你偏心！」小沙彌急得跳腳。「昨日的事，明空、明乘他們也有份，為何只有我一人受罰？」

「好了，明春。」妙因打斷徒弟。他將《楞伽經》合起，領著明春穿過禪堂，來到位於寺廟西邊的七寶塔。這裡三年前經過修繕，如今塔內供奉著包括他師父惠苦在內的數十位高僧的舍利，四周松柏如蔭，透著濃濃的禪意。

「讓你背經，是為了沉澱你的性情，不是懲罰。你太師父從前也是這麼教我的，可惜我當年輕浮躁動，沒能體會他的用意。」

妙因指著浮屠石碑上的經句，問身邊的少年：「世尊開示：『過去心不可得，現在心不可得，未來心不可得』，你可知此話是何意？」

少年烏溜溜的眼珠一轉，答道：「世間諸緣，皆如掌中流沙。無論我們如何執著過去、思考未來，都是留不住的，唯有放下常心，才得以解脫。」

「嗯，解得不錯，你很聰明。」

「那當然！」

清風徐來，捎著熟悉的暗香。妙因望著徒弟天真無邪的臉龐，剎那間，錯綜的往事紛紛從記憶深處跳躍出來，不由得禪心一動。

「師父，您怎麼了？」

恍惚間，少女明豔的笑容如在眼前，妙因幾乎要低呼出聲，卻終究忍住了。

「我……沒什麼。」

昔我往矣，楊柳依依。今我來思，雨雪霏霏。歲月彈指逝，年少時的美夢早已遠去，而好友自司天台歸來所種下的梅花，如今亦亭亭如蓋矣。

他還記得當年鈴將梅梅的花枝交給他時所說的話：「不都說佛前祈願，講求三生三世嗎？你是她心中最記掛的人。只要你不忘記她，不忘記你們之間的約定，就定不會辜負這場緣分。」

再次抬頭，只見庭中白梅傲然綻放，每支皆是無所畏懼的姿態，偶有幾瓣飄落春風，沾在妙因的僧袍上，如同片片雪花一般。

或許，多年過去，待修成了青燈古佛之後，他會在某個驀然回首的春日裡，再次邂逅那個如梅花般冰肌玉骨的少女。白衣翩躚，腰懸短劍，星眸流轉間，笑著喊他一聲：「小光頭！」

落英紛紛，如三千繾綣清愁。妙因雙目微斂，唱了聲「阿彌陀佛」，牽起明春的手道：「此處風大，咱們還是進去吧。」

《全文完》

大唐赤夜歌：卷四．長生劫

者	鹿　青
行　人	林敬彬
編	楊安瑜
輯	李睿薇、林佳伶
頁編排	高雅婷
面設計	蔡致傑
銷經理	林子揚
銷企劃	戴詠蕙、趙佑瑀
輯協力	陳于雯、高家宏
版	大旗出版社
行	大都會文化事業有限公司 11051臺北市信義區基隆路一段432號4樓之9 讀者服務專線：(02)27235216 讀者服務傳真：(02)27235220 電子郵件信箱：metro@ms21.hinet.net 網　　　　址：www.metrobook.com.tw
政劃撥	14050529 大都會文化事業有限公司
版日期	2023年04月初版一刷
價	380元
SBN	978-626-7284-02-5
號	Story-40

First published in Taiwan in 2023 by Banner Publishing,
a division of Metropolitan Culture Enterprise Co., Ltd.

4F-9, Double Hero Bldg., 432, Keelung Rd., Sec. 1, Taipei 11051, Taiwan
Tel:+886-2-2723-5216 Fax:+886-2-2723-5220
Web-site: www.metrobook.com.tw
E-mail: metro@ms21.hinet.net

國家圖書館出版品預行編目（CIP）資料

大唐赤夜歌：卷四．長生劫/鹿青 著. -- 初版. --
臺北市 : 大旗出版 : 大都會文化發行, 2023.04
464面 ;14.8×21公分. -- (Story-40)
ISBN 978-626-7284-02-5(平裝)

863.57　　　　112000831